© 2021 by :TRANSIT Buchverlag
Postfach 120307 | 10593 Berlin
www.transit-verlag.de

Umschlaggestaltung und Layout:
Gudrun Fröba
Umschlagabbildung © Anonym,
Streetart, Hof/Saale
Druck und Bindung:
GGP Media GmbH, Deutschland
ISBN 978-3-88747-384-6

FSC
www.fsc.org
MIX
Papier aus ver-
antwortungsvollen
Quellen
FSC® C014496

Manfred Schneider

Die Katze
schleicht

Roman : **TRANSIT**

Inhalt

7 Geburtstag in Irgendwo

17 Tierbilder

30 Der Notar

46 Schach bei den Petrosians

55 Der Ohrwurm

68 Seniorenerzählungen

78 Nachrichten aus der Giftküche

88 Einmal ist keinmal zweimal

99 Haubenlerchen und andere schräge Vögel

113 Aus der Seniorenuniversität

124 Erbverdächtiger und zweite Vorlesung der Seniorenuniversität

138 Alles um der Gerechtigkeit willen

146 Ermittlungsprobleme

158 Neue Erkenntnisse

168 Testamente

180 Ein Anruf

192 Die Ovulations-Philosophin

201 Der Property Report

212 Im I.G.-Farben Haus

220 Notar in Not

231 Lady Million und Wiener Walzer

239 Roman Jakobson und Sigmund Freud lösen Rätsel

248 Frau von Baudissin, Frau Jungjohann und Annabelle werden wütend

260 Brief des Rechtsanwalts

270 Literaturverzeichnis

Geburtstag in Irgendwo

Noch hingen die Kinderstimmen im großen, festlich gedeckten Gesellschaftsraum des Seniorenheims Sankt Gundula, während draußen der Herbst gelbe Kastanienblätter an die regenfeuchten Scheiben fegte. Auch die gebeugten Zypressen auf van Goghs Weizenfeldgemälde an der Stirnwand und die hundert Kerzen auf der Kaffeetafel schienen den Wind draußen zu spüren.

Einige der alten Damen und Herren, die nicht gerade eingenickt waren, hatten mit der Klavierspielerin in den Glückwunsch der Kinder eingestimmt: »Wie schön, dass du geboren bist...« Dann ließen sie die Jubilarin, die frisch und hellwach aus ihrem Rollstuhl die Zeremonie verfolgte, dreimal hochleben. Nur Frau Langensiepen murmelte:

»Hundert Johr, dat reischt doch langsam...«

»Sei still, Wella!«

Den gezischten Protest der Umstehenden übertönte plötzlicher Lärm aus dem Treppenhaus, man hörte die Aufzugtür schlagen, rasche Schritte, dann stürmte der Bürgermeister Hannes Jungjohann herein. Er lief mit vorgebeugtem Oberkörper, als müsste er weiter dem Sturm draußen trotzen. Auf seiner hohen, von der Herbstkühle geröteten Stirn und auf seinem dunkelgrauen Armani-Anzug schimmerten Regentropfen.

»Tach zusammen! Ah, da isse ja, die Jubilarin!«, rief er, und begann hektisch das regenfeuchte Papier von den Blumen zu lösen. Er blickte nur kurz auf die hilfsbereit ausgestreckten Hände der Pflegerinnen.

»Nä, nä, dat muss isch selber hinkrejen«, schüttelte er den Kopf. Ungeduldig riss er Papierfetzen ab, die die beiden Helferinnen wieder vom Boden auflasen, murmelte dabei leise Kraftausdrücke und näherte sich Schritt für Schritt der langen Tafel. Am vorderen Kopfende blickte ihm Frau von Baudissin mit nachsichtigem Lächeln entgegen. Sie trug ein weißgepunktetes blaues Seidenkleid, und im Flechtwerk ihrer Halsfältchen blinkten feine Goldketten.

»Verehrte Frau von Baudissin!«, stimmte der Bürgermeister seinen Glückwunsch an, aber er musste sich kurz unterbrechen und seine hörbar verschleimte Nase mit zwei Stößen aus dem Sprayfläschchen frei räumen.

»Im Namen der Stadt jratulier' isch Ihnen von Herzen und wünsch Ihnen zum hundertsten Jeburtstach Jesundheit, Freude und Zufriedenheit. Bleiben Se frisch und munter! Herbst is drusse, Herbst is drinne. Ävver hier in unserm liebevoll jeführten Seniorenheim Sankt Jundula soll de Zigg stonn bliewe. Isch hoff doch, datt Se sisch weiter wohlfühlen hier und uns noch ville Johr mit Ihrer Jejenwart erfreuen!«

Erneut rupfte er an seinem Bouquet. Jetzt bemerkte er, dass das Papier oben zusammen getackert war.

»Hät man Se denn schön jeehrt?«, fragte er und blickte sich um. »Wat förene wundervoll jedeckte Kaffeetafel! Und die reizenden Jäste! Isch nemm an, de Kleinen hier sinn de lieben Enkelkinderschen. Oder sinnet Ihre Urenkel?«

»Ich habe keine Enkel und keine Urenkel!«, knurrte Frau von Baudissin und ruckelte mit ihren blauen High Heels auf den Fußstützen des Rollstuhls. »Ich habe nur Erben. Die sind gottseidank nicht auch noch alle da. Außer Ihnen!«

Die Heimleiterin Frau Naujoks mischte sich ein.

»Das ist der Kinderchor aus der Grundschule Sankt Raffael, Herr Bürgermeister«, flüsterte sie. »Die Mädchen und Jungen haben eben gesungen und wollen uns gleich noch mit einem zweiten Lied erfreuen.«

»Oh näh, dann will isch dat Konzert nit weiter stören!«, überspielte der Bürgermeister seinen Irrtum. »Se wissen, liebe Frau von Baudissin, unsere Stadt verlangt vollen Einsatz. Noher kütt der Stadtrat zusammen unn wird den Haushalt föret näxte Johr beschließen.«

»Vergessen Sie in Ihrem Haushalt nicht die zehn Euro für das Sträußchen, das Sie mir bei meinem nächsten Geburtstag mitbringen wollen«, mahnte die Jubilarin.

Der Kinderchor kicherte.

»Na, wat meinen Se! Frau von Baudissin!«, protestierte der Bürgermeister. »Bei so nem Jubiläum lässt sich die Stadt do nit lumpen!«

Dann aber nahm er den Hinweis auf. »Verehrte Frau von Baudissin!

Isch wööd mi nix mehr wünsche, wie dat isch Ihnen näxtet Johr widder jratulieren darf!«

»Naja, wenn Sie dann noch leben…«, sagte Frau von Baudissin trocken.

Der Bürgermeister schien etwas von seiner Gesichtsfarbe an die rosa Gerbera abzugeben, die er endlich vom Papier befreit hatte.

»Jo sischer, do hamm Sie Rächt«, murmelte er und lächelte bemüht. »Natürlisch kommisch nur, wenn isch noch am Leve bin.«

»Sie müssen Wasser trinken, damit Sie fit bleiben!«, rief Frau Doktor Schlecht aus dem Hintergrund. Sie war pensionierte Biologielehrerin. Offenbar trank sie sehr viel, denn sie tupfte unablässig ihre tränenden Augen.

»Wollen Sie nicht doch an unserer Kaffeetafel Platz nehmen?«, fragte die Leiterin des Seniorenheims. »So oft besuchen Sie uns ja nicht, Herr Bürgermeister!«

»Man muss 100 Johr alt werden!«, schimpfte Frau Langensiepen, »Sonst lasse sisch die hohen Herren jo nit blicke.«

»In unserer Stadt leben ville Bürjer und Bürjerinnen, die mehr wie 80 und 90 Johr alt sind«, verteidigte sich der Bürgermeister. »Do könne Se sisch ausrechnen, wie oftet dabei runde Jeburtstage jibt. Isch müsst de Hälfte von minger Amtszigg auf Jeburtstagen verbringen.«

»Oh, da möchte ich Bürgermeister werden!«, rief ein Junge aus dem Chor. »Jeden Tag Schokomilch!«

Durch das Amt und den Alltag des Bürgermeisters Jungjohann floss allerdings nur wenig Schokomilch. Wenn überhaupt, dann von der bitteren Sorte. Seine kleine Stadt lag in einer feuchten Senke des einstigen rheinischen Herzogtums Berg, aber über ihr und ihrer Geschichte hing eine Dunstschicht aus pietistischer Bigotterie und trübem Nazigeist. Nie hatte es dort eine richtige Durchlüftung gegeben, weil die Frommen und Braunen weiter Nachkommen zeugten. Man lebte nicht weit von Köln, redete im rheinischen Sprachton, aber man hatte sich die urbane Zivilisation vom Leib gehalten.

Die hundertjährige Frau Elsbeth von Baudissin hatte alle Wunder und Schrecken ihres Lebens in dieser Stadt erlebt und erzählte davon gerne. Manche ihrer Geschichten hatte sie auch nur gelesen und spann sie selber weiter. Tatsächlich weilte im Mai 1912 der englische Romanautor David Herbert Lawrence ein paar Tage in dem »dead little village, miles from everywhere«, wie er in einem Brief herablassend schrieb. Er besuchte damals in diesem fernen »Irgendwo« seine Cousine Hannah.

»Ja, ja, der Di Eitsch Lawrence«, begann Frau von Baudissin ihre Geschichte, »das war der Dichter, der diesen unanständigen Roman *Lady Chatterley* geschrieben hat. Ein richtiger Hasenroman, denn es wird darin von Anfang bis Ende – Verzeihung! – gerammelt. Stellen Sie sich einmal vor: Dieser Lawrence hatte rote Haare. Da wäre ich davongelaufen. Rote Haare! Furchtbar!« Die alte Dame schüttelte sich dann jedesmal.

»Aber die junge verheiratete Hannah«, spann sie die hundert Mal erzählte Klatschgeschichte aus dem Jahr 1912 weiter, »ließ sich auf einen Ausflug mit dem fuchsköpfigen Dichtercousin ein. Obwohl das Barometer ein Gewitter ankündigte, klappte Hannah ihren Sonnenschirm auf, und die beiden wanderten von hier aus über Wiesen und Felder und lachten, wenn sich ihre Schatten in die Länge zogen. Sie winkten den Landleuten zu, bis sie, umweht von Löwenzahnwölkchen, nach Nümbrecht kamen. Der rothaarige Dichter war richtig betrunken vom Maien- und Holunderduft. Doch dann brach das angekündigte Unwetter mit Blitz und Donner aus dem Himmel. Eben noch retteten sie sich in einen von Pferden gezogenen Omnibus. Und während kastaniendicke Hagelkörner aufs Wagendach trommelten, hielt David Herbert die Händchen der Cousine und tröstete sie mit den zuvor gekauften gebrannten Mandeln. Was sonst in der Kutsche geschah, wissen wir nicht«, schloss Frau von Baudissin augenzwinkernd, »aber ich fürchte, es ist zum Äußersten gekommen!«

Die Episode kannte Frau von Baudissin aus D.H. Lawrences später in der *Westminster Gazette* gedruckten Erzählung vom »Hagel im Rheinland«. Der Dichter fabuliert darin, wie der Hagelsturm die Straße in einen Teppich mit Blüten, Blättern, Zweigen, Kirschen und toten Vögelchen verwandelte. So habe er die Rückfahrt in der Kutsche wie Jesus' biblischen Triumphzug nach Jerusalem erlebt. Diese Erzählung gab dem Städtchen einen Platz in der Weltliteratur. Und die Weltgeschichte meldete sich gleich im Anschluss. Gut ein Jahr nach David Herbert fuhr unter mächtigem Tamtam der angehende Kriegsherr Wilhelm II. durch den kleinen Ort. Er saß in Jägertracht auf dem offenen Rücksitz eines Mercedes Knight 16 und tuckerte vom Boxberg herab durch die Hauptstraße, die danach zur Kaiserstraße befördert wurde. Leutselig winkte der Kaiser den Leuten zu. Doch die überlieferten Fotos zeigen die Schaulustigen als schwarze Ränder an der Straße, und die verhießen nichts Gutes. Wieder ein Jahr später hörte man von ferne Kaiser Wilhelms Weltkriegskanonen trommeln. Die kaiserlichen Schlachten gingen verloren, der kaiserliche Straßentitel blieb. Als dann Russland 1917 die Oktoberrevolution und Deutschland den Steckrübenwinter erlebten, kam die kleine Elsbeth zur Welt. Der Kaiser verschwand nach Apeldoorn, Rosa Luxemburg wurde erschlagen in den Landwehrkanal geworfen, und die Leute in der toten kleinen Stadt fanden das gut.

Und dann ging es rasant weiter. Vielleicht um das Dichterwort vom harmlosen Dorf zu widerlegen, entsandte die Vorsehung den dicken Judenhasser Robert Ley in die Stadt. Als Sechzehnjährige erlebte Elsbeth die ersten polternden Auftritte des angehenden Reichsleiters. Zwölf Jahre gewährte ihm die Geschichte, um seine großen Pläne in die Annalen der Stadt zu schreiben. Und was stand darin? Der Stadthistoriker Fritz Sommerlatt (Spitzname ›Tacitus‹), ein grauhaariger Geschichtslehrer, hat die Ereignisse der Naziepoche später penibel festgehalten: »Robert Ley erwarb sich hier rasch den Beinamen ›Immerblau‹«, heißt es in der Chronik. »Weil er nämlich ein kleiner, aufgedunsener Saufbruder war. Auf seiner Oberlippe ließ er ein Hitlerbärtchen sprießen und schob beim Reden martialisch den Unterkiefer vor. Ley kam aus der Nähe von Nümbrecht. Kaum war Robert Immerblau 1933 zum Reichsleiter der Deutschen Arbeitsfront emporgestiegen, machte er sich daran, unsere kleine Stadt in eine gigantische Nazi-Metropole umzubauen. Als erstes erhob er es zum Standort einer Adolf-Hitler-Kaderschule, dann plante er an der alten Straße von Hennef nach Erdingen eine Nazi-Kreisburg. Endlich drückte er die Pläne für eine riesige

Industrieanlage durch, wo unter Ferdinand Porsches Leitung 20.000 Arbeiter täglich tausend Volkstraktoren bauen sollten. Rastlos schrieb Immerblau Plan um Plan in die Annalen unserer Stadt, entwarf für seine künftige Großstadt Autobahnen, U-Bahnen, Fernverkehrslinien, Opernhäuser, Hochschulen, Volkshallen, KdF-Hotels, Cafés und erwarb schließlich in der Nähe von Ziegelhardt das prächtige Gut Rottland. Nie war unser Dorf so groß!«

Fritz Sommerlatt war von Frau von Baudissin mit einem satten Honorar beauftragt worden. Er sollte alle Archive nach Dokumenten aus der Geschichte der Stadt und des Kreises zwischen 1920 und 1950 durchsuchen und die regionalen Ereignisse der Nazi-Herrschaft in einer Chronik aufzeichnen. Ihrer Ansicht nach war die Nazi-Epoche nicht vorüber. Vor allem aber ging es der alten Dame darum, die Namen der aus der Stadt deportierten Juden und anderer Verfolgter festzuhalten. In Sommerlatts Stadtchronik heißt es weiter:

»Dann aber wendete sich das Schicksal, und auf Immerblau aus Nümbrecht hagelte das Unglück nieder. Zunächst traf es seine schöne Frau, die Ende 1942 mit einer Kugel im Kopf auf dem Seidenüberzug ihres Schlafzimmerbettes gefunden wurde. Wenige Monate später schossen Tiefflieger auf unsere Stadt. Ein letztes Mal trommelte Ley alle Kräfte zusammen, ein letztes Mal flogen vom Nutscheid aus ein paar V1-Raketen in Richtung Belgien. Doch die AirForce antwortete mit einem Bombenhagel auf das KdF-Kreuzfahrtschiff ›Robert Ley‹ in Hamburgs Hafen, als wär's der Immerblau persönlich. Der Reichsorganisationsleiter Ley schloss den Reichsuntergang ab und erhängte sich im Herbst 1945 an seiner in Streifen geschnittenen Sträflingsunterhose in einer Nürnberger Gefängniszelle.«

Und gegen Ende liest man in Sommerlatts Stadtchronik:

»Andere traten auf die Bühne. Anfang 1945 kam Heinrich Böll mit einem Wehrmachtstrupp in die Stadt. Er zählte später zu den Dichtern der Trümmerliteratur und machte hier seine Feldstudien. Mit flüchtenden Frauen und Kindern stolperte er über Schutt und Asche. Nach Kriegsende entstand in Immerblaus abgefackeltem Gut ein Zentrum für moralische Aufrüstung, das Architektengebäude der Adolf-Hitler-Schule diente als Schullandheim, und das KdF-Hotel mitten in der Stadt endete als Krankenhaus. Unsere Stadt trat 1945 in die sonnenabgekehrte Seite der Geschichte über. Kein Dichter, kein Kaiser, kein Immerblau ließen sich mehr blicken. Die Zukunft war verrammelt, nur die Vergangenheit hatte Löcher. Durch sie schlüpfte der Quelle-Chef Gustav Schickedanz, ein durch zwangsenteignete jüdische Unternehmen reich gewordener Ex-Nazi. Er kam hierher und schloss Lieferverträge mit der Lederwarenfabrik ab, die Frau von Baudissins Ehemann Hektor gehörte. Diese Fabrik stellt den Betrieb um 1970 ein, weil auch im Quelle-Versand die Gewinne versiegten.«

Soweit der Historiker. Der Maienduft und die Unschuld, die der Dichter Lawrence erlebt hatte, kehrten nie mehr zurück. Vielmehr lagen dunkle Schatten auf den Amtsgeschäften des Bürgermeisters, weil immer mehr braune Wiedergänger des Immerblaus auftauchten. Dass der Bürgermeister eine Gruppe von Geflüchteten aus Afghanistan aufgenommen hatte, war in der Nazi-Gespensterwelt des Städtchens auf wenig Zustimmung gestoßen. Während das VW-Dörfchen Fallersleben zur Großstadt aufstieg und der VfL Wolfsburg den Autobauern Erfolge und Ruhm schenkte, blieben in dem von der Geschichte verlassenen Städtchen auch der Fußball auf der Strecke. Schlimmer noch: In Jungjohanns Stimmbezirk Maibuche, wo der Fußballplatz lag, hatten bei der letzten Stadtratswahl die ganz Rechten die Mehrheit errungen. Während sich das glückliche VW-Nest Fallersleben mit dem Namen des Mannes schmücken konnte, der die drei Strophen des Deutschlandliedes ersonnen hatte, gab es hier nur den Volksliedrichter Wilhelm von Zuccalmaglio, der die Wandervogelhymne »Kein schöner' Land in dieser Zeit« erfunden und im Volkston gesetzt hatte.

Eben dieses Lied stimmten die Kinder aus der Grundschule Sankt Raffael jetzt an, nachdem der Bürgermeister doch überredet worden war, neben Frau von Baudissin an der Tafel Platz zu nehmen. Von oben besehen glichen die Weißhaarigen einer Schar lieblicher Wölkchen, denen sich heute der rötliche Schädel des Bürgermeisters als untergehende Sonne zugesellte. Die Kinderstimmen füllten das Bild mit hellen Tönen, und die ungeheuer dünne Klavierspielerin saß in einem langen, weißgrauen Leinenkleid wie ein Nebelstreif vor dem Schwarz-weiß ihrer Tasten. Allein der Jubilarin des Tages hatte die Friseurin am Morgen noch einen Hauch Pink in den Aufheller gemischt, und für die höchsten Zuschauer schien es, als spendete die untergehende bürger-meisterliche Sonne der Hundertjährigen noch ein wenig Abendlicht.

Die Leiterin von Sankt Gundula, Frau Naujoks, hatte dem Bürger-meister die Tischrunde vorgestellt: Frau Wella Langensiepen, Frau Doktor Jutta Schlecht, Herrn Cornelius Reinhardt, Herrn Willy Fuchs, Frau Sybille Schallück, Frau Carmelinde Schutten, Frau Bettina Van-derwielen, Herrn Rüdiger Machfuss, Frau Rosi Silbereisen und noch einige andere Namen, die der OB alle gleich wieder vergaß.

Kaum hatte er sich gesetzt und mit dem Auge eines Genussmenschen die Kuchenplatte geprüft, da neigte sich ihm auf seiner linken Seite das Wölkchenhaupt von Frau Gleichen-Russwurm zu, die zuvor bei sei-nem Auftritt eingenickt war. Etwas scheu blickte sie den Herrn neben sich an und fragte vorsichtig, ob er hier neu sei. Die feine alte Dame, die viele Jahre die Stadtbücherei geleitet hatte, verlor sich bisweilen zwi-schen Wörtern und Zeiten. Seit sie die ersten Anzeichen der Demenz bemerkt hatte, löste sie rastlos Kreuzworträtsel, um ihr Wortgedächt-nis zu üben. Die Verlegenheit, die ihr die erstaunte Antwort des Tisch-nachbarn bereitete, lächelte sie gekonnt hinweg. Als ihr es aus vielen Mündern entgegenschallte »Das ist doch unser Bürgermeister!«, er-innerte sie sich: »Ach ja, Stadtoberhaupt mit dreizehn Buchstaben.«

Herr Jungjohann nahm sich ein Stück Frankfurter Kranz von der Kuchentafel. Nachdenklich kratzte er mit seiner Gabel durch die Spi-rale der Buttercrème, während sich Frau von Baudissin an seiner rech-ten Seite über die Auftritte der Neonazis im Stadtrat beschwerte.

Und nicht nur darüber. Zur Hinterlassenschaft Robert Leys zählte auch eine Mauer, die einst die unvollendete Adolf-Hitler-Schule von unten befestigen sollte. Der Volksmund nannte sie die »Hitlermauer«. Bisweilen las man dort antisemitische Parolen, und vermutlich waren es dieselben Leute, die dort an jedem fünfzehnten Februar als »Freun-deskreis Robert Ley« den Geburtstag des toten Immerblau feierten. Mit Fahnen, Uniformen, Fackeln, Blechmusik.

Der Bürgermeister war ein jovialer, auf Ausgleich bedachter Mann, der mit den Rechten im Stadtrat seine liebe Not hatte. Ihre Angriffe wurden zuletzt immer heftiger, und sie brachten schäbige Witze über den stets elegant gekleideten schwulen Jungjohann in Umlauf. In den letzten Monaten war die Stimmung im Rat besonders gereizt, und daran hatte Frau von Baudissin mitgewirkt. Sie hatte der Stadt eine erhebliche Summe zum Bau einer Unterkunft für Flüchtlinge in Aussicht gestellt; allerdings knüpfte sie das an die Bedingung, dass der Rat an allen Häusern, wo früher jüdische Bürger und andere Verfolgte des Nazi-Regimes gelebt hatten, Gedenktafeln anbringen ließ. Die alte Dame hatte dem Bürgermeister eine Frist gesetzt, aber die rechte Mehrheit im Stadtrat lehnte das Angebot wütend ab. Immer neue Gründe trug man vor. Die antisemitischen Kreise der Stadt setzten auch eine Kampagne in Gang und erinnerten in Hauswurfsendungen an die Rolle der Familie von Baudissin am Ende des Zweiten Weltkrieges. In Sommerlatts Stadtgeschichte hatten sie gelesen, dass der Eigentümer der Lederfabrik von Baudissin im Frühjahr 1945 verhaftet worden war, weil er den bei ihm beschäftigten Zwangsarbeitern in den firmeneigenen Luftschutzkellern Zuflucht gewährt hatte. Mehr als siebzig Jahre danach verbreiteten sie die verleumderische Nachricht, dass »reichsdeutsche« Bürger damals bei feindlichen Luftangriffen ums Leben gekommen seien, weil in von Baudissins Bunkern kein Platz mehr für sie gewesen sei.

Bürgermeister Jungjohann erklärte der Jubilarin, dass es in den Beratungen dieses Nachmittags erneut um ihre Schenkung gehen sollte. Er versuchte sie davon zu überzeugen, dass sich ihr Plan ohne Zustimmung des Stadtrates leichter verwirklichen ließe. Aber Frau von Baudissin wollte davon nichts hören. Wie so viele kluge Senioren machte sie von ihrer Schwerhörigkeit taktischen Gebrauch. Dagegen hörte sich der Bürgermeister die Einwände der alten Dame geduldig an und schob dabei die Stücke seines Frankfurter Kranzes auf dem Teller hin und her, ehe er die silberne Gabel zum Mund führte. Eine kurze Redepause der Jubilarin nutzte er für die Bitte, die Schenkung endlich auch testamentarisch zu verfügen.

»Et hätt schon Morddrohungen jejeben, Frau von Baudissin«, sagte

Jungjohann bedrückt. »Und sischer wäret auch hilfreisch, wenn wirene längere Frist hätten, um ihren Vorschlach umzusetzen. Villeischt nur ein paar Monate.«

»Ich möchte das aber noch erleben«, konterte die alte Dame und fügte kokett hinzu: »Wissen Sie, Herr Bürgermeister, ich bin nicht mehr die Jüngste.«

»Isch hann auch schonen halvet Jahrhundert aufm Buckel«, seufzte Jungjohann und nippte an seiner Kaffeetasse.

»Wasser trinken!«, rief Frau Doktor Schlecht und winkte mit ihrem Tränentüchlein, »viel Wasser!«

»Hauptbestandteil des Körpers mit sechs Buchstaben«, sagte Frau Gleichen-Russwurm und lächelte.

»Und Sport«, fügte Frau Doktor Schlecht hinzu. »Sport ist gut!«

»Oh nä«, protestierte Jungjohann, indem er lachend auf die Rundung unter seinem Oberhemd zeigte: »Dat is nix för misch. Sport is Mord!«

»Gewalttat mit vier Buchstaben«, murmelte Frau Gleichen-Russwurm.

Tierbilder

Vier Tage später war Bürgermeister Hannes Jungjohann tot.

Man fand ihn am Dienstag kurz nach Mittag leblos im Aufzug des Seniorenheims. Die Umstände waren so ungewöhnlich und rätselhaft, dass man mit dem Notarzt gleich die Polizei rief. Dem Bürgermeister war wohl schlecht geworden, denn er hatte sich noch übergeben. Er lag gekrümmt in dem großen, für Rollstuhlfahrer ausgelegten Lift und atmete nicht mehr. Eine Klarsichtfolie mit Papieren war ihm aus der Hand geglitten, nur sein Sprayfläschchen hielt der Tote fest, als sollte ihn der Schnupfen überleben. Zwei Hausangestellte zogen ihn vorsichtig aus dem Aufzug und begannen mit der Herzdruckmassage. Der Notarzt bemühte sich mit seinen Helfern, den Leblosen der Welt zu erhalten. Kein Atemzug, kein Herzschlag ließen sich dem Mann mehr entlocken. Als sie ihre Bemühungen einstellten und den Defibrillator einpackten, begann man über die Todesursache zu rätseln. Wovon konnte dem Bürgermeister so übel geworden sein, dass sein Herz einfach stillstand? Es fanden sich auf den ersten Blick keine Anzeichen einer Gewalttat, aber welche unsichtbare Sense sollte sonst einen Mann im besten Alter einfach so dahin mähen? Jungjohann galt trotz seines Bäuchleins als kerngesund, und obwohl er für sich jeden Sport ablehnte, erledigte er seine Dienstfahrten häufig auf einem Mountainbike und strampelte sogar die gewundene Straße hoch zu seinem Haus.

Aus den Aussagen zweier Bediensteten ging hervor, dass der Bürgermeister vor seinem Ende noch mit Frau von Baudissin und ihrem Notar in der Cafeteria gesessen hatte. Da man mit der alten Dame recht laut sprechen musste, hatte eine Reinigungskraft mithören können, wie sich Herr Jungjohann dafür bedankte, dass die versprochene Schenkung in die Verfügung aufgenommen worden war. Frau von Baudissin war von ihrem Notar offenbar dazu überredet worden, die Frist für die geforderte Vorleistung mit den Gedenktafeln zu verlängern.

Der regionale *Oberbergische Anzeiger* hatte berichtet, wie dem Bürgermeister am Freitag, nach der Jubiläumsfeier im Seniorenheim, die

Haushaltsdebatte im Ratssaal entglitten war. Nach einem unverschämten Auftritt des rechten Mehrheitsführers Alfred Massenbach musste er die Sitzung schließen. In naher Zukunft waren also keine positiven Beschlüsse zu Frau von Baudissins Gedenktafeln zu erwarten.

Die heftigen Reaktionen im Stadtrat hatte der Bürgermeister, so las man, mit der Bemerkung provoziert, dass die anonymen Drohungen, die ihn per E-Mail und auf der Facebook-Seite der Stadt erreichten, wohl auf Veranlassung einiger Stadträte verfasst worden seien. Außerdem hatte der bislang unbekannte »Freundeskreis Robert Ley« im Netz angekündigt, man werde der »schwulen kommunistischen Bürgermeistersau die Eier abschneiden«. Im letzten Frühjahr hatte Jungjohann eine der beiden Siamkatzen, die ihn und seinen bronzehäutigen Lebensgefährten, einen jungen Musikstudenten aus Afghanistan, in ihrer alten Villa umstrichen, an einer Birke aufgehängt gefunden. Auf einem Zettel, den man dem toten Tier mit Klebestreifen um den Schwanz geklemmt hatte, las man: »Fremde Katzen und Neger, die hier rumschleichen, RAUS!« Zwar spendeten einige Bürger ihrem Jungjohann viel Mitgefühl und Trost, aber als er sich dazu im Stadtrat äußerte, fiel er in seiner Verbitterung gänzlich in den Dialekt zurück und klagte:

»De Lük sing all schwör am Kriesche, wenne Katz jestorve is, ävver nit, wann dä Börjermeister aafjekratzt is. Dä krit kinne Träne nojekrische.«

Warum aber hatten seine Feinde dann Sankt Gundula als Tatort gewählt? Sie hätten ihn doch auf seinem abendlichen Weg nach Hause im Dunkeln leicht vom Rad stoßen und erledigen können. Die inzwischen eingetroffene Polizei und kurz danach die Kriminalkommissarin Annabelle Petrosian wollten keine Tatvermutungen äußern. Man habe gleich die Staatsanwaltschaft in Bonn informiert. Ehe ein Ermittlungsverfahren eingeleitet würde, hieß es, sollten die Ergebnisse der Obduktion abgewartet werden. Die Leiche des Bürgermeisters sei nach der Spurensicherung sofort in das gerichtsmedizinische Institut der Uni Köln zu überführen.

Die Kommissarin, eine ansehnliche blonde Frau von Mitte dreißig, stand in verwaschenen Jeans, grünem Parka und einem mintfarbenen Rucksack vor dem Lift im Erdgeschoss, wo vier Beamte in weißer Schutzkleidung noch mit der Spurensicherung beschäftigt waren. Das linke Bein stützte sie auf eine Sitzbank, um auf dem Pult ihres Knies in ein kleines Notizbuch zu schreiben. Eine der älteren Damen kam ihr bekannt vor.

»Wie war noch Ihr Name?«

»Ich bin Frau Vanderwielen und wollte mich als Zeugin melden.«

»Haben Sie etwas beobachtet, Frau Vanderwielen?«

»Nein, eigentlich nichts. Ich habe meinen Mittagsschlaf gehalten. Ich weiß nicht, ob Ihnen das hilft. Ich brauch einfach meinen Schlaf!«

Es waren brüchige Stimmen und wie mit Gehhilfen bewegte Zungen, denen sie die ersten, etwas unklaren Auskünfte verdankte. Dann entfernte sie sich vom Ort des Unglücks, wo der Fotograf die von Senioren gerahmte Szene mit letzten Blitzen festhielt. Sie begann einen Rundgang durch das unterweltlich wirkende Haus. Noch wehten tomatensoßenartige Gerüche des Mittagsmenüs nach. Sie stieg die Treppen empor und lauschte auf Geräusche. Auf zwei Ebenen ging sie die von Sparlampen beleuchteten Flure entlang, wo andere Senioren in Grüppchen saßen und miteinander schwiegen. Einige trugen noch ihre Essschürzen, auf denen die Tomatensoße rote Hieroglyphen geschrieben hatte. Rollatoren und Rollstühle waren im Schneckentempo unterwegs. Andere Seniorinnen saßen in Sitzecken und schauten der Zeit hinterher. Einige schwatzten miteinander. Die Nachricht vom schrecklichen Ende des Bürgermeisters schien nicht alle erreicht zu haben. Hier und dort standen Türen offen. Durch das trübe Nachmittagslicht einiger Apartments flimmerten Fernsehfarben. Von der Eingangshalle unten her hörte man große Plastikfolien wie nasse Segel flattern, wenn sich dort die Automatiktüre öffnete und der Wind hereinfegte. Die Folien gehörten zu den Schutzwänden der Räume, wo gerade die Asbest-Sanierung durchgeführt wurde.

Während Annabelle das Seniorenheim inspizierte, dachte sie an ihre eigenen Eltern, die in die Jahre gekommen waren, an den pensionierten Richter-Vater, der jetzt Krimis schrieb, aber nach einem Herzinfarkt demnächst in die Reha ging, und an die Mutter mit ihrem üblen Makula-Defekt. Sie würde für beide sorgen müssen, weil ihre kleine Luxus-Schwester Désirée als Modetussi durch die Welt tourte und die Alten höchstens mit albernen Fotos aus ihren Modejournalen versorgte.

Vor einem Glaskasten neben dem Aufenthaltsraum im oberen Stockwerk blieb die Kommissarin stehen, um den mit hübschen Zeichnungen illustrierten Veranstaltungsplan des Seniorenheims zu studieren. Messe, Andachten, Spiele, Gymnastik, Singen. Alle 14 Tage mittwochs wurde ein Vortrag gehalten. Das Programm hieß »Die Seniorenuniversität«. Dazu hatte jemand den mit feinem Flaum verzierten Kopf Wilhelm von Humboldts auf einem Rollator-Fahrer montiert. Ein Thema fiel ihr auf: »Nasen sind nicht nur für die Brille da«. Frau Doktor Schlecht, Studienrätin i. R., hatte das angekündigt. Den Namen einer Schuldirektorin i. R., die über »Lady Chatterley im Rheinland« vortragen sollte, hatte die Kommissarin soeben als Zeugin in ihr Notizbuch notiert. Es war Frau Carmelinde Schutten. Am Mittwoch vor drei Wochen sollte ein Professor Sonderegger über die »Geschichte der Tiermalerei« referieren. Jetzt fiel der Kommissarin Petrosian auf, dass an den Wänden des Treppenhauses einige großformatige Tierbilder hingen: Wildkatzen, Wölfe, Delphine, Hyänen blickten dem Betrachter ernst ins Auge.

Sie stieg wieder hinunter ins Büro der Leiterin Frau Naujoks. Die sportliche Frau mit dem graublonden Pferdeschwanz saß benommen auf dem Drehstuhl vor ihrem Bildschirm.

»Eigentlich müsste ich den Plan der nächsten Woche ausarbeiten«, seufzte sie und zeigte auf einen Berg Papiere, »aber ich kann keinen vernünftigen Gedanken mehr fassen. Ach, die Heilige Gundula stellt uns immer wieder auf die Probe. Der Tod ist zwar ein vertrauter Gast in unserem Hause, aber er hat sich bislang sanfterer Mittel bedient.«

Der Bürgermeister sei in den letzten Wochen häufiger ins Seniorenheim gekommen, um mit Frau von Baudissin zu verhandeln, allerdings habe sich zumeist auch der Notar der alten Dame, Herr Doktor Siepenbrück, dazu gesellt. So wären Herr Jungjohann und Doktor Siepenbrück beinahe zu Dauergästen in Sankt Gundula geworden. Vielleicht könne die Kommissarin den Herrn Notar, der nebenan in der Cafeteria sitze, ansprechen und etwas über die Testamente der alten Dame erfahren. Es ging nämlich das Gerücht, dass Frau von Baudissin über die Verteilung ihres großen Vermögens nach ihrem Tode immer wieder neu verfüge, je nachdem, wie ihre Stimmung war. So hatte sie auch Sankt Gundula einen größeren Betrag aus ihrem Nachlass in Aussicht gestellt, diese Bestimmung aber wieder verärgert gestrichen, als man es ablehnte, die Dame aus ihrem Nachbarzimmer, Frau Schallück, auszuquartieren.

Frau von Baudissin hatte sich beklagt, dass sie ewig die Tanzmusik von nebenan mithören musste. Dabei saß Frau Schallück, eine freundliche, heitere Dame mit leisen Ausfallerscheinungen, am liebsten in einer stillen dunklen Ecke gegenüber den beiden Apartments. Nur wenn sie in ihrem Zimmer tanzte, stelle sie ihren CD-Player zu laut. Sie war früher Tanzlehrerin gewesen und lud ihre Besucher gerne ein, mit ihr Walzer oder Tango zu tanzen. Ähnlich habe Frau von Baudissin der Friseurin mitgespielt, die sie erst sehr sympathisch fand und der sie einige tausend Euro aus ihrem Vermögen versprochen hatte, bis sie sich einmal darüber ärgerte, dass der Preis für Waschen und Föhnen um zwei Euro gestiegen war.

Der Notar Doktor Waldemar Siepenbrück war ein älterer gepflegter Herr, den der Tod des Bürgermeisters sichtlich mitgenommen hatte. Er hockte einsam in der Cafeteria im Parterre des Seniorenheims. An den Wänden hingen auch zwei großformatige Gemälde von wilden Tieren, die in das dünne Licht glotzten. Der Notar fummelte auf seinem blinkenden Mobiltelefon herum, als die Kommissarin zu ihm trat. Etwas mühsam erhob er sich zu einer großen, etwas dürren Gestalt und gab ihr die Hand. Die war so vogelkrallenartig knochig, dass die Kommissarin ein paar mit Haut umwickelte Holzstäbchen zu ergreifen glaubte. Nachdem er sich wieder gesetzt hatte, bestätigte der Notar, dass man hier am späten Vormittag über die Verfügung seiner Mandantin gesprochen habe und zu einer Lösung gekommen sei. Frau von Baudissin wollte der Stadt für bestimmte Aufgaben zur Integration der Migranten und zur Förderung deren Kinder eine beträchtliche Summe spenden. Allerdings stellte sie die bekannte Bedingung, dass an den Häusern, wo deportierte jüdische Bürger gewohnt hatten, Gedenktafeln angebracht würden. Der Historiker Fritz Sommerlatt habe in ihrem Auftrag dafür eine Liste erstellt und die Häuser im Stadtplan markiert. Frau von Baudissin war aber jetzt bereit, sich wegen der schwierigen Lage im Stadtrat eine Zeitlang zu gedulden, und daher habe sie die Schenkung in einer Nachlassverfügung bestätigt.

»Ach, Frau Kommissarin«, seufzte Herr Siepenbrück, »ich habe gedacht, dass mich Frau von Baudissin als ersten ins Grab bringen würde. Wissen Sie, ich habe meine notarielle Tätigkeit vor fünfzehn Jahren beendet und die Kanzlei an meinen Neffen übergeben. Aber sie ist die Witwe eines Freundes und langjährige Mandantin. Eigensinnig besteht sie darauf, dass ich ihre Angelegenheiten weiter regeln soll.«

»Und warum belastet Sie das so?«, fragte die Kommissarin vorsichtig nach.

Zögernd vertraute ihr der Notar an, dass er beinahe jede Woche eine Änderung ihres letzten Willens aufnehmen und beurkunden müsse. Das erfordere dann stets einigen Aufwand. Aber sollte die Kommissarin weitere Auskünfte benötigen, dann würde er sie an einem der nächsten Tage in seine Kanzlei bitten. Nach diesem Vorfall fühle er sich zu mehr nicht in der Lage. Sein Neffe werde ihn gleich abholen.

Kurz darauf meldete sich das Mobiltelefon der Kommissarin mit dem lärmenden Song *Highway to Hell* von AC/DC. Klar, die Musik kündigte eine dienstliche Sache an. Es war der Stadtdirektor Felix Noss, einer dieser reizenden Chefs, die nur reden und nicht zuhören. Noss bat sie, den Gang zum Haus des toten Bürgermeisters zu übernehmen und dem jungen Lebensgefährten des Verstorbenen die schlimme Nachricht zu überbringen. Es war eines der Hauptthemen der Stadt, dass Jungjohann seit zwei Jahren mit einem Musikstudenten aus Afghanistan liiert war und ihn sogar geheiratet hatte. Seitdem pilgerten Neugierige zur LIDL-Filiale im Einkaufszentrum, um den dort mit Aushilfsarbeiten beschäftigten Mann zu begaffen. Er hatte, wie es hieß, noch nicht den DIHS-Sprachtest bestanden, um das Musik-Studium an der Kölner Uni fortzusetzen.

Etwas verwirrt durchschritt die Kommissarin die enge Eingangshalle, die die Asbest-Sanierer zwischen den deckenhohen Gestellen mit den Schutzfolien freigelassen hatten. Draußen setzte sie sich dem Herbstwind aus, atmete tief und genoss trotz des regnerischen Wetters die Schritte zu ihrem Auto. Noch stand der Wagen der Spurensicherung auf dem Parkplatz neben dem Dienstwagen der Polizei. Auf dem kurzen abschüssigen Weg zu den Parkbuchten übte ein kleiner dunkelhäutiger Skater. Auf seinem regennassen pinkfarbenen Hoodie las sie »Just Shit«.

»Stimmt!«, murmelte die Kommissarin.

Im Schritttempo arbeitete sich ihr alter grüner Polizei-Audi durch die Stadt, die an diesem Dienstag durch Bauarbeiten, Umleitungen und starken Verkehr verstopft war. *Just shit!*

Schrumm, schrumm! Jetzt rief ihre Mutter an. Annabelles Ruben hatte für mütterliche Anrufe die Akkorde des Gitarren-Intros von Robbie Williams' *Motherfucker*-Song als Klingelton programmiert.

»Hallo Anna, hörst du mich?«, kitzelte es in ihrem Ohr. »Wir können telefonieren. Der Papa ist bei seinem Stammtisch.«

»Nein Mama, ich kann gerade nicht mit dir sprechen«, rief Annabelle genervt, »ich habe eine total unangenehme Sache zu erledigen!«

Jungjohanns Haus lag knapp einhundert Meter abseits von der gewundenen Straße am Wiedenhofpark. Ein paar Fußgänger schlichen mit Hunden durch den Nachmittag. Ein Jogger keuchte vorbei und überholte zwei Nonnen, die untergehakt den Böen trotzten. Jungjohanns renovierte Fachwerkvilla leuchtete weiß aus dem grauen Tag. Sie umgab ein parkähnlicher, von Birken und Linden bewachter Garten, der das späte Licht aufsaugte. Gelbe Blätter wehten nieder, drei Krähen zankten sich auf einem der Äste. Wollten sie noch vor ihr die Nachricht überbringen? Auf der rückseitig angebauten überdachten Veranda der Villa schwang im Wind eine Hollywoodschaukel. Die gepflegte Anlage umschloss eine von weißen Holzlatten gekrönte Natursteinmauer.

Die Kommissarin stellte ihr Auto ab, zog die Kapuze ihres Parka über den Kopf, weil es wieder stärker regnete, und näherte sich dem Haus. Den Weg deckte weißer Kies, auf den sich wenige herbstliche Blättchen gewagt hatten. Es roch erdig und feucht nach spätem Oktober. Unter dem Knirschen ihrer Schritte probte sie die Sätze, die sie gleich sagen sollte. Über das schwarze Fachwerk an der Fassade der Villa krochen Weinranken empor und umrahmten einige der weißgestrichenen Fenster mit den bergisch-grünen Schlagläden. Neben der Eingangstür stand Jungjohanns Fahrrad.

Annabelle Petrosian holte tief Luft, läutete und lauschte auf Bewegungen im Haus. Da es eine ganze Weile keine Reaktion gab, betätigte sie die Glocke ein zweites Mal. Endlich hörte sie eine Tür schlagen. Kurz darauf öffnete ein junger schlanker, blondierter, dunkelhäutiger Mann, der leise »hallo« sagte und sie fragend anschaute. Offenbar kam er eben aus dem Bad, denn er trug ein knappes rosa T-Shirt mit gelben Shorts und verströmte den warmen Duft frischer Pflegemittel. Auf seiner Stirn glänzte es noch feucht. Ein wenig befangen zog die Kommissarin ihre Kapuze zurück und zeigte ihren Dienstausweis. Mit belegter Stimme setzte sie zu ihrer Mitteilung an. Nach wenigen Worten merkte sie, dass der junge Mann ihr nicht richtig folgen konnte. Als ob der Wind ihre Sätze davontrüge. Doch er spürte wohl, dass etwas Schlimmes vorgefallen war, denn er nestelte unruhig an den Bändern seiner Sporthose. Sie wusste nicht, wie viel Deutsch er verstand. Die Kommissarin sprach noch einmal betont langsam:

»Ich bin Polizeibeamtin, und leider muss ich Ihnen eine traurige Mitteilung machen. Der Herr Bürgermeister Jungjohann ist heute tot aufgefunden worden. Mein herzliches Beileid! Es tut mir sehr, sehr leid.«

»Was Pollzei?«, fragte der junge Mann mit heiserer Stimme, und Ratlosigkeit breitete sich über seine Züge. »Was Pollzei tot auffunden?«

»Der Bürgermeister ist heute Mittag tot aufgefunden worden«, wiederholte sie langsam und sagte es dann noch einmal.

Während sie unter dem Vordach des Hauses gegen Wind und Regen Schutz suchte, sah sie, wie in seinen braunen Augen Verständnis keimte. Seine Lippen öffneten sich, als wollte er etwas sagen. Trotz der angespannten Situation dachte die Kommissarin bei sich, dass der Lebenspartner des toten Bürgermeisters ein hübscher Bursche war. Wie ein atmendes Stück Milchschokolade. Nur das dünne Bärtchen, das sich aus seinem Kinn hervormühte, störte das Bild. Immer noch schien er nicht ganz zu begreifen.

»Möchten Sie vielleicht mit auf die Polizeiwache kommen?«, fragte sie leise. »Dann könnten wir Ihnen auch psychologische Betreuung anbieten.«

Langsam spiegelten die Züge des jungen Mannes die Wirkung der Nachricht wider. In seinen Augen wechselten Überraschung und Entsetzen. Er ließ die Schultern hängen und legte klagend beide Hände auf die Türklinke. Im Inneren des Hauses schlug eine Standuhr fünf Mal. Eine Katze schlich vorbei. Immer noch ging stoßweise der Wind und versprühte kurze Regenschauer. Danach war nur ein Traktor zu hören, der die Straße empor tuckerte. Der junge Mann in der Tür schluckte, holte tief Luft und fragte stammelnd:

»Bügemeissa ganz tot? Wie passiert?«

»Ja, ja, es ist wahr. Es tut mir unendlich leid. Er ist plötzlich gestorben, und wir wissen nicht warum. Er ist leider tot. Ganz tot.«

Das hätte sie normalerweise nicht gesagt, aber vielleicht verstand er diesen Ausdruck besser. Nichts alberner, als mit Ausländern so ein dämliches Kauderwelsch zu sprechen! Ihr eigener Mann Ruben, aus Armenien stammend, hatte ihr das klargemacht. Sie hätte sich auf die Zunge beißen können.

»Haben Sie mich verstanden, Herr, ähm, Sie heißen auch Jungjohann?« Die Kommissarin zog wieder ihre Kapuze über den Kopf, weil sie ein neuer feuchter Schauer von der Seite erreichte.

Aber jetzt wichen die Überraschung und das Entsetzen von seinem Gesicht, ein Ausdruck von Nachdenken legte sich darüber, und schließlich fragte er:

»Hat Jungjohann bekommt Erb?«

»Das kann ich Ihnen jetzt nicht sagen«, antwortete die Kommissarin überrascht. Das kurze Schokoladengefühl beim Anblick des leicht-bekleideten Mannes verflüchtigte sich, und amtliche Gedanken traten an seine Stelle. Wieso fragt er bei dieser schlimmen Nachricht als erstes nach dem Erbe? Sie verscheuchte diesen Gedanken.

»Vielleicht kommen Sie doch mit auf das Kommissariat. Dort könnten wir Ihnen weitere Informationen geben.«

»Nich Erb von hundert alte Frau?«

Der Lebenspartner des Bürgermeisters spricht doch etwas Deutsch, dachte sie. Aber man würde ihm helfen müssen.

»Ich kann Ihnen im Augenblick dazu nichts sagen. Ich komme nur, um die traurige Nachricht zu überbringen, Ihnen von Herzen mein Beileid auszudrücken und unsere Hilfe anzubieten.«

»Hannes ganz tot un kein Erb von hundert alte Frau«, murmelte der junge Mann, während sich Tränen lösten. Er wandte sich ab und ging langsam in das Haus zurück, ließ die Tür aber offen, so dass die Kommissarin nicht wusste, ob sie ihm folgen sollte. Noch einmal las sie das Türschild, das sie zuvor nicht beachtet hatte, und dort stand tatsächlich »Hannes + Mehmet Jungjohann«. Konnte sie einfach gehen? Von innen vernahm sie lautes Schluchzen. Zögernd betrat sie das großzügig und stilvoll kühl eingerichtete Haus. Mehmet fand sie in einem großen Wohnraum. Er saß dort mit gekreuzten Beinen auf einem grauen Teppich, das Gesicht in die Hände geschlagen, und ließ sich von seinem Weinen schütteln. Sie trat einige Schritte näher, aber widerstand der Anwandlung, dem Unglücklichen tröstend über den Kopf zu streichen.

Annabelle Petrosian schaute sich um. Der Raum war mit zwei hellgrünen Polstergarnituren eingerichtet. Im Hintergrund stand ein weißes Klavier, daneben mehrere Gitarren mit Verstärkern und Lautsprechern. Auf einem Bildschirm gegenüber der vorderen Sitzgruppe liefen ohne Ton Szenen eines Schwulenpornos. Auf der in sanftem Mint getönten Wand hing ein großes Tierbild, das offenbar vom gleichen Künstler stammte, der auch das Altenheim beliefert hatte. Ein mächtiges Krokodil mit leicht geöffnetem Maul, einer Reihe spitzer Zähne und der Schlafzimmerblick schüchterten den Betrachter ein, aber das leicht Unbeholfene der Darstellung linderte die Drohung. Wenige Meter daneben bewegte sich gemächlich hinter Glas das Pendel der Schlaguhr, die sie vorhin gehört hatte. Ganz im Hintergrund gab ein Fenster ohne Gardinen den Blick auf den dämmernden Garten frei, wo immer noch Laub durch die Luft wirbelte.

Auf dem großen Tisch in der Mitte stand ein Teller mit einer ange-
bissenen Pizza. Papiere lagen neben einem aufgeklappten MacBook,
auf dem die gleichen Szenen liefen wie auf dem großen Bildschirm.
Während das Schluchzen des jungen Witwers etwas nachließ, warf
die Kommissarin einen Blick auf die Papiere und glaubte dort mehrere
Schreiben mit dem Kopf des Notariats Siepenbrück zu erkennen, vielleicht der Entwurf eines Testamentes. Sie musste aber ihre Neugier-
de zügeln, weil Mehmet aufgestanden war, mit einem kurzen Blick aus
feuchten Augen zum Klavier im Hintergrund des Zimmers schlich und
sich setzte. Dann spielte er ein paar Akkorde und fing an zu singen.

Es klang orientalisch, die Stimme bewegte sich klagend durch hohe Register, und das Klavier gab dem rhythmischen Auf und Ab leise exoti-
sche Akkorde mit. Die Kommissarin glaubte zu hören, wie der Sänger
die Worte »Hannes ganz tot« silbenweise in die Tonfolgen einfügte. Der
arme Kerl schien ganz in seinem Jammer versunken, die Melodienbögen
wollten gar nicht aufhören. Die Kommissarin trat noch einmal an den
Tisch mit den Papieren. Eines der Dokumente enthielt eine gelb markierte Passage, die sie unter Seitenblicken auf den Rücken des Sängers
überflog. Der Paragraph betraf den Nachlass der Frau von Baudissin. Darin wurde dem namenlosen Begünstigten eine mehrstellige Summe in
Aussicht gestellt. Die Sache war wohl an Bedingungen geknüpft, die sie
nicht mehr studieren konnte, weil ihr Mobiltelefon *Highway to Hell* an-
stimmte. Stadtdirektor Noss erkundigte sich, wie Herr Jungjohann auf
die Todesnachricht reagiert habe. Als sie die seltsame Situation beschrei-
ben wollte, hörte Noss aber wieder nicht zu, sondern kündigte an, dass
gleich die Schwester des Verstorbenen aus Morsbach eintreffen und sich
um den Hinterbliebenen kümmern wolle. Ohne Hilfe würde der junge
Mann wohl mit der Situation nicht zurechtkommen. Unterdessen windete sich Mehmet weiter durch die Schleifen seines Klageliedes mit dem
Refrain »Hannes ganz tot«. Die Kommissarin nutzte die Gelegenheit,
um noch einmal auf die Papiere zu schauen. Neben dem Baudissinischen
Testament mit der gelben Markierung lag noch eine nachlässig gefaltete
Nachlassverfügung des Bürgermeisters, die ebenfalls aus dem Notariat
Siepenbrück kam. Das Schriftstück war für eine hastige Lektüre zu um-

ständlich abgefasst, und es gab keine markierte Stelle, aus der hervorging, wie vielleicht der letzte Wille des Bürgermeisters gelautet haben könnte.

»Wat is dattenn fürene Sauerei!«, hörte sie plötzlich eine schrille Stimme aus dem Hintergrund. Als sie sich erschrocken umdrehte, schüttelte eine elegante, auffällig zurechtgemachte Dame mit schwarzen hochgesteckten, verwehten Haaren ihren Regenschirm und klappte ihn zu. Sie war wohl durch die geöffneten Türen eingetreten. Die Dame trug einen dunkelblauen pelzbesetzten Poncho, der vorne offenstand und ihre über die Knie reichenden schwarzen, von Regentropfen glänzenden Stiefel zeigte. Sie wirkte mit ihrer schwarzen eckigen Handtasche geradezu dominamäßig, und auch die doppelreihige Perlenkette im Ausschnitt ihrer Bluse milderte den strengen Eindruck nicht. Ihr schweres Parfum, irgendwie aus Jasmin und Patschuli gemischt, hatte dem Herbstwind widerstanden und bedrängte Mehmets Badezimmerduft. Die Dame stürmte an der Kommissarin vorbei und trommelte wild auf der Tastatur des MacBooks herum.

»Wie kann man den Dreck denn abstellen?«, rief sie und starrte wütend auf den großen Bildschirm, wo sich eben eine unübersichtliche Gruppenfellatio abspielte. Im Hintergrund des Raumes war Mehmet aus seinem Gesang erwacht. Er stand vom Klavier auf und kam ihr zur Hilfe. Während Mehmet das lutschende Rudel vom Bildschirm bannte, stellte sich die Kommissarin vor. Nach kurzem Zögern nannte auch die elegante Dame ihren Namen: Katharina Jungjohann, die Schwester des Verstorbenen.

»Dat wor do woll nit de passende Unterhaltung jetz«, schimpfte sie und schaute die Kommissarin missbilligend an, als wäre sie für das inzwischen gnädig verdunkelte Geschehen auf dem Bildschirm verantwortlich.

»Ja, natürlich, Frau Jungjohann«, gab ihr Frau Petrosian recht. Der armeegrüne Kapuzenparka der Kommissarin mit dem mintfarbenen Rucksack bildete einen starken Kontrast zum eleganten Aufzug der Dame. Dann schaute Frau Jungjohann auf die Papiere neben dem MacBook, die sie bei ihrem Eintritt gerade in Händen der Kommissarin gesehen hatte. Flüchtig, anscheinend desinteressiert blätterte sie die Papiere durch, ehe sie sich Mehmet zuwandte, der in einem Sessel hockte und noch einmal eine feine Wolke edler Duschseife verbreitete.

»Dä Heinrich is tot, und kin Mensch weiß, worüm!«, klagte Frau Jungjohann. »Isch kannet einfach nit fassen.« Aber ihre Stimme klang trotz des Unglücks gefasst.

»Hannes ganz tot«, murmelte der Trauernde im Sessel. Frau Jungjohann warf ihren Mantel über einen Stuhl, setzte sich auf die Lehne des Sessels und legte ihm eine Hand auf die Schulter.

»Hügg morjen hammer noch telefoniert, dä Hannes un isch«, sagte sie nach einer Weile. »Da worer noch janz lebendisch. Unn jetz? Du muss jetz janz tapfer sin, Mähmett.«

Mehmet hatte die Beine eng an sich gezogen und sein Gesicht erneut in die Hände versenkt. Schweigen breitete sich um die Pendelschläge der Standuhr aus, und die Kommissarin Petrosian wiederholte in die Stille hinein, dass sie dem jungen Mann Hilfe angeboten habe. Als sie sich auf den Dank der trauernden Bürgermeisterschwester hin verabschieden wollte, bemerkte Frau Jungjohann wie nebensächlich:

»Wenn isch dat räscht seh«, befasst sich de Krimminalpolizei bereits mit' m Testament von mingem Bruder?«

»Nein, nein«, wehrte die Kommissarin ab. »Der Verstorbene war noch kurz vor seinem Tod im Seniorenheim mit testamentarischen Angelegenheiten befasst. Als ich vorhin hier etwas ratlos stand, während ihr Schwager am Klavier sang, fiel mein Blick zufällig auf diese Dokumente. Ich habe nur kurz prüfen wollen, ob sie vielleicht einen Bezug zu dem Unfall haben könnten.«

»Se meinen, et wor en Unfall?«, fragte Frau Jungjohann gleich nach. »Dat wär wischtisch wejen der Lebensversischerung vum Hannes.«

»Ich kann leider gar nichts dazu sagen, Frau Jungjohann«, gab die Kommissarin vorsichtig zurück. »Wir stehen am Anfang der Untersuchung, und wir wissen nichts Konkretes. Vielleicht war es ein plötzlicher Herztod. Aber einiges spricht dagegen. Ihr Bruder wurde bereits zur Untersuchung in die Kölner forensische Klinik gebracht. Und jetzt möchte ich Sie gerne mit ihrem Schwager allein lassen. Der junge Mann scheint wirklich Ihrer Hilfe zu bedürfen.«

Der Notar

Am nächsten Morgen meldete sich die Kommissarin Annabelle Petrosian erneut bei der Bonner Staatsanwaltschaft. Sie kündigte ihren Bericht an. Es gebe zwar keine Anzeichen für eine Gewalttat, dennoch wolle sie im Zusammenhang mit dem Tod des Bürgermeisters einige Auskünfte einholen. Man ließ ihr freie Hand. Dann bat sie im Notariat telefonisch um ein Gespräch mit Herrn Doktor Siepenbrück. Der alte Herr war zwar im Büro, fühlte sich jedoch nicht wohl und bat um eine Verschiebung. Vielleicht am Nachmittag. Er bestätigte aber auf ihre Nachfrage, dass ihm auch die unterzeichnete Nachlassverfügung des Bürgermeisters vorliege. Er habe sie zwar noch nicht gesiegelt, dennoch sei der letzte Wille des Verstorbenen auf diesem Papier dokumentiert. Über Einzelheiten wollte der Notar allerdings keine Auskunft geben.

Statt zum Notar ging die Kommissarin zu Fuß in das Seniorenheim, weil ihr Ruben heute mit dem Auto unterwegs war. Es waren eigentlich nur ein paar Schritte, aber auch für kürzeste Wege nahm sie sonst den Mazda, weil sie schon zu oft vom Regen überrascht worden war. In Sankt Gundula wollte sie mit der Leiterin Frau Naujoks und einigen Zeugen sprechen. Vor dem Eingang des Seniorenheims war es bei ihrer Ankunft immer noch trocken. Zehn Minuten ohne Regen! Wahrscheinlich ein neuer Rekord!

Auf den letzten Metern vor dem Eingang tönten wieder die *Motherfucker*-Gitarren aus ihrem Rucksack. Hallo Mama! »Ach, mein liebes Kind, wie geht's«, und die üblichen Nachrichten! Mama wickelte gerade Rindsrouladen, die Schwester Désirée hatte aus Lissabon angerufen, Onkel Sebastian, Mamas Bruder, hatte einen Blechschaden. Papa klagte über Kopfschmerzen, weil er gestern beim Richterstammtisch zu viel getrunken hatte.

»Außerdem hat er einen roten Fleck am Hemdkragen«, flüsterte die Mutter, »und er weiß nicht woher. Sieht aus wie Lippenstift. Meinst du, der Papa hat was mit einer Anderen, Annabelle? Da ist auch eine ledige Richterin beim Stammtisch! Die ist noch keine fünfzig!«

»Mein Gott, Mama, das glaube ich nicht«, seufzte Annabelle. »K
ich mir absolut nicht vorstellen. Er ist doch total mit seinen Krimis beschäftigt. Bei uns ist alles ok, Mama. Ruben hat eine Sportlervermitt-
lung und ist unterwegs, Henrikh langweilt sich in der Schule, den hol
ich später ab, und ich habe gerade einen schwierigen Fall zu lösen!«

»Bist du dir wirklich sicher, dass der Papa nicht heimlich ein Verhältnis hat?«

»Ja, Mama bin ich! Ciao!«

Shit! *How daddy let his demons out*, fluchte Annabelle im Robbie-Ton.
Die Asbest-Sanierer in ihrer blauen Schutzkleidung und mit den in die
Stirn geschobenen Atemmasken machten gerade Pause vor Sankt Gundula und tranken Kaffee aus Pappbechern. Sie verscheuchten den kleinen schwarzen Skater mit dem pinkfarbenen Hoodie, der zum Üben
anscheinend die Schule schwänzte. Ein paar Raucher standen im Kreis
und schnipsten die Reste ihrer Zigaretten in den Standaschenbecher
aus eklig angeschmutztem Edelstahl. Zwei Bewohner kreisten mit ihren Rollatoren. Einige Senioren standen dabei im Weg, andere telefo-
nierten. Tach zusammen! Durch die Drehtür gelangte die Kommissarin in die Vorhalle, wo es heute nach Toast und Kaffee roch. Die junge
Frau am Empfang blickte nur kurz auf. Sie schien Arbeiter, Besucher
und Bewohner nicht mehr zu sortieren. Instagram-Idiotie ersten Gra-
des, diagnostizierte Annabelle, nachdem sie einen Blick auf das iPad
der Empfangsdame geworfen hatte.

Im Büro saßen die Leiterin mit einer Schwester und zwei Pflegern
beim Kaffee. Der Wochenplan auf dem Bildschirm schien immer noch
unvollendet. Frau Naujoks stellte ihr Schwester Katharina sowie die
Pflegekräfte Rubinstein und Saccharin vor. Sie sollte sich zu ihnen setzen und eine Tasse Kaffee mittrinken. Auf dem Tisch lag ausgebreitet
der *Oberbergische Anzeiger* mit einem Bericht vom Tod des Bürgermeisters. Ein farbiges Portrait illustrierte die Reportage. Die Kommissarin
überflog den Nachruf, der zwar die Probleme im Stadtrat erwähnte,
ebenso die feindseligen Aktionen der Neonazis, aber er enthielt keine Andeutung auf ein vielleicht gewaltsames Ende. Darum aber drehte
sich die Unterhaltung des Personals. Zu mächtig wirkten die Bilder des

toten Jungjohann im Aufzug und die dramatischen Szenen bei der vergeblichen Wiederbelebung nach.

»Dem hammse sicher was in den Kaffee getan«, mutmaßte Herr Rubinstein, der vor Jahren aus Moldavien gekommen war. »In Russland ist das so üblich.«

»Das wird die gerichtsmedizinische Untersuchung klären«, meinte die Kommissarin.

Schwester und Pfleger nickten, als Frau Naujoks später berichtete, dass sich Frau Langensiepen am Morgen gemeldet habe, um in dieser Angelegenheit eine wichtige Aussage zu machen. Es handele sich um einen Tipp für die Kripo. Die Kommissarin nahm nur einen Schluck des angebotenen Kaffees und ließ sich von Herrn Saccharin zum Apartment der alten Dame führen. Schon von außen hörte man das Dröhnen des Fernsehers. Die Seniorin brachte das TV zum Schweigen, streckte ihrem Besuch eine feine, blaugeäderte Hand entgegen und begrüßte sie mit der Bemerkung: »Im Fernsehn löppt sowiso nix Vernüftijet, un vom Bürjermeister hammse auch nix jebracht.« Die hätten sie mal fragen sollen. Die Kommissarin zückte ihr Notizbuch.

»Isch wollte Ihnen 'nen wischtijen Hinweis jeben«, sagte Frau Langensiepen. Sie schaute sich um, ob noch jemand zuhörte, aber Herr Saccharin war bereits wieder unterwegs. Dann neigte sie ihr Wolkenhaupt ans Ohr der Kommissarin und flüsterte:

»Wissense, wat die aale Baudissin an ihrem Jeburtstach zum Bürjermeister jesacht hätt?«

Frau Petrosian schüttelte den Kopf.

»Hätt dat denn noch kinner jemeldet?«, kam die nächste Frage.

»Nein, was hat sie denn gesagt?«

»Se hat jesacht, dat der Bürjermeister näxtet Johr widderkommen soll.«

»Ja, und?«

»Und dann hat der Bürjermeister jesacht, dat er dat jern tun würde.«

»Ahaa!« Frau Petrosian heuchelte Interesse.

»Nu, stellen Se sisch ens vür, wat die aale Baudissin dann jesacht hätt?«

»Verraten Sie es mir doch bitte, Frau Langensiepen.«

»Se hat jesacht, ›Ja, schön, wenn Se dann noch leben!‹«

Die alte Dame blickte aus ihren wasserblauen, leicht trüben Augen Frau Petrosian erwartungsvoll an. Die war überrascht, denn sie hatte keine sachdienliche Mitteilung mehr erwartet. Aber war das ernst zu nehmen? Sie fragte noch einmal nach und ließ sich den Verlauf der Geburtstagsfeier vor vier Tagen schildern. Frau Langensiepen hatte noch mehr Details parat: den lauten Auftritt des Bürgermeisters, seine peinliche Frage nach den Enkelchen, Frau von Baudissins sarkastische Antwort, dass sie keine Familie, sondern nur Erben habe, darunter den Bürgermeister selbst. Die Kommissarin spürte, dass ihre Zeugin die hundertjährige Mitbewohnerin nicht allzu sehr schätzte, denn in ihre Erzählung wob sie manch spitze Bemerkung ein. Vor allem über das Geld der »aalen Baudissin«, die sich doch »wie ein Joldesel im Rollstuhl« aufführte. Allen Leuten habe sie versprochen, dass sie was von ihr erben würden. Sie wisse das genau, und sie nannte im Flüsterton die Glücklichen: die Enkel des Herrn Reinhardt, die nette Friseuse und den Zahnarzt.

»Dä kritt dann auch dat janze Jold, dat se in den Zäng hätt, widder!«, lachte Frau Langensiepen.

Da gebe es sicher noch mehr Erben. Den Bürgermeister habe sie auch nur mit ihrem Geld angelockt. Sonst wäre der ja nie erschienen. »Ävver im Sitze kannsse kinne Jolddukaten scheißen«, sagte sie wieder mit einem vulgären Lachen. Mit einem gekünstelten Glucksen stimmte die Kommissarin ein, dann dankte sie freundlich. Nach einem neuerlichen Irrweg durch die Gänge des Heims fand sie die Treppe und gelangte wieder unten in das Büro der Leiterin, um nach weiteren Zeugen zu fragen, die sich an Frau von Baudissins Bemerkung erinnerten. Und tatsächlich hatten die Mitarbeiter gehört und gesehen, wie der Bürgermeister zur Gratulation auftrat. Nur war niemand auf den Gedanken gekommen, dass das irgendeine Bedeutung haben könnte. Allerdings musste man sich fragen: welche Bedeutung?

Jetzt wollte die Kommissarin Frau von Baudissin selbst sprechen. Frau Naujoks fuhr mit ihr im Aufzug zum Apartment hoch, um nach der Bewohnerin zu schauen, die heute nicht zum Frühstück erschienen war. Die alte Dame lag noch halbaufrecht in ihrem Bett, eine altmodische Lesebrille auf der Nase. Sie hatte am Morgen einen kleinen Schwächeanfall erlitten, inzwischen studierte sie aber schon wieder die Zeitung. In ihrem großräumigen, düster wirkenden Apartment roch es nach der unverkennbaren Frische eines Raumsprays. Und es herrschte strenge Ordnung. Unter dem Fenster mit zurückgezogenen dunkelroten Vorhängen, stand ein bequemer brauner Lesesessel mit einer über die Armstütze gefalteten, blaurot karierten Flauschdecke, und in der Mitte umringten vier Stühle einen hellen, eckigen Tisch. An der Wand erhob sich neben dem Rollstuhl ein Regal, das einige sorgsam geordnete Bücher und eine lange Reihe penibel beschrifteter Aktenordner barg. Auf dem Nachttisch lag auch aufgeschlagen der *Oberbergische Anzeiger* mit dem Nachruf auf den Bürgermeister. Auf sein Foto aus der Zeit, da er noch lächelte, fiel vom Spotlight über dem Kopfteil des Bettes etwas Licht. Von der Seite hörte man im Radio eine Regionalsendung.

Frau von Baudissin sagte entschuldigend, sie hätte ihre Morgentoilette bereits erledigt gehabt, als sie sich mit einer »kleinen Nausea«, wie sie es ausdrückte, erneut hinlegen musste. Sie trug einen grünen Wollpullover, aus dem der weiße Blusenkragen herausschaute. Eine lange schlaflose Nacht habe sie hinter sich, klagte sie, denn der tote Bürgermeister ginge ihr nicht aus dem Kopf. Gestern habe er noch bei ihr gesessen. Er sei gerade halb so alt geworden wie sie! Doch dann belebten sich ihre Züge, und sie setzte zu einer Beschimpfung der örtlichen Neonazis an. Sie habe keinen Zweifel: Die braunen Hohlköpfe mussten hinter dem Verbrechen stecken!

»Wir wissen doch noch gar nicht, ob es sich überhaupt um eine Gewalttat handelt«, warf die Kommissarin vorsichtig ein. Aber die alte Dame ließ das nicht gelten. Die Faschisten hätten schon früher gedroht und sogar die arme Katze des Bürgermeisters massakriert. Juden, Bürgermeister, Asylanten, Katzen, die Nazis murksten doch alles ab. Vor Erregung außer Atem, musste Frau von Baudissin eine kleine Pause einlegen.

»Alle anständigen Leute leben hier in Todesgefahr«, klagte sie dann weiter. »Mehr will ich lieber nicht sagen.«

»Ja, gibt es denn einen besonderen Grund, dass Sie sich so fürchten?«

»Was meinen Sie denn?«, erregte sich die alte Dame erneut, »gestern noch saß der Herr Bürgermeister hier an meinem Tisch, und jetzt ist er tot! Nicht irgendwo im Wald oder auf der Heide abgemurkst, nein hier, mitten in Sankt Gundula! Reicht das nicht, um sich zu fürchten?«

Die Kommissarin nickte verständnisvoll und stellte den Schutz der Polizei in Aussicht.

»Ich will Ihnen was sagen«, die alte Dame erhob sich aufrecht in ihrem Bett. »Jetzt hören Sie mal gut zu! Wenn Sie den Mörder schnappen, dann kriegen Sie von mir 10.000 Euro Prämie. Für die Ergreifung des Mörders! Wissen Sie, ich bin nicht ganz mittellos! Warum soll ich das alles den Erben in den Rachen schmeißen? Nein, Sie bekommen 50.000, wenn Sie den Mörder fassen! Versprochen! Ich beauftrage gleich meinen Notar! Aber beeilen Sie sich, ich will das noch erleben!«

»Oh, Frau von Baudissin«, reagierte die Kommissarin irritiert, »wir tun doch unsere Pflicht und ermitteln, sofern es dafür Anhaltspunkte gibt. Nur, wenn es keinen Mord gab, können wir auch keinen Mörder schnappen.«

»Es war Mord«, fauchte die Hundertjährige, »da können Sie Gift drauf nehmen.«

»Darf ich noch ein paar Fragen stellen?« Die Kommissarin stimmte ihren sanftesten Ton an und wartete, bis sich die Zornesfalten der alten Dame glätteten.

»Als sich gestern der Herr Bürgermeister bei Ihnen verabschiedete, sah man ihm da irgendetwas an? Hat er über Übelkeit geklagt?«

»Der Bürgermeister war sehr erkältet«, antwortete Frau von Baudissin, und in ihrer Stimme klang Mitgefühl nach, »aber den Katarrh schleppte er schon ein paar Wochen mit sich rum. Er hat sich dauernd so ein Zeug in die Nase gesprüht. Das hat er dort auf dem Regal vergessen. Das riecht nach Eukalyptus.«

»Ja, ich glaube, man riecht es noch«, sagte die Kommissarin. »Und war sonst jemand in seiner Nähe? Haben Sie irgendeine bekannte oder unbekannte Person gesehen, außer Herrn Notar Doktor Siepenbrück?«

Es waren noch ein paar andere Bewohner in der Cafeteria, vielleicht auch Gäste und Arbeiter, aber Frau von Baudissin konnte sich an keine dieser Personen erinnern, obwohl sie angestrengt aus dem Fenster schaute, wo wieder ein Blätterschwarm vorbei wirbelte.

»Und was haben Sie sich gedacht, als Sie an Ihrem Geburtstag meinten, dass der Herr Bürgermeister in einem Jahr vielleicht nicht mehr zum Gratulieren kommt?«

»Hören Sie diese furchtbare Musik, Frau Kommissarin?«, wechselte die alte Dame abrupt das Thema. Tatsächlich kam jetzt aus dem Nebenzimmer laute Musik.

»Diese alte Schallück, die ist halb dement und stellt ihr Radio so laut, dass man das eigene Wort nicht mehr versteht. Und immer Wiener Walzer! Ich werde noch verrückt!«

»Darf ich meine Frage wiederholen?«, setzte die Kommissarin erneut an. »Wieso glaubten Sie, dass der Herr Bürgermeister Ihnen vielleicht im nächsten Jahr nicht mehr gratulieren kann?«

»Das war Vorahnung«, sagte Frau von Baudissin nach einer Weile. »Ich hab' da wohl an die tote Katze gedacht, an die schleichende Katze wie an einen schleichenden Tod. Schauen Sie hier!«

Frau von Baudissin deutete auf das Bild über ihrem Bett. Dort hing ein großformatiges Tiergemälde, und es schien von der gleichen Künstlerhand zu stammen, die auch in Jungjohanns Wohnzimmer, hier im Treppenhaus und in der Cafeteria für animalisches Leben gesorgt hatte. Dieses Gemälde zeigte eine graue Katze, die sich durch dunkelgrünes Gras mit farbigen Tupfern bewegte, auf einer betauten Wiese oder in einem Blumengarten. Sie war auffällig in die Länge gezogen und blickte den Betrachter tiefsinnig aus grünen Augen an.

»Oh«, sagte die Kommissarin, »das ist ja ein tolles Bild! Ich glaube, im Treppenhaus hängen noch mehr davon. Wer ist denn der Künstler?«

»Sie kennen ihn nicht?«, fragte Frau von Baudissin erstaunt. »Das ist der Tiermaler Walter von Brehm, sein Künstlername. Richtig heißt er Herr Cornelius Reinhardt. Er wohnt hier bei uns. Ein reizender, gebildeter Herr! Und er kann so schön erzählen!«

Die Kommissarin wollte ihn unbedingt kennenlernen. Als sie sich verabschiedete und halb in der Tür stand, rief ihr Frau von Baudissin nach:

»Vergessen Sie nicht! 50.000 Euro, wenn Sie den Mörder schnappen! Aber machen Sie schnell, sonst ist der über alle Berge!«

***

Im Kopf der Kommissarin spielten diese 50.000 Euro eine süße Melodie, als sie in ihre Dienststelle, ein mit Schieferplatten verkleidetes Gebäude an der Brölstraße, zurücklief. Im Büro hockte ihr Vorgesetzter, Kriminalhauptkommissar Paul Möllenbeck, vor seinem Rechner und bearbeitete Hinweise auf eine anonyme Neonazi-Webseite, wo der Tod des Bürgermeisters auf hämische Weise kommentiert wurde. Aus dem Rathaus kam weiter die Meldung, dass auf der Facebook-Seite der Stadt jemand gepostet hatte: »Wir haben den schwulen Negerficker gekillt!« Dabei tauchte auf dem Bildschirm eine stümperhafte Fotomontage auf, in der auf den Rumpf einer Fernseh-Tatort-Leiche der Kopf des Bürgermeisters kopiert war. Jetzt mussten sie wohl oder übel auch noch nach Indizien für einen politischen Mord suchen.

Erst einmal setzten sie den neuen Kaffeeautomaten von DeLonghi in Betrieb und gönnten sich eine Pause. Die ganze Dienststelle hatte dafür gespart. Heute saßen Möllenbeck und Annabelle fast allein auf der Polizeiwache, weil die Kollegen von der Bereitschaft nach Gummersbach zum Beratungsnachmittag über Enkeltrickbetrüger abgeordnet waren. Die roten Kaffeebecher mit dem springenden Geißbock hatte Möllenbeck besorgt, Fanartikel des 1. FC Köln. An der Wand hing neben den Pinnwänden ein Mannschaftsfoto, auf dem die Kölner Fußballer mit ihrem Ziegenbock Zuversicht ausstrahlten. Neben dem Fenster kämpfte eine junge Monstera mit hilfesuchend ausgestreckten Blättern gegen die Bürotristesse an. Alle Anträge, die Räume wieder einmal zu streichen und das Mobiliar zu erneuern, waren aufgeschoben worden. Durch das Gemüt von Paul Möllenbeck, des runden, liebenswürdigen, rosigen, haarlosen Dienststellenleiters, den die Verlockungen der Ruhegehaltzeit bereits kitzelten, floss genug Phlegma, um derlei Misserfolge zu verkraften, während Kollegin Petrosian tagtäglich darüber fluchte. Geduldig ließ er seine Kommissarin jetzt beim Geißbock-Kaffee erzählen, dass man in Sankt Gundula für höhere Lebensqualität sorge als in den verrotteten Büros ihrer Dienststelle. Eben noch entwarf Möllenbeck in Gedanken eine tröstende Antwort (»dafür sind die Leute hier doch etwas weniger dement, Annabelle«), als das Faxgerät im Nebenzimmer zu rattern begann. Die schwarze Kiste, ein in die Jahre gekommenes und dadurch irgendwie beseeltes Exemplar, schob langsam und stockend ein Blatt auf den Bürotisch. Es war die erste Seite des Sektionsberichts über den toten Bürgermeister. Gespannt ließen die beiden ihren Kaffeebecher stehen, und während das Gerät noch weitere Blätter auswürgte, mühten sie sich durch das fachsprachliche Dickicht der ersten Gutachtenseite.

Es gab keine Anzeichen für einen unnatürlichen Tod. An der Leiche des Bürgermeisters ließen sich weder Verletzungen noch Einstichstellen finden. Der Tote litt an einer akuten hyperplastischen Rhinosinusitis. Schnell in Wikipedia nachschauen! (Ach so! starker Schnupfen). In den Stirnhöhlen, im Nasen- und Rachenraum fanden sich geschwollene und entzündete Schleimhäute, vermutlich Rhinitis medicamentosa durch Abusus (Aha, Missbrauch) von Xylometazolin und Eukalyptusölen. Spuren davon hatten sich im Blut gefunden. Die Augen ließen auf Anaphylaxis schließen (was Schlimmes? Nein, nur rötliche Schwellung). Allergisch? Der Mageninhaltsrest bestand aus gewöhnlichem Frühstück: Kaffee, Ei, Pumpernickel mit Schinken und Geleebrötchen. Das Hämatogramm (Blutbild) zählte eine leichte Erhöhung der eosinophilen Granulozyten (antiallergische weiße Blutkörperchen). Beim Urinscreening fanden sich keine Spuren von Drogensubstanzen oder Medikamenten. Die übrigen, vorerst nur routinemäßig erhobenen toxikologischen Daten zeigten nichts Auffälliges. An den inneren Organen des Toten fand man lediglich ein hämorrhagisches Lungenödem (Bluterguss) und kleine perikardiale Petechien (was immer das heißt). Einen kardiologischen Befund gab es auch nicht: Keine Anomalien der Gefäße oder der Herzmuskulatur. Die Leiche, so fasste der Berichterstatter zusammen, zeige keine Spuren einer Fremdeinwirkung. Allerdings hieß es am Ende, man wolle angesichts der unklaren Todesursache noch ein paar Dinge prüfen.

Die Kommissarin Petrosian und der Dienststellenleiter Möllenbeck starrten ratlos auf das Faxdokument, schütteten den kaltgewordenen Kaffee weg und füllten ihre Tassen am blinkenden DeLonghi ein zweites Mal. Kein Befund bei der Sektion, aber doch ein Neonazi-Mordbekenntnis im Netz. Eine seltsame Lage. Annabelle berichtete von ihrem gestrigen Besuch bei Jungjohanns Witwer Mehmet, der nach einem ersten Schock gefragt hatte, ob der »Bügemeissa das Erb bekommen« habe. Wenn Mehmet glaubte, der Bürgermeister wäre persönlich von der alten Baudissin begünstigt, dann könnte er sich auch vorgestellt haben, dass er wiederum seinen Witwer beerben würde. Offenbar hatte Jungjohann erst vor kurzem sein Testament aufgesetzt. Wollte er angesichts all der Anfeindungen gegen ihn und Mehmet seine Dinge für alle Fälle regeln? Lauter gewiss vage Hinweise, Ahnungen, Drohungen, Motive, die einen gewaltsamen Tod des Bürgermeisters denkbar machten. Aber die Mediziner erklärten: Der Bürgermeister hat nur aufgehört zu atmen.

Kriminalhauptkommissar Möllenbeck sah keinen Grund, oder er hatte einfach keine Lust, weiter zu ermitteln. Die Kommissarin Petrosian aber wollte wenigstens noch einmal mit dem Notar sprechen und sich über die Erbfälle informieren. Man konnte sich doch vorstellen, sagte sie ihrem Chef, dass die große Summe, die Frau von Baudissin der Stadt in Aussicht gestellt hatte, ursprünglich einem anderen, vielleicht erwartungsvollen Erben zukommen sollte. Die vermögende alte Dame hatte ja, wie man sich im Seniorenheim erzählte, mehrfach ihr Testament geändert.

Da allerdings pfiff der Kriminalhauptkommissar leise durch die Zähne.

»Wir haben eine Leiche. Keine Anzeichen für Gewalteinwirkung, aber vielleicht Leute, die vom Tod des Bürgermeisters profitieren könnten. Zwischen dem Toten und den Mordmotiven fehlt nur die Verbindung! Annabelle, das ist ein Ding wie gemacht für dich!«

***

Es war inzwischen Mittagszeit, und die Kommissarin hetzte zur Schule, um ihren kleinen Henrikh abzuholen, der ein schiefes Gesicht zog,
weil er nicht gleich ins Auto springen konnte. Henrikh hatte die Macke, immer wieder seinen linken Schuh zu verlieren, ohne es zu merken. Meistens fand der sich dann in der Umkleide der Turnhalle. Heute waren beide Füße beschuht. Also los! Vater Ruben konnte sich heute
nicht um Henrikh kümmern, weil er als Sportlervermittler unterwegs
war und beim KSV Witten einen armenischen Ringer vorstellte. Da sie
Henrikh weder allein zu Hause lassen noch bei seinen Freunden unterbringen konnte, nahm sie ihn mit zum Notar Doktor Siepenbrück,
der sie jetzt doch empfangen wollte. Henrikh war gerade mal neun Jahre alt, aber sein Vater hatte ihm bereits vor drei Jahren einen Schachcomputer geschenkt, weil er einen Großmeister aus ihm machen wollte. Seitdem duellierte sich der kleine Mann Tag für Tag in jeder freien
Minute mit dem elektronischen Gegner.

Die Büros der Rechtsanwälte und Notare Siepenbrück lagen im
Stadtzentrum. Zentren sind dort, wo man nicht parken kann. Gut,
dass sie heute zu Fuß kamen. Die Empfangsdame in der Kanzlei, die
an ihrem Rechner gerade Ebay-Kleinanzeigen durchsah, geleitete Mutter und Sohn in einen Besprechungsraum, der so elegant eingerichtet
war, dass ihn die Kommissarin neidvoll mit ihrer muffigen Dienststelle
verglich. Ein langgezogener ovaler Konferenztisch mit einer glänzenden Oberfläche in Anthrazit auf dünnen Edelstahlfüßen, sechs Freischwinger, auf denen Henrikh gleich zu schaukeln begann. Henrikh
ließ seinen linken Schuh fallen und hockte sich auf den Stuhl, der beim
Schaukeltest am besten abgeschnitten hatte. Dann bootete er seinen
Schachcomputer und biss in den mitgebrachten Tim-Mälzer-Snack.
Annabelle tat es ihm nach. Wenige Minuten später ging die Tür auf,
und der Notar trat leise und schleppend ein. Sein Lächeln zog die weltschmerzlichen Falten seiner Mundwinkel ein wenig in die Breite. Er
reichte Annabelle seine in langen dürren Fingern auslaufende Hand,
während sich Henrikh dank mütterlicher Untertischfußstöße zu einem kurzen »Hallo« aufraffte. Die Kommissarin entschuldigte sich

für die Krümel, die sie auf der glänzenden Tischplatte verstreut hatten. Aber der alte Notar überhörte das, denn er wollte erst den Schachcomputer erklärt haben.

»Na, Kumpel«, fragte Siepenbrück anbiedernd, »gewinnst du auch?«

»Klar«, gab Henrikh prompt zurück, »eigentlich immer!«

»Super! Kumpel. So muss es sein! Ich bin auch Gamer!«, sagte der Notar und legte sein Apple-Smartphone auf den Tisch, das er während des folgenden Gesprächs in kurzen Abständen prüfte.

»Ich hab' mir 1985 sofort einen Apple Lisa Computer für sagenhafte 10.000 Dollar gekauft. Das Ding steht noch in meinem Keller und ist inzwischen doppelt so viel wert. Ich werde die schöne Lisa meinen Enkeln vererben, sollte irgendwann in ihren Köpfen etwas Verstand heranreifen.«

»Ach ja, damit sind wir beim Thema ›Erbe‹«, meinte er weiter, und fragte die Kommissarin, ob es zur Todesursache beim Bürgermeister bereits Erkenntnisse gebe. Frau Petrosian wollte mit ihrem Wissen nicht gleich herausrücken. Vielleicht hätte sie mit der Info etwas in der Hand, um dem Notar ein paar Indiskretionen zu entlocken.

Aber den alten Siepenbrück schien ohnehin keine Diskretion zu hemmen.

»Frau von Baudissin ist, wenn ich mich so ausdrücken darf, sehr speziell«, sagte der Notar mit seiner brüchigen Stimme. »Ich habe Ihnen gestern angedeutet, dass ich seit Jahren dauernd neue Bestimmungen in ihren Nachlassverfügungen beurkunden muss. Ich mache das sehr ungern, weil die Änderungen im weiteren Familienkreis regelmäßig für Unruhe sorgen. Von den anderen wechselnden Begünstigten gar nicht erst zu reden.«

»Also hat sie mehrfach Begünstigte wieder aus ihrem Testament gestrichen?«, stellte sich die Kommissarin unwissend.

»Ja, einmal das. Sie hat außerdem zu Lebzeiten bereits beträchtliche Summen verteilt.«

»Ach, tatsächlich? Darf ich wissen, an wen?«

Um die Frage beiläufig klingen zu lassen, fegte die Kommissarin die

Brötchenkrümel mit den Händen zusammen und schüttelte sie in die Tüte zurück. Der Notar schaute ihr einen Augenblick zu. Dann sagte er hintersinnig:

»Sie sind doch sicher über die Verschwiegenheitspflicht der Notare im Bilde. Ich darf nichts sagen. Es sei denn, die Staatsgewalten zwingen mich dazu.« Eine neue Verschiebung der Mundwinkel zeigte an, dass der Notar seine Besucherin nicht dazu zählte.

»Nein, Herr Doktor Siepenbrück«, antwortete die Kommissarin, »wir denken nicht daran, einen Durchsuchungsbeschluss zu beantragen. Das heißt: Wir prüfen noch, ob der Vorfall überhaupt in die Zuständigkeit der Ermittlungsbehörden fällt. Daher wüssten wir gern, ob in Frau von Baudissins Verfügung Personen genannt werden, die einen finanziellen Nachteil erleiden, wenn der Bürgermeister, wie vorgesehen, die Schenkung der Erblasserin an unsere Stadt entgegennimmt.«

Der Notar rollte einen Desk-Add-Shuttle an seine Seite und öffnete ihn mit einem Kunstgriff. Er zog einen schmalen Ordner hervor und blätterte ihn langsam durch. Seine Vogelkrallenhände zitterten, als er zwei aneinanderhängende Blätter trennte. Dann wurde er fündig und setzte eine Halbbrille auf.

»Ich kann so viel sagen, dass das Vermögen meiner Mandantin beträchtlich ist. Es wurde von einem ihrer Großneffen durch geschickte Börsenaktivitäten vermehrt. Dann hat sie diesem Bevollmächtigten das Mandat entzogen, weil sie meinte, dass er sich selbst allzu hohe Erfolgshonorare zugestanden hat. Daher hat sie den Mann enterbt. Ich habe ihr davon abgeraten, aber vergeblich. Jetzt habe ich den ganzen Ärger am Hals!«

Der Notar schaute über die Brille die Kommissarin mit blauen Augen eindringlich an.

»Um mir das Leben richtig schwer zu machen«, der Notar seufzte melodramatisch, »hat meine Mandantin noch mit weiteren drei Großnichten und zwei Großneffen zu tun. Ihnen will sie eigentlich den Großteil ihres Vermögens vermachen. Alle haben verantwortliche Positionen, zwei Großnichten sind auch politisch aktiv. Nun neigt meine Mandantin dazu, beinahe alles, was ihre Erben tun und lassen, zu bekritteln und bisweilen eigensinnige Vorschläge zu machen. Und wenn sich Widerstand erhebt oder vielleicht keine Reaktion erfolgt, dann droht sie erst, sie aus dem Kreis der Erben auszuschließen, und erteilt mir dann den entsprechenden Auftrag.«

»Und Sie führten diese Aufträge aus?«

»Ja, natürlich. Das ist doch meine Pflicht!« Siepenbrück mischte etwas Empörung unter seine Worte und klappte den Ordner zu, während er die Brille vorsichtig abnahm.

»Aber der eine oder andere aus dem Kreis der potentiellen Erben hat sich dann an mich gewendet, um seinen Gnadenstand in der Nachlassverfügung zu erfahren. Das ist verständlich, aber das ginge nur mit Einwilligung der Erblasserin. Sonst wäre es eine Verletzung meiner Amtspflicht.«

»Mist!«, schrie Henrikh und schlug mit der Faust auf seinen Schachcomputer, dass es klirrte, »Matt!« Gleich darauf begann er zu schluchzen.

Die Kommissarin entschuldigte sich, nachdem sie den Jungen leise gerüffelt hatte. Der Neunjährige könne nicht verlieren, das habe er von seinem Vater, der früher ein professioneller Schachspieler war. Und wenn die beiden miteinander spielten, müsse ihn sein Vater immer gewinnen lassen.

Der Notar zeigte lebhaftes Verständnis.

»Verlieren, das kann ich Ihnen sagen, Verlieren ist das Letzte!«, rief er. »Nur Lumpen verlieren gerne!«

Er könne überhaupt nicht verlieren. Den Großteil seiner Zeit verzocke er an seinem Mac im Büro. Mehr als dreißig Spiele habe er gespeichert. Aber nur solche, wo er auch gewinne. Ein früheres Gerät habe er schon mal an die Wand geworfen vor Wut über eine Niederlage. Auch wenn er vor Zeiten mit seinen Enkeln Mensch-ärgere-dich-nicht spielte, musste er sich richtig zusammenreißen.

»Darf ich auf unser Thema zurückkommen?«, fragte die Kommissarin. »Sie haben doch auch einen gewissen Einfluss auf Frau von Baudissin, wenn ich recht gehört habe?«

»Das mag schon sein«, antwortete der Notar etwas kläglich, »doch wenn die alte Dame einmal irgendetwas ärgert, dann lässt sich nichts machen. So hat sie vor Jahren eine Großnichte enterbt, weil die sich als Abgeordnete im niedersächsischen Landtag nicht für den Schutz der Haubenlerche eingesetzt hatte. Die Vögelchen sterben aus. Da ging es um den Neubau der Uni Lüneburg. Einem ihrer Großneffen hat sie verübelt, dass er seine Kinder nicht auf eine Waldorfschule schickte, wie sie es wollte. Der hat dann nachgegeben. Das sind nur die kleinen Sachen.«

Der Notar blickte genervt auf sein Mobiltelefon, das trompetete. Das Signal, das er zum Schweigen brachte, war das Motiv des Triumphmarsches aus Aida. Dann fuhr er fort:

»Neuerdings wirft sie mit dem Geld um sich und will sämtliche Bilder des Herrn Reinhardt, der sich den Künstlernamen von Brehm zugelegt hat, aufkaufen. Eigentlich nur aus Trotz, weil einige Bewohner im Seniorenheim über die Bilder gelästert hatten. Sie hatte nämlich durchgesetzt, dass in Sankt Gundula Herrn Reinhardts Werke ausgestellt wurden. Drei oder vier Gemälde hat sie bereits gekauft, aber die anderen habe ich noch nicht bezahlt. Jetzt soll das Seniorenheim seine Bilder dauerhaft aufhängen. Dem Haus hat sie auch eine hohe Summe als Legat versprochen, und die wollten sie nicht verärgern. Dieser Herr Reinhardt hat es ihr mächtig angetan. Jetzt sollen seine Enkel erben. Ich führe eine Liste der Begünstigten mit Korrekturen und Streichungen.«

Die Kommissarin wusste nicht warum, aber irgendetwas in ihr sträubte sich dagegen, dem Notar von den versprochenen 50.000 Euro zu erzählen. Stattdessen fragte sie:

»Steht denn so viel Geld zur Verfügung, um alle diese Verwandten und Freunde zu begünstigen?«

»Das kann man sagen. Der alte Baudissin hatte seine Lederwarenfabrik verkauft, um sich dann an einem Mailänder Unternehmen der Schuhbranche zu beteiligen, und er ist dabei ziemlich reich geworden. Sie hat allerhand zu vererben. Ich war übrigens mit Hektor von Baudissin befreundet und habe ihn häufig beraten. Er bat mich vor seinem Tod, seine Frau bei der Vermögensverwaltung zu unterstützen.«

»Ist denn den Großerben, wenn ich sie so nennen darf, die geplante Schenkung an die Stadt bekannt?«

»Ja, natürlich«, antwortete Doktor Siepenbrück. »Das ging ja durch die Presse und hat bei den Erben eine gewisse Panik ausgelöst. Erst gestern Abend hat mich einer ihrer Großneffen aufgesucht. Der ist in Ludwigshafen bei der BASF. Naja, der hatte mit Genmais zu tun. Das findet Frau von Baudissin nicht so gut. Daraufhin hat er die Finger davon gelassen. Wie gesagt, manche Enterbung hat sie rückgängig gemacht. Mehr kann ich dazu nicht sagen.«

Jetzt begann Henrikh laut zu jammern: »Ich will nach Hause, Mama! Ich hab' keine Lust mehr!«

»Gut, aber vergiss deinen Schuh nicht«, gab die Mama nach. Und zum Notar gewandt: «Ich glaube, wir müssen uns verabschieden, Herr Doktor Siepenbrück.«

»Kindern muss man ihren Willen lassen«, stimmte der Notar zu. »Werden die Kleinen entmutigt, wachsen sie nicht zu Siegertypen heran!«

»Aber verraten Sie mir zum Schluss doch noch eines«, bat die Kommissarin. »Sie sagten heute am Telefon, dass Sie auch die Verfügung des Herrn Bürgermeisters aufgesetzt haben. Darf ich wenigstens erfahren, ob sein junger Ehepartner der Hauptbegünstigte ist?«

»Ja, der verstorbene Bürgermeister wollte angesichts der vielen Morddrohungen, die ihn erreichten, rechtzeitig für seinen jungen Partner sorgen.«

»Hatte Herr Jungjohann denn so viel zu vererben, um seinen Witwer abzusichern?«

Der Notar blätterte noch einmal mit seinen Vogelkrallen in einer Handakte. Dann murmelte er:

»Herr Jungjohann hat sehr viel Immobilienbesitz von einem, wie soll ich sagen, ›Gönner‹ geerbt, und er hat auch noch Grundstücke und Häuser hinzugekauft, doch eine genaue Übersicht habe ich nicht. Allerdings hat er auch seine Schwester Katharina bedacht, wenn ich mich recht entsinne.«

Schach bei den Petrosians

Es war inzwischen später Nachmittag, als die Kommissarin Annabelle Petrosian mit ihrem übel gelaunten Sohn nach Hause in den Isengarten kam. Die Petrosians bewohnten dort zu dritt (mit Katze) eine Fünfzimmerwohnung in einem Vierfamilienhaus, nicht weit vom Rathaus. Im Flur hängte sie ihren Parka auf und verkündete laut ihre Rückkehr, aber Ruben war noch unterwegs. Dafür rappelte an der Veranda die Katzenklappe, und Kater Shahan, den der Schachnarr Henrikh immer Schachan rief, kam in den Flur und strich ihnen zum Gruß um die Beine. Ja, hallo! alter Rabauke! Erst einmal ging Annabelle in die Küche, um Henrikhs Niederlagenschmerz mit einer Portion Vanilleeis zu lindern. Im Kühlschrank roch es herrlich nach den von Ruben am Morgen zubereiteten Mezze-Speisen, vor allem Baba Ganoush, Falafel, Dolma, Souflaki. Daneben ruhte eine Flasche Wein aus dem armenischen Ararat-Tal. Das versprach ein schönes Abendessen!

Nachdem Henrikh mit dem Eis und seinem Schachcomputer, dem er das Matt wieder verziehen hatte, in sein Zimmer abgezogen war, nahm sich Annabelle einen Früchtejoghurt und setzte sich an ihr Notebook. Es war ein ziemlich alter Rechner, der sich beim Booten nicht mehr beeilte. Überdies spielten sich auf dem Bildschirm noch umständliche Update-Zeremonien ab. Ihre Ungeduld dämpfte sie mit Gedanken an die 50.000. Vielleicht eine neue Küche? Ein Auto? Eine Reise in den Kaukasus?

Ach, 50.000 Euro würden nie und nimmer reichen! Zehn, zwanzig solcher Morde müsste man aufklären und sich alle von Frau von Baudissin honorieren lassen! Das gemeinsame Konto der Petrosians war nur in der ersten Hälfte eines Monats ausgeglichen, dann kehrten ihre treuen Freunde, die roten Zahlen, zurück. Es war kein erfolgreiches Geschäft, das ihr lieber Ruben betrieb. Er vermittelte armenische Ringer und Schachspieler, bisweilen auch Gewichtheber an deutsche oder ausländische Vereine und managte sie. Ruben war früher auch einmal Ringer gewesen, später hatte er es als Schachprofi in seiner Provinz zum Meister gebracht. Aus dieser Zeit kannte er viele Sportler, die es nach Deutschland zog. Zwar wurden hier auch keine riesigen Gehälter gezahlt, aber es gab Studienplätze oder Jobs bei Sponsoren. Immerhin managte Ruben den Schachprofi Leonid Grigorian, der in mehreren Länderligen gleichzeitig spielte, und das brachte ihnen ein kleines monatliches Zusatzeinkommen. Hin und wieder fielen Prämien für erfolgreiche Vermittlungen an, aber es war eine mühsame Sache. Der geringe Erfolg seiner Arbeit enttäuschte Ruben immer wieder und drückte auf seine Stimmung, dennoch blieb er ein liebevoller Vater, der sich um den Haushalt und vor allem ums Kochen kümmerte.

Inzwischen hatte der Rechner das Update ausgeführt, und Annabelle schaute als erstes bei der Volksbank nach dem Kontostand. Naja. Heute war bereits der 14. Oktober. Eine Geldspritze aus der Ringerbundesliga könnte den Fehlbestand mildern. Dann öffnete sie die Internetseite des *Oberbergischen Anzeigers*, um den Bericht vom Tod des Bürgermeisters und den Nachruf zu lesen, aber sie stieß gleich auf die Schlagzeile »Neonazis rühmen sich, den Bürgermeister Hannes Jungjohann umgebracht zu haben«. Das stand auf einer Facebook-Seite, die neuerdings ein »Freundeskreis Robert Ley« betrieb. In der Zeitungsnachricht wurde auch erwähnt, dass in der Nacht Unbekannte auf die Hitler-Mauer die Parole geschmiert hatten: »Die schwule Sau Jungjohann grunzt nicht mehr«.

Also doch Mord?, fragte sich die Kommissarin. Dann kam ihr eine Idee. Sie dachte an Jupp Kaltenbrunn, den jungen EDV-Typen und Neonazi, der vor einem halben Jahr wegen gefährlicher Körperverletzung eine Bewährungsstrafe erhalten hatte. Er hatte mal wieder die Fäuste fliegen lassen und im Streit einem jungen Mann türkischer Herkunft das Nasenbein gebrochen; aber die Anzeige war noch nicht aufgesetzt. Vielleicht sollte sie versuchen, mit dem Kerl zu sprechen und für den Verzicht auf die Anzeige Informationen aus dem Neonazi-Lager erlangen? Das wäre zwar eine Missachtung aller Regeln und Möllenbeck würde ganz gegen sein Naturell toben, doch es ging vielleicht um die Aufklärung eines Verbrechens! Oder eher um 50.000 Euro? Annabelle verscheuchte den Gedanken erneut, schaute ihre Mailbox durch, klickte auf den Link zu einer Frauen-Pornoseite, den eine

Spam-Mail anbot. Dabei stieg unversehens das Bild des jungen Mehmet Jungjohann vor ihren Augen auf. Ach, dachte sie, der Witwer wird sich mit den Immobilien gewiss trösten lassen.

Aus diesen Gedanken riss sie das WhatsApp-Signal ihres Mobiltelefons. Ruben kündigte seine Rückkehr an und feierte in Smileys die Vorfreude auf das Abendessen. Sie machte sich daran, den Tisch zu decken und ein paar Kerzen anzuzünden. Herrje, wie weit zurück lag die erste Kerzenscheinverliebtheit! Sie hatte Ruben vor gut zehn Jahren auf einer Party ihrer Freundin Paula in Gummersbach kennengelernt. Paula hatte sich in einen von Ruben importierten Gewichtheber, einen wahren Hünen, verknallt. Oh Gott, wenn der sich auf sie stürzte! Die verliebte Paula hatte ihr den Betreuer ihres riesigen Freundes vorgestellt. Nicht schlecht! Dieser große, etwas ältere Mann mit dunklen, von einigen grauen Fäden durchzogenen Locken hatte ihr sofort gefallen. Ruben und sie fanden auch gleich eine Gemeinsamkeit, als der DJ grauenhafte Techno-Musik auflegte. Mit auf die Ohren gepressten Händen flohen sie in den Garten.

Als sie die Musik später mit Swing zurückrief, tanzte der lockige Mann geschmeidig und machte ihr Lust. Ruben war so schön melancholisch, auch witzig und offenbar superintelligent. Bereits als Kind hatte er deutsch zu sprechen gelernt, denn seine jüdische Familie war Mitte der dreißiger Jahre aus Berlin zu Verwandten in den türkischen Teil Armeniens geflohen, ehe die Nazis mit den Deportationen begannen. In seiner Stimme klang ein feiner exotischer Rest nach. Ruben, der damals noch an der Uni Bonn Linguistik, Aphasie und Slawistik studierte, erklärte ihr, dass sie in seiner Stimme die typischen Ejektive hörte. Wie bitte? Ja, Ejektive sind nicht-pulmonale Konsonanten in den kaukasischen Sprachen! Noch an diesem Abend fand sie Geschmack an den nicht-pulmonalen Konsonanten, erst recht an Rubens Lippen, wo die Ejektive wohnten. Und Ruben verliebte sich noch hoffnungsloser, denn er beendete das Studium, als Annabelle versetzt wurde und kurz darauf auch noch Henrikh in ihrem Bauch zu rumoren begann. Jetzt lebten sie in dieser Stadt, im harmlosen Irgendwo, und schmiedeten Pläne, dem Oberbergischen Land zu entfliehen.

Ruben war guter Laune, als er mit einer frischen Baguette unterm Arm zurückkehrte und ihn Annabelle, Henrikh und Shahan freudig begrüßten. Seinen Leichtgewichtsringer hatte er erfolgreich an den KSV Witten vermittelt und 5000 Euro dafür kassiert. Er würde auch an den Kampfprämien seines Schützlings beteiligt sein. Immerhin, es tröpfelten ein paar Euros. Ruben war hungrig, und so setzten sich die drei an den Küchentisch mit den Kerzen und den Mezze-Platten, und Ruben öffnete die Weinflasche.

Lange ließ Annabelle ihn aber nicht von seinen Verhandlungen und dem Probekampf mit dem Trainer in Witten erzählen, sondern sie tischte ihm gleich die 50.000-Euro-Geschichte auf. Was würden sie sich alles damit leisten können! Jetzt rezitierte ihr Ohrwurm ein ganzes Libretto aus Wünschen: Auto, Küche, Reisen oder noch einen Henrikh? Die Mezze-Portionen und der kühle Wein steigerten Annabelles Fantasie: Vielleicht auswandern? Eifrig dippte sie ihr Weißbrot in die himmlisch gewürzte Baba Ghanoush-Auberginenpaste und erzählte die Anekdoten des Tages, von Sankt Gundula, Frau Langensiepen, Frau von Baudissin, dem Kölner Sektionsbefund und ihrem lethargischen Möllenbeck. Sie schwärmte vom Reichtum der Frau von Baudissin, den sie ins Fabelhafte hob, erwähnte belustigt die vielen Testamente der Hundertjährigen, ihr Geldrausschmeißen und die Sorge der Erben. Ruben hörte aufmerksam zu, während seine Augen um die Platten und den Wein kreisten. Und nachdem sich Annabelle noch einmal eine kräftige Portion Dolma und Souflaki auf den Teller geladen hatte, kam sie darauf, dass wohl auch der Bürgermeister dem hübschen Witwer einige Vermögenswerte hinterlassen werde und dass er zugleich die zickige Schwester bedacht habe. Ruben freute sich über die Glücksanwandlungen seiner Frau, aber er brachte zwischendurch leise den Einwand vor, dass der arme Jungjohann vermutlich nicht ermordet worden, sondern nach dem Sektionsbericht eines natürlichen Todes gestorben sei.

Jetzt sprang Annabelle auf und holte, mit vollem Mund kauend, ihr Notebook, das wieder gemächlich bootete. So konnten sie noch ein paar Bissen hinterherschieben. Henrikh war als erster fertig, weil er wieder an seinen Schachcomputer wollte. Dann rief sie die Schlagzeile des *Oberbergischen Anzeigers* auf und zeigte Ruben den Screenshot der Facebook-Seite des »Robert Ley Freundeskreises«, wo auch die grauenhafte Montage einer TV-Krimileiche mit dem Kopf Jungjohanns zu sehen war. Das wirkte. Er hörte sich Annabelles Bericht bis zum Ende an und verzehrte gelassen seine Souflaki. Schließlich setzte er die Schachmiene auf. Ruben war ein Systemspieler, der jeden Zug genau analysierte. Nicht selten hatte sein Scharfsinn auch Annabelle bei kniffligen Ermittlungen geholfen.

»Also, um vorne anzufangen«, sagte Ruben und legte seine Gabel beiseite, »wir haben eine Leiche, aber keinen Mord. Wir suchen daher nach einem möglichen Täter, der durch diesen Tod Vorteile erlangen oder andere Ziele erreichen würde. Wir führen dabei als Unbekannte die Frage mit, wie der Täter das angestellt haben könnte. Ist Jungjohann eines gewaltsamen Todes gestorben, dann kommen mehrere in Betracht, an erster Stelle stehen die Nazis. Die haben mit Mord gedroht und brüsten sich damit, dass sie ihre Drohung wahrgemacht haben.«

»Das denke ich auch«, sagte Annabelle, deren Stirn vom Eifer und Ararat-Wein rot gefleckt war. »Aber wer sonst hätte ein Interesse daran gehabt, dass Jungjohann stirbt? Zunächst mal seine Angehörigen. Der Notar sagte vorhin, dass Jungjohann allerhand Immobilien zu vererben hat, und da war außerdem von einer Lebensversicherung die Rede. Das wäre dann ein Klassiker!«

»Um die Liste zu ergänzen«, spann Ruben die Überlegung weiter, »muss man in Erfahrung bringen, wer weiter im Testament bedacht werden sollte. Weißt du was darüber?«

»Nein«, antwortete Annabelle, »ich kann erst dann die Unterlagen beim Notar einsehen, wenn wir wirklich ermitteln müssen.« Und nach einigem Nachdenken fügte sie hinzu: »Ich könnte aber noch mal beim Mehmet vorbeischauen und dort den Entwurf des Testaments durchsehen. Die Papiere lagen auf dem Tisch, und ich konnte kurz einen Blick hineinwerfen.«

»Also das wären zwei weitere Verdächtige. Doch es gibt ja noch mehr. Wie steht es mit den Erben der Frau von Baudissin?«

»Ja, natürlich«, Annabelle nickte. »Doktor Siepenbrück hat gesagt, dass die Erben alarmiert waren, als der Plan der alten Baudissin bekannt wurde, diese Riesenschenkung zu machen. Nur sind ihre Bedingungen dafür im Stadtrat umstritten. Die rechte Fraktion ist total gegen die Gedenktafeln. Folglich wäre die Schenkung nur umgesetzt worden, wenn der Jungjohann das durchgezogen hätte.«

»Gut, aber hatte Jungjohann noch andere politische Feinde, die in Frage kämen?«

»Klar, er hatte politische Gegner«, räumte Annabelle ein. »Aber lass uns lieber auf die Erben zurückkommen. Doktor Siepenbrück sagte mir, dass ihn noch gestern Abend einer dieser Großneffen aufgesucht hat.«

»Hoho! Das hieße ja, dass dieser Großneffe zum Tatzeitpunkt vielleicht vor Ort war. Wie viele Neffen sind das denn und wo wohnen die? Hast du einen Überblick?«

Ruben bat Henrikh, der sich wieder über seinen Schachcomputer gebeugt hatte, ein festes Schachbrett mit Figuren, Papier, Kulis, eine Schere und einen Klebestift zu holen. Der Junge hatte unterm Tisch seinen linken Schuh abgestreift und machte sich humpelnd auf den Weg. Ruben räumte den Esstisch frei und fluchte leise, weil die Spülmaschine noch nicht ausgeräumt war.

»Der Notar sprach von drei Großneffen und drei Großnichten«, antwortete Annabelle, die noch in ihren Unterlagen blätterte. »Sechs Erbberechtigte. Allerdings hat die alte Dame eine der Nichten, eine Landtagsabgeordnete, bereits enterbt, weil sie sich nicht für den Schutz der Haubenlerchen eingesetzt hat.«

»Da waren's nur noch fünf«, zählte Henrikh, der zurück war und das Schachbrett auf dem freigeräumten Tisch abgesetzt hatte.

»Und einer der Großneffen ist auch enterbt, weil er bei der Vermögensmehrung zu viel in die eigene Tasche gesteckt hat.«

»Da waren's nur noch vier«, lachte Henrikh.

Ruben stellte auf das Schachbrett eine weiße Königin auf e4 und einen weißen König auf b2. An die beiden Figuren heftete er kleine Zettelchen mit den Namen »Baudissin« und »Jungjohann«. Dann klebte er an zwei schwarze Läufer die Namen »Katharina« und »Großerbe1«

und stellte sie auf h8 und h7, so dass Katharina den weißen König und der Erbe die Königin bedrohten. Dann wurden zwei schwarze Türme mit Zettelchen getauft. Der eine auf h4 hieß »Großerbe2« und bedrohte die weiße Königin; der zweite auf d2 hieß »Mehmet« und bedrohte den weißen König. Die schwarze Königin auf b4 hieß »Robert Ley« und bedrohte Königin und König. Henrik beobachtete gespannt das neue Spiel.

»Der König da ist doch gleich matt!«, rief er.

»Richtig!«, sagte Ruben, »aber in diesem Spiel hier gibt es zwei Arten von Matt: gestorben oder ermordet. Und was davon richtig ist, wollen wir rauskriegen. Und da muss man das Spiel von hinten beginnen lassen!«

»Und wie gewinnt man da?« Henrik wollte das nicht einleuchten.

»Man spielt von hinten, um herauszufinden, wer den König zwar mattgesetzt, aber trotzdem verloren hat.«

»Versteh ich nicht.« Henrik verlor das Interesse an diesem seltsamen Schach.

»Komm Annabelle, die Stellung ist noch nicht fertig. Wie geht es weiter?«

»Ja, jetzt wird es kompliziert«, meinte Annabelle, »ich hab mir erzählen lassen, dass Frau von Baudissin eine Reihe von Leuten aus Sankt Gundula mit Erbversprechen geködert hat. Die Heimleiterin, die Friseuse, angeblich auch die Enkel des Herrn Reinhardt, den Zahnarzt und sicher noch andere!«

Jetzt versah Ruben drei schwarze Bauern mit den Titeln »Kleinerben« und stellte sie auf a5 und b5 in eine Reihe, ein dritter Kleinerbe stand auf e3.

»Eigentlich zählst du auch zu den Verdächtigen, Annabelle.« Ruben machte sein Schachbrett richtig Spaß.

Der Wein aus dem Ararat-Tal, wo Noah mit seiner Arche nach 300 Tagen Regen, als ob er durch das Bergische Land gerudert wäre, aufs Trockene gelangte, um der Legende nach den Anbau von Reben zu beginnen, tat seine Wirkung. Henrik mochte es nicht, wenn seine Eltern beschwipst waren und verzog sich in sein Zimmer. Es war auch Zeit, schlafen zu gehen.

»Eben. Den einen oder anderen könnte ich mit bloßen Händen erwürgen«, lachte Annabelle. »Aber ernsthaft: Es könnte sich auch einer der Enterbten gerächt haben. Es gab da diesen Großneffen, der ihr die Knete an der Börse vermehrt hatte, dann aber von ihr enterbt wurde.«

»Und wie ist das mit der Frau von Baudissin selbst?«, sinnierte Ruben weiter. »Die hat indirekt den Tod des Bürgermeisters prophezeit, und jetzt behauptet sie steif und fest, dass er ermordet wurde.«

»Aber welchen Grund sollte sie haben?«

»Vielleicht hat sie ihn gehasst, ihn mit der Schenkung in die Falle gelockt und dann abgemurkst.« Ruben fand die Idee lustig.

Auf Rubens Schachbrett standen jetzt noch mehr Figuren. Ein schwarzer Springer auf c5 war dazu gekommen. Er stellte das Rätsel dar. Man müsse in das ganze Spiel auch abstrakte Möglichkeiten einrechnen. Der schwarze König in h1 war das Prinzip des Bösen. Vielleicht bot ihm die weiße Königin daher Schach. Vielleicht hatten die wirklichen Täter das Bild und die Website gefakt, um den Verdacht dorthin zu lenken. Man müsse um die Ecke denken, denn die verschiedenen Erben waren offenbar intelligent genug, um einen solchen Plot auszuhecken. Auf a2 stand noch ein schwacher weißer Bauer als Prinzip des Guten. Durch die Ergänzung der Figuren wurden weitere Verbindungen möglich. Wir wissen nicht, meinte Annabelle, welche virtuellen Erben noch an Jungjohanns Immobilien denken. So ein schwesterliches Weibsstück könnte auch ein Komplott ersinnen.

»Aber das hier ist eine Art Kraftfeld, eine virtuelle Stellung«, erläuterte Ruben sein Schachbrett. »Sie geht von der Möglichkeit und nicht von der Wirklichkeit eines Mordes aus. Denn die eine Variante macht die andere zunichte. Es können nicht zugleich Jungjohanns Schwester und die Erben der alten Baudissin den Mord begangen haben.«

»Warum nicht? Sind doch alles schwarze Figuren!«, fragte Annabelle.

»Du hast Recht«, meinte Ruben nachdenklich. »Man darf keine Variante ausschließen. Hast du eigentlich herausgefunden, wie sich die Dinge gestern abgespielt haben?«

»Warte kurz, ich hole meinen Block und schaue nach, was ich dort notiert habe«, antwortete Annabelle im Aufstehen.

Nach ihren Notizen war zunächst Doktor Siepenbrück nach Sankt Gundula gekommen und hatte gegen 11 Uhr Frau von Baudissin in ihrem Apartment aufgesucht. Dorthin soll eine halbe Stunde später auch der Bürgermeister gekommen sein. Zu dritt sei man dann gegen 12 Uhr in der Cafeteria erschienen und hätte dort längere Zeit miteinander gesprochen. Es ging um das Testament. Der Notar hatte die alte Dame wohl davon überzeugt, dass es angesichts ihres Alters angebracht sei, die geplante Schenkung in ihre Nachlassverfügung aufzunehmen. Eine Zeitlang habe der Bürgermeister mit Frau von Baudissin auch allein gesprochen, als der Notar auf der Toilette war. Am Ende der Beratung hätten die Herren Frau von Baudissin in ihr Apartment zurückbegleitet, Herr Siepenbrück sei noch etwas länger bei ihr geblieben. Der Bürgermeister ist dann in den Fahrstuhl gestiegen, wo er wenig später tot aufgefunden wurde. Um diese Zeit saßen die meisten Senioren beim Mittagessen. Das Haus verfügt über zwei Lifts, einen großen für Rollstuhlfahrer und Krankentransporte und einen kleineren Personenaufzug. Jungjohann hat den Transportlift benutzt. Es konnte leicht jemand einsteigen, ihn umbringen und unbemerkt wieder verschwinden. Doch es finden sich keine Hinweise auf eine Gewalttat.«

»Und wie viele Zeugen gibt es?«

»Da beginnt das Problem«, seufzte Annabelle. »Neben der Reinigungskraft, die in der Cafeteria dem Gespräch zugehört haben will, und einer Betreuerin sprach ich mit einigen älteren Damen, von denen ich nicht recht weiß, wie gut ihr Gedächtnis ist oder ob auch ihr Verstand noch funktioniert.«

»Aber du musst sie befragen«, meinte Ruben, »auch wenn sie etwas durcheinander sind. Man kann vielleicht doch etwas mit ihren Aussagen anfangen. Aphasiker und Demente lügen weniger.«

»Oh, mein Gott, Ruben«, seufzte Annabelle, »ich bin jetzt ziemlich durcheinander und bringe keine gerichtsverwertbaren Gedanken mehr zustande. Lass uns die Spülmaschine ausräumen und ins Bett gehen.«

Ruben war einverstanden: »Aber das Schachbrett muss unbedingt so stehen bleiben!«

Der Ohrwurm

Am nächsten Morgen saß die Familie Petrosian beim Frühstück. Im Flur knackte Shahan das Trockenfutter. Jeder hatte sein eigenes Menü: Annabelle rührte sich ihr Müsli, Ruben füllte die Küche mit einem Geruchmix aus Rührei, Auberginen, Zucchini und Speck. Henrikh nagte an einem Nutellabrötchen und machte das allmorgendliche Ich-muss-in-die-Scheiß-Schule-Gesicht. Immerhin gab es Ende der Woche Herbstferien. Während sie alle drei auf das Schachbrett am Rande des Tisches schauten, wo die verschiedenen Figuren mit ihren kleinen weißen Etiketten eine geheimnisvolle Stellung bildeten, fiel Annabelle etwas ein:

»Weiß du was, Ruben, du musst den Mehmet auf dem Brett so platzieren, dass er auch die Dame bedroht!«

»Wieso das denn?«

»Als ich Mehmet vorgestern die Nachricht von Jungjohanns Tod überbrachte, fragte er beinahe als erstes danach, ob der Bürgermeister das ›Erb von alte Frau‹ bekommen habe. Was er mit ›bekommen‹ meinte, weiß ich nicht. Ich hatte den Eindruck, dass er glaubte, der Bürgermeister habe die alte Baudissin beerbt und dieses Erbe fiele nun ihm zu.«

Ruben veränderte die Stellung, indem er Mehmet von d2 nach b3 verschob, wo er sowohl König wie Dame bedrohte.

Nach dem Frühstück rief Annabelle Jupp Kaltenbrunn an. Sie wollte mit ihm einen Deal versuchen, aber das ging nicht in Möllenbecks Beisein in ihrer Dienststelle. Also bestellte sie Jupp am frühen Nachmittag in eine Kneipe am Boxberg. Sie müsse mit ihm über seine Bewährung sprechen. Die Anzeige wegen Körperverletzung habe sie noch nicht aufgesetzt. Dem jungen Kaltenbrunn blieb nichts Anderes übrig, als sich darauf einzulassen. Anschließend erreichte sie Doktor Siepenbrück auf seinem Mobiltelefon und bat ihn um einen Termin am späteren Vormittag. Während Ruben Henrikhs Pausenbrot zubereitete, machte sie sich zurecht und fuhr anschließend hoch zum Haus der Jungjohanns. Sie kam an der Hitler-Mauer vorbei, wo Reinigungskräfte

der Stadt mit Hochdruckstrahlern die noch frische Aufschrift entfern-
ten. Nur die Worte »grunzt nicht mehr« hatten noch widerstanden.

Schnell noch zu Hause anrufen!

»Hör mal, Anna«, kam es aufgeregt durchs Telefon, »der Papa behauptet, dass der Fleck an seinem Hemdkragen gar nicht rot, sondern
blau ist. Ich schick dir mal ein Foto über WhatsApp, ob das stimmt. Ich
kann ja nicht mehr so gut sehen!«

»Ja, mach das, Mama. Ich bin schon wieder unterwegs!«

»Kann ich dir helfen, Annabelle? Und was ich dir von Papa sagen
sollte: Deine Schulfreundin Johanna ist zur Oberstaatsanwältin in
Düsseldorf ernannt worden. Papa meint, es ist schade, dass du nicht
fertig studiert hast und nur zur Polizei gegangen bist.«

»Super! Ganz reizend! Schöne Grüße! Und sag dem Papa bitte, ich
danke dem Himmel, dass ich nicht so eine blöde Staatsanwaltskuh geworden bin wie Johanna! Bis später!«

Ihre Mutter verglich sie mit der heiligen Désirée und ihr Vater mit
der stumpfsinnigen Johanna, die ihr Jura-Studium angeblich mit der
Bestnote abgeschlossen hatte. Annabelle schluckte ihre Wut hinunter
und brummte dazu die *Motherfucker*-Verse: *Yeah, he made them scream
and shout.*

Vermutlich war Mehmet auch heute wieder im Bad, denn erneut dau-
erte es eine ganze Zeit, bis der hübsche Witwer die Tür öffnete. Wie-
der trug er nur Boxershorts, darüber ein eng geschnittenes T-Shirt.
Aus dem Innern des Hauses wogte warme, mit Seifenduft gesättigte
Luft. Seine großen braunen Augen füllten sich mit Erstaunen, als er die
Kommissarin erkannte.

»Hallo, Frau Pollzei«, murmelte er, »noch jemand tot?«

»Hallo, Herr Jungjohann, guten Tag! Nein, diesmal keine Unfall-
meldung. Wenn ich nicht störe, würde ich Sie um einen Gefallen bitten. Darf ich hereinkommen?«

»Bitte, einkommen, Frau Pollzei«, sagte Mehmet freundlich, »grade probieren.«

Mehmet schloss die Tür hinter der Kommissarin, winkte ihr und
führte sie in ein Schlafzimmer. Das Mobiliar war in einem hellen mat-

ten Grau gehalten. Am Fenster, das Jalousien nach außen abschirmten, stand ein alter Jugendstil-Sessel mit einer wunderschönen Stehlampe. Auf dem Bett lagen nebeneinander drei dunkle Anzüge. Mehmet wies auf sie und sagte »Bügameissa Anzüg! Soll probieren? Is Erdigung!«

Wie sollte sie sich verhalten? Sie war ja nicht in rein dienstlicher Funktion hier. Also spielte sie mit.

»Bitte, probieren Sie. Aber ich habe ein anderes Anliegen, als Sie bei der Trauerkleidung zu beraten, Herr Jungjohann!«

»Snell mach Mehmet!«

Ihr war unwohl im Schlafzimmer des toten Bürgermeisters. Sie prüfte die Jalousien, ob niemand hereinschauen könnte. Doch dann überfiel sie ein leiser Gefühlsschauer, als sich Mehmet der Kleider entledigte und für Augenblicke seine Milchschokoladennatur zeigte. Alles an ihm, Gestalt, Haut, Muskeln, Körpergeruch war wie aus Traumbüchern gemacht. Er schien unbefangen, warf ihr einen schelmischen Blick zu und stieg in die erste der drei dunkelgrauen Hosen. Der Bund war zu weit, Mehmet stellte sich vor den Schlafzimmerspiegel und hielt lachend die Hose fest, indem er den Bund im Rücken raffte. Dann griff er nach der Jacke, die ihm auch zu groß war. Er sah aus wie ein kleiner Junge, der in die übergroßen Kleider seines Vaters geschlüpft ist. Das gleiche Spiel trieb Mehmet mit den beiden anderen Anzügen, und jedesmal zeigte er seinen paradiesischen Körper.

»Die Anzüge sind Ihnen alle zu groß«, presste sie heraus, um das Schauspiel zu beenden.

Endlich zog sich Mehmet seine passenden Sachen an, und die Kommissarin drängte aus dem Schlafzimmer. Sie wollte zurück in den Wohnraum, wo sie vor zwei Tagen das Testament überflogen hatte. Mehmet aber zog sie noch sanft in das Bad, das zuvor die Seifenduftwolke ausgedunstet hatte. Das Bad war in einem ähnlich kühlen grauen Ton gehalten wie das Schlafzimmer. Edel, edel! Mehmet zeigte auf die heller gefliese Wand, wo einige Hygienegeräte befestigt waren und sagte bekümmert: »Alle von Bügemeissa! Jetzt ganz tot.« Die Kommissarin nickte traurig und drängte Mehmet aus dem Bad, vorbei an dem großen Wandspiegel. Auf dem Bord darunter standen neben Tuben, Lotionen und Parfüms eine Batterie von Fläschchen, offenbar das Nasenspray, mit dem Jungjohann seinen Schnupfen bekriegt hatte. Der arme Mann muss mit dem ewigen Andauern seiner Erkältung gerechnet haben.

Im Wohnzimmer schaute sie gleich auf den Tisch, wo die Dokumente gelegen hatten. Aber der Platz neben dem MacBook war leer. Sie blickte sich um, aber nirgendwo sah sie die Papiere liegen. So blieb ihr Blick an dem Bildschirm hängen, wo wieder ein Video lief. Diesmal war es eine heterosexuelle Szene. Ein Paar sang die Psalmen des Cunnilingus. »Ach, dachte die Kommissarin, sollte er vielleicht doch nicht...«

»Nicht mag?«, fragte Mehmet, der die Blicke der Kommissarin offenbar zu lesen wusste. Freundlich, aber bestimmt bat sie: »Nein, bitte schalten Sie das ab! Ich mag das nicht!«

Darauf antwortete Mehmet mit dem treuherzigsten Blick:

»Mehmet nich mea Swanz leck von Bügemeissa. Lieba Pussi leck von Frau Pollzei!«

Oh nein! Jetzt begann das Ganze zu entgleiten. Annabelle beendete ihre Mitwirkung in der erotischen Komödie und erklärte mit ihrer amtlichsten Stimme:

»Herr Jungjohann, ich bin hier in einer dienstlichen Sache und benötige Ihre Mithilfe. Könnten Sie mir bitte in das Testament Einblick gewähren, das Ihr verstorbener Ehemann, Herr Hannes Jungjohann, hinterlassen hat. Es ist für unsere Ermittlungen von großer Wichtigkeit.«

Mehmet hatte inzwischen am MacBook den Bildschirm gelöscht und den Ton gedimmt. Inzwischen war die Angorakatze aufgetaucht und schlich Mehmet um die Füße.

Wieder schaute Mehmet sie an. Diesmal mit einem vor Unschuld überquellenden Blick, dann sagte er schulterzuckend:

»Testament hat Swesta genommen, Fau Kazze, Swesta von Hannes. Testament un dicke Aktenbook von Hannes. Mehmet kann rufen!«

Mehmet zeigte auf sein Mobiltelefon, das neben dem MacBook lag.

»Nein, nein«, sagte die Kommissarin, »bemühen Sie sich nicht. Ich werde mich selber an Frau Jungjohann wenden. Besten Dank!«

Mehmet wollte ihren Abgang verzögern und zeigte auf das Klavier:

»Mehmet Muzik spiel?«

»Ach, Herr Jungjohann, gerne ein anderes Mal. Ich bin im Dienst und habe gleich meinen nächsten Termin.«

»Schade, Frau Pollzei«, murmelte Mehmet.

Nichts wie raus! An der Tür verabschiedete sie sich von dem hübschen Mann. Jetzt grüßten seine Blicke mit einer Mischung aus Liebenswürdigkeit und Keckheit. Die glaubte er sich wohl erlauben zu können.

»Schön Frau Pollzei!«, rief er hinter ihr her.

Im Auto atmete Annabelle erst einmal durch. So ein Mist! Statt des Testaments hatte sie sich den Astralleib des jungen Witwers angeschaut, der vielleicht gar nicht richtig schwul war. Auch ein Ermittlungsergebnis! Sie stieg in ihr Auto. Auf der Hitlermauer waren nur die Worte »nicht mehr« übrig. Sie fuhr hinunter in die Innenstadt und fand einen Parkplatz am Viehmarktplatz. Aus dem Auto rief sie Möllenbeck an, um ihm zu sagen, dass sie noch einmal mit Doktor Siepenbrück sprechen müsse, um die Verfügungen und Schenkungen der alten von Baudissin einzusehen. Über ihr Mehmet-Abenteuer schwieg sie.

Als sich Annabelle anschließend beim REWE einen Snack besorgte, erwischte sie sich dabei, wie sie neben der Kasse aus dem Regal mit den Ritter-Sport-Schokoladen eines dieser Bio-Vollmilch-Quadrate nahm, sie fühlte sich unterzuckert. Sie nahm sich die Zeit, das Quadrat zu halbieren. Angewandte Geometrie, murmelte sie, während sie ein hellbraunes Stückchen nach dem anderen genussvoll zerkaute und dabei an den Witwer dachte. 14 Uhr. Jetzt also zum Doktor Siepenbrück!

Im Notariat hatte sie noch etwas Muße, um ihrem süßen Vergehen ein paar Gewissensbisse hinterherzuschicken. Sie würde Mehmet jetzt einfach ihren »Ritter-Sport« nennen. Der alte Siepenbrück saß noch in dem winzigen Büro und spielte an seinem Rechner. Die Mundwinkel hingen tief in irgendein Missvergnügen hinab. Er stecke mitten in einem Actionspiel, sagte er und bat die Besucherin um etwas Geduld, bis er unterbrechen könne. Endlich rückte er die Tastatur mit einem Seufzer beiseite, und seine Miene glättete sich. Er begrüßte die Kommissarin förmlich und bat sie in den Besprechungsraum. Das sei eben sein Lieblingsspiel gewesen, *GTA5*, Grand Theft Auto 5. Ja, nicht erst auf seine alten Tage sei er ein Zocker geworden. Er spiele sogar nachts auf seinem Handy. Kein schönerer Schlaf als nach einem siegreichen Gaming! Im Augenblick sei er Fan vom *Altered Beast*-Spiel. Kennen Sie das? Ach nein, ich weiß, bei Ihnen spielt man Schach.

Altered Beast sei brutal gut!, fuhr er fort. Wahrscheinlich hänge das damit zusammen, dass ihm die scheußlichen Bilder des Malers von Brehm unter die Augen gekommen seien. Dann wollte der Notar wissen, ob es neue Erkenntnisse aus der Kölner Gerichtsmedizin gebe. Davon habe sie gestern gar nicht gesprochen. Vorsichtig erklärte die Kommissarin, dass die Untersuchung noch nicht abgeschlossen sei, dass es aber bisher keine Hinweise auf körperliche Gewalt im Zusammenhang mit dem rätselhaften Tod des Bürgermeisters gebe.

»Herr Doktor Siepenbrück«, sagte die Kommissarin und betonte jede Silbe, »die Kriminalpolizei hat bei solchen Unfällen stets alle Sachverhalte zu prüfen, die sich vielleicht nicht auf den ersten Blick als ursächlich herausstellen. Ohne dass wir jetzt schon eine gesicherte Straftat aufzuklären hätten und ohne irgendeine Person zu verdächtigen, wäre ich doch für einige Hinweise von Ihnen dankbar. Zum Beispiel: Welche Personen hätten möglicherweise ein Interesse daran, Frau von Baudissins geplante Schenkung an die Stadt zu verhindern? Mich interessiert besonders Herr Reinhardt. Wieviel Euro sind denn da im Spiel?«

»Es geht bei Herrn Reinhardt um zweierlei«, sagte der Notar nach kurzem Nachdenken, »einmal um die Bilder und dann um eine Verfügung zugunsten seiner beiden Enkel. Für jedes der zehn Bilder, die da bei der Ausstellung etwas in Verruf geraten sind, verlangt Herr Reinhardt, glaube ich, 5000 Euro. Das Vermächtnis für die Enkel steht noch nicht fest, aber sie plant fünfstellige Summen.«

»Sie haben diese Beträge aber noch nicht in die Verfügung aufgenommen?«

»Nein, ich warte bei diesen Dingen stets eine gewisse Zeit ab, ob sich nicht die Stimmung der Erblasserin wieder ändert. Das geschieht nur zu oft.«

Siepenbrück lächelte und schaute die Kommissarin verständnisheischend an.

»La donna è mobile!«

»Ich verstehe«, antwortete die Kommissarin, »wir sind spiegelbildlich tätig. Sie haben einen Auftrag und handeln nicht; ich handle, habe aber keinen Auftrag. Ohne klaren Verdacht suche ich nach, wie soll ich sagen, nach negativen Energien in einem Fall oder in einer Geschichte, die vielleicht ein Verbrechen ausgelöst haben. Es geht um Energien, die von Geldgier, Geldnot oder Geiz ausgehen können. Aber sagen Sie, Herr Doktor Siepenbrück, was ist denn bei dieser ominösen Ausstellung passiert?«

»Wie gesagt, Frau von Baudissin hat das arrangiert.« Der Notar rollte seine Augäpfel gen Himmel. »Sie ist in Herrn Reinhardt vernarrt und meint, dass er die tollsten Bilder malt. Eines hängt in ihrem Apartment. Ein zweites hat sie dem verstorbenen Bürgermeister geschenkt, ein drittes seiner Schwester und das vierte mir. Ich hab's im Keller. Wollen Sie's sehen?«

Annabelle verzichtete lächelnd.

»Naja, Sie verpassen nichts. Es stellt einen Keiler mit riesigen Wildschweinaugen dar. Furchtbar! Ein echtes *Altered Beast*! Was würden unsere Klienten sagen, wenn sie von dieser Wand ein Wildschwein anglotzte!«

Der Notar zeigte auf die Wand, wo ein antikes Mosaikbild mit einem nackten Mann im Rhönrad hing.

»Alle Bilder wurden zuvor auf ihre Kosten aufwändig gerahmt«, fuhr er mit gedämpfter Empörung fort. »Man hat Einladungen gedruckt und verschickt, und dann fand im großen Gesellschaftsraum die Eröffnung statt. Sogar der Bürgermeister und seine aufdringlich parfümierte Schwester standen dort herum. Für die Vernissage mit Catering und jeder Menge Getränke hatte die Mäzenin noch einen Kunsthistoriker engagiert, einen Professor Sonderegger, der über die Geschichte der Tiermalerei sprach. Ganz interessant, aber wieder 500 Euro und Spesen für den Professor! Im Anschluss an den Vortrag palaverte Reinhardt, mit Künstlernamen Herr von Brehm, davon, dass die Tierbilder aus persönlichem Erleben nach der Natur gemalt seien. Vor allem die wilden Tiere, Löwen, Tiger, Krokodile, habe er auf seinen Afrika-Safaris mit eigenen Augen gesehen. Nun geschah aber etwas Überraschendes, und das müssen Sie wissen. Es war grotesk!«

Doktor Siepenbrück fasste sich mit der rechten Vogelkralle an die Stirn und schüttelte den Kopf.

»Drei Tage nach der Vernissage klebten an Reinhardts Gemälden im Gesellschaftsraum Kopien von Fotos, die seinen Gemälden ganz ähnlich waren. Um nicht zu sagen, sie bildeten ziemlich eindeutig die Vorlagen für einige Bilder. Und auf Zetteln daneben konnte man lesen, dass diese Vorlagen aus einem Tierkalender von 1998 stammten! Oh, wie peinlich!«

Der Notar kicherte im höheren Register.

»Stellen Sie sich das einmal vor! Der große Tiermaler Herr von Brehm hatte seine tollen Safari-Wildlife-Bilder von einem Kalender abgekupfert! Niemand wusste, wer diesen Künstler-Trick aufgedeckt und die Klebezettel angebracht hatte. Aber meine gute Frau von Baudissin verdächtigte gleich die eifersüchtige Mitbewohnerin Frau Fraenkel, und das stimmt wohl auch. Jetzt sind sich die Damen spinnefeind! Das war äußerst unangenehm, aber der Meister Reinhardt hat darauf sehr weitschweifig erklärt, dass er sich natürlich als Maler von anderen Künstlern habe anregen lassen und dass dieser Kalender, an den er sich überhaupt nicht erinnern könne, vielleicht in seinem Unbewussten eine Rolle gespielt habe. Ich war bei dieser Erläuterung des Malers zufällig dabei, weil ich wieder mal zu einer Besprechung mit Frau von Baudissin gebeten worden war.«

Jetzt veränderte sich die Miene des Notars, und er nickte ein paar Mal wie anerkennend.

»Der Reinhardt ist auch ein *Altered Beast*-Zocker«, sagte er lächelnd.

»Ihn schien das Theater nicht im Geringsten zu irritieren. Er verglich sich mit einem berühmten Maler, der auch Tiere dargestellt haben soll. Ich habe den Namen leider vergessen. Vielleicht sprechen Sie einfach selbst mit dem Künstler.«

»Meinen Sie«, fragte die Kommissarin, »ein Herr Reinhardt könnte einen Bürgermeister mit Gewalt beiseite räumen, wenn er sein Honorar und das Erbe seiner Enkel in Gefahr sieht?«

»Da bin ich überfragt, Frau Kommissarin«, antwortete Siepenbrück kopfschüttelnd, »das Böse in der Welt ist Ihr Fachgebiet. Wir Notare achten auf korrekt ausgestellte Urkunden und Verträge. Das ist schwierig und verantwortungsvoll genug. Für mich wohnt das Böse in der Unterwelt gefälschter Urkunden. Es gibt dazu ein Wort des großen Juristen Baldus de Ubaldis, der einmal schrieb: ›Imperitia notariorum destruit mundum‹!«

»Oh weh, das mahnt mich an mein abgebrochenes Jurastudium«, seufzte die Kommissarin. »Seitdem ist mein Latein etwas eingerostet. Könnten Sie mir da vielleicht helfen?«

»Aber gerne! Es heißt auf Deutsch: ›Unfähige Notare zerstören die Welt‹. Das schrieb Baldus, einer der bedeutendsten Glossatoren. Sie sehen: Auf unseren Schultern lastet der Weltbau! Vermutlich war auch der Riese Atlas ein Notar.« Siepenbrück lachte selbstgefällig.

Die Kommissarin wollte noch wissen, auf welche Weise die Haupterben versucht hätten, auf das Testament Einfluss zu nehmen. Der Notar zögerte etwas, ehe er leise, im Ton intimer Vertraulichkeit antwortete. Zwar fiele das, was er nun mitteilte, nicht unter das Notariatsgeheimnis, aber er spräche ungern davon. Doch wolle er unbedingt bei den Ermittlungen behilflich sein.

Er schien auf ein Dankeszeichen der Kommissarin zu warten. Annabelle rang sich ein kurzes Lächeln ab. Dann fuhr Siepenbrück fort:

»Von Seiten der Neffen und Nichten wurde die Frage an mich herangetragen, ob man die alte Frau von Baudissin nicht entmündigen sollte. Dabei könnte ich vielleicht als Zeuge für ihr verschwenderisches Handeln auftreten. Das meinten die ernst! Ich habe ihnen vorgehalten, dass die alte Entmündigungsregelung längst aus dem BGB gestrichen ist, und dass allenfalls eine Betreuung in Frage käme. Aber auch dafür sind die Voraussetzungen streng, und die Betreuungsgerichte prüfen solche Anträge sehr penibel. Das wäre im vorliegenden Fall ganz aussichtslos. Wenn Frau von Baudissin mit ihrem Geld großzügig und sprunghaft umgeht, so ist das ihre Sache. Besser, als wenn sie es vertrinken würde!«

»Ich verstehe«, sagte die Kommissarin, »folglich gäbe es nur einen Weg, das Erbvermögen zu retten, oder?«

Um Himmels willen!«, rief Siepenbrück, »damit will ich doch ...ts angedeutet haben! Ich möchte vielmehr behaupten, dass es ganz menschlich ist, dem Erblasser auf die Finger zu schauen und zu verfolgen, was er so tut. Wissen Sie, jedes Vermögen ist ein Erbvermögen im Wartestande. Die Erben warten und warten, und wenn es allzu lange dauert, werden sie bisweilen närrisch. Die Ungeduld wütet am heftigsten in den Herzen von Erben!«

»Für heute eine letzte Frage, Herr Doktor Siepenbrück«, die Kommissarin deutete ihren Aufbruch an. »Wer war denn der Anverwandte, der Sie am Abend des Tages besuchte, als der Bürgermeister gestorben war.«

»Das sage ich nun lieber nicht, Frau Kommissarin«, antwortete Siepenbrück bestimmt, »es sei denn, dass Sie tatsächlich wegen eines Verbrechens ermitteln. Das halte ich jedoch für ganz unbegründet. Aber wenn Sie weitere Fragen an mich haben, deren Beantwortung nicht das Weltgebäude von unseren Schultern rollen lässt, stehe ich gerne zur Verfügung.«

Der Notar hatte einige Nachrichten erhalten und griff nach seinem Smartphone, während er der Kommissarin einen entschuldigenden Blick zuschickte. Sie nahm die Verabschiedung dankend an und verließ den Raum.

Bis zu ihrem Termin mit Jupp Kaltenbrunn war noch etwas Zeit, und Annabelle entschloss sich, den Weg zur Kneipe oben am Boxberg zu Fuß zurückzulegen. Der Himmel schickte in kleinen Wellen Licht und Wärme durch die Wolkendecke, und Annabelle trug nur ihren doppelreihigen hellgrauen Blazer.

Der Weg führte die Kaiserstraße hoch, wo alles an das schmähliche Ende des Namengebers erinnerte und das Gemüt verdüsterte. Kaiserstraßen-Blues. Nur wenige Leute waren unterwegs, ein paar junge Männer, die alle das gleiche Grinsen aufgelegt hatten. Kein Laden, kein Geschäft, das zu irgendetwas einlud. Es waren überhaupt keine richtigen Läden: hier der schäbige Tattoo-Shop, dann das abgewrackte Solarium (»Proletentoaster«), daneben ein leergeräumter Supermarkt mit verhängten Fenstern, dahinter ein Friseur, dann das Fitnesscenter, der Ein-Euro-Shop, der Döner-Imbiss, Nagelstudio, Tipico-Sportwetten,

Änderungsschneiderei, Second-Hand-Shop, Piercing-Studio, Pizzeria, Drogerie, Waschsalon, Mobilcom-Debitel, noch ein Tattoo-Laden, Geschenkartikel, Spieletreff, Tankstelle. Und den Leuten, die man durch die halbblinden Fenster in den Läden sah, stand das Elend dieser Welt ins Gesicht geschrieben.

Oben navigierte sie um mehrere rotweiße Schrankenzäune und Absperrungen, die einen Baugraben sicherten, überquerte die Straße und stand vor der Kneipe. Nachdem sie die wuchtige Tür aufgestemmt hatte, musste sie sich erst einmal durch einen schweren Vorhang winden. Der Geruch erinnerte sie daran, dass sie kürzlich Ruben das Wörtchen »Muff« erklären musste. Was war das unter den Talaren der Professoren?, hatte er gefragt. Naja, eben Muff. Muff ist die Welt im ungelüfteten Zustand. Drei Lampen mit bunten Glasschirmen zogen den Tresen aus dem Halbdunkel und zeigten die Umrisse zweier Männer, anscheinend in Arbeitskleidung. Sie unterhielten sich mit dem graubärtigen Wirt über Fußball. Langsam stellten sich Annabelles Pupillen auf Maximum und durchdrangen das trübe Licht. Sonst war niemand in der Kneipe. An der Wand hingen Wimpel von Borussia Mönchengladbach mit Fotos der Meistermannschaft. Die Luftqualität ließ darauf schließen, das seit 1977, als Borussia zum letzten Mal deutscher Meister wurde, nicht mehr gelüftet worden war. Muff. Das rustikale Mobiliar, die dunkelroten Tischdecken und Sitzkissen waren wohl noch älter. Annabelle bestellte sich ein Mineralwasser, setzte sich in einen hinteren Winkel und fragte ihr Mobiltelefon nach Neuigkeiten. Zwei WhatsApp-Nachrichten: Schau an, das Foto von Papas Hemdkragenfleck! Mama, das Bild ist so unscharf, dass man nichts über die Farbe sagen kann! Mach nochmal ein Foto! Küsschen-Emoji. Und dann der liebe Henrikh, ein von seinem Vater trainierter Chaot, suchte seinen linken Turnschuh. Schau mal unter deinem Bett nach, Schatz, Smiley dazu!

Wie aus dem Nichts erschien der junge Jupp Kaltenbrunn zur vereinbarten Zeit. Er grüßte missmutig, ließ sich missmutig auf den Stuhl fallen und schaute die Kommissarin missmutig an. Frau Petrosian fragte, ob sie ihn einladen dürfe und bestellte ihm ein Bier.

»Wenn datt op Ihre Spesenrechnung jeht, nemm isch datt jlatt an!«

»Herr Kaltenbrunn, ich habe Sie zum Gespräch gebeten, weil ich mit der Anzeige wegen Körperverletzung befasst bin. Ich habe die Sache noch nicht weitergegeben, was eigentlich nicht in Ordnung ist. Sie haben den jungen Mann in der Kneipe übel zugerichtet.«

»Ne blutige Noos, nit vill mehr«, verteidigte sich Kaltenbrunn. »Dä hätt' misch proffoziert, und isch han ihm eine verpasst. Mehr woa wiklisch nit.«

»Ein gebrochenes Nasenbein und ein verrenkter Kiefer. Die Zeugenaussagen klingen ein bisschen anders. Sie haben den Mitbürger wegen seiner türkischen Herkunft beleidigt, und der hat sich lediglich verbal zur Wehr gesetzt. Egal, die Anzeige liegt vor, und wie Sie wissen, läuft Ihre Bewährungsfrist noch. Das ist nicht besonders günstig.«

»Okay, wat wolln Se denn von mir? Soll isch dem Kanaken singen Kiefer widder inrenken, oder wat?«

Die Kommissarin wechselte das Thema und erklärte, dass sie gerade die Umstände im Zusammenhang mit dem Tod des Bürgermeisters aufkläre. Es gebe den Verdacht, dass Herr Jungjohann ermordet worden sei. Nun sei, wie er sicher wisse, auf der Facebook-Seite des »Freundeskreises Robert Ley« eine Art Bekennerbrief gepostet worden. Dem müsse sie nachgehen.

Inzwischen war der Wirt mit dem Pils herbeigeschlurft. Kaltenbrunn griff gleich nach dem Glas, prostete und nahm einen tiefen Schluck. Die Kommissarin sah, dass auf seiner rechten Schläfe das 88-Tattoo nur unvollständig weggelasert war. Immerhin! Sie wartete, bis er das Glas wieder auf den Tisch abgesetzt hatte und kam auf den entscheidenden Punkt:

»Um nicht lange drumherum zu reden: Wissen Sie, wer von Ihren Leuten den Bürgermeister ermordet hat?«

»Isch sing doch kinne Verräter«, empörte sich Jupp. »Isch weiß janich, wat dat förene Typ sing soll, dä Robet Lei. Un wat fü Fründ?«

»Es gibt eine Facebookseite, die ›Freundeskreis Robert Ley‹ heißt.«

»Ach, dat meinen Se. Dat is doch Kwatsch. Dat jiwet ja nit in äscht.«

»Auf jeden Fall«, sagte die Kommissarin, »sind hier von der AfD und anderen rechten Gruppen widerliche Dinge über den Bürgermeister gepostet worden. Und dann noch die Schmiererei an der Hitler-Mauer. Alles Quatsch?«

»Nä, isch weiß. Dat wor bestellt.«

»Wie bestellt? Von wem?«

»Weisisch nit. Isch kenn de Lük nit!«

»Also, Herr Kaltenbrunn! Nochmal.« Die Kommissarin fasste den jungen Mann scharf ins Auge. »Sie wissen, worum es geht. So eine Gefängniszelle ist gut geheizt, aber trotzdem kein Vergnügen. Sie brauchen mir ja keinen Namen zu sagen. Ich will nur hören, ob einer von Ihren Gesinnungsgenossen oder Freunden den Bürgermeister umgebracht hat. Und auf welche Weise. Und dann möchte ich wissen, wer dieses abscheuliche Bild mit dem Bürgermeister ins Netz gesetzt hat.«

»Isch weiß nix, unn ich saach nix«, wehrte sich Jupp trotzig.

»Sie wissen, es gibt technische Mittel, um herauszufinden, von welchem Rechner diese Dinge kommen. Sie sind doch selbst EDV-Mann.«

»Dat wern Se nie rauskrijen«, lachte Jupp. »Mir sing ooch nit blöd!«

»Okay, wenn Sie nicht kooperieren wollen, dann war unser Gespräch hier umsonst. Schade. Trinken Sie Ihr Bier in Ruhe aus. Ich zahle, gehe ins Büro und reiche die Anzeige ans Gericht weiter. Sie können es sich überlegen und mich anrufen. Meine Mobiltelefonnummer haben Sie ja. Ich benötige eine Viertelstunde zum Polizeirevier. Bin nämlich zu Fuß.«

Aber es sah so aus, als würde ihr Trumpf nicht stechen. Jupp Kaltenbrunn rührte sich nicht.

»Dann jonn Se doch in Ihre aale Bullenvilla!«, brummte er trotzig.

»Die Villa ist alt, aber die Anzeigenformulare sind frisch gedruckt. Noch einen schönen Tag in Freiheit, Herr Kaltenbrunn!«

Mit dünner Stimme sagte er: »Tschüss. Se könne misch escht mal!«

Auch auf dem Weg zurück ins Büro kam kein Anruf. Es wäre zu schön gewesen, wenn ihr Jupp einfach einen Mörder genannt hätte, den sie nur noch verhaften müsste, um dann ihre 50.000 Euro abzuholen. Um den gleichen trostlosen Rückweg zu vermeiden, entschied sie sich, doch nicht sofort die Anzeige im Büro aufzusetzen, sondern von der Hauptstraße abzubiegen und über die Bahnhofstraße und Nümbrechterstraße das Seniorenheim anzusteuern.

Seniorenerzählungen

In Sankt Gundula fragte die Kommissarin nach Frau Naujoks. Die Leiterin saß im kleinen Gesellschaftsraum beim Kaffee mit Herrn Fuchs. Herr Fuchs war jünger als die meisten Heimbewohner, auf seinen Zügen lag noch Lebensröte, aber zwischen Nase und Mundwinkeln hatte sich Kummer eingegraben. Eigentlich wollte die Kommissarin mit Frau Naujoks unter vier Augen sprechen. Na gut, vielleicht später. Sie stellte sich vor und setzte sich zu den beiden an den Tisch.

»Ach, ich könnte sone Inspektorin wie Sie gut brauchen«, begann Herr Fuchs seine Elegie, »aber das zahlt dir keine Versicherung. Höchstens, wenn du privat bist. Als alter Mann bist du auf dich allein gestellt. Mutterseelenallein mit dem ganzen Scheiß. Meine Frau ist vor drei Jahren gestorben, und seitdem ist mir alles zu viel. Was soll ich sagen? Die Herta hat immer die Tür abgeschlossen, wenn wir rausgingen, und hatte die Schlüssel in der Tasche. Ich musste mich um nix kümmern. Jetzt ist sie nicht mehr da, und auf einmal musste ich alles machen: Licht aus, Gasherd ab, Briefkasten leer, Türe zu. Was weiß ich! Ich war das nicht gewöhnt. Ich müsste nochmal zur Schule gehen, Frau Inspektorin. Haben Sie nicht einen Inspektor für mich? Dann könnte ich zurück. Hier sind alle nett, aber in meinen vier Wänden fühle ich mich doch wie zu Hause. Verstehen Sie? Ich brauch' nur einen Inspektor, der nach Strom und Gas schaut und den Schlüssel hat. Das ist alles. Wissen Sie, wenn ich losgehe, um einzukaufen, dreh ich 'ne Runde durchs Haus und prüfe alles. Dann unterwegs zum Aldi, bin ich mir nicht mehr so sicher, ob ich das Gas abgestellt habe. Deswegen sag ich, Willi, geh lieber zurück und schau nach! Meistens ist das Gas nicht an. Das wäre ja schlimm. Also gehe ich wieder los. Nur irgendwann fällt mir ein, dass ich vielleicht vergessen habe, die Tür abzuschließen. Das ist total gefährlich. An jeder Ecke lauern Knackis aus Rumänien oder dem Kosovo und wollen dir die Wohnung ausräumen. Also sag ich mir, Willi, geh besser zurück und guck nach! Na klar, die Tür ist zu. Ich bin ja nicht dement. Und weil ich da grade wieder zu Hause bin, denke ich, Willi, schau noch mal nach dem Gas! Ob das abgeschaltet ist. Okay, ich zische los zum Aldi. Alles ist gut. Dann sehe ich da, wie im Laden Licht brennt. Und mir fällt ein, dass ich im Bad das Licht angelassen habe. Strom ist ja so teuer geworden, jeden Monat dreissig Euro für Strom! Nur für Strom! Das macht mich total nervös, und ich renne nach Hause, um im Bad das Licht auszumachen. Naja, meistens ist das Licht aus, aber ich habe es schon mal angelassen. Da lebte Herta noch und hat sich aufgeregt. Die Lampe im Bad ist nicht so hell, und ich sehe nicht mehr gut. Oft merke ich nicht, ob das Licht noch an ist. Vor allem im Winter, da braucht man ja Licht. Jetzt gehe ich wieder los, alles aus, Gas und Licht, aber dann denk ich, ist auch die Tür zu? Ich bin ja so hastig losgegangen, weil ich zum Aldi muss, und in der Eile vergisst man mal was. Eigentlich braucht man drei Köpfe: einen für die Tür, einen fürs Licht und einen fürs Gas! Ich könnte aufschreiben: Willi, die Tür ist abgeschlossen und den Zettel bei mir tragen und immer nachlesen. Aber dem Zettel sieht man nicht an, wann ich das geschrieben habe. Eben oder gestern? Ich muss auch aufschreiben, was ich beim Aldi einkaufen will. Meistens sind es Nudeln. Ich esse so gerne Nudeln, Eiernudeln, die sind billig bei Aldi, und auch die Tomatensoße, die ist schon fertig, und die mach ich mir nur warm auf dem Gasherd, wenn die Nudeln im Wasser sind. Nur hinterher muss man dran denken, dass am Gasherd beide Flammen ausgestellt sind. Das fällt mir dann ein, wenn ich am Nachmittag weggehe. Dann sage ich mir: Willi, du hast aufgepasst, dass die eine Flamme aus ist, aber wie ist das mit der anderen? Du hast doch zwei Flammen angehabt, die eine für die Nudeln und die andere für die Soße. Sind beide aus? Nicht auszudenken, was dann passiert! Und Gas ist noch teurer als Strom. Ich heize mit Gas, das macht schön warm, frisst aber Geld wie Heu. Du musst die Heizung kleiner stellen, wenn du weg bist. Das geht ganz einfach. Wenn man die Heizung nicht wieder anstellt, ist das nicht schlimm. Du merkst ja, wenn einem kalt ist. Nur, wenn man vergisst, die Heizung abzustellen, merkst du das nicht, weil dir doch warm ist. Das Leben ist so kompliziert und nichts für alte Leute. An alles musst du denken, und man hätte gerne andere Dinge im Kopf als Gas und Licht und Schlüssel. Da wirst du rammdösig. Wissen

Sie, ich war Drucker und bin von Hause aus ein geistiger Mensch. Zum Glück gibt es Fernsehen, um auf geistige Gedanken zu kommen. Nur ist das so eine Sache. Später liege ich im Bett und denke: Willi, hast du auch den Fernseher ausgeschaltet? Meistens ist er aus, aber man weiß ja nie. Für alle Fälle stehe ich noch mal auf, um nachzusehen. Ist ja nicht weit vom Bett bis zum Wohnzimmer, wo der Fernseher steht. Sehen Sie, deswegen brauche ich einen Inspektor. Wenn ich mal die Tür nicht abschließe. Obwohl ich es nie vergesse, ich bin ja nicht dement, das Problem ist nur, dass ich mich nicht gut erinnere.«

»Lieber Herr Fuchs«, unterbrach die Kommissarin behutsam, »wissen Sie, ich bin gerade dabei, so eine Art Diebstahl aufzuklären, und dafür muss ich mit Frau Naujoks sprechen. Ich will schauen, wie wir Ihnen helfen können. Aber Sie wissen, dass zurzeit die Polizei unter Personalmangel leidet. Wir müssen mal sehen.«

Später erklärte Frau Naujoks der Kommissarin, aus welch unglücklicher Lage Herr Fuchs durch die Aufnahme ins Seniorenheim erlöst wurde. Denn der Mann war auf dem Weg zu Geschäften oder zum Friseur vor Erschöpfung mehrfach zusammengebrochen, weil er nach wenigen Minuten nicht mehr wusste, ob in seinem kleinen Haus alles in Ordnung war, und er mehrmals hin- und hergerannt war.

Jetzt wurde Frau Naujoks wegen eines Notfalls im Haus abgerufen. Die Kommissarin ärgerte sich, denn eigentlich wollte sie herausfinden, wer von den Erbgroßneffen ab und zu im Heim aufgetaucht war. Und wie müssten dann die Türme mit dem Etikett »Erben« auf dem Schachbrett gerückt werden? Sie wollte doch am Abend mit Ruben eine aktualisierte Stellung entwickeln. Dann halt später! Geduld, Geduld! Annabelle griff nach ihrem Rucksack. Sie wollte gerade Sankt Gundula verlassen, als sich neben ihr die Fahrstuhltür öffnete und ein großgewachsener, gepflegter, weißhaariger Herr den Rollstuhl mit Frau von Baudissin herausschob.

Die alte Dame erkannte die Kommissarin, winkte ihr zu, drückte ihr lebhaft die Hände und fragte, ob sie den Mörder des Bürgermeisters geschnappt hätte. Dann fügte sie mit konspirativer Miene die Bemerkung an:

»Denken Sie an die Prämie!«

»Was gibt es für Prämien?«, fragte ihr altmodisch, aber sorgfältig gekleideter Begleiter etwas polternd. Er war wohl leicht schwerhörig.

Frau von Baudissin stellte die Kommissarin vor. Ihr Begleiter, der sich nach Altherrenart tief verbeugte, war der Maler Reinhardt, mit Künstlernamen Herr von Brehm. Nach allem, was sie bisher über den Tiermaler gehört hatte, war Annabelle zu neugierig, um sich gleich zu verabschieden.

»Prämien gibt es für gute kriminalistische Arbeit«, erklärte Frau von Baudissin. Sie sagte nichts Genaueres.

»Ich habe mir Ihre Bilder angeschaut, Herr Reinhardt«, schwindelte die Kommissarin, »Ihre Tiere wirken ja sehr lebendig, um nicht zu sagen: lebensecht.«

»Gut beobachtet, Frau Kommissarin!«, antwortete Herr Reinhardt lässig, als habe er das selbstverständlichste Kompliment empfangen. Er trug graue, gebügelte Hosen, ein blaues Sakko, weißes Hemd, einen blauroten Seidenkrawattenschal mit dem passenden Einstecktüchlein. Ein schwerhöriger, in die Jahre gekommener Heiratsschwindler, dachte die Kommissarin.

»Alles selbsterlebt! Nichts erfunden!«, warf Frau von Baudissin ein, während sie mit ihrem Künstler die Cafeteria ansteuerte. Die Kommissarin folgte ihnen.

»Man darf nicht die ausgetretenen Pfade gehen, um so etwas zu erleben!« Reinhardt wies auf das Portrait eines Löwen unmittelbar neben dem Eingang, der dem Betrachter, wie es schien, prüfend in die Augen schaute.

»Solche Tiere leben nur in der unberührten Wildnis«, begann der Maler mit dröhnender Stimme, »man findet sie nicht in Tierparks, wo die alten Biester in tödlicher Langeweile und Verödung aller Instinkte herumhängen. Nein, dreimal nein! Man muss die wilden Löwen suchen. Sie schätzen kein Publikum. Soll ich Ihnen sagen, wo ich dieser wie von Gottes Hand gemeißelten Löwin begegnet bin?«

Herr Reinhardt zeigt auf sein Gemälde.

»Es ist eine Weile her. Ich war mit einem Jäger in Kamerun unterwegs, im Wild Kingdom, einer riesigen, rauen Savanne. Kaum ein Baum, kaum ein Strauch, nur dürres Gras, das zäh der Sonne trotzt. Man könnte glauben, dass dort noch nie ein Tropfen Regen gefallen ist. Wir waren tagelang zu Fuß unterwegs und nicht in klimatisierten Jeeps, wie heutzutage die Luxussafarijäger. Nein, zu Fuß. Bei sengender Hitze kletterten wir eines Nachmittags aus felsiger Höhe herab, hielten an einer schattigen Stelle kurze Rast, um einen Schluck zu trinken. Da erblickten wir ein Löwenpaar, das sich eben paarte. Das ist ein Schauspiel, das niemand zu Gesicht bekommt, weil die Löwen beim Paaren sehr scheu sind. Es war ein ungeheurer Anblick! So ein neues Löwenkind entsteht nicht nach Kaninchenart. Die wilde Natur folgt einem höheren Plan! Nur, mein Begleiter begnügte sich nicht mit dem erhabenen Schauspiel. Er war, wie soll ich sagen, in seinem Jagdtrieb unbefriedigt, weil er lange nichts vor die Flinte bekommen hatte. Also legte er auf den männlichen Löwen an und schoss ihn buchstäblich vom Rücken der Löwin herunter. Es war grausam. Schon als Kind liebte ich Löwen über alles. Und jetzt? Der Schuss traf meine Löwenliebe mitten ins Herz! Es gab einen dumpfen Schlag, und der König der Wüste stürzte röchelnd in den Staub. Nach kurzem Innehalten bemerkte die Löwin das Unglück. Sie richtete sich auf, schüttelte das mächtige Haupt und drehte langsam eine Abschiedsrunde um den sterbenden Freund. Dann noch eine und noch eine. Sie hatte uns gesehen, und nach der dritten oder vierten Runde ging sie langsam auf uns zu. Tapp, tapp, tapp, tapp. Diese wilde Dame war ein mächtiges Tier, ihre Schultern erhoben sich über einen Meter hoch. Eben hatte sie noch heiser gestöhnt und ihren Kopf mit den fürchterlichen Zähnen zum Himmel gereckt. Jetzt näherte sie sich Schritt für Schritt und schien zu überlegen, was sie mit uns anfangen sollte. Sie schaute uns mit diesen schräg gestellten, tiefgründigen Katzenaugen unter den Brauenwülsten unverwandt an, genau so, wie Sie das hier auf dem Bild sehen. Was hatte sie vor? Als sie noch zehn Schritte von uns entfernt war, bekam es der Jäger an meiner Seite mit der Angst zu tun. Wieder hob er seine Flinte, aber gedankenschnell drückte ich den Lauf zu Boden. Wie kann man dieser Schönheit den Garaus machen wollen! Für uns Künstler sind das die Augenblicke, nach denen wir uns ein Leben lang verzehren. Wann schon kann man einem wilden Tier aus nächster Nähe in die Augen schauen! Dort öffnet sich eine Tür zur Seele eines solchen Wesens. Sie müssen sich in aller Gelassenheit, als hätten Sie ewig Zeit, in diesen Blick des Tieres versenken.«

Herr Reinhardt machte eine Pause. Er hatte sich anstrengen müssen, weil seine Rede durch das laute Rattern der Pressluftgeräte zur Asbest-Entsorgung in der Vorhalle gestört wurde. Sein Blick schwenkte vom Löwenbild zur Kommissarin. Er prüfte den Sitz seines Seidenschals und die Wirkung seiner Erzählung.

»Erzählt der Herr Reinhardt nicht wunderbar?«, jauchzte die alte Baudissin. »Ich könnte ihm stundenlang zuhören.«

»Ja, er erzählt großartig! Aber lassen Sie mich nicht zu lange warten, wie dieses Abenteuer ausgegangen ist, Herr Reinhardt«, bat die Kommissarin. »Ich hoffe, Sie haben das ohne Schaden überstanden.«

Der Maler überhörte die leise Ironie. »Ich glaube«, nahm er huldvoll seine Erzählung wieder auf, »ich glaube, das heißt, ich bin als Künstler tief davon durchdrungen, dass die Löwin in diesem Moment, als auch sie mich von Nahem prüfte, gespürt hat, dass sie kein mordbereiter Jäger, sondern ein Künstler anschaute. Denn der Künstlerblick ist auch so ein Löwenblick. Oder lassen Sie mich so sagen: Das Künstlerauge ist mit dem Löwenauge innig verwandt. Was mag unseren Schöpfer geritten haben, Künstlern und Löwen die gleichen Augen in den Kopf zu setzen? Doch es ist kein Wunder! Der Löwe, das ist seine Natur, lauert auf Beute, er muss satt werden. Schleichen Sie mal mit knurrendem Magen durch die Savanne! Das ist kein Spaß! Der Löwe wartet, er kann lange, lange warten, die göttliche Natur hat ihn mit Geduld gesegnet. Doch wenn der Augenblick gekommen ist, packt er die Beute mit unwiderstehlicher Kraft. Und da ist er wie der Künstler! Auch der Maler studiert genau die Dinge, die er auf die Leinwand bringen will. Er betrachtet sie mit unendlicher Geduld, ehe er mit dem Auge zupackt. Im geistigen Sinne lebt auch der Künstler von erbeuteten Dingen, die sein artistischer Löwenhunger benötigt. Allerdings ist es sein Geist, der sich davon nährt!«

Man hätte aufnehmen müssen, wie der wilde Reinhardt das Wort »Geist« aussprach, nein, wie er es sang. Schließlich fuhr der Künstler in seinem dramatischen Ton fort:

»Nun aber zurück zu diesem High-Noon-Augenblick, meine Damen! Das Unglaubliche geschah: An jenem heißen Nachmittag, unter der unbarmherzigen Sonne im riesigen Wild Kingdom gab es eine wundersame Wendung. Wirklich und wahrhaftig ein Wunder! Der Beweis, dass im Löwenkopf ein Künstlerauge steckt. Machen Sie die Probe! Tauschen Sie in einem beliebigen Selbstportrait von Dürer oder Rembrandt die Maleraugen gegen Löwenaugen aus! Machen Sie es ruhig! Sie werden keinen Unterschied bemerken! Und jetzt! Die Löwin blieb vielleicht fünf Schritt vor uns stehen, sie fixierte mich eindringlich, bis nach und nach in ihren Blick das verwandtschaftliche Erkennen einkehrte. Und statt einem von uns die Gurgel durchzubeißen, grüßte sie mit ihrem mächtigen Haupt. Sie nickte mir Künstler zu, ich nickte zurück, sie lächelte, ich lächelte, dann drehte sie sich um und verschwand zwischen den Hügeln der unendlichen, flirrenden Savanne.«

»Gottseidank«, sagte die Kommissarin, »ich habe ganz schön gezittert!«

»Ich spürte nicht die geringste Angst«, fuhr der Maler achselzuckend fort, »ich habe es geahnt. Ich habe diese geschwisterliche Eintracht mit dem Tier gefühlt. Und als die Löwin mit majestätischem Schritt abzog, da kam mir der Gedanke, dass die Königin jetzt womöglich in ihr Mal-Atelier gehen würde, um ein Portrait von mir anzufertigen. Man sollte im Wild Kingdom suchen, ob es nicht in irgendeinen Fels eingeritzt ist.«

Herr Reinhardt war zufrieden mit der Wirkung seiner Erzählung. Frau von Baudissin konnte nicht genug bekommen.

»Ach bitte, Cornelius, erzähl doch noch einmal das Abenteuer mit dem Nashorn dort hinten!« Frau von Baudissin wies auf die Wand gegenüber, wo ein anderes Bild des Malers hing. Es zeigte ein kugelförmiges Nashorn mit steilen Hörnern, das zwischen Palmen und dichtem grünen Blattwerk zu lustwandeln schien. Der Künstler zierte sich. Dann fragte Herr Reinhardt seine beiden Zuhörerinnen, ob er ihnen etwas von der Theke bringen könne. Die Kommissarin hatte ihr gewohntes Nachmittagstief erreicht und bat um eine Tasse Kaffee, und die alte Baudissin verlangte das Gleiche.

»Aber nicht wieder diese braune Brühe!«, rief sie dem Maler nach, und zur Kommissarin gewandt, brummte sie: »Die machen den Kaffee hier so dünn, damit ihnen die Alten nicht umfallen! Die laufen ja alle mit Herzschrittmacher rum!«

Herr Reinhardt kehrte mit drei Bechern und einem Kännchen Kaffee zurück.

Die Kommissarin hatte keine Lust auf die Nashorn-Geschichte, aber sie wollte auch nicht unhöflich sein.

»Darf ich fragen, was Sie beruflich gemacht haben, dass Sie so viele Reisen zu Walen, Löwen, Adlern, Nashörnern unternehmen konnten?«

»Ich war Abteilungsleiter bei Karstadt, 28 Urlaubstage. Jawohl! Da kann man schon manche Reise in die Ferne unternehmen!«, dröhnte Herr Reinhardt.

»Mir wurde gesagt«, die Kommissarin wollte den Maler ein bisschen ärgern, »dass Sie Ihre Motive zum Teil einem Tierkalender entnommen haben. Stimmt das?«

»Das ist eine Verleumdung von der Fraenkel«, schimpfte Frau von Baudissin und schlug mit der Hand auf den Tisch, dass die Kaffeebecher kurz schwankten. »Das sollten Sie nicht glauben und erst recht nicht verbreiten, Frau Kommissarin!«

Über Herrn Reinhardts edle, fein gefurchte Künstlerstirn huschte ein Anflug von Ärger. Dann aber schnaufte er verächtlich und legte los: »Ach, ihr großen Götter und Musen! Wie weit reicht doch die Missachtung der Kunst in unseren Tagen!«, klagte er. »Bin ich vielleicht der erste, der ein wildes Tier gemalt hat? Habe ich mich zum Pionier des ersten Pinselstrichs erhoben? Beileibe nicht! Es ähneln doch wohl alle Bilder von Löwen einander? Schämen sich die Löwen, dass sie wie Löwen aussehen? Muss ich, wenn ich meine Versenkung in das Löwenauge künstlerisch gestalte, ja, muss ich dann darauf achten, dass mein Tier auf keinen Fall irgendeinen Strich oder Farbton aufweist wie die

Löwenbilder von, wen soll ich nennen, von Dürer, Rembrandt, Fragonard, und wie sie alle heißen? Und wenn ich ein Nashornauge auf meiner Leinwand zum Sehen erwecken möchte, muss ich zuvor alle Tierbilder der Kunstgeschichte prüfen, ob mein Tier vielleicht dem Biest aus einem Kinderkalender oder einem ausgestopften Kuschelvieh ähnelt? Ich hätte damit mehr zu tun, als meinen Pinsel zu führen. Man muss die Seele, die Gestalt, die Bewegung, die Farbe und, was nun meine Kunst betrifft, das Auge dieses Wesens lebendig werden lassen!«

Einen Augenblick lang herrschte Stille. Herr Reinhardt wischte mit einem weißen Tüchlein aus der Innentasche seines Blazers den Ärger von der Stirn.

»Ach, lieber Herr Reinhardt«, lenkte die Kommissarin ein, »ich bin keine Kunstexpertin, und ich habe, ehrlich gesagt, wenig Ahnung von Tierbildern und Nashornaugen. Entschuldigen Sie meine dumme Frage!«

»Sie hätten den Vortrag von Herrn Professor Sonderegger hören sollen«, sagte der Maler etwas versöhnt. »Der Professor hat an großartigen Bildern gezeigt, wie sich die Darstellungen von Tieren ähneln. Im Mittelalter hatten die Maler noch nie einen Löwen gesehen und haben ihn trotzdem gemalt. Ich frage Sie: Woher wussten diese Maler vor vielen hundert Jahren, wie ein solches Tier aussieht? Wo hatten die Künstler des Mittelalters das tausendfach gemalte Einhorn beobachtet? Haha, das es doch gar nicht gibt! Natürlich von anderen Bildern! Trotzdem warfen ihnen weit und breit keine Experten, erst recht keine Seniorenheimbewohner vor, dass sie ihre Bilder abgemalt hätten!«

Das leuchtete ein. Die Kommissarin dankte dem Künstler. Bevor sie sich verabschiedete, wollte sie ihren Kaffee bezahlen, aber Herr Reinhardt lehnte das ab. Als Künstler sei es ihm ein Anliegen, die Menschen zu beschenken, sei es mit Bildern oder mit anderen Genüssen!

Naja, 5000 Euro pro Löwe oder Nashorn, dachte Annabelle, da kann man schon mal was spendieren. Doch auf dem Weg nach Hause hoch zum Isengarten ärgerten sie all die unergiebigen Recherchen des Tages. Nichts hatte sie über das Testament herausgefunden, nichts über den Haupterben, der am Abend des Todestages den Notar aufgesucht hatte, und nichts über alle anderen, die womöglich in Sankt Gundula gewesen waren. Stattdessen hatte sie der traurigen Geschichte von Herrn Fuchs und dem fabulösen Tierabenteuer von Herrn Reinhardt gelauscht. Sie freute sich aber auf das Abendessen mit Ruben und Henrikh, auch wenn es keine neuen Erkenntnisse gab, um auf dem Schachbrett eine der Figuren zu verschieben und näher an das Opfer zu rücken. Nur musste sie vorher den blauen oder roten Fleck an Papas Hemdkragen auf dem neuen WhatsApp-Foto begutachten.

»Mama«, rief sie ins Telefon, »der rote Fleck auf dem Foto ist blau. Jedenfalls kein Lippenstift.«

«Ja, ja, ich weiß«, gab die Mutter zurück. »Ich habe das Bild auch Désirée geschickt. Die hat das auch schon gesagt. Désirée ist ja in der Modebranche und versteht von Farben mehr als du!«

Nachrichten aus der Giftküche

Die Aufklärungsarbeit am Fall des toten Bürgermeisters wurde in den nächsten Tagen komplizierter. Als Annabelle am Freitag ins Kommissariat kam, warteten in den Büroräumen bereits alle Kolleginnen und Kollegen von der Morgenschicht. Immer noch beunruhigte das rätselhafte Ende des Bürgermeisters. Annabelle blickte in gespannte Gesichter, als sie über ihre Ermittlungen an den Tagen zuvor berichtete. Natürlich filterte sie ihre Erzählungen, kürzte den Besuch bei ihrem Ritter-Sport-Mehmet und verriet nichts vom Treffen mit Jupp Kaltenbrunn. Auch Möllenbeck war nicht faul gewesen. Er hatte über die Staatsanwaltschaft und mit Hilfe der Traceroute-Software des Bundeskriminalamtes herausgefunden, dass die Bekennerschreiben und die schäbigen Bilder des toten Bürgermeisters auf Facebook von einem Rechner in Russland aus gepostet worden waren. Aber vermutlich erledigte das ein von Deutschland aus gesteuerter Trojaner. Eine Adresse oder einen Verein mit dem Namen »Freundeskreis Robert Ley« fand sich nämlich nirgendwo sonst. Es gab nur ein paar Leute aus der rechten Szene, die sich der Gruppe zuordnen ließen. Man war eigentlich keinen Schritt vorangekommen.

Möllenbeck stand wieder unter Einfluss seines Phlegmas, als er meinte, man sollte die Sache erst mal ruhen lassen. Annabelle war dagegen. Während sich die beiden am Ende dieser Debatte und nach der dritten Tasse Kaffee aus der DeLonghi-Maschine ihrem Alltag zuwandten, zwei Einbrüche, einmal häusliche Gewalt, ein Fahrraddiebstahl, kämpfte Annabelle noch mit sich, ob sie die Anzeige gegen Jupp Kaltenbrunn wirklich aufsetzen sollte. Aus ihrer Unentschiedenheit erlöste sie der *Highway-to-Hell*-Anruf des Stadtdirektors. Die Kölner Gerichtsmedizin habe mitgeteilt, dass die Leiche des Bürgermeisters noch nicht freigegeben sei und dass die Beisetzung am nächsten Montag wahrscheinlich verschoben werden müsse. Außerdem kündigte man aus Köln für den Nachmittag einen ergänzenden Befund an.

Die mussten noch irgendwas herausgefunden haben! Und tatsächlich dauerte es kaum zwei Stunden, bis das Fax aus dem Altgeräteschlaf erwachte und unter Brummen und Quietschen eine Nachricht durchgab. Es kam aus der forensischen Abteilung des Kölner Uniklinikums. Der Bericht war lakonisch abgefasst:

»Der Tote Hannes Jungjohann ist mit großer Wahrscheinlichkeit an den Folgen einer Vergiftung durch Aconitum napellus an Herzstillstand gestorben. Ob zufällig durch falsch dosierte Medikamente, durch Suizid oder gezielt durch fremde Hände, müssen kriminaltechnische Untersuchungen klären. Der Befund wird im Laufe des Tages persönlich durch Herrn Doktor Chi Kong Poon erläutert werden, der die Untersuchung initiiert und durchgeführt hat.«

»Was ist denn Aconitum napellus?«, fragte Möllenbeck entgeistert. Annabelle suchte bereits im Netz.

»Das ist der blaue Eisenhut«, las sie. »Er gehört zur Gattung Eisenhut aus der Familie der Hahnenfußgewächse. Das daraus gewonnene Aconitin ist super giftig. Es genügen wenige Milligramm, um einen Menschen zu töten.«

»Blauer Eisenhut«, sinnierte Möllenbeck, »der wächst doch überall! Wer weiß, dass die blaue Blume so giftig ist, braucht nur ein Sträußchen zu pflücken, um den Erbfall zu beschleunigen. Aber mich wundert sehr, dass die das in Köln erstmal nicht bemerkt haben. Das Zeug muss doch im Körper sein und irgendwie nachgewiesen werden können.«

Die Kommissarin nickte. Die Nachricht löste in ihr einen leisen Schauder aus. Jetzt gab es endgültig eine Gewalttat aufzuklären. Sie hatte es geahnt. So lange sie nur über einen Mord spekuliert hatten, war es ein halbes Spiel. Nun wurde es ganzer Ernst. Zu den Figuren auf ihrem Schachbrett zählte vermutlich ein Mörder. Sie ging in Gedanken die schwarze Dame, die Türme, Läufer, Bauern durch, den »Freundeskreis Robert Ley«, die Haupt- und Nebenerben, die Enterbten, Mehmet und Katharina Jungjohann. Sie musste unbedingt Jungjohanns Testament in die Hände bekommen.

»Tatsächlich ist Aconitum schwer nachweisbar«, brummte Möllenbeck, der sich durch das Netz arbeitete. »Außerdem wird es in der Homöopathie eingesetzt. Man kannte das Gift schon in der Antike. Frauen, die ihre Männer umbringen wollten, steckten es sich in die Scheide. Besonders gerne Hexen! Vielleicht hat Jungjohann mit einem Typen gevögelt, der sich einen Hahnenfuß in den Hintern gesteckt hatte.«

»Mölli! Jetzt ist aber gut!«, ging Annabelle dazwischen. »Das ist ekelhaft und nicht sehr professionell!«

»Es reichen zwei bis fünf Milligramm, um jemanden umzubringen!«, rief Möllenbeck. »Das ist unglaublich wenig! Die Frage ist nur, wie man da drankommt. Gibt es das vielleicht in der Apotheke? Kannst du mal nachfragen?«

»Wenn das Aconitum in der Homöopathie Verwendung findet, gibt's das natürlich in der Apotheke«, belehrte Annabelle ihren Chef, »vermutlich aber nicht als Familienpackung. Warte, Mölli, hier steht, dass es nur in der Verdünnung von 1:10.000 rezeptfrei erhältlich ist.«

Die beiden studierten noch eine Weile die Wikipedia-Einträge zu »Aconitum« und »Eisenhut«. Dabei stieß Annabelle auf den anderen Namen der Blume »Rittersporn«. Sie hatte »Rittersport« gelesen, und einen Augenblick lang dachte sie, sie sei schon ballaballa. Zum Glück hielt kurz darauf vor dem Kommissariat ein blauer Minivan, und ein edel gekleideter jüngerer Mann in heller Chino Luino-Hose und enganliegender Marcelo-Strickjacke betrat das Kommissariat. Er stellte sich mit vielen Verbeugungen lächelnd als Doktor Chi Kong Poon von der Abteilung für forensische Toxikologie des Instituts für Rechtsmedizin an der Uni zu Köln vor und fragte nach dem Kriminalhauptkommissar. Er sei gekommen, um das rechtsmedizinische Gutachten zum Fall Jungjohann zu erläutern.

Doktor Chi wollte nach einem Blick auf die fleckigen Bürostühle nicht Platz nehmen. Es dauerte etwas, bis sich der Ekel auf seinem Gesicht auflöste. Die linke Hand in der Hosentasche, die rechte lebhaft in die Luft schreibend, erklärte er mit sanfter Stimme und kaum merklichem Akzent, dass es bei den toxikologischen Routineuntersuchungen von Blut, Liquor, Speichel, Urin auf Medikamente, Gifte und Betäubungsmittel keine Auffälligkeiten gegeben habe. Aufgrund aller gewonnenen Daten war man zunächst zu der Auffassung gelangt, dass das Herzversagen ohne Einwirkung von außen eingetreten sein musste. Er selbst sei Absolvent der Universität von Hongkong und habe in der *Forensic Science Division* der Regierung von Hongkong gearbeitet, ehe er nach Köln geholt wurde. Die neuerdings vermehrte Verwendung von exotischen Giftstoffen asiatischer Herkunft in Europa und den USA habe ihm den Ruf an das Institut für Rechtsmedizin eingetragen. Er habe sich jahrelang mit solchen Substanzen befasst.

Doktor Chi Kong Poon lächelte, und sein Lächeln schien Annabelle so ehrwürdig und undurchdringlich wie die chinesische Mauer. Er erzählte, dass man ihn zur Inspektion der Leiche des Herrn Bürgermeisters hinzugezogen habe, weil er zufällig im Hause gewesen sei. Man habe ja keinen besonderen Verdacht gehegt.

»Mir ist allerdings gleich aufgefallen, dass sich in der Mitte zwischen den Augen des Toten die charakteristische Aconitum-Falte gebildet hatte«, erklärte der Toxikologe. »Die *ruga interciliata* wird bei einer Person, die einem dieser Gifte zum Opfer gefallen ist, fünf oder sechs Stunden nach dem Tode für kurze Zeit sichtbar. Die Ursache für diese sonst bei keiner toxischen Einwirkung beobachteten Falte ist seit vielen Jahren Gegenstand meiner Forschung. Möchten Sie, dass ich Ihnen einen Einblick in diese Forschung gebe?«

Doktor Chi ließ seine Frage in einer kurzen Pause ausklingen. Die beiden Kriminalisten waren sehr an einem Einblick interessiert.

»Wir konnten diese Versuche mit zum Tode verurteilten Delinquenten durchführen!«

Doktor Chi bemerkte, wie sich auf den Gesichtern seiner Zuhörer leises Entsetzen breitmachte.

»Die haben sich ganz freiwillig zur Verfügung gestellt«, erklärte er rasch, »denn ihre Familien wurden mit einer Prämie entschädigt. Das ist übrigens ein rascher, humaner Tod, wenn es Sie interessiert. Es geht, wie sagt man hier in Köln? *ratzfatz*, und sie sind im Jenseits! Und diese Delinquenten, die, statt sich am Galgen das Genick brechen zu lassen, die sanften Norditerpen-Alkaloide vom Aconitin-Typ schlucken, haben wir untersucht. Im Unterschied zu anderen Delinquenten, die durch Injektion von Toxinen hingerichtet wurden, zeigten sie wenige Stunden nach der Einnahme der Dosis diese auffällige Faltenbildung.«

Doktor Chi zog mit dem mittleren Finger seiner gestenfreudigen Hand eine Linie von seiner Stirn herab zwischen den Augen bis zur Nasenwurzel und lächelte in die entgeisterten Gesichter der Kripobeamten. Unbeirrt setzte er seinen Vortrag fort:

»Man weiß, dass die Diterpen- und Norditerpen-Alkaloide des Aconitins die Durchlässigkeit der Zellmembranen für Natriumionen während des Aktionspotentials erhöhen. Dann aber verlangsamen sie die Repolarisation. So werden die sensiblen und motorischen Leitungen der ZNS zunächst erregt und anschließend gelähmt. Und das endet in einer Paralyse der Atmung und der Herzmuskulatur. Bei genauer Beobachtung zeigen sich parästhetische Reaktionen in der Gesichtsmuskulatur, und diese *ruga interciliata* durch Aconitin könnte damit zusammenhängen.«

Doktor Chi ließ den rechten Mittelfinger ein zweites Mal von der Stirn zur Nasenwurzel wandern und lächelte erneut.

»Warum dieses Merkmal«, fuhr Doktor Chi fort und verlangsamte seine Rede, »mit solcher Verzögerung, eigentlich erst mit Eintreten des *rigor mortis* sichtbar wird, bleibt eine der dringlichen Fragen der Forschung!«

Doktor Chi war ganz in seinem Element. Aber dazu zählte auch ein kryptischer Blick. Wie tief reichte sein Geheimnis? Zwischen seinen lächelnden Lippen summten leise und melodisch die Sätze hervor, doch er vergaß bei seiner Botschaft, dass er vor keinem Fachpublikum, sondern vor biochemisch unbeleckten Kriminalbeamten sprach. Als er dann doch die Leere im Blick seiner Zuhörer bemerkte, wechselte er kurz in den Plauderton.

»Ich darf Ihnen verraten«, sagte er mit gesenkter Stimme, »dass in China seit Jahrhunderten sowohl Quacksalber-Kuren als auch volksmedizinische Heilverfahren mit Extrakten verschiedener Aconitin-Typen bei Rheumatismus, Schmerzzuständen und Herzproblemen bekannt sind. Auch bei unseren Selbstmördern ist das Gift beliebt, wenn ich so sagen darf. Aus Rücksicht auf die Reinigungskräfte«, wieder fiel Doktor Chis angewiderter Blick auf die fleckigen Stühle, »wirft sich kein Chinese vor einen Zug! Auch nicht in tiefster Verzweiflung! Wir

Gerichtsmediziner haben nur das Problem, dass mehrere hundert chemisch diverse Diterpen-Alkaloide bekannt sind. Ihr Nachweis erfordert aufwändige Analysen. Und so ist es schwierig, bei Morddelikten genaue Angaben über die Wirkung dieser Gifte zu machen.«

Herr Doktor Chi bat um ein Glas Mineralwasser, das er nach kurzer Überprüfung des Glases in feinen Schlückchen zu sich nahm, und Annabelle glaubte es durch die Fugen seiner äußeren Mauer sickern zu hören. Dann wechselte er wieder ins Wissenschaftliche:

»Erst nachdem man Ihnen den negativen Befund über den Verdacht eines gewaltsamen Todes bereits zugefaxt hatte, entdeckte ich die Aconitum-Falte. Wenn es Sie interessiert, dann finden Sie in meiner Dissertation von 2012 *Forehead wrinkels in cases of victims poisoned by diterpenoid alkaloids* eine präzise Beschreibung! Sie können ein PDF der Untersuchung im Netz herunterladen. Okay? Daraufhin habe ich weitere Untersuchungen von Speichel und Urin durchgeführt. Weil es, wie gesagt, verschiedene toxische Aconite-Alkaloide gibt, musste ich eine aufwändige Methode wählen. Dann konnte ich in einer Speichel- und Urinprobe mit einem Triple-Quadrupol Tandem–Massenspektrometer nach Trennung durch einen Hochleistungsflüssigkeitschromatographen tatsächlich ein Aconite-Alkaloid nachweisen. Der Tote musste ein solches Gift in tödlicher Dosis zu sich genommen haben. Auf welchem Wege es in den Organismus gelangt ist, weiß ich nicht. Ich vermute eine orale Einnahme, vielleicht in eine Flüssigkeit gemischt. Man kann ebenso einen Hautkontakt vermuten. Und denken Sie an den Tod von Hamlets Vater in Shakespeares Tragödie: Ihm wurde das mörderische Gift ins Ohr geträufelt! Es kommen Nase, Ohr oder Auge als Zugangswege in Frage. Die Ausarbeitung meiner Untersuchung habe ich Ihnen mitgebracht. Haben Sie noch Fragen?«

Der smarte, offenbar auch literarisch gebildete Mediziner zog aus der rechten Brusttasche einen Umschlag, lächelte ein letztes Mauerlächeln, verbeugte sich, nahm den gemurmelten Dank entgegen und verschwand so geschmeidig und geheimnisvoll, wie er gekommen war. Die beiden Kriminalbeamten blieben leicht betäubt zurück, als hätte die Erwähnung des Giftstoffes bei ihnen eine Lähmung ausgelöst.

»Sag mal, Annabelle«, brummte Möllenbeck und schob den Umschlag mit dem Bericht des Doktor Chi beiseite, »hat der Mann eigentlich Chinesisch gesprochen oder welche Fremdsprache war das? Ich hab' nix verstanden.«

»Es war Fachchinesisch, Mölli«, antwortete die Kommissarin, »aber warte mal!«

Sie schaute Möllenbeck von Nahem in die Augen.

»Ich glaube, zwischen deinen Augen bildet sich bereits eine Aconitum-Falte. Spürst du sonst was?«

Möllenbeck fasste sich unwillkürlich an die Nasenwurzel. Dann sagte er nachdenklich:

»Hochleistungsflüssigkeitschromatograph. Das Wort habe ich mir gemerkt. Das muss ja eine Wahnsinnsmaschine sein. Hätte ich gerne für meine Frau. Könnten wir direkt neben unseren Hochleistungstiefkühlschrank stellen.«

»Ich glaube, Mölli«, sagte Annabelle ernst, »wir müssen mit der Untersuchung weitermachen. Du solltest die Wendung der Sache dem Staatsanwalt anzeigen und dafür sorgen, dass unsere Jungs und Mädels von der Spurensicherung erneut ihre Tyvek-Anzüge anlegen und in Sankt Gundula nach Spuren des Gifts suchen. Oder was meinst du?«

»Das macht, glaube ich, keinen Sinn, Annabelle«, Möllenbecks Phlegma ergriff wieder das Wort, »dann müssten wir jede Tasse oder jedes Gläschen, aus denen Jungjohann getrunken hat, in den, wie heißt das Ding noch, ach ja, in den Hochleistungsflüssigkeitschromatographen vom Herrn Doktor Chi stecken. Ich würde vorschlagen, dass wir nochmal den Vormittag vor dem Mord in allen Details rekonstruieren: In welchen Räumen war der Bürgermeister, wie lange jeweils, mit wem hat er gesprochen, ist er noch anderen Personen begegnet? Denn wenn der Tod so rasch eintritt, kann er das Gift erst in Sankt Gundula zu sich genommen haben. Wir müssen auch Suizid ausschließen. Sind seine Sachen eigentlich hier im Hause, in Gummersbach bei der Spurensicherung oder bereits zurückgegeben worden? Vielleicht finden wir da noch was.«

Mölli rief in Bonn an, aber die Staatsanwälte ergänzten nur ihre Ermittlungsakte und beauftragten sie mit weiteren Untersuchungen. Dann fragte Annabelle in Gummersbach nach und erfuhr, dass die verschiedenen Utensilien, die Jungjohann am Tag seines Todes bei sich getragen hatte, noch in der Hauptdienststelle in Gummersbach asserviert waren. Zunächst sollte man in Sankt Gundula einige Stichproben nehmen, ob sich dort irgendwo Spuren des Giftes fanden. Doch das musste man jetzt auf den Montag verschieben.

Oh, lieber Gott! Wieder flehten in ihrem Rucksack Robbies *Motherfucker*-Gitarren um Gehör. Die Mama sprach sehr erregt.

»Hör mal, Annabelle, ich habe die ganze Nacht nicht geschlafen! Gestern habe ich in Papas Schreibtisch Briefe gefunden auf rosa Papier. Mit Hand geschrieben, aber ich kann das ja auch mit der Lupe nicht lesen. Das ist bestimmt von dieser ledigen Richterin mit dem Lippenstift. Die ist noch unter fünfzig! Ich mach ein Foto davon, dann kannst du das für mich lesen. Du weißt doch, dass Papa nächste Woche seine Reha in Überlingen antritt? Vielleicht trifft er sich dort mit dieser Richterin?«

»Ja, ja Mama«, sagte Annabelle, »ich schau mir das später an. Aber du kannst das schon mal Désirée schicken. Die verstehen ja in der Modebranche enorm viel von Briefen. Soll die dir doch sagen, ob der Papa fremdgeht!«

»Nein«, rief die Mutter entsetzt, »damit kann ich Désirée nicht auch noch belasten. Die hat schon genug Stress!«

Zu Hause fand Annabelle Ruben und Henrikh einträchtig auf dem Sofa eine Folge aus der ZDF-Serie *Der Kriminalist* anschauend. Henrikh hatte es der glatzköpfige Kommissar Bruno Schumann angetan, und nur ihm zuliebe legte er den Schachcomputer für kurze Zeit beiseite. Ruben hatte heute Aka Lahmajoon, sechs Fladen armenische Pizza, auf einem großen Backblech vorbereitet und nach Annabelles Anruf in den Backofen geschoben. Es wurde wieder ein Festmahl, und die Nachricht vom Gifttod des Bürgermeisters gab nochmal Pfeffer dazu. Annabelle berichtete von Doktor Chis Auftritt und dass der Bürgermeister an diesem Aconitum, dem Blauen Eisenhut, gestorben sei. Jetzt konnte man neu spekulieren.

Das Schachbrett stand noch auf dem gemeinsamen Küchentisch. Henrikh fand erneut: Die Stellung war doch klares Matt! Und als sein Vater erklärte, man müsse das Spiel rückwärts spielen, antwortete er, dass man dann einfach eine Videoaufnahme vom ganzen Spiel machen und die auf Reverse stellen müsse. Das ginge nur so.

»Es ist aber eine Denkaufgabe«, sagte Ruben. »Wenn du nur die Endstellung hast, musst du dir ausrechnen, wie es dazu gekommen ist. Das sollte man im Schach auch können. Daher ist das wie ein Kriminalfall.« Er war überzeugt, dass es weiter die gleiche Zahl von Verdächtigen gebe; nur müssten sie die Stellung umbauen, da man zwei verschiedene Gruppen habe: Verdächtige in größerem räumlichen Abstand und Verdächtige, die direkt als Täter oder Täterin in Frage kämen. Diese unmittelbar Tatverdächtigen befanden sich in der Nähe des Opfers und hätten dem Bürgermeister das Gift irgendwie verabreichen können. In den Kaffee oder in ein anderes Getränk.

»Also, was bedeutet das?«, frage Annabelle etwas ratlos.

»Wir müssen die Personen in der Nähe des Opfers so berücksichtigen«, überlegte Ruben, »dass sie auch auf dem Brett zu den bedrohlicheren Figuren zählen. Ich denke da an die enttäuschten Erben in Sankt Gundula.«

»So ganz genau wissen wir noch nicht, wer dazu gehört und wer nicht«, antwortete Annabelle. »Eigentlich zählt dazu in erster Linie die Leiterin, Frau Naujoks. Die hätte etwas zu verlieren, und ihr fiele es am Leichtesten, dem Gast etwas in den Kaffee zu geben. In zweiter Linie kämen der Maler Reinhardt mit seinen Enkeln und die enterbte Frisörin in Frage. Zwar stehen sie in räumlicher Nähe und könnten unauffällig in der Cafeteria tätig werden, aber die sind doch nicht in dem Maße interessiert wie die Großerben der Familie.«

»Sagtest du nicht, dass einer der Großerben an Jungjohanns Todestag hier vor Ort und womöglich auch in Sankt Gundula war?«

»Ja, der Notar hat das gesagt«, sagte Annabelle nachdenklich. »Am Abend war einer der Erben bei ihm. Er will mir den Namen erst nennen, wenn wir offiziell wegen Mordes ermitteln. Und er deutete an, dass schon früher einer der Großneffen angefragt habe, ob man Frau von Baudissin nicht entmündigen könne.«

»Ach nein! Geht das denn?«, fragte Ruben.

»Der Notar sagte, dass das nicht mehr möglich sei. Also die Erben sind aktiv! Vielleicht sollte ich Doktor Siepenbrück einfach anrufen und nach dem Namen fragen.«

»Okay«, fand Ruben, »doch für unsere Stellung ist der Name erstmal nicht wichtig. Die weiße Königin rückt etwas ferner auf e8, und die schwarze Ley-Königin tauscht den Platz mit einem Kleinerben-Bauer, der auf b4 wegen räumlicher Nähe den Namen ›Frau Naujoks‹ erhält. Der zweite Kleinerbe nähert sich dem König auf a4 und der dritte auf e3. Von c5 rückt der Springer auf d3. Er ist das Rätsel, die unbekannte Gefahr. Der eine Großerbe geht als Läufer im Zickzack von h7 auf h5 und macht die weiße Königin nervös. Der zweite Großerbe macht das auch und rückt als Turm auf e4. Der Mehmet-Turm kann wieder auf d2 zurück.«

»Wenn ich doch nur einmal das verdammte Testament sehen könnte!«, erregte sich Annabelle.

Sie griff zum Mobiltelefon und erreichte Doktor Siepenbrück sofort.

»Guten Abend, Herr Doktor Siepenbrück! Na, wieder am *GTA5*-Daddeln oder *Altered Beast*?«, meldete sie sich munter.

»Ja, was meinen Sie?«, kam es zurück, »*GTA5* wurde mir vom Hausarzt sogar angeraten, um meinen niedrigen Blutdruck zu erhöhen.«

Der Notar wusste natürlich nichts vom neuen Befund aus Köln und war zunächst sprachlos.

»Frau Petrosian«, sagte er nach einer langen Pause, »ich werde Ihre Ermittlungsarbeit in jeder Hinsicht unterstützen. Allerdings sind meiner Hilfsbereitschaft als Notar Grenzen gesetzt. Ich muss mich mit meinem Neffen beraten, der mehr als ich darauf angewiesen ist, dass unser guter Name nicht befleckt wird. Kommen Sie in der nächsten Woche noch einmal auf mich zu.«

Einmal ist keinmal zweimal

Der Leichnam des Bürgermeisters Jungjohann war noch am Freitag-
abend in einem Sarg zurückgebracht und im Ratssaal der Stadt aufge-
bahrt worden. In dem ausgelegten Kondolenzbuch las man viele Worte des Mitgefühls. Die Anteilnahme der Bürger war erstaunlich, hatten
sie doch eine starke Fraktion von Jungjohann-Feinden in den Gemein-
derat gewählt. Die Stadt wollte dem Toten offenbar einen würdevollen
Abschied bereiten. Die städtische Feuerwehr, deren Ehrenmitglied der
Bürgermeister gewesen war, hatte eine Ehrenwache abgestellt.

Die Trauerfeier konnte am Montagvormittag wie geplant stattfinden und begann mit dem Gottesdienst. Sechs Feuerwehrmänner trugen den Sarg in die Evangelische Kirche. Selbst zur weihnachtlichen
Christvesper, wenn die Bürger spirituelle Rückfälle erleiden, drängen
nicht so viele Menschen in die Kirche wie an diesem Tag. Ein Berg von
Kränzen und Blumengebinden bedeckte den Sarg neben einem Foto,
das den Verstorbenen so ernst zeigte, als hätte er alles vorausgeahnt.
Die Schwester des Bürgermeisters und sein Lebensgefährte Mehmet
nahmen mit weiteren Freunden in der ersten Reihe Platz. Neben und
hinter ihnen saßen der Superintendent des Kirchenkreises, die stell-
vertretende Bürgermeisterin Luzia Apeldoorn, die Stadtverordneten,
der Regierungspräsident, Vertreter des Landes, des Kreises, zahlreiche
Parteifreunde, Ratsherren, städtische Bedienstete und Vertreter anderer Parteien mit Ausnahme der rechten Fraktion.

Es war eine bewegende Feier, denn Mehmet spielte für den toten Lebensgefährten ein selbstkomponiertes Lied. Er hatte der Organistin
eine Improvisationsskizze vorbereitet. Auf dem Grund dunkler Orge-
lakkorde sang er zur Gitarre eine herzergreifende Klage in seiner Sprache. Pfarrer Martinus Hohendahl hatte für die Predigt das Gleichnis
vom endzeitlichen Gericht über die Völker aus dem Matthäusevange-
lium gewählt. Eindrucksvoll beschrieb er die Szene des Urteils, wo der
höchste Richter Jesus wie ein Hirt die Böcke und Schafe voneinander
scheidet. Zu seiner Rechten stehen die gerechten Schafe, zur Linken

die verfluchten Böcke. Nur in einer feinen Bemerkung spielte der Pfarrer darauf an, dass die Verteilung von rechts und links im Tribunal des höchsten Richters nichts mit unseren Volksvertretungen zu tun habe. Seine Gedanken spielten auf die politische Haltung des Toten an und kreisten um den biblischen Satz »Ich war fremd, und ihr habt mich aufgenommen«.

»Nichts christlicher als dieser Satz!«, rief Pfarrer Hohendahl. »Und begreift bitte, dass die alte, aus der Mode geratene Religion des Herrn Jesus keine Gehirnwäsche ist, die Euch Dreifaltigkeit, Auferstehung, Gnadenkontingenz und andere theologische Begriffsmonster zumutet! Nein, wahre Religion ist die liebevolle Geste der Gerechten, die den Fremden, Hungernden, Gefangenen, Dürstenden die Hand reicht. Und wir wissen«, sagte er ernst und traurig, »dass der verstorbene Bürgermeister genau das getan hat und dass er dafür Erbitterung und Hass geerntet hat. Wie viele Fremde hat er in unserer kleinen Stadt begrüßt? In unserer Stadt, in der vor achtzig Jahren noch ein Mann das Sagen hatte, der nach Fremden die Hand streckte, um sie zu erwürgen. Und ich frage Euch«, der Pastor Hohendahl machte eine Pause, um die Geistesabwesenden durch Stille zu wecken, »ich frage Euch, ob dieser tapfere, heitere, gastfreundliche, kurz: christliche Bürgermeister in dieser Stadt jemals einen Nachfolger oder eine Nachfolgerin haben wird. Gott helfe uns dabei! Amen!«

Der lange Trauerzug bewegte sich dann als schwarzer Menschenwurm von der Kirche den Wiedenhof hinauf zum Friedhof. Der Himmel gewährte der Stadt, in der ein solches Verbrechen geschehen war, nur das nötigste Licht. Unter tiefen dunklen Wolken trugen die Feuerwehrleute den Sarg die Kehren des Weges empor. Als es anfing zu regnen und die Trauernden unter Regenschirmen Zuflucht suchten, spielte die Feuerwehrkapelle neben dem offenen Grab Mozarts *Ave verum corpus*. Aber auch diese Musik konnte den Himmel nicht milde stimmen. Mit allzu schwacher Stimme gegen das Prasseln des Regens auf den Schirmen ankämpfend, würdigte der Regierungspräsident die politische Leistung des Verstorbenen. Hannes Jungjohann war persönlich und materiell unabhängig gewesen. Allein das Gefühl der Verantwortung habe ihn in die Politik geführt. Und dies, obgleich er zuletzt wusste, dass sein Leben in Gefahr war.

Auch Annabelle Petrosian hatte sich auf dem Friedhof eingefunden. Als ihr bei der kaum vernehmbaren Ansprache des Regierungspräsidenten Arme und Beine schwer wurden, ging ihr Blick in die Höhe zur Hitler-Mauer, wo noch rechtzeitig die Hassparole ganz und gar getilgt worden war. Als der Tote schließlich Staub und Ewigkeit übergeben wurde und ihm die Trauergäste aus einer langen geduldigen Reihe mit einer Handvoll Erde beistanden, lösten sich aus dem Mund des armen Mehmet heftige Schluchzer, die die Trauernden raunen ließen. Die Schwester des Toten stand starr an der Seite des jungen Mannes, der Jungjohanns abgelegten, viel zu weiten Anzug trug. Sie hatte ihren Kopf mit einem mächtigen schwarzen Hut bedeckt, und ein Schleier verdunkelte ihr Gesicht.

Auf dem Rückweg den Wiedenhof hinab stieß die Kommissarin auf Frau von Baudissin im Rollstuhl mit dem Maler Reinhardt. Sie machten am Straßenrand eine Verschnaufpause.

»Frau Kommissarin!«, rief es aus ihrem regenfeuchten Wolkenhaupt. »Habe ich es nicht gesagt?«

Frau von Baudissin bat den Maler, ihren Rollstuhl schnell nach Sankt Gundula zurückzufahren. Man sah, dass der Alte, der zugleich ihren Schirm halten und das Gefährt schieben musste, überfordert war, aber er schien keinen Widerspruch zu wagen.

»Jetzt müssen Sie nur noch den Hauptgiftmischer unter den Nazis finden!«, rief Frau von Baudissin im Umdrehen der Kommissarin zu. »Denken Sie an die Prämie!«

Lieber Himmel, an was dachte sie denn sonst?

Zweierlei musste sie herausfinden: Frau von Baudissins Testament mit der Liste der Begünstigten und den Namen jenes Haupterben und Großneffen, der am vergangenen Montagabend den Notar aufgesucht hatte und vielleicht zuvor in Sankt Gundula gewesen war. Doch sah sie sich wenige Minuten später wieder ausgebremst. Alle Versuche, Doktor Siepenbrück zu sprechen, schlugen fehl. Der Notar war weder in der Kanzlei zu erreichen noch an seinem Daddel-Mobiltelefon. Was jetzt?

Sollte sie nicht versuchen, die Abgeordnete im Landtag von Niedersachsen ausfindig zu machen, die nach Siepenbrücks Auskunft zu den Enterbten zu zählen war? Investigationskunst, deine Weisheit heißt Google! Die Großnichte hatte zwar einen anderen Namen, dennoch brachte die Eingabe »von Baudissin« und »MdL Niedersachsen« ein Ergebnis. Die MdL hieß Wanda van Heitkamp, geborene von Baudissin, und war Abgeordnete der Grünen und Mitglied im Rat der Stadt Wolfsburg.

Frau van Heitkamp war in ihrem Landtagsbüro am Telefon zu erreichen. Sie lachte, als die Kommissarin sie auf ihre Großtante und das Erb-Drama ansprach. Ja, das Thema beunruhige die Familie seit langem. Und ja, die Erb-Hoffnung habe sie von ihren Eltern geerbt, die vor Jahren gestorben waren! Frau van Heitkamp sagte der Kommissarin gerne ihre Hilfe bei der Suche nach den anderen Nichten und Großneffen zu. Allerdings wollte sie das im persönlichen Gespräch tun. Die Kommissarin verständigte sich mit ihr auf einen Termin am Donnerstag in Wolfsburg.

Am Nachmittag belagerte erneut die Gummersbacher Spurensicherung Sankt Gundula, um einen Rest des Aconitum-Giftes zu finden. Doch die Untersuchung des Aufzugs, des Gesellschaftsraumes, der kleinen Cafeteria und der Küche erbrachten kein Ergebnis. Erst recht blieben die Räume unzugänglich, in denen die Asbest-Sanierer gerade arbeiteten. Auch hier ging es nicht weiter. Enttäuscht beschloss Annabelle, noch einmal den Ablauf der Ereignisse vom vergangenen Dienstag zu rekonstruieren.

Diesmal konnte sie wenigstens mit Frau Naujoks in Ruhe sprechen! Die liebenswürdige Leiterin von Sankt Gundula ahnte nicht, dass sie auf Rubens Schachbrett als schwarzer Bauer mit Namensschildchen stand und dass sie dort ein Stück vorrücken würde, nachdem sie die Frage der Kommissarin bejaht hatte, ob sie in den Kreis der Begünstigten in Frau von Baudissins Testament zurückgekehrt sei.

»Ja, ja«, schmunzelte sie, »es gab sozusagen eine Begnadigung. Ich habe ihrer Nachbarin, Frau Schallück, über die sie sich so beklagt hat, ein Paar Kopfhörer geschenkt. Daran hat die sich inzwischen gewöhnt und hört so ihre Walzermusik und tanzt auch mal mit den Dingern am

Kopf. Man muss sie ihr nur aufsetzen. Eine Investition für unser Haus, die sich vielleicht lohnt. Ich weiß es aber nicht sicher.«

Weiter bestätigte Frau Naujoks, dass sich ein Herr von Baudissin zuletzt ein oder zwei Mal in Sankt Gundula vorgestellt hatte, wenn er seiner Großtante einen Besuch abstattete. War dieser Herr auch am vergangenen Dienstag im Hause? Daran konnte sie sich nicht erinnern. Es habe ja eine solche Aufregung gegeben, dass ihr das vielleicht entgangen sei. Was nun an diesem fatalen Mordtag im Einzelnen geschah, wusste sie auch nicht mehr so genau. Jedenfalls habe der Notar etwa gegen zehn Uhr am Vormittag Sankt Gundula betreten. Das habe die Kollegin am Empfang so in Erinnerung. Doch sei im Augenblick die Übersicht schwierig, weil wegen der Asbest-Sanierung immer wieder unbekannte Arbeiter und Bauleute ins Haus kämen. Dann sei der Notar wohl mit dem kleinen Lift hoch zu Frau von Baudissins Apartment im zweiten Stockwerk gefahren. Beide erschienen später gegen 11 Uhr mit dem Bürgermeister in der Cafeteria. Vermutlich wurde Herrn Jungjohanns Eintreffen am Empfang registriert. Aber, wie gesagt, durch die Baumaßnahme könne man nicht immer zwischen Gästen, Besuchern und Mitarbeitern der Entsorgung unterscheiden.

In die Cafeteria kamen an jenem Vormittag nur Frau Vanderwielen, Frau Gleichen-Russwurm, Frau Doktor Schlecht, Frau Silbereisen und Herr Fuchs. Mit ihnen müssen Sie selber sprechen. Herrn Fuchs kennen Sie ja bereits. Wie weit der gute Mann sich an Einzelheiten erinnert, könne sie leider nicht sagen. Da müsse die Kommissarin selbst sehen, was er erzählen kann. Frau Vanderwielen sei mental auch ein wenig gehandicapt. Ebenso Frau Gleichen-Russwurm. Nur Frau Doktor Schlecht gelte als völlig fit im Kopf. Und schließlich sei Frau Silbereisen in gerontopsychiatrischer Behandlung, weil sie bisweilen psychotische Phasen erlebt. Aber sie hat auch wieder sehr gute Zeiten, in denen sie munter und völlig präsent ist.

»Die Theke der Cafeteria ist, wie Sie wissen, nur zur Selbstbedienung ausgelegt«, ergänzte die Leiterin. »Also könnten sich dort in der fraglichen Zeit einzelne Bewohner, vielleicht auch Arbeiter, ein Getränk geholt haben. Gegen 12 Uhr etwa kam die Reinigungskraft, Frau Arcangelina Moreno, mit Staubsauer und Feuchtwisch in die Cafeteria. Bei ihr haben Sie ja bereits Auskünfte eingeholt.«

Die Kommissarin hätte natürlich gerne gewusst, ob der Notar oder der Bürgermeister oder Frau von Baudissin bei ihrem Gespräch irgendwelche Getränke zu sich genommen hätten, aber das wusste Frau Naujoks nicht, hielt es jedoch für wahrscheinlich. Jedenfalls war die Besprechung gegen 13 Uhr beendet. Also zur Zeit des Mittagessens. Sie haben ja selbst ermittelt, Frau Kommissarin, dass beide Herren Frau von Baudissin zu ihrem Apartment begleitet haben. Sie wollte kein »Lunch«, wie sie sich gerne vornehm ausdrückt. Dann ist der Bürgermeister in den großen Lift gestiegen, wo er etwa eine Stunde später auf der ersten Ebene gefunden wurde. Aber wer hat ihn gefunden? War vielleicht noch eine andere Person im Lift, die dann den Alarm ausgelöst hat?

Die Kommissarin wollte nun die genannten Zeugen befragen und bat Frau Naujoks um ihre Hilfe dabei, da sie vielleicht aus den verschiedenen Idiolekten (das Wort kannte sie von Ruben), die den sprach- und erinnerungsgestörten Bewohnern geblieben waren, dolmetschen könnte. Zunächst stieg sie erneut in die zweite Etage, um Frau von Baudissin ein paar Fragen zu stellen. Gegenüber der Apartment-Tür in der kleinen gemütlichen Ecke saß Frau Schallück und grüßte freundlich. Sie war eine schlanke Dame mit schneeweißen Haaren, die sie hochgesteckt hatte, nur einige Strähnen hingen wie leicht angestaubtes Engelshaar über ihre Ohren. Als die Kommissarin nach dem zweiten Klopfen bei Frau von Baudissin keine Antwort erhielt und vorsichtig eintrat, saß die alte Dame in ihrem Sessel am Fenster und schlief. Der Eukalyptusgeruch, den Annabelle von ihrem ersten Besuch noch in der Nase trug, hatte sich verflüchtigt. Unbemerkt stand plötzlich auch Frau Schallück im Zimmer und deutete auf Reinhardts Katzenbild an der Wand und sagte unter spürbarer Anstrengung:

»Der Mause lässt die Kratze ab.«

Die Kommissarin drängte die kleine Dame vorsichtig aus dem Apartment und schloss hinter ihnen beiden leise die Tür. Dann setzte sie sich neben Frau Schallück. Was hatte sie da gesagt? Konnte man sich mit ihr verständigen?

»Kann ich Sie etwas fragen, Frau Schallück?«

Die schlanke Dame in ihrem altmodischen engen gelben Rock und einem langärmeligen Oberteil in unklarer Farbe lächelte und nickte. Das war wohl zu leise gesprochen, von unten dröhnte es, und sie wiederholte ihre Frage deutlich lauter. Das gleiche Lächeln, das gleiche Nicken. Also noch lauter!

»Verstehen Sie mich, Frau Schallück?« Die Kommissarin erschrak vor ihrer eigenen Stimme. Nun regte es sich in den Augen der alten Dame, und hinter ihrer Stirn schien die Arbeit einzusetzen. Doch nach einigen Sekunden ging ein Schatten von Traurigkeit über ihr Gesicht. Die Antwort wollte nicht herauskommen. Und dann:

»Ach, die Wörter sind weit weg von meinem Kopf!«, klagte sie.

Merkwürdig, dachte Annabelle. Eigentlich klingt es wie ein Ja. Und sie versuchte es noch einmal:

»Kann ich Sie etwas fragen, Frau Schallück?«

Wieder setzte hinter den Augen der Befragten ein stilles Getriebe ein, und nach einiger Zeit kündigte sich eine Antwort an. Stockend sagte sie:

»Keine großen Sprünge, wie sagt man? Ganz im Takt!« Frau Schallück seufzte. Sie war mit ihrem Satz nicht zufrieden. Um sich vielleicht doch verständlich zu machen, schwang sie ihren Oberkörper hin und her.

Da ging schlagartig die Tür auf und Frau von Baudissin erschien, auf ihren Rollator gestützt, im Türrahmen und wütete:

»Was ist denn hier los?«, schimpfte sie. »Ach, die alte Schallück! Tanzt sie wieder herum? Und Frau Kommissarin tanzt mit. Ist das die Giftmischerin?«

Die Kommissarin entschuldigte sich und bat Frau von Baudissin, ihr noch einmal etwas Zeit zu schenken. Von Frau Schallück entfernte sie sich mit einem kurzen Winken. Zurück in ihrem Apartment ließ sich Frau von Baudissin erneut vorsichtig in ihren Schlafsessel sinken und wartete auf die Fragen. Sie konnte sich noch gut an den fatalen Dienstag erinnern. Ja, der Herr Notar habe sie aufgesucht, um die Schenkung durchzusprechen. Dann sei der Bürgermeister dazu gestoßen, sie hätten beschlossen, in die Cafeteria hinunterzufahren. Die Herren hätten ihr und sich selbst an dem großen Automaten auf der Theke mehrmals eine Tasse mit dem Blümchenkaffee gezapft. Der Bürgermeister habe sich auch ein Croissant dazu geholt und damit den Tisch vollgekrümelt, was sie gar nicht leiden könne. Andere Bewohner, die auch in der Cafeteria saßen, habe sie nicht registriert. Zwischendurch kamen zwei Männer in blauer Arbeitskleidung und holten sich etwas. Einige Male seien Leute an den Tisch getreten, um den Bürgermeister zu begrüßen. Dann habe der Staubsauger der Putzfrau einen solchen Lärm gemacht, dass man sich fast nicht mehr verständigen konnte. Soweit sie sich erinnerte, war der Herr Notar wohl ein oder zwei Mal auf der Toilette. Der alte Herr habe dabei Scherze über seine Prostata gemacht, was sie wenig delikat gefunden habe. Und zum Schluss hätten die beiden Herren sie in ihr Apartment begleitet, dort habe sie noch am Tisch ein paar Papiere unterzeichnet, die der Notar vorbereitet hatte. Es ging auch um eine Verfügung des Bürgermeisters selbst, die er dort durchgesehen habe. Sonst erinnerte sie sich an den Schnupfen von Herrn Jungjohann. Sie hätte sich nicht gewundert, wenn sie sich angesteckt hätte. Aber es ist alles gut gegangen. Das heißt, für sie ging es gut, für den armen Herrn Jungjohann ja nicht.

»Frau von Baudissin«, fragte die Kommissarin eindringlich, »saßen wirklich nur Sie und die beiden Herren in der Cafeteria zusammen? Wir fragen uns ja: Wer hat dem Bürgermeister das Gift in den Kaffee getan? Wissen Sie, wer den Bürgermeister sonst noch begrüßt hat?«

Jetzt war die Erinnerung der hundertjährigen Dame erschöpft. Sie war auch müde, und im Profil schien ihr Gesicht mit der edel gebogenen Nase wie eingefroren. Sie entließ die Kommissarin mit dem Hinweis, dass sie Frau Schallück ein hexenmäßiges Giftmischen und etwas Mordlust durchaus zutrauen würde. Sie führe ja auch dauernd diesen Hexentanz auf. Gottlob ahnte die alte Tanzlehrerin, die noch draußen in ihrem Sessel saß, nichts vom Verdacht der Nachbarin. Sie schien guter Dinge zu sein. So rief ihr die Kommissarin ins Ohr, dass sie gerne in den nächsten Tagen noch einmal mit ihr sprechen würde. Wieder lächelte die alte Dame, schwang den Oberkörper hin und her und brachte nach angestrengtem Nachdenken eine Antwort zur Welt:

»Nur keine großen Sprünge! Einmal ist keinmal zweimal.«

Das war doch gar nicht unsinnig, dachte die Kommissarin auf dem Weg zur Treppe. Wirklich. Niemals, kein einziges Mal ist einmal zugleich zweimal.

***

Annabelle musste unbedingt in Erfahrung bringen, wer am letzten Dienstag noch in die Cafeteria gekommen war und den Bürgermeister begrüßt hatte. Am ehesten konnte Doktor Siepenbrück dazu etwas sagen, aber zum wiederholten Mal meldete sich der alte Zocker nicht. Vielleicht Frau Doktor Schlecht? Die hatte bei der ersten Vernehmung von Personen berichtet, die sie am Dienstagvormittag gesehen hatte. Ebenso die ehemalige Rektorin Frau Schutten. Als Annabelle noch einmal ins Leitungsbüro schaute, saß Frau Naujoks mit Frau Gleichen-Russwurm zusammen. Auch die ehemalige Leiterin der Stadtbibliothek war Zeugin, da sie am Dienstagvormittag kurze Zeit in der Cafeteria gesessen hatte. Frau Naujoks strich ihrer Bewohnerin liebevoll den Rücken, als sie schonend davon sprach, dass Frau Gleichen-Russwurm ein wenig an Gedächtnisproblemen leide, dass sie aber ganz tapfer mit Kreuzworträtseln ihren Wortschatz in Schwung halte.

»Frau Gleichen-Russwurm, das ist Frau Petrosian. Sie ist Kommissarin und untersucht den Tod des Bürgermeisters in unsrem Haus.«

»Freund Hein mit drei Buchstaben«, freute sich Frau Gleichen-Russwurm.

»Ja, so heißt es, Frau Gleichen-Russwurm«, sagte die Kommissarin aufmunternd. »Ich wollte Ihnen ein paar Fragen stellen. Sind Sie damit einverstanden?«

»Ach je, manchmal sind Fragen ganz, äh, auf der Waage, und ich brauche Rettung«, seufzte die alte Dame.

»Ich glaube«, half Frau Naujoks, »sie meint, dass sie bei schweren Fragen Hilfe benötigt.«

Frau Gleichen-Russwurm nickte: »Beistand mit fünf Buchstaben!«

»Erinnern Sie sich an den vergangenen Dienstag, Frau Gleichen-Russwurm?«

»Ja, zweiter Wochentag«, kam die prompte Antwort.

»Als der Bürgermeister hier in der Cafeteria war?«

»Oh ja! Stadtoberhaupt mit dreizehn Buchstaben!«

»Frau Gleichen-Russwurm«, erklärte Frau Naujoks, »hatte Herrn Jungjohann an Frau von Baudissins Feier zum 100. Geburtstag kennengelernt.«

»Wissen Sie, mit wem der Bürgermeister an diesem Dienstag in der Cafeteria zusammengesessen hat?«

»Ja, Herr …, wie sagt man, Urkundschafter. O und A mit fünf Buchstaben.«

»Sie meinen den Notar, Herrn Doktor Siepenbrück?«

Frau Gleichen-Russwurm nickte erleichtert.

»Haben Sie denn sonst jemanden gesehen, der den Herrn Bürgermeister in der Cafeteria begrüßt hat?«

»Ich weiß, ich weiß. Fünf Buchstaben, ähm, ganz, ganz, ganz«, wiederholte sie langsam.

Die Kommissarin sah Frau Naujoks fragend an. Die schüttelte den Kopf.

»Ist das der Name einer Person hier aus dem Haus, Frau Gleichen-Russwurm?«, fragte sie nach.

»Langfinger mit fünf Buchstaben«, antwortete sie nickend.

Annabelle schaute hilfesuchend auf Frau Naujoks. Und die half gerne:

»Ich glaube, Frau Gleichen-Russwurm, Sie meinen Herrn Fuchs. Ist das richtig?«

Frau Gleichen-Russwurm lachte erleichtert. Und Frau Naujoks erläuterte weiter:

»Sie hat Herrn Fuchs manchmal scherzhaft ›Herr du hast die Gans gestohlen‹ angesprochen. Das ist es wohl.«

»Kein Unterschied zwischen Kriminalistik und Kreuzworträtseln«, fasste die Kommissarin zusammen. »Dann müssen wir den ›Herrn du hast die Gans gestohlen‹ selbst befragen.«

Aber sie versuchte es noch einmal.

»Frau Gleichen-Russwurm, haben Sie außer Herrn Fuchs noch jemanden gesehen, den der Bürgermeister an diesem Dienstag begrüßt hat?«

»Die Mütze schleift«, antwortete Frau Gleichen-Russwurm geheimnisvoll.

»So was habe ich schon irgendwo gehört«, überlegte die Kommissarin laut.

»Auch so ein komischer Name«, meinte Frau Naujoks. »Ich weiß aber nicht, von wem.«

»Geldbehälter«, fügte Frau Gleichen-Russwurm an. »Habe ich gesehen, die Mütze.«

Die Kommissarin griff nach ihrem Notizblock und notierte sich den Satz.

»Das ist bereits der zweite rätselhafte Satz heute«, sagte sie. »Den anderen habe ich von Frau Schallück gehört. Er lautete: ›Einmal ist keinmal zweimal‹.«

»Oh, das ist ja höhere Mathematik«, lachte Frau Naujoks und schüttelte den Kopf. »Hier, bei der heiligen Gundula wird anders geredet und gerechnet. Nicht ganz einfach für eine Morduntersuchung.«

»Die heilige Gundula möge uns beistehen!«

Haubenlerchen und andere schräge Vögel

Zwei Tage lang hing Annabelle Petrosian am Telefon, um ihren Mordfall voranzubringen. Auch der Familienfall war noch nicht völlig aufgeklärt. Auf ihrem Display sah sie, dass die Mutter inzwischen drei Mal angerufen hatte.

»Was gibt's, Mama?«

Annabelle sollte in der Birkle-Klinik am Bodensee anfragen, ob dort nicht zugleich mit dem Papa eine ledige Richterin unter fünfzig angemeldet sei. Das könne sie wirklich von ihr verlangen, denn sie habe ja nicht so viel zu tun. Übrigens sei Désirée gerade in Paris bei Louis Vuitton gelaufen. Annabelle könne stolz auf ihre Schwester sein!

Nicht so viel zu tun! Allenfalls hätte ihre Mutter sagen können, dass bei ihrer Untersuchung nicht viel herauskam. Immerhin erfuhr Annabelle im Notariat, dass der alte Siepenbrück nach Florida geflogen war, wo sich in Fort Lauderdale die *GTA5*-Spiele-Community traf. Er sollte erst in der kommenden Woche zurück sein. Seltsam, seltsam, dachte die Kommissarin, wie will dieser Gamer, der nicht verlieren kann, bei den Jungen mithalten? Na gut, wenn ihr so weitermacht, werden wir um eine Durchsuchung nicht herumkommen. Und jetzt? Wenigstens die persönlichen Dinge, die der tote Herr Jungjohann bei sich trug, wollte sie in Augenschein nehmen.

Die Sachen mussten wie Treibgut aus einer Behördenirrfahrt gerettet werden, denn man hatte sie keineswegs ordnungsgemäß in der Dienststelle Gummersbach sekretiert, wie es geheißen hatte, sondern mit dem toten Bürgermeister nach Köln in die Forensik geschickt. Irgendein Kollege Dummschädel hatte das Nasenspray des Opfers für Medizin gehalten. Der Klarsichtordner und andere Fundstücke aus den Anzugtaschen des Toten (Brieftasche, Mobiltelefon, Schlüssel, Taschentuch etc.) waren angeblich aus Köln zurückgeleitet worden, aber noch nicht in Gummersbach eingetroffen. Hatte nicht der Innenminister eine Straffung der Strafverfolgung in Aussicht gestellt? Einstweilen wütete Murphys Gesetz in den Polizeidienststellen. Die Kommissarin verlangte aufgebracht, dass die Sachen sofort an sie weitergeleitet würden. Ihre miese Laune nahm noch zu, als sie abgerufen wurde, weil aus der Drogenszene ein Mordversuch angezeigt worden war. Was war passiert? Tatsächlich war einem Junkie von Tabletten übel geworden, und er glaubte, dass ihm wie dem Sänger Prince gefälschte Vicodin-Tabletten untergejubelt worden seien. Schöner Fall von Drogenparanoia.

Im Fall der echten Vergiftung kam sie nicht weiter. Ihre Anfragen beim BKA liefen ins Leere, und die vielgerühmten vernetzten Kriminaldatenbanken der EU und der USA, die sie durchsuchte, lieferten nichts über Giftmorde mit Aconitum.

In ihrer Not versuchte sie, die arrogante Frau Katharina Jungjohann, die Schwester des Toten, in ihrer *E-Commerce omatra 4.0*, einer Online-Materials-Trading-Firma in Morsbach, zu erreichen. Aber die Frau war unterwegs, um mit Entsorgungsunternehmen zu verhandeln. Schließlich hatte sie auch Jupp Kaltenbrunn angerufen, dessen Anzeige sie immer noch zurückhielt. Erneut führte sie ihm die Vorteile vor Augen, wenn er aus dem »Freundeskreis Robert Ley« plaudern könnte. Lieber Whistleblowing in Freiheit als im Knast Trübsal blasen, sagte sie. Hahaha, gab Jupp zurück, »wat sing die Bullinnen lustisch!« Doch der Mann schien etwas zugänglicher. Er habe sich umgehört, behauptete er, aber er könne bislang nichts Konkretes liefern.

So setzte sich Annabelle im Einverständnis mit ihrem schwerblütigen Vorgesetzten Mölli am Donnerstag früh in den klapprigen Audi-Dienstwagen und machte sich auf den Weg nach Wolfsburg, um die grüne Landtagsabgeordnete und Großnichte der Frau von Baudissin zu treffen. Wer waren die gierigsten Erben? Vier Stunden A 4, A 45, A 2-Ödnis. Allein dafür hatte sie schon 10.000 Euro Prämie verdient.

Sie traf Wanda van Heitkamp im Fraktionsbüro in der Goethestraße, das sie sich mit ihren grünen Kollegen im Stadtrat teilte. Eine muntere Gesellschaft schien dort zu Hause. Draußen an der Tür hing eine satirische Werbeschrift »Stickoxidstadt Wolfsburg«. Innen zogen mehrere Sensoren und Passivsammler an den geöffneten Fenstern die Blicke auf sich. Hier wurde also die Stickoxidbelastung der Luft gemessen! Das

Gerät war mit einer witzigen Animation verbunden: Immer wenn einer der Grenzwerte überschritten war, krochen über den Bildschirm einige kläglich hustende Comicfiguren. Der Blick aus dem Fenster ging hinüber zum Wolfsburger Rathaus, das einer WASA-Knäckebrot-Dose ähnelte.

Frau van Heitkamp war eine offene, heitere Frau von über fünfzig, die an die Ur-Grüne Antje Vollmer mit ihrer Pastorinnen-Frisur erinnerte. Ihre Augenfältchen, die keine Kosmetika oder Hautcremes fürchten mussten, schufen Vertrauen. Trotz des Altersunterschiedes nannten sich die Frauen gleich beim Vornamen. Wanda klapperte kurz in der Büroküche, um für sie beide einen aufmunternden grünen Sencha-Tee zuzubereiten.

»Du erwartest wohl nicht, dass es hier schwarzen Tee gibt«, sagte Wanda gut gelaunt. An den Wänden forderten Plakate aus dem letzten Jahrhundert zu Demos in Gorleben und Wackersdorf auf. An der Bürotür hing eine Dartscheibe, für Kenner der Hinweis auf Alternativen zu Atomwaffen.

Die Kommissarin kam gleich auf ihr Anliegen zu sprechen, aber machte erst einen kleinen Schlenker: Sie hätte erwartet, dass sich die Grünen im Landtag für den Schutz der Haubenlerchen in Lüneburg einsetzten. Wieso das denn nicht?

Die Abgeordnete antwortete mit einem misstrauischen Blick, für Sekundenbruchteile schien es der gleiche Blick, den auch Frau von Baudissin bisweilen abschickte.

»Sag mir zunächst mal«, sagte Wanda lächelnd, »ob ich irgendeines Verbrechens verdächtig bin. Sonst müsste ich mir einen Anwalt nehmen.«

»Also der mangelnde Einsatz für Haubenlerchen ist noch kein Straftatbestand«, scherzte Annabelle, »aber doch ein klarer Enterbungsgrund.«

Die Abgeordnete lachte herzlich.

»Oh ja«, antwortete sie, »ein schlimmes Vergehen! Wenn es wirklich begangen worden wäre! Wegen der Haubenlerchen sollte der Neubau der Uni Lüneburg scheitern. Das hielten selbst wir damals für einen Schildbürgerstreich. Daher wurde eine halbe Million für eine Fläche bereitgestellt, um die lieben Vögelchen umzusiedeln. Nicht einmal ein halbes Prozent der Gesamtbaukosten, die diese irre Kiste verschlungen hat. Keine Ahnung, warum das Projekt nicht umgesetzt wurde. Oder anders als gedacht: Die Vögel sind überall, nur nicht auf der teuren Freifläche. Dafür sieht das Libeskind-Ding, das neue Gebäude, selbst aus wie eine betonierte Haubenlerche. Keine Ahnung, das ist bei meiner Großtante aber wohl nicht angekommen.«

Die Kommissarin schilderte der Abgeordneten, die währenddessen feine Wölkchen aus ihrem Porzellanbecher blies, den Jungjohann-Fall und seine Rätsel. Der Bürgermeister war vermutlich durch einen heimtückischen Giftmord ums Leben gekommen. Allerdings wisse man nicht, wie ihm das Zeug eingeflößt worden sei. Die Morddrohungen zuvor hätten schon Zweifel an einem natürlichen Tod aufkommen lassen. In dem politischen Hickhack mit der Neonazi-Partei, die die Drohungen vermutlich anonym losgelassen hatte, habe das in Aussicht gestellte riesige Geldgeschenk ihrer Großtante eine Rolle gespielt. Damit stünden für sie zwei Gruppen unter Verdacht: einmal die Rechten mit ihrem Hass auf den schwulen Mann, der sich bei ihnen mit den Willkommensgesten gegenüber Geflüchteten unbeliebt gemacht hatte; und dann die verschiedenen Erben oder sagen wir: Erbgruppen. Die alte Frau von Baudissin hat mit ihrem Vermögen, wie es Wanda ja selbst erlebt habe, Politik betrieben und ihre Nachlassverfügung mehrfach geändert, so dass der bedauernswerte Notar allwöchentlich das Testament umschreiben und neu siegeln muss.

»Ich weiß, ich weiß, der alte Zocker Siepenbrück war ein enger Freund meines Großonkels«, wusste Frau van Heitkamp, »und er hat viele seiner Geschäfte betreut, zuletzt hat er die Beteiligung an der italienischen ScarpaItalia verscherbelt. Dabei hat er, glaube ich, auch selbst ganz gut abgesahnt, aber davon eine Menge verspielt.«

»Ja, ja, das ist bekannt«, sagte die Kommissarin, obwohl sie von dieser Spielerei noch nichts gehört hatte. »Aber ich wüsste gern mehr«, fuhr sie fort. »Über die Verwandten, die in dem Testament aufgeführt sind, kursieren einige Gerüchte. Es soll einen Vetter von dir geben, der sich eine Zeitlang um das Vermögen deiner Großtante gekümmert hat, dann aber allzu fette Erfolgsprämien kassierte und aus der Liste der Erben gestrichen wurde.«

Wanda stand auf und versuchte das Fenster zu schließen, weil der Verkehrslärm draußen stärker wurde. Sie musste die sensiblen Messgeräte auf eine kleine Plattform vor dem Fenster umsetzen. Inzwischen schnüffelte Annabelle an ihrem Tee und nippte vorsichtig an der gelblichen Aufmunterung. Du lieber grüner Himmel! Was hätte sie für einen schönen DeLonghi-Kaffee gegeben!

»Ja, das war mein Vetter Hadrian Pferdmenges«, sagte die Grüne. Sie nahm wieder Platz und lehnte sich zurück. »Der Hadrian ist ein echter Raffzahn; dabei sitzt er auf einem Haufen Geld und ist saniert. Die Pferdmenges! Ach Gott, ach Gott! meine Mutter gehört auch zu dem Zweig. Die Pferdmenges heißen so, weil sie alle kleine Männekes waren und mit Pferden Handel trieben. Das kennt man ja: Je kleiner, desto napoleonischer und pferdmengeshafter. Mein Großvater Hraban kam nicht einmal auf 1,60. Er war nach dem Ersten Weltkrieg Mitglied im erzreaktionären Herrenclub, der die Weimarer Republik mit ruiniert hat. Zum Dank wurde Hraban 1935 ein hohes Tier im Nazi-Wirtschaftsministerium von Hjalmar Schacht. Meine Großtante konnte den Pferdmenges-Clan nie leiden, allen voran den Zwerg Hadrian. Das heißt, sie kann eigentlich niemanden richtig leiden...«

»Doch, doch! den Tieraugenmaler Reinhardt, vielmehr von Brehm, den himmelt sie an!«, unterbrach Annabelle.

»Ach ja, davon hab ich gehört. Sie hat ihm jede Menge Bilder abgekauft. Auch das hat Hadrian geärgert. Doch er war viel früher schon sauer, weil ihn Tante Elsbeth erst für ihre Vermögenssache benutzt und ihm dann die rote Karte gezeigt hat. Ich kann mir allerdings nicht vorstellen, dass Hadrian einen Provinzbürgermeister vergiftet, um noch ein paar Millionen zu erben.«

»Gut«, sagte Annabelle und zückte ihr Notizbuch, »dann kann ich Hadrian erstmal auf meiner Liste der Hochverdächtigen einklammern und den Halbverdächtigen zugesellen. Wer kommt denn sonst von den kleinen Pferdemännekes in Frage?«

Wanda schlürfte an ihrem Tee, als sei es Nektar und Ambrosia. »Gehen wir sie doch durch! Es ist seltsam, aber die Väter und Mütter aus der Generation der Nichten und Neffen meines Großvaters sind tot. Meine Mutter Luzia ist vor zehn Jahren gestorben. Mein Onkel Konrad Pferdmenges, der Vater von Hadrian, hat sich nach der Pleite seiner Investment-Bank im Grunewald die Kugel gegeben. Mein Onkel Sandor von Baudissin ist mit seinem Porsche gegen einen Brückenpfeiler gedonnert, und Sandors Bruder, mein Onkel Bela, der mit seiner Frau ein Pferdegestüt besaß, wurde vor vier Jahren in Namibia von Unbekannten ermordet. Es gab dann noch eine Großtante Hortensia, die in Amerika einen steinreichen Mister Fitzpatrick geheiratet hat, aber die war kinderlos, wahrscheinlich aus Geiz.«

»Das ist ja eine richtige Unglücksfamilie«, wunderte sich die Kommissarin.

»So ungefähr. Ziemlich bunte Vögel darunter. Keine Ahnung, man könnte meinen, unsere Großtante hätte allen übrigen in der Familie den Lebenssaft abgezapft. Den Lebenssaft und das Geld«, knurrte Wanda.

Dann aber wechselte sie den Ton.

»Doch eigentlich mag ich Tante Elsbeth, denn sie hat mir und meinem Mann auch mal sehr geholfen. Wir waren in den achtziger Jahren auf einem Trail in Kolumbien durch die Sierra Nevada de Santa Marta und wurden von FARC-Rebellen gekidnappt. Und die liebe Tante hat das Lösegeld geblecht. Das waren über zehntausend Dollar damals. Als wir freikamen und uns bedankten, meinte sie, dass die FARC-Leute hoffentlich ordentliche Stricke von dem Geld kauften, um damit die korrupte Regierung in Kolumbien aufzuknüpfen. Und die CIA-Säcke gleich dazu.«

»Ganz schön radikal, die alte Dame!«, wunderte sich Annabelle. »Sind ihre Großneffen denn auch so links?«

»Keine Ahnung, ich glaube, ich bin die einzige Linke«, meinte Wanda und goss Tee nach. »Mein Bruder Elvis, ja, ja, unsere Mutter war ein Elvis-Fan und ist zigmal nach Graceland gepilgert. Also mein Bruder ist Musiker geworden und hat mit Politik nichts am Hut. Vielleicht ist er Anarchist. Keine Ahnung. Er lebt von Saison-Jobs als Geiger, mal in einer Kurkapelle, mal im Berliner Palast-Orchester und als Begleiter von prominenten Schnulzensängern. Aber viel lieber haut er in einer Heavy-Metal-Band auf die Pauke. Macht er schon seit Jahren und ist schon halb taub, fürchte ich.«

Endlich ein Verdächtiger! Annabelle schlug in ihrem Notizbuch eine neue Seite auf.

»Bleiben wir bei deinem Heavy-Metal-Bruder! Für gutes Dope könnte er ein ordentliches Erbe sicher gebrauchen, oder?«

Wieder schüttelte Wanda den Kopf. Ihre strenge Frisur bildete kurz einen graublonden Wirbel.

»Keine Ahnung«, das war wohl ihre Lieblingsphrase, »Elvis ist kein richtiger Junkie. Für Geldgeschichten hat er keinen Sinn, ehrlich gesagt. Die Sache mit dem Geld für eure Stadt hat bei anderen im Clan für Aufregung gesorgt. Das ganze Theater hat ihn nur genervt. Er mag unsere spießigen Cousins und Cousinen nicht. Also, der kann wütend werden, und wenn er jemanden nicht mag, schlägt er ihm mit einem Stuhlbein auf die Birne, aber Gift? Keine Ahnung! Ab und zu etwas Dope, doch nur für ihn. Und, wie gesagt, er interessiert sich null für die Knete von Tante Elsbeth.«

»Also gibt es Familienmitglieder, die eher in Frage kommen«, bohrte Annabelle weiter.

Die Grüne schaute aus ihren grauen, baudissinischen Augen ins Leere. Sie merkte jetzt, dass sie in eine dumme Rolle geraten könnte. Sie stand auf, ging kurz zum Fenster, das nicht richtig schloss, schaute in Richtung der WASA-Blechdose und schüttelte den Kopf.

»Ich glaube, Annabelle, ich muss was klarstellen: Ich will niemanden verdächtigen, aber...« Sie setzte sich wieder und suchte dabei nach den richtigen Worten.

»Ich sag mal so: Es ist bei euch ein widerwärtiges Verbrechen begangen worden, und wenn ich zur Aufklärung beitragen kann, tue ich das mit gutem Gewissen. Ich kann ein paar Infos zu meinen Verwandten geben, aber ich will keinen in die Pfanne hauen. Zum Vetter Hadrian habe ich ja schon was gesagt: Der ist ein Geldgeier. Seine Knete hat er mit Waffengeschäften verdient, alles mit Sicherheit krumme

Sachen. Die Deals mit Saudi-Arabien und anderen Diktatoren hat er mit dem Strauß-Freund Karlheinz Schreiber durchgezogen. Auch ein Zwerg übrigens. Hadrians Glück war, dass sein Name fast nirgendwo aufgetaucht ist. Oder dass man ihm als Pferdmenges solche Sachen nicht zugetraut hat. Keine Ahnung. Am Anfang diente er als diskreter Geldbote, der die schwarzen Spendengelder an die CDU-Leute übermittelte, die bei den illegalen Deals wegschauten. Vielleicht hat Kanzler Kohl sein geheucheltes Ehrenwort dem Hadrian gegeben. Doch von dem Geld ist auch einiges in seinen Taschen hängen geblieben. Hadrian ist hundertmal zwischen Deutschland und Toronto hin und her geflogen, als der Schreiber in Kanada festsaß. Dann hat er für den früheren kanadischen Premierminister Mulroney gearbeitet, der mit dem Schreiber auch jede Menge faule Sachen gemacht hat. Aber als zuletzt der Schreiber im bayrischen Knast saß, hat Hadrian diese Waffendeals allein durchgezogen und blieb bis heute unbescholten. Sein Kragen ist so weiß, dass jedes Waschmittel neidisch wird.«

Annabelle blätterte wieder in ihrem Notizbuch.

»Den Hadrian haben wir bereits von der Liste der Hauptverdächtigen gestrichen und vorläufig eingeklammert«, murmelte sie. »Was ist mit den anderen?«

»Die Schwester von Hadrian ist das ganze Gegenteil. Sie heißt Agrippina.« Wanda lachte. »Der Onkel taufte seine Kinder auf die Namen römischer Kaiser und Kaiserinnen. Agrippina war viele Jahre hippiemäßig unterwegs und hat dann als Escort-Lady gearbeitet. Inzwischen leitet sie in Frankfurt ihre eigene Agentur. Die heißt natürlich nicht Pferdmenges-Escort, sondern Perfect-Ivanca-Premium-Date. Sie kennt Hinz und Kunz in Wirtschaft und Politik. Inzwischen irren haufenweise amerikanische Immobilienhaie durch Frankfurt, die ihre Familien in London oder sonst wo haben. Die haben Angst, allein auszugehen und brauchen eine Nurse, möglichst mit riesigen Silikontitten.«

»Davon weiß die alte Baudissin auch?«

»Keine Ahnung, vielleicht nicht in allen Details, aber ungefähr schon«, Wanda wedelte mit beiden Händen. »Sie mag aber die Agrippina, glaube ich, weil die unangepasst ist.«

»Also bekommt Agrippina ein Fragezeichen«, entschied Annabelle, die sich weiter Notizen machte. »Nach meiner Kenntnis sind alle Giftmörderinnen etwas unangepasst. Hat denn Agrippina Familie, Kinder, oder eskortiert sie einen eigenen Mann oder Partner?«

»Sie lebt mit einer Freundin zusammen, die auch im Business ist. Ganz coole Partnerschaft, wenn es stimmt, was sie so sagt.«

»Dann bleiben noch zwei, wenn ich richtig rechne«, sagte Annabelle und schaute von ihrem Notizbuch auf. »Hast du denn unter deinen schwarzen und bunten Familienvögeln und Vettern keinen richtigen Giftmörder?«

»Warte, Annabelle, erst möchte ich eine eher unverdächtige Cousine nennen. Dann kennst du sie alle. Das ist Malvida von Baudissin, die Tochter von Sandor, der so traurig mit seinem Porsche verunglückt ist. Sandor war ein cooler Werbefuzzi. Auch als er schon älter war, sprang er immer in engen Hosen und megasportlich aus seinem Auto. Die Haare gefärbt und voller Gel, damit er voll wie ein Kreativdynamiker wirkte. Der hat die Wahlwerbung für die hessische CDU gemacht, und das hat unserer Großmutter auch nicht gefallen. Die fand den Roland Koch eher unsympathisch.«

»Wer bleibt jetzt noch? Ist Sandors Tochter Malvida auch nicht mit Gift unterwegs?«

»Tut mir echt leid. Malvida ist Professorin für Philosophie, keine Ahnung, ich glaube in Frankfurt, steht aber inzwischen der AfD nahe und hält grauenhafte Vorträge über ihre Philosophie der Ovulation und über die kulturelle Entsiffung des deutschen Volkes.«

»Das ist ja eine tolle Philosophie!«, staunte Annabelle. »Also die ist doppelt verdächtig. Einmal als Neonazi und dann als Erbin.«

»Eine blöde Kuh«, die Grüne schüttelte sich, »aber ich glaube zu blöd, um eine Fliege zu fangen. Die ist nur Professorin geworden, weil mein Onkel die Beziehung zum Koch hatte. Damals war sie noch in der CDU. Du kannst dir vorstellen, dass unser Verhältnis nicht besonders innig ist.«

»Kommen wir endlich zum letzten Cousin, den ich hoffentlich auf der Liste rot anstreichen kann.«

»Ja, damit kann ich dienen!«, schmunzelte die Grüne. »Es bleibt noch mein Vetter Herwarth übrig, und aufgepasst! Der ist Biologe oder Biochemiker! Herwarth weiß sicher, wie man ordentliches Gift zusammenrührt. Und er hat außerdem ein Riesentheater in der Familie veranstaltet, als die Schenkung bekannt wurde. Alle hat er gefragt, ob man die Großtante nicht entmündigen sollte, weil die das Geld so sinnlos rausschmeißt.«

»Davon hat mir der Notar auch erzählt«, unterbrach die Kommissarin. »Doktor Siepenbrück wollte nur nicht sagen, wer das war. Also der Herwarth, der Biologe. Und der war womöglich in Sankt Gundula, als der Bürgermeister vergiftet wurde? Na, das passt doch! Braucht er das Geld irgendwie?«

»Keine Ahnung. Herwarth hat sich verspekuliert«, lästerte Wanda, »denn der hatte viel Knete in eine Firma gesteckt, die Genmais entwickelt und sich die Rechte für Europa gesichert hat. Das Zeug ist dann aber EU-weit verboten worden. Dank der Grünen!«

»Endlich ein Kandidat!«, seufzte die Kommissarin erleichtert. »Wo mixt der Herwarth denn seine Gifte zusammen?«

»Bei der BASF in Ludwigshafen. Sie haben ihn für Gentechnik angeheuert, dann ließen sie die Finger von der Pflanzen-Gentechnik, aber Herwarth sind sie nicht losgeworden. Der experimentiert in der Gen-Sparte auf eigene Faust weiter. Keine Ahnung, was genau. Neuerdings hat er auch eine Start-Up-Firma, die Tester für Schadstoffe und Gifte in Getränken produziert.«

»So etwas könnte ich gut gebrauchen!«

Die Kommissarin war zufrieden. Fünf Seiten Einträge in ihrem Notizbuch! Gleich morgen würde sie nach Ludwigshafen fahren und Herwarth von Baudissin befragen. Sie war jetzt richtig angespitzt. Annabelle dankte der Keine-Ahnung-Wanda für ihre Zeit, für den köstlichen Tee und versprach, sie über die Ermittlungen auf dem Laufenden zu halten.

Auf der Rückfahrt durchquerte sie auf der A2 das Ruhrgebiet. Plakate säumten die Autobahn und warben dafür, dass dort im Jahr 2032 olympische Spiele stattfinden sollten. Gute Idee! Vielleicht wird dann

Schach dabei sein und Henrikh Olympiasieger werden! Mit den Gedanken fuhr sie unter einer Brücke durch, an deren Brüstung die Aufschrift »Der Olymp steht im Pott« hing. Aber weil sie gerade an ihren kleinen Sohn dachte, las sie »Olynth«. So hieß das Spray, das sie Henrikh bei Erkältungen in die Schniefnase gepumpt hatte. Hoppla! Am Ende der Gedankenkette fiel ihr ein, dass in Jungjohanns Badezimmer eine kleine Armee von Sprayfläschchen gestanden hatte. Aber Augenblick! Wie war das mit den Fläschchen? Es war eine Erleuchtung und ließ ihr Herz hämmern. Es gab in der Geschichte zwei Mal das Spray: Eines hielt der tote Jungjohann in der Hand, und ein zweites fand sich am nächsten Tag in Frau von Baudissins Apartment! Da roch es sogar noch nach Eukalyptus! Hatte der arme verschnupfte Bürgermeister gleich zwei Fläschchen in Betrieb? Oder hatte er eines stehen lassen? Seltsam! Und dann fuhr ihr der nächste Blitz durch den Kopf, während sie am Westhofener Kreuz in die A 45 Richtung Frankfurt einfädelte: Es könnte doch jemand das Gift in diese Sprayfläschchen gefüllt haben! Nicht in ein Getränk, nicht in den Kaffee, nicht ins Ohr wie Hamlets Mutter. Nein, in die Nase! Hob sich jetzt der Vorhang?

Kaum saß sie in ihrem Büro, rief sie in der Kölner Gerichtsmedizin an und versuchte Doktor Chi Kong Poon zu erreichen. Natürlich hatte der irgendetwas zu tun. Hatte sie ja auch! Die chinesischen Toxikologen zischen um den ganzen Erdball, weil sie auf allen Kontinenten Giftmorde von russischen Geheimdiensten oder der Mafia aufklären müssen. Sie bat dringend um seinen Rückruf. Dann musste sie Möllenbeck stören, der gerade am Telefon mit Kollegen in Vilnius auf Englisch radebrechte, weil dort fünf in der Umgebung geklaute Fahrräder aufgetaucht waren. »They have them stibitzt here!«, gab er nach Litauen durch. »Okay?«

»Der Fall Jungjohann wird heiß, Mölli!«, rief Annabelle. »Du musst die Kollegen in Ludwigshafen um Amtshilfe bitten! Ich will morgen Herrn von Baudissin als Zeugen befragen. Es gibt einen Verdacht im Mordfall Jungjohann! Die Staatsanwaltschaft muss nochmal Druck machen, dass die Sachen des Toten endlich angeliefert und kriminaltechnisch untersucht werden!«

Dann fuhr sie nach Sankt Gundula. Hier bin ich bald so heimisch wie Doktor Siepenbrück, dachte sie, und beim ordnungswidrigen Einparken auf dem für den Pastor reservierten Platz murmelte sie »Vater unser im Himmel: Gerechtigkeit geht vor Seelenheil!« Sie musste sich erst wieder zurechtfinden, weil die Asbest-Sanierer die Schutzwände und die Schleusen im Empfangsraum erneut umgestellt hatten. Auch den Tresen hatten sie verrückt. Die Instagram-irre Helferin dort schenkte ihr gerade eine Hundertstelsekunde Aufmerksamkeit. Annabelle nahm die Treppe ins zweite Stockwerk zum Apartment der Frau von Baudissin. Gottseidank sind Senioren, wenigstens so lange sie leben, an ihrem Ort anzutreffen! Das galt auch für die Tänzerin Frau Schallück, die wieder in ihrer stillen, dunklen Ecke im Gang saß und die Kommissarin offenbar nicht wiedererkannte, aber den Gruß stockend erwiderte.

»Alldieweil! Keine großen Sprünge!«, rief sie.

»Nein, nein, keine großen Sprünge!«, rief die Kommissarin zurück.

Frau von Baudissin fand sie in ihrem Apartment, jedoch nicht allein. Die alte Dame saß am Tisch im Rollstuhl, und ihr Lieblingsmaler Reinhardt, alias von Brehm, hockte ihr gegenüber.

Die Kommissarin ließ sich kaum Zeit, die beiden zu begrüßen. Sofort wandte sie sich dem Regal mit den Büchern und Akten zu, und krass! Dort stand tatsächlich noch das grüne Fläschchen des Bürgermeisters. Nur war es nicht das olympische Olynth, sondern Otriven. Nasenspray mit O und sechs oder sieben Buchstaben, würde Frau Gleichen-Russwurm sagen. Das Ding war womöglich ein Beweisstück. Daher bat die Kommissarin Frau von Baudissin um ein Papiertaschentuch, um das Fläschchen zu sichern. Der Höflichkeit halber setzte sie sich kurz zu den beiden Alten. Während sie überlegte, ob sie Frau von Baudissin von deren Großnichte Wanda erzählen sollte, fiel ihr Blick auf das breite Gemälde über dem Bett, und sie fragte den Künstler, der tief in Schöpfungsgedanken versunken schien, ob er diesem Katzentier auch in der Wildnis begegnet sei. Herr Reinhardt überhörte den leisen Spott in der Frage und erklärte, er gebe gerne Auskunft über seine Bilder, da das Laienpublikum in der Regel falsche Vorstellungen von

Kunst habe. Er schloss seine Bemerkung mit einem Blick, der die Kommissarin als Kunstignorantin einsortierte.

»Schauen Sie doch dem Tier tief in die Augen«, forderte sie der Künstler auf, »dann wissen Sie alles. Die Geheimnisse wurden den Tierwesen in die Augen geschrieben. Der Künstler schreibt das ab. Er muss nur den richtigen Zeitpunkt erwischen!«

Die graue Katze bewegte sich zwischen den Blumen einer Wiese, auf ihren Barthaaren ließ der Maler einige feine Tautropfen blinken, aber sie schien inne zu halten.

»Ist das eine normale europäische Katze?«, fragte die Kommissarin. Tatsächlich war das Tier zu lang geraten, und in den grünen Augen fand Annabelle keine Antwort auf ihre Frage. Herr Reinhardt lächelte über ihre Ignoranz hinweg und flüsterte:

»Die Katze schleicht!«

Nach einem Augenblick, den er ihrer Überraschung gewährte, begann der Maler mit der Erläuterung. Katzen seien schleichende Wesen, und ihr Schleichen bliebe geräuschlos, weil alle Katzen ihren Körper so ungewöhnlich in die Länge ziehen könnten. Die Reibung mit der Erde beschränke sich dann auf ein kaum vernehmliches Minimum, und so ginge auch das Reibungsgeräusch nahezu gegen null! Das geschehe jedoch nur für eine winzige Zeitspanne, die der Laie oft verpasse. Nicht aber der Künstler! Wie eine Kamera, die tausend Bilder pro Sekunde aufnehme und damit die Zeit dehne wie die Katze sich selbst, halte der Künstler solche Momente fest. So mache die Kunst die Zeit selber schleichen. In dem Augenblick des Schleichens und der überproportionalen Verlängerung ihres Leibes sei die Katze so auf die geschmeidige Bewegung konzentriert, dass sie nicht mehr daran dächte, das Geheimnis in ihren Augen zu bewahren. Und das sei der Moment der Kunst! Der Kairos! Die Kunst mache die Zeit schleichen, und die ganz große Kunst, Herr Reinhardt legte erneut eine bedeutungsvolle Pause ein, die ganz große Kunst lasse die Zeit so sehr schleichen, dass sie unsterblich werde.

Die alte Frau von Baudissin machte eben Anstalten, die Zeit in einem kleinen Nickerchen davonschleichen zu lassen, als sich das Mobiltelefon der Kommissarin meldete. Für unbekannte Anrufer hatte Ruben ihr das Intro von Robbie Williams' Song *She's The One* eingerichtet. Alle drei schreckten auf. Annabelle verabschiedete sich überstürzt, weil sie annahm, dass Doktor Chi Kong Poon sich meldete.

Vorlesung aus der Seniorenuniversität

Endlich! Am Telefon Doktor Chi Kong Poon. Er antwortete mit wort-
losem Schniefen, als ihn die Kommissarin fragte, ob man das fatale
Aconitum in ein Fläschchen mit Nasenspray füllen könnte, um es dem
nichtsahnenden Benutzer zu überlassen, sich selbst die tödliche Dosis
in die Nase zu pumpen.

Doktor Chi überspielte seine Verblüffung in einer Abschweifung
über verschiedene, nur mit seiner Methode unterscheidbare Norditerpen-Alkaloide. Dann ging er dazu über, das Schicksal nordamerikani-
scher Rinder zu bejammern, die alkaloidreiche Ranunkeln und Ritter-
sporne, wie auch immer sie alle hießen, verzehrten. Die Folge dieses
Genusses seien Lähmungen, Keuchen, Krämpfe und am Ende Ersti-
ckung. Schreckliche Tragödien spielten sich auf amerikanischen Präri-
en ab! Die tödliche Wirkung beruhe darauf, dass Norditerpen-Alkaloide an nikotinischen Acetylcholinrezeptoren als Antagonisten wirken.
Das habe man auch an Fliegen und Motten getestet. Klappt super! Am
besten, Frau Kommissarin, züchten Sie gegen Motten Rittersporn in
Ihrem Kleiderschrank. Und außerdem...

»Lieber Herr Doktor Chi Kong Poon«, unterbrach ihn die Kommissarin, »ich habe großen Respekt vor ihren Alkaloiden. Gerne folge ich
ihrem Rat, rolle alle Mottenkugeln aus meinem Kleiderschrank und
züchte dort Rittersport, nein, ich meine Rittersporn. Doch ich möchte wissen, ob Herr Jungjohann, der weder Rind noch Motte war, sondern Bürgermeister, an einem solchen Antagonismus der Acetylrezep-
te, oder wie die Dinger heißen, gestorben sein könnte, wenn er sich das
Zeug unwissentlich durch ein mit dem Gift präpariertes Nasenspray
verabreicht hätte.«

Der Doktor Chi Kong Poon holte wieder hörbar Luft:

»Mir ist ein solcher Fall noch nicht vorgekommen«, sagte er gedehnt,
»und ich ärgere mich, ehrlich, dass nicht ich darauf gekommen bin, sondern, nehmen Sie es mir bitte nicht übel, dass eine Nichtfachfrau mir in
dieser komplexen Sache auf die Sprünge helfen muss. Nikotinrezeptoren

finden sich in den Neurosystemen vieler Lebewesen, bei Motten wie Bürgermeistern. Sogar Chinesen«, Doktor Chi war wirklich witzig, »haben die, obwohl man das bei ihren platten Nasen nie vermuten würde.«

»Wahrscheinlich gibt es kein Nasenspray in China«, versuchte es die Kommissarin, dem geistreichen Forscher gleichzutun.

»Nein, nein«, hinter Doktor Chis chinesischer Mauer blitzte erneut Humor auf, »eher behauptet die kommunistische Partei Chinas, dass der Sozialismus den Schnupfen als das allergrößte Übel der arbeitenden Klasse beseitigt habe.«

»Also: ja oder nein?«, drängte Annabelle.

»Hätten Sie mir Ihren Verdacht doch früher mitgeteilt«, hörte sie ihn am anderen Ende der Mobilfunkstrecke jammern, »dann hätten wir bei der Sektion den *bulbus olfactorius* präparieren und untersuchen können. Da hätten sich Spuren finden lassen. Aber so haben wir keinen Befund.«

»Ja oder nein?«

»Ja, doch, natürlich. Shakespeares Königin Gertrud hätte Hamlets Vater auch mit einem Nasenspray zur Strecke gebracht. Als Gespenst könnte er davon erzählen. Übrigens wirkt das Gift über die Riechsinneszellen sogar noch rascher und sicherer als über den Gehörgang. Kein Junkie kippt sich seinen Stoff ins Ohr! Als Experte muss ich jedoch hinzufügen: Es hängt bei den Norditerpen-Alkaloiden davon ab, welche chemische Verbindung man wählt. Ein einziges Giftmolekül kann in der Rezeptorzelle vulkanartige Reaktionen auslösen.«

»Man erreicht diese tollen Acetyldingsbums auch über die Nase?«, fragte Annabelle noch einmal direkt.

»Acetylcholinrezeptoren, verehrte Frau Kommissarin«, der Forscher fühlte sich wieder auf sicherem Terrain, »spielen in unseren Nervenzellen eine wichtige Rolle bei allen Prozessen, beim Denken, Erfinden, Erinnern. Ihre Patienten im Seniorenheim, die mit neurodegenerativen Krankheiten zu tun haben, leiden an Veränderungen dieser Rezeptoren.«

»Und bei unserem Bürgermeister haben die Dinger gut oder zu gut funktioniert? Kann man das so sagen?«

»Das könnte man so sagen«, antwortete Doktor Chi Kong Poon,

und die Kommissarin glaubte sein nachsichtiges Lächeln zu erkennen. »Darf ich aber eine naive kriminaltechnische Frage stellen?«

»Bitte, bitte, Herr Doktor, ich habe es oft mit kriminalistischen Nichtfachmännern zu tun!«

»Haben Sie vielleicht das Sprayfläschchen mit dem Gift gefunden, und könnte man mit ihren Spursicherungsmethoden herausfinden, wer das Gift eingefüllt hat?«

»Wir sind auf der Suche danach. Offen gesagt, ich habe soeben ein solches Fläschchen sichergestellt. Es muss aber noch ein zweites Exemplar geben, das der Tote in den Händen gehalten hat, als er gefunden wurde. Ich würde gerne wissen, ob ich Ihnen das zur toxikologischen Untersuchung vorbeibringen kann?«

Doktor Chi Kong Poon war zwar gerade in Chicago, aber er kündigte seine Rückkehr für Montag an, und er würde mit seinem technischen Apparat zur Verfügung stehen.

Unten im Leitungsbüro wollte Annabelle nur kurz Hallo sagen. Auf dem Weg dorthin kam ihr ein Gedanke: Sie wollte die Leiterin testen, denn die stand auf ihrem Schachbrett als Bauer, von dem zweifach ein Tatverdacht ausging: Erbhoffnung und räumliche Nähe.

Frau Naujoks schien diesen Schatten, der ihre Unschuld verdunkelte, nicht zu spüren. Annabelle zeigte ihr das fein verpackte Fläschchen und deutete an, dass der Bürgermeister durch vergiftetes Nasenspray ermordet worden sein könnte. Frau Naujoks schüttelte ungläubig den Kopf. Nein, wer sollte das getan haben? Dazu gehörte doch nicht nur eine Mörderseele, meinte sie, sondern auch das Wissen über das richtige Gift. Man müsste es besorgen und das Zeug unbemerkt in ein solches Fläschchen füllen.

Da sprach wohl doch keine Giftmörderin, die sich unter Verdacht fühlte.

»Wir müssen erst einmal sehen, ob dieser Nachweis tatsächlich zu führen ist«, sagte die Kommissarin. »Doch unser chinesischer Toxikologe hält das für denkbar. Das Gift wird durch die Schleimhäute der Nase schnell aufgenommen und zum Gehirn weitergeleitet, wo es dann die Rezeptoren lahmlegt.«

»Hören Sie, Frau Kommissarin, da muss ich an eine seltsame Sache denken«, sagte Frau Naujoks. »Eben vor ein paar Wochen hat hier Frau Doktor Schlecht einen Vortrag in unserer Seniorenuniversität gehalten. Der Vortrag hieß ›Unsere Nasen sind nicht nur für die Brille da‹. Dabei hat sie über Nasenschleimhäute und das Riechen gesprochen. Wie die Riechzellen mit dem Gehirn verbunden sind und was mit Düften, die wir gar nicht bemerken, alles passieren kann. Das war mir ganz neu, was alles über den Geruchssinn läuft. Man kann damit das Gehirn schädigen, aber auch bestimmte Krankheiten heilen.«

Frau Naujoks und die Kommissarin schauten sich an. Ihnen gingen wohl nicht die gleichen Gedanken durch den Kopf. Oder doch? Die Kommissarin beobachtete die Leiterin sehr aufmerksam, als sie fragte:

»Ja, dann muss man wohl Frau Doktor Schlecht zu den Verdächtigen zählen, wenn sie Biologin und Spezialistin für die Nase ist?«

»Um Himmels willen!«, wiegelte die Leiterin ab. »Es war nur ein Gedanke. Der Vortrag könnte ja auch andere Mörderseelen auf die Idee gebracht haben! Aber ich sehe unter meinen Senioren und Seniorinnen nur wenig Mordgesellen. Frau Doktor Schlecht ist allerdings studierte Biologin.«

Dann machte Frau Naujoks einen Vorschlag. Das Seniorenheim war dank einer kleinen Spende (»nein, nicht von Frau von Baudissin!«) in der Lage, die Vorträge der »Seniorenuniversität« auf einer eigenen Sankt-Gundula-Internet-Plattform zu speichern. Es sei nun mal leider so, dass viele Zuhörer und Zuhörerinnen während der Referate einschlummerten. So könnten sie die verschlafenen Teile der Vorträge über verleihbare MP3-Player oder übers Netz nachhören. Wenn Sie wolle, könnte die Kommissarin so erfahren, was Frau Doktor Schlecht in ihrer Senioren-Vorlesung gesagt habe. Und ob sich das mit dem Mordfall irgendwie in Verbindung bringen ließe. Ach, da fiele ihr ein, dass Frau Doktor Schlecht ursprünglich über Sexualität im Alter sprechen wollte. Das habe die Leitung jedoch abgelehnt. Das sei nichts für ein Seniorenheim mit dem Namen der Heiligen Gundula!

»Womit hat Gundula denn ihren Heiligenschein erworben?«

»Ach, genau weiß ich das auch nicht«, antwortete Frau Naujoks etwas verlegen, »auf jeden Fall war sie Jungfrau und Märtyrerin.«

»Naja«, seufzte Annabelle vernehmlich, »der Papst könnte ja auch mal ein paar Frauen nur fürs Ehemartyrium heiligsprechen.«

Frau Naujoks lachte und drückte der Kommissarin einen USB-Stick in die Hand, den sie aus ihrer Schreibtischschublade gefischt hatte. Sie sei ja sicher technisch auf der Höhe und wisse wohl, wie sie die Datei abhören könne.

* * *

Annabelle war todmüde, als sie zu Hause eintraf. Kater Shahan führte ihr wie bestellt sein Schleichen vor. Sie wäre sofort eingeschlafen, hätte sie in Shahans Augen nach dem Katzengeheimnis suchen sollen. Als erstes verstaute sie ihr Otriven-Fläschchen im Kühlschrank. Anschließend wollte sie ihre vielen Erlebnisse des Tages erzählen. Leider hörten Ruben und Henrikh nicht besonders aufmerksam zu. Die beiden brüteten vor einem Schachbrett, weil Henrikh am Samstag an einem U-10-Turnier im sauerländischen Willingen teilnehmen sollte. Ruben wollte mit dem kleinen Meister noch einmal Eröffnungen und Endspiele üben.

Annabelle nutzte die Zeit, um die fünf oder sechs Anrufe ihrer Mutter abzuarbeiten.

»Nein, Mama«, schwindelte sie, »in der Birkle-Klinik in Überlingen ist keine Richterin aus Bad Godesberg angemeldet.«

»Kann ja sein«, gab ihre Mutter zurück, »aber die könnte auch in einem anderen Hotel wohnen. Und weißt du, was der Papa zu mir gesagt hat? Wenn ich ihn weiter mit meiner Eifersucht verfolgte, würde er sich drei Freundinnen zulegen.«

»Da hat er Recht«, meinte Annabelle.

»Jetzt steckst du mit Papa auch noch unter einer Decke.«

»Weißt du denn, Mama, wie diese blöde Richterin heißt?«

»Nein, da muss ich Papa erst noch fragen. Ich geb' dir Bescheid. Weißt du überhaupt, dass Désirée gerade in Budapest ist? Toll, wie die herumkommt!«

»Ich fahre morgen nach Ludwigshafen, Mama!«

»Das ist ja bloß um die Ecke!«

Als Henrikh später freiwillig ins Bett ging, weil er am nächsten Tag frisch im Kopf sein wollte, rückte Ruben sofort wieder das Mord-und-Erb-Schachbrett in die Mitte des Tisches. Nach Annabelles Bericht war einiges umzustellen. Das Rätsel des Springers auf d3 bekam einen Namen: Doktor Schlecht. Die Biologin hatte sich durch Wissen über Nasen verdächtig gemacht. Zugleich erhielt der anonyme Großerbe auf e4 den Namen des BASF-Biologen. Herwarth drohte als Turm mit Entmündigung. Frau Naujoks rückte als Bauer auf b3 vor den nahezu eingekesselten König.

Ja, und noch etwas war zu bedenken. Es gab drei Orte, wo sich Fläschchen mit dem Otriven-Nasenspray befunden hatten: in der Hand des Toten, im Apartment von Frau von Baudissin und in Jungjohanns Badezimmer, wo eigentlich nur der Tote und Mehmet Zugang hatten. Das war eine neue Lage. So unwahrscheinlich es Annabelle schien, dass der Ritter-Sport-Mehmet seinen Bügemaissa vergiftet haben könnte, bedrohte Mehmet den Jungjohann-König weiter als Turm von d2. Dann war der Maler Reinhardt durch räumliche Nähe verdächtig. Er saß häufig in Frau von Baudissins Apartment und war dort in Reichweite eines Fläschchens. Man würde die Fingerabdrücke prüfen. Herr Reinhardt trat aus der Gruppe der »Kleinerben« heraus, verwandelte sich als Tiermaler sinnvoll in ein Springpferd und ließ den armen Jungjohann von d1 aus zittern.

Zwei Biologen oder Chemiker waren also dabei. Allerdings war das nur ein Verdacht, solange Doktor Chi die Fläschchen nicht untersucht hatte. Ruben schlug vor, die Fläschchen ins Spiel einzuführen. Die beiden schwarzen Bauern aus der Gruppe der Kleinerben wurden mit einem Otriven-Schildchen versehen. Sie rückten vor und standen auf a3 und e2. Wenn im Spray Gift gefunden würde, könnte der Bauer auf e2 in eine zweite schwarze Dame getauscht werden.

Ruben hätte gerne noch eine Flasche Ararat-Burgunder geöffnet, um die neue Stellung auf dem Brett zu feiern, aber Annabelle war zu müde. Vermutlich würde sie am nächsten Morgen nach Ludwigshafen fahren, um dem Genmais-Herwarth auf den Zahn zu fühlen.

Nach dem Frühstück am nächsten Morgen rief Annabelle bei der BASF an und ließ sich mit Herrn von Baudissin verbinden. Eine angenehme leise Stimme meldete sich. Er zeigte sich zu einer Befragung bereit und schlug das Restaurant Maffenbeier als Treffpunkt vor. Annabelle war froh, dass sich wieder etwas bewegte.

Sie setzte sich in den Dienstaudi, gab die Ludwigshafener Adresse ins Navi ein, legte die Tupperware-Dose mit Rubens liebevoll geschnittenen Apfelstückchen neben sich und steckte den USB-Stick von Frau Naujoks ins Audio-System. Sie wollte sich während der Autobahnfahrt den Vortrag der Frau Doktor Schlecht anhören. Es wurde eine lehrreiche Fahrt. Frau Doktor Schlecht sprach hell und lebendig. Kleine Pausen nutzte die ehemalige Chemie- und Biologielehrerin offenbar, um einen Schluck Wasser zu trinken und die tränenden Augen zu trocknen.

»Vermutlich wurde in der Evolution des Lebens das Riechen als erster Sinn ausgebildet«, begann sie ihren Vortrag. »Darum ragt auch die Nase bei vielen Lebewesen vorne aus dem Kopf, bei Fischen, Vögeln, Säugetieren und bei uns Menschen. Denn die Nase ist der älteste Teil des Gehirns, schlau geschützt von Knochen, Knorpeln und Schleim. Das Geruchsorgan informiert uns über die Umwelt: Wir riechen, was wir essen können, ob sich ein Feind nähert, der wiederum uns fressen möchte, oder auch ob dieses fremde Wesen, das meinen Geruchsraum kreuzt, zur Paarung geeignet ist. Manche Fische, aber auch viele Landtiere können sogar über weite Strecken hinweg Freunde wie Feinde riechen.«

»Vor allem die Nashörner«, hörte man aus dem Hintergrund Herrn Reinhardt. »Nashörner riechen über hundert Kilometer!«

»Ganz recht, Herr Reinhardt!«, bestätigte Frau Doktor Schlecht, während man das Publikum kichern hörte. »Das können Menschen nicht. Aber wir haben den Ausdruck ›jemanden nicht riechen‹ können. Das ist wörtlich zu nehmen, denn unsere Nase, genauer: die Riechzellen unseres Gehirns, geben Auskunft darüber, ob jemand als Freund oder Sexualpartner zu uns passt.«

Ein Schluck aus der Wasserflasche. Dann ging es weiter.

»Wie ist das möglich? Erst einmal muss man wissen, dass von nahezu allen Dingen winzige Körper abgehen, Moleküle, die uns Geruchsinformationen geben. Duftmoleküle können von Speisen kommen wie vom Waldmeisterpudding, den wir heute Mittag gegessen haben. Geruchspartikel gehen aber auch von einem Baum, etwas Erde oder von unserem Nachbarn aus. Dauernd nehmen wir Geruchsinformationen aus unserer Umwelt auf. Dennoch vertrauen wir bei der Wahl der Speisen oder Liebesobjekte mehr unserem Sehsinn. Das aus dem Grund, weil sich die Menschen in ihrer Entwicklungsgeschichte entschlossen haben, nicht mehr auf allen Vieren über die Erde zu kriechen oder auf Bäume zu klettern, sondern aufrecht zu gehen. Damit haben wir den Kontakt zu den vielen Gerüchen und Düften der Erde verloren. Wer mit einem Hund spazieren geht, weiß, wie die Vierbeiner die Erde abschnüffeln und sich so ein Bild machen, wer dort zuvor unterwegs war. Das ist das Nasensurfen der Hunde.

Nun bleibt uns älteren Menschen die Erfahrung nicht erspart, dass viele unserer Fähigkeiten nach und nach verloren gehen: Laufen, Sehen, Hören, Behalten, da erleben wir unangenehme Einschränkungen. Aber früher bemerken wir bereits, dass wir nicht mehr so viel Schnaps vertragen oder dass es mit dem Sex nicht mehr funktioniert...«

Erneut hörte man im Hintergrund die Stimme des alten Reinhardt: »Hallo, Frau Doktor, bei mir funktioniert das noch prima!«

Während das Lachen der Zuhörer an- und abschwoll, trank die Vortragende erneut einen Schluck.

»Das ist gut zu hören, Herr Reinhardt, wunderbar!«, fuhr sie fort. »Eigentlich will ich darauf hinaus, dass wir trotz unseres Alters noch allerhand können! Nur vergessen wir das häufig! Und viele ältere Leute vergessen auch das Trinken und schädigen sich damit! Denn nicht nur unsere Nase und unsere Geruchszellen im Gehirn reagieren auf Gerüche, sondern auch viele andere Zellen im Körper. Ein Beispiel dafür sind die Spermien. Auch Spermien haben Rezeptoren, die auf Geruchsreize reagieren. Wir dürfen nicht vergessen, dass all die herrlichen Düfte der Früchte und Blumen nicht für die Obstschalen und Blumenvasen gedacht sind. Blumen locken die Insekten mit duftendem Blütenstaub an, den die dann zu anderen Blumen und Blüten tragen. Mir mögen die Bischöfe verzeihen, aber die Schönheit der Rosen oder der Geruch der Kirschblüten haben einzig und allein mit Sex zu tun!

Inzwischen hat man herausgefunden, dass auch andere Gewebe im menschlichen Körper über Riechrezeptoren verfügen, die Niere, der Darm oder sogar die Prostata.«

Wieder hörte man den Maler aus dem Hintergrund:

»Ich habe eine sehr große Prostata, Frau Doktor!«

Lachen. Schlucken.

»Ja«, reagierte Frau Doktor Schlecht freundlich. »Aber hören Sie vielleicht noch einen Augenblick zu, Herr Reinhardt, wie intelligent solche Zellen sind. Denn geruchsempfindliche Rezeptoren an Zellen sind auf bestimmte Reize spezialisiert und reagieren darauf in unterschiedlicher Weise. Die chemische Struktur des Duftmoleküls passt genau in den Rezeptor wie ein Schlüssel in das Schloss. Allerdings gibt es bestimmte Stoffe, die zwar in den Rezeptor passen, dort aber das Gegenteil bewirken. Das sind die sogenannten *Antagonisten*, die einen Rezeptor blockieren, damit er bestimmte andere Stoffe nicht mehr aufnimmt. Manche von uns nehmen Betablocker gegen Bluthochdruck ein, damit an den Rezeptoren keine Stresshormone ankommen, die Bluthochdruck auslösen können. Das ist, als wollten Sie in den Autobus einsteigen, und die Tür geht jedesmal automatisch zu. Eine geniale Methode der Natur.«

Annabelle horchte bei den letzten Sätzen auf. Frau Doktor Schlecht hatte »Antagonisten« erwähnt. Davon hatte auch Doktor Chi gesprochen. Hatte der nicht gesagt, dass dieses Aconitum-Zeugs auch irgendwas im Zentralnervensystem bei Motten und Ochsen blockiert? Also bestand ein Zusammenhang zwischen dem Vortrag von Frau Doktor Schlecht und der Erklärung von Doktor Chi! Dann ging es im Vortrag weiter.

»Jetzt möchte ich Ihnen eine schöne Geschichte erzählen! Im Steere House Rehabilitation Center in Providence im US-Staat Rhode Island schleicht die Katze Oscar herum. Das ist ein grau, braun und weiß gefleckter Kater mit einem blauen Halsband und einem Glöckchen. Oscar ist auf dem dritten Stockwerk der geriatrischen Abteilung unterwegs. Dort sind Patienten mit fortgeschrittener Demenz untergebracht. Oscar ist übrigens nicht das einzige Tier in dieser Abteilung. Was machen Oscar und seine Kollegen bloß dort? Man höre und staune! Sie bereiten den dort untergebrachten schwer erkrankten Demenz-Patienten ein wenig Freude. Das ist das Konzept der Klinik. Aber Oscar machte mehr als nur Freude. Nach gut einem Jahr bemerkten die Ärzte in der Abteilung, dass die Patienten, denen sich Oscar aus eigenem Antrieb zugesellte, kurz darauf starben. Nicht dass er die Ursache des Todes war; vielmehr konnte Oscar wie ein Frühwarnsystem das nahe Ende eines Patienten riechen! Er legte sich zu den palliativmedizinisch versorgten Patienten aufs Bett und blieb bei ihnen, bis sie gestorben waren.

»Man muss dem Tier in die Augen sehen«, rief Herr Reinhardt aus dem Hintergrund. »Wenn die Katze schleicht, sehen Sie im Auge alles!«

»Gewiss«, reagierte Frau Doktor Schlecht geduldig, »aber die Katze riecht erst einmal, ehe sie im Auge ihre Botschaften verbreitet.«

»Wir wissen«, fuhr Frau Doktor Schlecht nach einem hörbar langen Schluck aus ihrer Wasserflasche fort, »dass auch Familien und sogar Völker einen eigenen Geruch haben. Und dieser Eigengeruch von Personen, Familien und Völkern hat eine zweifache Funktion. Einerseits erkennen wir unsere Verwandten auf diese Weise wieder und freuen uns über jedes Wiederriechen unserer Lieben; andererseits suchen Tiere und Menschen, wenn es um Fortpflanzung geht, nach Partnern mit einem ganz anderen Geruch. Über den Sinn dieses Verhaltens gibt es keinen Zweifel: Gene müssen sich immer wieder mit fremdem Erbgut mischen, um Inzucht zu vermeiden. Und unterschiedliche Gerüche beruhen auf unterschiedlichen Genen. Daher lassen sich die jungen Leute von fremdem Geruch antörnen, während sie der Geruch der eigenen Geschwister sexuell eher abstößt.« Ja, ja, dachte Annabelle. Meine Schwester und Modezicke Désirée stinkt mir wirklich. Dafür hat Ruben seinen armenischen Geruch aus Fenchel und Rotwein.

Die Kommissarin drückte die STOP-Taste und unterbrach den Vortrag. Die muntere, etwas brüchige Stimme von Frau Doktor Schlecht hatte sie bereits ein ganzes Stück auf dem Weg nach Ludwigshafen begleitet. Bei Olpe war sie auf die A45 gefahren, hatte das Gambacher Kreuz passiert und steuerte in Richtung Wiesbaden und Basel. Es war ein grauer Tag mit lebhaftem Verkehr, aber die Götter der Gerechtigkeit leiteten Annabelle an den Lasterkolonnen auf der rechten Spur vorbei. Ihr Navi zeigte nur noch eine Stunde Fahrt an. Sie sollte die Zeit eigentlich nutzen, um sich eine Gesprächsstrategie zurechtzulegen; aber dann hatte sie doch Lust, sich den Rest des Vortrages anzuhören.

Der Erbverdächtige und
zweite Vorlesung aus der Seniorenuniversität

Das Parkhaus lag in der Nähe des Rheins, und nur einige Minuten entfernt fand sie das kleine Lokal *Maffenbeier*, wo sie Herrn von Baudissin auf den Zahn fühlen wollte. Die dunkelroten Kacheln auf dem Sockel unter den Fenstern des Lokals verhießen nichts Gutes. Das Innere wirkte altmodisch, aber einladend. Sie durchquerte den Gastraum, wo am frühen Mittag nur wenige der dunkelbraun lackierten Holzische und Stühle besetzt waren. An den Wänden entlang zogen sich lederbezogene Banksitze vor langen Tischen, große Fenster mit schweren Vorhängen spendeten freundliches Licht. Sie blieb vor der mit Kreide beschriebenen Tafel an der Wand stehen und studierte die pfälzischen Spezialitäten. Ihr Magen las offenbar mit, denn er meldete starkes Interesse. Da sie keinen baudissinartigen Gast entdeckte, setzte sie sich in die Fensterecke an einen der langen Tische. Nach Frau Doktor Schlechts Vorlesung war sie so sensibilisiert, dass ihre Nase die Theken- und Küchengerüche durchging: Bier, Leberknödel, Bratkartoffeln, Rotkohl, Pommesfett. Die Wand neben ihr schmückten einige historische Schwarzweißfotos von Ludwigshafen. Auch nicht gerade eine Traumstadt. Beim Blättern in der Speisekarte stieß sie auf Fotos des Gründerehepaars: die imposante Wirtin mit angeklatschter Frisur und einem mächtigen Doppelkinn trug eine gestreifte Schürze und hielt ein Handtuch in der Rechten; der Wirt mit Seehundbart saß auf einem Gartenstuhl und zog an einer Ziehharmonika. Er hätte besser seiner Alten einen Friseurbesuch spendiert.

Kling, kling, kling!

»Ja, Mama, was gibt's?«

»Du musst ganz leise sprechen«, kam es geflüstert, »Papa sitzt nebenan. Er wollte mir nicht sagen, wie die Richterin heißt. Ich habe einfach seinen Kollegen Karl-Werner angerufen. Sie heißt so ähnlich wie Frau Ritter, den Vornamen habe ich vergessen. Else oder Elisa oder so, vielleicht auch Elsbeth oder Bette. Kannst du in Überlingen einmal nachfragen, ob sich da in einem anderen Kurhaus oder Hotel eine ledige Richterin Frau Ritter ein Zimmer reserviert hat?«

»Ja, mach ich!«

»Heute gibt's bei uns Mettwürste und Kohlrabi. Mag doch Papa so gern.«

»Ist ja wunderbar, wird sich Papa freuen. Wenn er nur nicht immer wieder mit anderen Richterinnen durchbrennen würde, nicht Mama?«

Herr von Baudissin, der wenig später das Restaurant betrat, sah nicht wie ein Giftmörder aus. Der Mann von etwa 45 Jahren wirkte etwas unsicher, als er auf die Kommissarin zuging, die er nach kurzem Umherschauen an ihrem zuvor gemailten ironischen Steckbrief (»mittellange blonde Haare, stechender Blick, Spürnase«) erkannt hatte. Der Mann, sorgfältig gekleidet und mit edlem Rasierwasserduft alle Geruchsrezeptoren umschmeichelnd, trug eine schwere schwarze Tasche, die er vorsichtig auf der Bank absetzte. Annabelle vermochte an ihm kaum Züge der Großtante zu entdecken. Eher sah er aus wie ein Mönch, und anders als die kleinen Pferdemännekes überragte er mit gut 1,90 den Großteil der Menschheit. Er hatte seinen Schädel glattrasiert.

Die Kommissarin sagte ihm gleich, sie wolle mit offenen Karten spielen. Sie habe bereits einige Informationen über seine Familie eingeholt und auch bei seiner Cousine Wanda vorgesprochen. Sie wolle dieses Gespräch persönlich führen, weil noch viele Unklarheiten die Untersuchung belasteten.

Herwarth war, wie er selbst einräumte, ein wenig paranoisch. Dieses Lokal habe er gewählt, weil hier Ordnung herrsche, und er zeigte auf die Theke, hinter der in einem großen Regal Gläser, Krüge und Römer in vollkommener Systematik aufgereiht standen. Er wollte das Gespräch mit der Kommissarin nicht in seinem Labor führen, weil man ihn dort abhörte. Die ganze Welt werde belauscht. Aber man sei nicht wehrlos! Aus seiner dicken Ledertasche zog er einen selbst gebauten Minispion-Detektor, um zu prüfen, ob dieser Winkel im Restaurant in der Reichweite versteckter Wanzen lag. Er stellte auch nach dem ersten Blick auf sein Prüfgerät befriedigt fest, dass die Kommissarin ihr

Mobiltelefon nicht für heimliche Bild- und Tonaufnahmen präpariert hatte. Und so schien er Vertrauen zu ihr zu fassen oder vielmehr: sein Misstrauen zu mindern. Allerdings verbot ihm sein Paranoiker-Zwang offenbar jeden Blickkontakt. Und auch als nach und nach neue Gäste das Lokal betraten, schoss er in die Richtung der Neuankömmlinge nur einen prüfenden Blick, um dann wieder an der Kommissarin haarscharf vorbeizuschauen.

Herr von Baudissin bestellte ein Glas Weißwein und eine Schlachtplatte mit viel Brot. Annabelle hatte Hunger und wählte eine Portion des berüchtigten Pfälzer Saumagens mit einem alkoholfreien Bier. Während sie auf die Speisen warteten, gab die Kommissarin einen (zensierten) Bericht über die Ereignisse der letzten zehn Tage und über den Stand der Untersuchung. Inzwischen mehrten sich die Gründe, erklärte sie, warum die Familien von Baudissin und Pferdmenges ins Blickfeld der Untersuchungsbehörde geraten seien. Einige Vertreter der Familie hätten aus nachvollziehbaren Gründen gegen Frau von Baudissins geplante Schenkung opponiert, und Herr von Baudissin selbst habe, wie sie wisse, sogar an eine Entmündigung gedacht. Das könne man nicht ignorieren. Aber man habe weitere Personen im Auge, die vom Tod des Bürgermeisters profitieren könnten. Sogar die engsten Angehörigen des Toten zählten dazu. Der Fall sei aber auch politisch, weil der Bürgermeister immer wieder Morddrohungen aus der rechten Ecke erhalten habe. Die geplante Schenkung und die gestellten Bedingungen seien nicht nur innerfamiliär, sondern auch zwischen den Fraktionen im Stadtrat umstritten. Für die Kriminalpolizei sei der Fall recht schwierig, weil man zwar die Todesursache im Prinzip geklärt habe; dennoch seien immer noch zahlreiche Fragen offen. Man wisse einfach nicht, wie der Bürgermeister so völlig unbemerkt vergiftet worden sein könne.

Herr von Baudissin machte keinerlei Versuche, die Verdachtsfliegen, die sein bleiches Haupt umsummten, zu verscheuchen. Er interessierte sich vielmehr lebhaft für die Analyse des Doktor Chi, und er deutete an, dass er eine Vergiftung durch entsprechend präpariertes Nasenspray auch für möglich hielt. Dass diese Dinge nicht gleich untersucht worden seien, hielt er für eine Schlamperei, wie sie leider in staatlichen

Behörden an der Tagesordnung seien. Er sei Chemiker und Biochemiker und habe als Experte für mehrere staatliche Einrichtungen Gutachten erstellt. Er könne ein Lied davon singen.

Die Kommissarin verteidigte ihre Behörde. Hatten doch gerade die forensischen Experten an der Leiche keine Spuren einer Gewalttat gefunden. Sie als Kriminalistin habe jedoch angesichts der vielen Personen, die vom Tod des Bürgermeisters profitieren oder sein Ende gar politisch begrüßten, auf einer weiteren Untersuchung bestanden.

»Ich weiß, ich zähle zu diesen Personen«, sagte Herr von Baudissin mit rechts und links an der Kommissarin vorbeizuckenden Blicken. »Ich streite nicht ab, dass ich diese Schenkung verhindern wollte. Ich kann Ihnen auch sagen, warum. Mich treibt nicht Habgier, sondern ordnende Vernunft. Es widerspricht der Weltordnung, wenn ein Vermögen, das die über Generationen gebildeten Talente einer Familie ansparen, einfach dahin geschenkt wird. Meine Großtante will das aus Selbstherrlichkeit und Altersstarrsinn nicht begreifen. Ihr Gehirn ist nicht mehr vernunftfähig. Daher ist sie in meinen Augen unmündig. Die naiven Zivilrichter mögen ihr das Geld zusprechen; aber die genealogische Vernunft legt da ihr Veto ein. Sie spricht im Namen einer geordneten Welt, verstehen Sie? Eine unvernünftige Weltordnung ist undenkbar.«

Jetzt schaute Herr von Baudissin starr an der Kommissarin vorbei, und in seinen grauen Augen schien die Vernunft wie in einer Nährlösung zu schwimmen.

»Wissen Sie, Frau Kommissarin, in dem Wort Genealogie steckt Logik!«, rief er. »Das Geld, der Erfolg, das Vermögen, die Überlegenheit sind ins Erbgut der Familie geschrieben. Wo anders als in den Genen, die wir von unseren Eltern übernehmen, steckt das Potential der Leistung? Wir können auch unsere DNA nicht ans Rote Kreuz spenden. Die DNA ist ein genetischer Reichtum, Geld ist ein materieller Reichtum. Das ist logisch. Man könnte auch sagen: Die DNA ist der unveräußerliche Pflichtteil der natürlichen Familie. Einzig und allein das, was auf das genetische Konto gebucht ist, wird von einer Generation zur anderen weiter gegeben. Unsere Eigenschaften und intellektuellen Kontostände haben unsere Vorfahren angespart, ganz wie unseren Reichtum.

Vernünftige Familien sind daher unablässig mit ihrer genetischen Optimierung befasst. Wie bei Aktien gibt es auch DNA-Ausschüttungen!«

Kaum standen die Getränke auf dem Tisch, da holte Herr von Baudissin aus seiner schwarzen Tasche ein kleines Etui. Daraus zog er einen dünnen Papierstreifen und tauchte ihn in das Weinglas. Das Papierchen hielt er gegen das Licht, lächelte an der Kommissarin vorbei und erklärte ihr, dass er diesen Streifen, wie Lackmuspapier, chemisch so präpariert habe, dass er die gängigen Giftstoffe anzeigen könne. Der Wein sei ohne Schadstoffe, erst recht ohne Gifte!

»Wollen Sie, dass ich Ihr Bier auch kurz durchteste?«, fragte er.

»Ich weiß nicht«, antwortete die Kommissarin zögernd. »Eigentlich fürchte ich mich nur vor Nasenspray, aber von mir aus prüfen Sie auch das Bier.«

Ein neues Papierchen wechselte nach dem kurzen Bad im Bier seine Farbe nicht, und Herr von Baudissin kicherte vergnügt. Dann nahm er einen tiefen Schluck, und die Kommissarin schlürfte den zusammensinkenden Schaum von ihrem alkoholfreien Bier ab.

»Wenn ich Ihrer Cousine glauben darf«, leitete die Kommissarin ihre Fragen ein, »so waren Sie an der Entwicklung und Vermarktung von Genmais beteiligt. Stehen solche Experimente nicht in Widerspruch zu Ihrer Auffassung, dass die natürliche DNA eine Sache der Logik ist?«

Herr von Baudissin setzte sich in Positur und erklärte feierlich:

»Der Mensch hat seine Evolution befördert, indem er die Partner, mit denen er die jeweils nächste Generation zeugt, bewusst und überlegt, also logisch wählt und damit sein Genmaterial optimiert. So funktionieren nach Darwin die Evolution und die natürliche Zuchtwahl. Das ist die Weltordnung. Obst und Früchte hat man früher auch veredelt und ebenso Nutztiere gezüchtet. Jetzt verfügen wir über das technische Knowhow, um die Erbinformationen von Saatgut zu optimieren, und das müssen wir tun. Der Mensch ist wie Mais oder Kohlrabi optimierbar. Meine grüne Cousine in Wolfsburg lebt noch in der Steinzeit der biotechnischen Evolution.«

Inzwischen kamen die Speisen. Eine junge üppige Studentin stellte die Teller ab. Herr von Baudissins Blicke saugten sich an ihrem Decolleté fest und ließen für eine Weile die genealogische Vernunft schwächeln. Nachdem die Bedienung aber fertig war und pfälzisch »Än gudä Abädid« gewünscht hatte, besann er sich und stellte seine Blicke wieder in den Dienst der Weltordnung. Er griff in seine schwarze Wundertasche, um ein anderes Etui hervorzuziehen. Darin steckten kleine spitze Pipetten. Vorsichtig wählte er eine und stach damit in die Würste und Sülzen seiner Schlachtplatte, eine zweite Pipette versenkte er in das Brot auf dem Teller. Er war zufrieden, und die in seinen Augen schimmernde Vernunft schaute fragend an der Kommissarin vorbei, aber Annabelle verzichtete auf die Kontrolle ihres Saumagens. Sie wollte die kräftig duftende Portion gleich probieren.

»Ich will Ihnen etwas verraten«, sagte Herr von Baudissin in vertraulichem Ton. »Mit dem von mir entwickelten Prüfset hier habe ich vor zwei Jahren ein lukratives Geschäft aufgebaut. Denn sowohl die kleinen *antitoxic sheets* als auch meine *testing tubes* erkennen zahllose Gifte und Schadstoffe. Sie werden von prominenten Politikern in aller Welt nachgefragt. Die Sets gehen in afrikanische Hauptstädte, nach Nordkorea, Weißrussland, auf die Philippinen, nach China und gelegentlich ins Weiße Haus. Die Furcht ist groß unter den Tyrannen und Potentaten. Ich habe mein eigenes Labor und eine kleine Produktion mit zwei Angestellten.«

»Naja«, die Kommissarin zeigte sich nicht so recht begeistert. »Ich würde den Diktatoren eher mal eine Dosis Aconitum in die Pipette füllen.«

»Ich verstehe«, antwortete Herr von Baudissin lächelnd, »aber vom Tyrannenmord kann man auf Dauer nicht leben...«

»Nun darf ich Sie aber doch zur Sache Jungjohann befragen, Herr von Baudissin«, sagte die Kommissarin nach einem ersten vorsichtigen Bissen. Paranoia ist ansteckend.

»Der Notar, Herr Doktor Siepenbrück, sagte mir, dass Sie ihn am 9. Oktober, also heute vor zwei Wochen, abends in seiner Kanzlei aufgesucht hätten. Es war, wie Sie sich gewiss erinnern, der Tag, an dem der Bürgermeister im Seniorenheim Sankt Gundula tot aufgefunden worden ist. Wenn ich richtig informiert bin, wollte Frau von Baudissin vormittags die Schenkung an die Stadt auch in ihrem Testament niederlegen. Waren Sie, wenn ich so fragen darf, zufällig beim Notar? Und weiter gefragt: Waren Sie an diesem Tag vielleicht auch zufällig in Sankt Gundula?«

»Zufällig?«, erregte sich Herr von Baudissin, »Zufall? Bei dem Wort dreht sich mir der Magen dreimal um!«

Er drückte beide Hände auf den Bauch und würgte gequält.

»Es gibt keinen Zufall, verehrte Frau Kommissarin! Von Zufall spricht einzig und allein die Gedankenlosigkeit! Jede Bewegung eines Moleküls im Universum hat einen triftigen Grund! Wir wissen nur nicht immer, welchen. Natürlich erinnere ich mich an den 9. Oktober. Ich hatte in Erfahrung gebracht, was da zwischen dem Bürgermeister und meiner Großtante verabredet werden sollte, und ich habe mich auf den Weg gemacht, um diesen aberwitzigen Handel zu verhindern. Leider traf ich am späten Vormittag die Großtante nicht in ihrem Apartment an, und als ich später von dem unerwarteten Todesfall hörte, begab ich mich zum Herrn Notar Siepenbrück, um dort noch etwas zu erreichen. Nichts ist Zufall. Für mich war es der Wille der Vernunft, dass der Bürgermeister starb und diese idiotische Schenkung damit vom Tisch kam.«

»Dann darf ich Sie vielleicht ganz direkt fragen«, Annabelle ließ ihren Saumagen einen Augenblick im Stich und prüfte Herrn von Baudissins wässriges Augengrau. »Hielten Sie dann auch einen Mord für gerechtfertigt und von der Vernunft gedeckt?«

»Ich will Ihnen eine Gegenfrage stellen«, reagierte Herr von Baudissin nach kurzer Besinnung. »Hat nicht die Vernunft solche vom Aberwitz geleiteten Männer wie Caesar oder Napoleon auf die eine oder andere Weise aus der Geschichte geräumt? Oder Hitler oder Mussolini? Wem sie ihre Waffen in die Hand drückt, das entscheidet die Vernunft selbst. Aber um Ihnen klar zu antworten: Nein, ich habe den Bürgermeister nicht ermordet.«

»Interessant«, wunderte sich Annabelle. »Eben noch wollten Sie sich wegen allzu geringen Profits an keinem Tyrannenmord beteiligen. Also hielten Sie den Mord am Bürgermeister für vernünftig.«

»Es war eine richtige Entscheidung. Es gibt keinen Zufall! Ich habe das beinahe bewiesen. Ich kann inzwischen die Bewegung von Gasmolekülen, an der sich die Zufallstheoretiker klammern, in einer Genauigkeit von bis zu 30 Prozent vorhersagen. Wollen Sie das sehen?«

Herr von Baudissin wartete die Antwort nicht ab. Er zog aus seiner Tasche einen kleinen Rechner, klappte ihn auf und drehte das Display ins Blickfeld der Kommissarin. Gleich darauf begann auf dem Bildschirm ein roter Punkt in regellosem Zickzack zu tanzen. Das war, wie er erklärte, ein Modellgasmolekül, das sich, für das Auge künstlich verlangsamt, in unvorhersehbaren Brownschen Bahnen bewegte. Es war markiert und seine Wirbel hatte der Rechner mehrere Sekunden lang aufgezeichnet. Dieses Molekül, erklärte er, bewege sich mathematisch-stereometrisch in einem dreidimensionalen Quader, und seine Wege würde jetzt ein hochkomplexer vierdimensionaler Algorithmus berechnen.

Annabelle fühlte sich überfordert, aber ihr Instinkt flüsterte, dass sie hier mit einem von den Flügeln des Wahnsinns gestreiften Mann am Tisch säße. Sie hatte genug. Den Rest ihrer Mahlzeit schlang sie schweigend hinunter. Herr von Baudissin war mit seiner giftfreien Schlachtplatte auch fertig. Er schwieg und dann spann er seine Gedanken einer zufallslosen Zukunft fort. Die Kommissarin unterbrach ihn mit der Bemerkung, dass sie in dienstlicher Funktion nach Ludwigshafen gereist sei. Obwohl sie keinen besonderen Verdacht hege, wollte sie die Fingerabdrücke ihres Gesprächspartners abnehmen. Bereitwillig und ohne auf die erstaunten Blicke der Bedienung zu achten, drückte Herr von Baudissin seine zehn Finger auf den Finger-Print-Sensor, den Annabelle aus ihrer Diensttasche zog. Dann zahlten sie, und die Kommissarin vergaß nicht, die Rechnung für das Spesenformular mitzunehmen.

Als sich Annabelle endlich durch die belebten Straßen Ludwigshafens bis zur B38a, zur A656, zur A67 und zur A5 durchgearbeitet hatte, schaltete sie erneut die Audioanlage ein, um die letzten Sätze der Nasenvorlesung mitzubekommen. Der Vortrag war leider am Ende. Aber auf dem USB-Stick war die Audiodatei eines weiteren Vortrags gespeichert. Aus dem gebrechlichen Hüsteln der Hörerschaft in der Seniorenuniversität heraus meldete sich die ehemalige Rektorin Frau Schutten. Sie hielt in Sankt Gundula einen Vortrag über »Lady Chatterley im Rheinland«! Annabelle hatte zwar nur eine vage Vorstellung, wer oder was *Lady Chatterley* war, aber sie brauchte Unterhaltung. Aus dem Navi kam eine Stauwarnung. Es war Freitag.

»In wie vielen Gedichten wurde der Rhein besungen!«, begann die alte Dame mit klangvoller, etwas spröder Stimme. »Aber ist je ein Gedicht über das Flüsschen hier in unserer Nähe, über die Sieg erfunden worden? Hat so etwas vielleicht ein Heimatdichter gereimt? Nein, nein, ein berühmter Schriftsteller! Ja, es gibt ein Gedicht über die Sieg, und ich will Ihnen daraus ein paar Verse vortragen:

»Das flüsternde Flüsschen im Dämmerlicht,
der blasse wundervolle Anblick des fahlen Himmels.
Das ist beinahe Seligkeit.
Alles verstummt und geht zur Ruhe,
alle Sorgen und Ängste und Schmerzen
versinken im Dämmerlicht.
Nur noch das Dämmerlicht eben, und das weiche *Schsch* des Flüsschens
werden ewig währen.
Während ich meine Liebe zu dir hier weiß.
Ganz kann ich sie sehen: vollkommen ist sie wie das Dämmerlicht.«

»Ein schönes Gedicht«, begeisterte sich die Rednerin. »Die Verse stammen vom englischen Dichter D.H. Lawrence, der auch den Roman *Die Liebhaber der Lady Chatterley* verfasst hat. Das Gedicht, dessen Anfang ich zitiert habe, schrieb Lawrence auf Englisch, aber er gab ihm den deutschen Titel *Bei Henn*ef. In dem poetisch anklingenden Rauschen der Sieg gestand er seiner späteren Ehefrau Frieda seine Liebe, denn die beiden waren in jenem Mai 1912 voneinander getrennt. In diesem Sinn war die Lady Chatterley auch im Rheinland, denn die Hauptfigur in dem Roman hat Lawrence seiner Frieda nachempfunden.

Wie kam es dazu, meine lieben Zuhörer? Frieda Lawrence, geborene von Richthofen, verheiratete Weekley, war eine faszinierende Frau, auch wenn sie nicht so berühmt ist wie ihr zweiter Ehemann, der Dichter eben jener *Lady Chatterley*. Diese beiden verband am Anfang, am

Ende und eigentlich dauernd eine Bahnhofsliebe. Sie begann 1912 auf diesem Bahnsteig in Hennef und wäre beinahe 1934 auf einem Bahnsteig in New Mexico zu Ende gegangen. Denn nachdem der Dichter im März 1930 in Frankreich gestorben war, wurden seine sterblichen Überreste vier Jahre später in seine Ranch nach Taos, New Mexico, überführt. Aber Frieda vergaß die Urne und ließ sie mehrere Stunden auf dem Bahnsteig stehen.

Frieda wurde 1879 als Tochter eines preußischen Offiziers in Metz geboren. Der Vater, der dort stationiert war, bereitete seiner Familie mit Spielsucht und erotischen Eskapaden heftige Sorgen. Seine drei Töchter waren ihm in erotischer Hinsicht aber noch überlegen. Friedas fünf Jahre ältere Schwester Elisabeth, intelligent und schön, studierte als eine der ersten Frauen in Heidelberg Nationalökonomie und erwarb bei dem großen Soziologen Max Weber den Doktortitel. 1902 heiratete sie den späteren Professor Edgar Jaffé. Während der Münchner Räterepublik 1918/19 war Jaffé Finanzminister und starb 1920 vor Gram über deren Scheitern. Seine schöne Elisabeth hatte sich da bereits von ihm getrennt. Sie unterhielt seit längerem Liebesbeziehungen mit einigen prominenten Männern, darunter Max und Alfred Weber. Früher bereits genoss der geniale und rauschgiftsüchtige Otto Gross ihre Gunst.

Elisabeths jüngere Schwester Frieda hatte als Zwanzigjährige den englischen Literaturwissenschaftler Ernest Weekley geheiratet. Innerhalb von sechs Jahren brachte sie drei Kinder zur Welt, aber als sie im Jahre 1907 ihre Schwester Elisabeth Jaffé in München besuchte, versackte sie dort für einige Wochen in der Bohème aus Dichtern, Malern, Utopisten, Wissenschaftlern sowie anarchistischen und erotisch emanzipierten Frauen. Das Haus der Jaffés war einer ihrer Treffpunkte. Wie Frieda später immer noch begeistert schrieb, flog ihr in dem alle Konventionen verlachenden Münchner Künstlermilieu die alte, verstaubte Welt um die Ohren.

Auch Frieda gefiel der verrückte Otto Gross. Der wiederum war der Sohn des Kriminologen Hans Gross, der zeitweise in Prag lehrte und bei dem sogar Franz Kafka Vorlesungen hörte. Mehrfach versuchte

Hans Gross, seinen rauschgiftsüchtigen und bisweilen von der Polizei gesuchten Sohn ins Irrenhaus zu sperren. Otto Gross war Mediziner und Anhänger des Psychoanalytikers Sigmund Freud. Aus Freuds Lehre hatte Otto die Erkenntnis gezogen, dass alle seelischen und körperlichen Übel durch Ausleben der verdrängten Sexualität geheilt werden können. Als seine eigene Frau von ihm schwanger war, wandte sich Otto gleich beiden Richthofen-Schwestern zu und begann mit ihnen Liebesbeziehungen. Im Januar 1907 kam sein ehelicher Sohn Peter zur Welt, im Dezember 1907 gebar Elisabeth Jaffé einen Sohn von Otto. Da Elisabeth und Frau Gross schon lange miteinander befreundet waren, nannten beide ihren Otto-Sohn Peter. 1908 brachte eine von Ottos Patientinnen, die Dichterin Regine Ullmann, die gemeinsame Tochter Camilla zur Welt. 1909 wurde die Malerin Sophie Benz von Otto schwanger und nahm sich ein Jahr darauf mit einer Überdosis Kokain das Leben. 1916 machte Otto die zweiundzwanzigjährige Mizzi Kuh zur Mutter seines vierten unehelichen Kindes. Die Sexualität war glücklich befreit, die Eifersucht leider nicht. Ottos Frau, sie hieß auch Frieda, warf sich aus Verzweiflung erst dem revolutionären Dichter Erich Mühsam, dann dem Psychoanalytiker Ernest Jones und endlich dem Maler Ernst Frick in die Arme. Frick war ein ziemlich wilder Bursche und landete 1912 im Gefängnis, weil er beim Versuch, einen russischen Anarchisten zu befreien, die Kantonspolizei in Zürich angegriffen hatte. Ja, es ging munter her damals!«

Die Vorlesung wurde für einen Augenblick, von den Verkehrsnachrichten unterbrochen. Es gab einen Riesenstau. Frau Schutten erzählte weiter:

»In jenem Sommer 1907 also, als gerade ihre Schwester Elisabeth von Otto schwanger war, verliebte sich Frieda Weekley und spätere Lady Chatterley in den jungen Gross, der für sie die Anziehungskraft eines ›Schweizer Bergbauern‹ hatte. Und dieser überzeugte Frieda rasch davon, dass die Ehe und die Abhängigkeit der Frau zwei gottwidrige Übel seien. Die Unterdrückung der Sexualität bilde den eigentlichen Sündenfall. Frieda stimmte begeistert ein. Einige Wochen lang genoss Frieda Weekley Ottos erotische Befreiungsbemühungen.

Allerdings kehrte sie anschließend zu ihrem Mann und den drei Kindern nach England zurück. Dort erhielt sie von Otto noch einige Zeit lang flammende Briefe. Er nannte sie das >Weib der Zukunft<, pries ihr >unvergleichlich reiches und heißes üppiges Sich-Schenken< und wollte gerne Kinder von ihr. Doch dazu kam es nicht.

Dafür tritt einige Jahre später ein Schüler von Friedas Mann, der junge Schriftsteller D.H. Lawrence, in ihr Leben, und die sechs Jahre ältere Frau und Mutter verliebt sich leidenschaftlich in den hageren, ernsten, rothaarigen Mann mit dem ebenso roten Bart. Sie tut, was Otto Gross sie in München gelehrt hat. Doch Lawrence möchte nicht ihr heimlicher Liebhaber werden. Er verlangt, dass Frieda ihrem Mann die Untreue beichtet und ihn verlässt. Im Mai 1912 verlässt Frieda Weekley dann ihren Mann und die drei Kinder. Ihr Vater feiert gerade in Metz sein Dienstjubiläum, und das nimmt sie zum Anlass, um in Glück und Verzweiflung mit Lawrence dorthin zu reisen. Aber noch darf niemand etwas von ihrer skandalösen Liebe wissen. Während sich im Hause der Richthofens Töchter, Freunde, Verwandte, Festgäste drängen und zum Jubiläum des Alten die Sektgläser klingen, muss sich Lawrence in einem kleinen Hotel verstecken. Nichts soll nach außen dringen, nur Friedas Schwestern dürfen den Dichter kennenlernen. Die beiden Liebenden treffen sich heimlich am Stadtrand von Metz, wo sich die Befestigungsanlagen befinden. Will es der Zufall oder der Leichtsinn, dass die beiden beim Liebesspiel im Schatten der Bollwerke erwischt werden und Lawrence als englischer Spion in Haft kommt? Jetzt ist die Sache raus. Der Vater ist über die erotischen Irrwege seiner Tochter Frieda schockiert. Aber er muss helfen. Mit viel Mühe kann von Richthofen den Liebhaber seiner Tochter aus der Haft befreien. Es ist eine dramatische, urkomische Episode. In ihrer Lebensgeschichte *Not I, but the wind...* erzählt Frieda, wie sich ihr Vater, der aristokratische Militär, und Lawrence, der Sohn eines Grubenarbeiters, feindselig anstarrten. Friedas Vater bietet endlich dem Entführer seiner Tochter etwas zu Rauchen an, und die beiden lassen für eine Zigarettenlänge den Klassenunterschied in Rauchwölkchen aufgehen.

Lawrence muss Metz verlassen, er reist nach Trier, wo ihn Frieda einmal besuchen kommt. Sie ist bedrückt, weil sie aus England die verzweifelten Botschaften des verlassenen Ehemanns Ernest Weekley erreichen. Die Kinder vermissen ihre Mutter. Nach einigen Tagen begibt sich Lawrence allein auf den Weg in unsere kleine Stadt, wo er zwei Wochen bei seiner Cousine verbringen will. Dabei muss er am Bahnhof in Hennef, am Ufer der Sieg in der Dämmerung auf den Zug warten. Von dort aus schreibt er Frieda, dass Hennef ein hübscher Ort sei, ähnlich wie manche Dörfchen in England. So also führte der Weg der künftigen Lady Chatterley ins Rheinland. Und unsere kleine Stadt, findet er, sei ein nettes, harmloses Irgendwo. Auf einer Kirmes schenkt ihm ein ferner Verwandter ein Lebkuchenherz mit einem Täubchen aus Zuckerguss.«

Was für eine Geschichte! Aber sie war längst noch nicht zu Ende! Während Annabelle im Schritttempo die Autobahnausfahrt Neuwied hinter sich ließ, erzählte Frau Schutten noch weitere Episoden aus der Bahnhofsliebe von Frieda und Lawrence. In den achtzehn Jahren ihres Vagabundenlebens reisen sie im Zickzack von Bahnhof zu Bahnhof, von Hafen zu Hafen, von Ort zu Ort. Nirgendwo hält es sie längere Zeit: Zillertal, Trient, Gargnano, München, Lerici, Baden-Baden, London, Sussex, Capri, Taormina, Ceylon, Australien, New Mexiko, Mexiko City, New York, wieder London und wieder New Mexiko. Die Namen der Städte, Länder und Kontinente, durch die die beiden ihre unstete Liebe treibt, prasselten auf Annabelle ein, während sie sich etwas zügiger auf der A3 in Richtung Bonn voran bewegte.

Schließlich erzählte Frau Schutten noch, wie Schicksal und Leben der Professorengattin Frieda in Gestalt der vornehmen Connie Chatterley literarisch wiederkehren. Beide, der Dichter D. H. Lawrence und Connies Liebhaber Oliver Mellors, sind Söhne von Bergarbeitern. Gewiss bergbauernartige Otto-Gross-Kerle, und Connie ist die erotisch befreite Frieda. Man könnte meinen, dass Otto Gross an der Lady Chatterley mitschrieb. Wie Otto stimmte der Dichter Lawrence das Hohelied der erotischen Befreiung an, denn das hatten ihm seine spätere Frau Frieda sowie deren Schwestern vorgelebt. Damit schloss Frau Schuttens Vortrag.

War dieser Gross nicht Kriminalwissenschaftler?, fragte sich jetzt Annabelle. Und sein Sohn, dieser Bergbauer Otto Gross, war mitschuldig am Gifttod zweier junger Frauen. Mit Kokain statt mit Aconitum. Ja, irgendwie wiederholt sich alles! Und eine andere Wiederholung wollte, dass Annabelle eben die Ausfahrt Siegburg/Hennef erreichte. Annabelle dachte an das Hennef-Gedicht, an das rauschende Flüsschen im Dämmerlicht, an die anarchische Geschichte von Frieda und Lawrence. Tolle Geschichte! Frieda gefiel ihr sehr. Unbedingt musste sie sich diesen Roman besorgen!

Am nächsten Morgen brachen Ruben und Henrikh früh auf, um nach Willingen zu fahren, wo um 10 Uhr das U10-Schachturnier beginnen sollte.

Annabelle genoss die Aussicht, heute einmal Wohnung und Badezimmer ganz für sich zu haben. Lange saß sie in der Küche, blätterte durch den *Oberbergischen Anzeiger,* las ein paar Kontaktanzeigen und kochte sich zur Feier des Tages ein weiches Ei. Versonnen schaute sie, wie über dem Gasherd die Sandeieruhr ihrer Großmutter die Zeit versickern ließ. Sie wollte sich an diesem frühen Samstag der Körperpflege widmen. Als erstes schaute sie nach, ob eine gekühlte Flasche Prosecco bereitstand. Den brauchte sie später. Heute war erstmal Peeling angesagt, und dann war es der richtige Tag, um sich wieder einmal vollständig glatt zu rasieren. Peeling, ein schönes warmes Bad, Einschäumen mit Rubens Gel, Rasur, und zuletzt würde sie ihre sauteuren Biokosmetika durchprobieren, die ihr Ruben vor ein paar Wochen geschenkt hatte. Ob Lady Chatterley auch ein so herrliches Tula Body-Peeling hatte?

Nachdem sie ihren von Bad und Peeling geweichten, cremigduftenden Körper im großen Spiegel des Schlafzimmers geprüft hatte, zog sie die sportliche Calvin Klein-Underwear an. Dann wählte sie aus ihrem Korb die Nagellackfarben, stellte sie in Reih und Glied und hüpfte in die Küche, um sich zur Nagelkosmetik ein Glas Prosecco zu holen. Im Kühlschrank teilten sich das eingewickelte Otriven-Fläschchen mit dem Prosecco das obere Fach. Robbie Williams Stimme im Radio füllte das Badezimmer und Annabelles Herz mit weichgespülten Schnulzen. Zwischendurch schlich Shahan vorbei und beklagte sich über den Mangel an Aufmerksamkeit. Sie kraulte ihn, bis das Schnurren einsetzte. Wie der Entlüfter im Bad, der nach dem Abschalten minutenlang nachsummt, läuft auch bei Shahan das Nachschnurren weiter fort, wenn das Kraulen längst beendet ist.

Während sie die abgeblätterten Farbreste an Händen und Füßen entfernte, ging ihr Blick erneut an den Lackfläschchen entlang, um die passende Farbe zu wählen. Dabei fiel ihr die Batterie der Otriven-Sprays im Badezimmer des Bürgermeisters ein, und ihre Gedanken hingen wieder an dem Mordfall, der seit zwei Wochen den gleichen 50.000-Euro-Song aufspielte. Als hätte er in ihren Kopf geschaut, gab Robbie Williams gerade den uralten Cab Calloway-Song *Minnie the Moocher* zum Besten. Der schöne Swing! Die Worte »Had a million Dollars worth of nickels and dimes« summte sie mit. Es braucht ja nicht gleich eine Million zu sein! Auf Minnies König von Schweden konnte sie verzichten. Es gab doch Frau von Baudissin! Was sollte sie daran hindern, heute am Samstag einfach in der Villa des Bürgermeisters die Otriven-Dinger zu prüfen oder nein, gleich als Beweismaterial mitzunehmen? Beschwingt, mit einem Körpergefühl voller Weichheit, Glätte und prickelndem Duft, machte sie sich zwei Stunden später auf den Weg zur Villa des toten Bürgermeisters. Ihre Kleidung hatte sie nicht rein dienstlich gewählt, sondern ein leicht ausgeschnittenes weißes Oberteil mit feinen schwarzen Querstreifen, darüber den dunkelblauen Blazer mit Dreiviertelärmeln und ihre engsten Jeans. Auch die alte Tasche ließ sie zu Hause und packte ihr kleines Besteck, Gummihandschuhe, Plastikbeutel, Finger Print Sensor, in ihren Rucksack. Dienstpistole, Pfefferspray und Regenschirm sowieso.

Draußen wartete ein freundlicher Oktobertag. Zwar schien keine Sonne, aber das Grau des Himmels hatte sich so mit Helligkeit angereichert, dass daraus ein selten lichter Nachmittag geworden war. Sie war gespannt, wie Mehmet reagieren würde, wenn sie wieder bei ihm auftauchte. In aller Ruhe stieg sie den Wiedenhof empor, schaute hoch auf die geschrubbte Hitler-Mauer, über der ein paar farbige Kinderdrachen in die Höhe strebten. Sie näherte sich der schönen Fachwerkvilla unter den alten Birken und mächtigen Linden. Die halbhohe Mauer aus Grauwacke sicherte auch heute den Frieden des Grundstücks. Einige Spaziergänger mit Kindern und Hunden, zwei Jogger, die Besetzung der Wochenendlangeweile, zogen vorbei. Hier am Rande des Ortes begann die kritische Zone, wo man unbekannte entgegenkommende Leute grüßte. Unten in der Stadt grüßte man nicht.

Als sie vor der Eingangstür stand und auf die Türklingel unter dem

Schild Hannes + Mehmet Jungjohann drückte, hörte sie von innen bereits Mehmets Gesang und die Riffs seiner verstärkten Gitarre. Würde er überhaupt das Türsignal hören? Aber dann stand er doch vor ihr, begrüßte sie überrascht und lebhaft erfreut.

»Ah, hallo! Schön Frau Pollzei!«, rief er. »Frau Pollzei is Dienst oder Mehmet suchen?«

Mehmet hatte sich wieder vorteilhaft gekleidet. Er trug eine kurze taubengraue Shirthose, sein gelbes Tanktop zierte ein sitzendes Känguru mit Sonnenbrille und umgedrehtem Snapback. So kräftige Arme und Beine! Die goldene Sonnenbrille hatte Mehmet hoch ins blondierte Haar geschoben. Und als hätte er Annabelles Missfallen erahnt, war auch das Minibärtchen am Kinn abrasiert.

»Hallo, Herr Jungjohann«, grüßte Annabelle munter. »Wie geht's? Darf ich Sie noch einmal in einer dienstlichen Sache behelligen?«

»Was helligen? Schön Frau Pollzei erst einkommen! Ich spiel schön Lied. Dann Mehmet suchen. Dann dienstlich Sache!«

Auf dem Weg ins Haus und ins Wohnzimmer reckte Mehmet die Nase in die Höhe und schnupperte hörbar: »Schön Frau Pollzei riech gut!« Er lächelte sein feines Rittersportlächeln.

Diesmal lief auf dem riesigen Bildschirm im Wohnzimmer ein weichgezeichneter Softpornofilm.

»Aus?«, fragte Mehmet, als er sah, wie Annabelle auf das nackte Teeniepärchen schaute, das dort miteinander schmuste.

»Nein, nein, das stört mich nicht«, sagte Annabelle. »Ich habe einfach eine Bitte. Könnte ich noch einmal in Ihr Badezimmer?«

»Frau Pollzei Tolete?«, fragte Mehmet einfühlsam.

»Nein, nur so«, sagte Annabelle. »Ich möchte auf der Ablage die Nasensprayfläschchen anschauen!«

»Ah, Schnuppen von Bürgemeissa!«, sagte Mehmet und schniefte melodramatisch. »Aber erst Lied spielen und Mehmet suchen.«

Mehmet konnte auf die Wirkung seines Lächelns und seiner Augen setzen. Annabelle leistete keinen Widerstand, als er sie sanft auf das kleine Sofa der grünen Sitzgruppe neben der Musikanlage geleitete. Er setzte sich ihr gegenüber und nahm seine Gitarre.

»Was mak schön Frau Pollzei hören von Mehmet? Was Musik gerne lieben?«, fragte er mit melodisch getönter, leicht heiserer Stimme, als sie sich gesetzt hatte.

Na gut, also erst ein bisschen Musik. Sie musste ja nicht unbedingt die strenge Kommissarin spielen. Kurz kreuzte sie den Blick mit dem Krokodil an der Wand. Glotz ruhig, ich will nur die Fläschchen haben! Wenn nötig, könnte sie sofort ihr amtliches Wesen wachrufen!

»Also können Sie vielleicht einen Song von Robbie Williams spielen?«, fragte sie endlich.

Mehmet lächelte, zupfte ein paar Töne an seiner Gitarre und sagte: »Schön Frau Pollzei liebt Robbie. Gute Smack. Okay.«

Mehmet stand auf, bewegte sich geschmeidig zu seinem weißen Klavier, legte die Gitarre beiseite, setzte sich und schlug eine Folge von Akkorden an, die Annabelle gleich als das Intro des Angel-Songs von Robbie erkannte. Er zog diese harmonische Reihe in die Länge, improvisierte, überraschte mit Modulationen und schaute dabei über seine Schulter zurück, ob seiner Zuhörerin die Variation auch gefiel. Dann sang er das Lied langsam und übertrieben ausdrucksvoll auf Englisch. Und als er sich dem Vers näherte »that salvation lets their wings unfold«, drehte er sich ihr wieder zu, diesmal den ganzen Oberkörper und schaute erwartungsvoll. Und das machte er jedes Mal, wenn er zum Refrain »I'm loving angels instead« kam. Oder war es ein prüfender Blick? Am Ende des Songs, angelockt von Annabelles Applaus nach den letzten Akkorden, stand er auf und setzte sich neben sie. Frech nutzte er die Enge des kleinen Sofas und kam ihr ziemlich nahe. Annabelle versuchte ein Stück abzurücken.

Wie mochte er riechen? Alle Männer haben einen eigenen Geruch, behauptete Frau Doktor Schlecht, auch die aus fremden Ländern. Ganz wie Städte unterschiedlich riechen, Tel Aviv anders als Moskau, Istanbul anders als Zürich, Paris anders als New York und Wolfsburg anders als Gummersbach. Annabelle hatte mehr Städte als Männer gerochen, Ruben roch nach einer Mischung aus Fenchel, Bittermandel, Lorbeer, Rotwein und Rasierwasser.

Annabelle ahnte, dass Mehmets Geruch ihre Verwirrung noch steigern könnte, und rief in sich gleich wieder die Amtsperson wach und sagte:

»Jetzt, Herr Jungjohann, möchte ich gerne in Ihrem Badezimmer die Sprayfläschchen untersuchen.«

»Badezima gleich, erst Mehmet suchen. Oda noch Lied von Robbie?«

Doch die Lockstoffe, die ihm entströmten, begannen langsam das Amtliche in ihr zu narkotisieren. Natürlich floss der Kakaoduft, den sie erwartet hatte, aber darin war etwas wie Zimt gemischt oder war es Lakritze? Und dazu kam der Cocktail aus Maggi, Sellerie und Liebstöckel. Gut, dass Mehmet vorsichtig den Arm um sie legte, denn ihr Gleichgewicht schwand. Und während sie dachte, so also riechen Männer in Afghanistan, änderte sich auch der Geschmack auf ihrer Zunge. Und da wurde ihr klar, dass sie gerade geküsst wurde.

Alles dient der Wahrheitsfindung, versuchte sie noch zu denken, aber ihre investigative Neugier galt nun diesem Zimt- und Selleriekörper, der sich wie Seidenfutter anfühlte. Ach, es leben auch in Afghanistan Bergbauern, wie sie Lady Chatterley liebte! Als Mehmet Blazer, Shirt und BH von ihr streifte, hatte Annabelle bereits sein lächerliches Känguru-Tanktop abgeräumt, um allen Schokoladensamt an seiner Brust und seinen Armen zu probieren.

»Schön Frau Pollzei, Mehmet lieb gerne schön Frau Pollzei!«, hörte sie ihn murmeln, und sie antwortete mit einem Seufzer aus dem Lexikon ältester Menschenlaute.

Mehmet hatte es nicht eilig, er häufte langsam die feinen Goldkörner der Lust in ihr auf. *A million Dollars worth of nickels and dimes.* Erneut flackerte der Gedanke: Es dient der Wahrheitsfindung, durch ihren Kopf.

Irgendwann ließen sie sich auf den grauen Teppich niedersinken, und während Annabelle noch einmal den braunen Samt von Mehmets Haut abtastete, spürte sie, wie seine Hand die Lage zwischen ihren Schenkeln erkundete, und nun näherte sich der Augenblick, da sie all ihre Lust in einem mächtigen Crescendo verjubelte. Erst allmählich gelang es ihr, einen Gedanken zu fassen, der aber wiederum die Wortfolge: »Alles dient nur der Wahrheitsfindung« hatte. Langsam setzte doch die Überlegung ein, wie sie sich aus der Umschlingung dieses immer noch leise keuchenden jungen Mannes lösen könnte und wie sie überhaupt dieser ganzen Situation eine Form geben sollte. Die beiden lagen immer noch auf dem Teppich. Annabelle kraulte Mehmets Haar und verfolgte die seltsame Verwandlung seiner eben noch prunkvollen Rute in ein violettes feuchtes Küken. Der große Bildschirm an der Wand war schwarz, als habe er seinen Dienst erfüllt. Auch das Krokodil auf dem Gemälde gegenüber blickte aus anderen Augen. Was hätte der Maler Reinhardt dazu gesagt? Das Krokodil schleicht? Oder es grinst?

»Mehmet«, sagte sie endlich, »das war eben ganz wunderbar. Aber du weißt, ich habe einen Mann und einen Sohn, und das hier wird sich niemals wiederholen. Verstehst du das?«

»Nein, nich verstehen«, sagte Mehmet und versuchte gleich wieder, Annabelle zu verhexen, indem er in seine Augen eine schwere Dosis Traurigkeit legte.

»Mehmet lieb gerne schön Frau Pollzei!«

Es war klar, hier wartete noch ein Stück Arbeit auf sie, aber das würde sie schon hinkriegen. Erst einmal stand sie auf, zog sich rasch an und reichte Mehmet, der noch auf dem Boden hockte, die Hand. Er ließ sich auch bereitwillig auf die Beine stellen. Sie hob die Kleider auf, die sie ihm eben noch vom Leib gerupft hatte. Dann küsste sie ihn noch einmal auf die Stirn und sagte:

»Jetzt möchte ich endlich ins Badezimmer.«

Dort standen noch einige Otriven-Fläschchen des armen verschnupften Bürgermeisters auf der Ablage. Aber es waren nicht mehr alle. Kürzlich waren es vielleicht zehn, jetzt aber nur noch vier. Wohin waren die verschwunden? Das musste sie Mehmet fragen, der sich im Wohnzimmer herrichtete. Die Kommissarin holte das kleine kriminalistische Besteck aus ihrem Rucksack, streifte die Gummihandschuhe über und versorgte die vier Fläschchen jeweils in einem Plastiktütchen. Dann rief sie Mehmet und forderte ihn auf, seine Finger auf den Print Sensor zu drücken. Sorgfältig speicherte sie die Daten.

»Wo sind die übrigen Fläschchen?«, fragte sie. »Es waren ursprünglich mehr.«

»Weiß nicht? Die Kazze sleich hier rum.«

»Wie? Eure Katze?«

»Nein«, Mehmet lachte, »Kazze Swesta. Bügemeissa immer sag, wenn Swesta komm, die Kazze sleich!«

»Also Frau Jungjohann«, hakte die Kommissarin nach, »Katharina Jungjohann hat die Fläschchen mitgenommen?«

»Ja, Kazzerine Jungjohann«, bestätigte Mehmet.

Was ist das für eine seltsame Sache mit dem Satz *Die Katze schleicht?* Annabelle holte ihr Notizbuch und schrieb sich das erneut auf. Es kam auf die gleiche Seite, wo sie die Bemerkung von Frau Gleichen-Russwurm und die Erklärung von Herrn Reinhardt notiert hatte. Sorgfältig verstaute sie alles in ihren schönen Rucksack und schaute Mehmet an. Sie bat ihn, etwas zu trinken zu holen und noch ein kurzes Abschiedslied zu spielen.

***

Auf dem Heimweg wunderte sich Annabelle, dass sie kein schlechtes Gewissen plagte. Es war ihr erster Seitensprung. Ja, sie hatte diesen erotischen Aussetzer doch nur, weil sie den Mordfall aufklären wollte. Das war ihre verdammte Pflicht. Außerdem war sie wohl erblich belastet durch ihren Vater. Der Alte hatte seine Frau Ritter und sie den Ritter-Sport. Sie musste lachen. Die Seelenruhe verließ sie auch nicht, als sie zu Hause noch einmal das männerfreie Badezimmer nutzte, um alle Sellerie-, Laugen- und Zimtaromen abzuspülen, die wohl an ihr hafteten. Und noch einmal frische Wäsche. Kein Fingerabdruck mehr von Ritter-Sport. Das war professionelles Know how.

Henrikh hatte das Turnier im Sauerland gewonnen, aber leider wieder einmal einen Schuh verloren. Er war dem Rat seines Vaters gefolgt, im Endspiel den Gegner mit einem Königsspringergambit zu verwirren. Als Henrikh später, unglücklich wegen des Schuhs, aber glücklich über seine Urkunde und die Prämie, nämlich drei Partien gegen das gleichaltrige indische Schachwunderkind Shreyas Royal spielen zu können, ins Bett gegangen war, holte Ruben wieder das Brett mit der Giftmordstellung hervor. Sie wollten die Figuren den letzten Erkenntnissen gemäß neu positionieren. Dann meinte Ruben nebenbei: Er hätte Annabelle auch auf das Brett gesetzt, da sie durch ihre Befragungen dauernd an der Veränderung der Stellung beteiligt sei. Nichtsahnend fragte sie:

»Und welche Figur soll ich sein?«

»Natürlich der Springer!«, meinte Ruben.

»Aha, und wieso?«

»Nur der Springer oder die Springerin können Seitensprünge machen!«

Das löste bei ihr einen kurzen Herzstillstand aus. War das ein Königsspringergambit? Sie wagte erst einmal nicht nachzufragen. Rasch fahndete sie in seinen Augen nach Verdachtszeichen. Entwarnung! Dann ließ sie sich das noch einmal erklären. Ruben wollte nur sagen, dass sie als einzige in der ganzen Kriminalsache um die Ecke denken könne. Alle anderen Figuren müssten stets nach vorne oder zurück, dürften aber niemals im rechten Winkel denken.

Und dann ein zweites Schreckensintervall in ihrem Puls. Denn Ruben sagte:

»Natürlich bist du ein weißer Springer, denn du zählst zu den Unschuldigen in diesem Spiel.«

Puuhh! Heute Abend war Annabelle sehr dafür, Henrikhs Sieg im sauerländischen U10 Schachturnier mit einer Flasche Burgunder aus dem Ararat-Tal zu feiern. Sollte sie Ruben nicht von Frau Else oder Elsbeth oder Bette Ritter in Überlingen erzählen? Aber unter Weingenuss hätte sie vielleicht Frau Ritter mit Herrn Rittersport verwechselt.

Ermittlungsprobleme

Die Seitensprung-Herzlähmung und die Unschulds-Schrecksekunde wirkten bis zum nächsten Tag nach. Morgen würde sie mit dem Notar sprechen und die Testamente einsehen. Dann müssten endlich die fehlgeleiteten persönlichen Dinge des toten Bürgermeisters auftauchen, damit die Untersuchung aller Otriven-Fläschchen veranlasst werden könnte. Schließlich trieb sie die Unruhe erneut nach Sankt Gundula. Als sie sich auf den Weg machte, spottete Ruben, dass sie sich viel zu früh auf einen Daueraufenthalt im Seniorenheim einstellte. Egal.

Auf ihrer Zeugenliste standen Frau Vanderwielen, Frau Schallück, Frau Silbereisen und Frau Doktor Schlecht. Die einstige Biologielehrerin interessierte sie besonders, da die ja eine Menge von Riechrezeptoren und reizbaren Nasenschleimhäuten verstand. Hinter der Automatiktüre des Seniorenheims und zwischen den Schutzwänden, die die Asbest-Sanierer dauernd wie Kulissen hin- und herschoben, überfiel sie der Kartoffel- und Bratendunst des Mittagsmenus. Der Geruch, ein in dumpfe Aromen zerlaufender Küchenzettel aus Braten, Klößen und Weißkohl, teilte sich die Räume mit fernem Kirchengesang und nahem Gedudel aus dem Aufenthaltsraum, wo ein Pfleger eine Musikshow im TV anschaute. Noch war die Messe nicht aus. Unruhig wanderte Annabelle vor dem Büro der Leiterin auf und ab.

Als Frau Naujoks endlich eintraf, beklagte sich die Kommissarin erst einmal über ihre lückenhaften Auskünfte. Herr Herwarth von Baudissin sei an dem fatalen Dienstag vormittags in Sankt Gundula gewesen. Das habe er selbst zu Protokoll gegeben, Frau Naujoks aber habe Erinnerungsschwäche vorgeschützt. Da Herr von Baudissin Biochemiker sei, sei diese Tatsache für die Aufklärung eines möglichen Giftmordes nicht ganz unwichtig.

Die Leiterin räumte zerknirscht ein, dass Herr von Baudissin sie gebeten habe, seinen Besuch nicht zu erwähnen. Er sei übrigens der Mäzen, der die Aufzeichnung der Vorträge in der Seniorenuniversität unterstützte.

»Das Geld brauchen Sie nicht zurückzugeben«, meinte die Kommissarin. »Aber ich erwarte, dass Sie mir keine Informationen vorenthalten. Schauen Sie sich den § 258 im Strafgesetzbuch genau an. Der inkriminiert Strafvereitelung.«

»Um Gottes Willen«, entsetzte sich Frau Naujoks, »ich habe Herrn von Baudissin nicht im Traum mit dem Tod des Bürgermeisters in Zusammenhang gesehen. Es ging doch immer um das Testament von Frau von Baudissin. Und da gab es Unstimmigkeiten in der Familie. Darauf habe ich seine Bitte bezogen.«

Die Kommissarin beließ es bei der drohenden Bemerkung, die Leitung und alle Mitarbeiter des Seniorenheims hätten sie bei der Aufklärung zu unterstützen. Sie wolle jetzt mit weiteren Zeugen sprechen. Am besten gleich mit Frau Vanderwielen.

»Denken Sie denn, der Herr von Baudissin könnte den Bürgermeister vergiftet haben?«, fragte Frau Naujoks besorgt.

»Er ist ein seltsamer Mann«, sagte die Kommissarin, »aber die Reihe der seltsamen Männer in diesem Fall wird von Tag zu Tag zu länger.«

Die Senioren kehrten aus der Kapelle im Untergeschoss zurück, wo sie die Sonntagsmesse gefeiert hatten. Es war ein Zug der Mühseligen und Beladenen. An Stöcken, gebeugt, gestützt, hinter Rollatoren und in Rollstühlen zogen sie langsam vorbei. Energisch ging Frau Naujoks auf eine ältere, gepflegte und trotz ihres Gehstocks sportlich wirkende Dame zu, stellte sie der Kommissarin vor und bot den beiden einen Platz im kleinen Nebenraum des Leitungsbüros an.

Annabelle war für Momente sprachlos, als sie die Dame vor sich sitzen sah. Welche Überraschung! Es war ihre einstige Schwimmlehrerin, bei der sie vor dreißig Jahren in Bad Godesberg ihr Seepferdchen gemacht hatte. Schon bei ihrer ersten Begegnung am Tag des Verbrechens in Sankt Gundula hatte sie etwas Vertrautes in den Zügen gesehen. Nicht zu glauben! Frau Vanderwielen schien keineswegs überrascht, einer früheren Schülerin zu begegnen, die inzwischen für die Polizei arbeitete.

»Sind Sie gleich nach dem Seepferdchen zur Polizei gegangen?«, wollte sie wissen.

»Nein, nein, ich habe zuvor noch die Schule und das Gymnasium besucht. Ich bin dann am Jurastudium aus Faulheit gescheitert. Viele Polizisten sind gescheiterte Genies«, scherzte sie. »Auch im Schwimmunterricht war ich eine der besten. Sagen Sie, wie lange sind Sie schon hier in Sankt Gundula?«

»Ich bin hier geboren!«, sagte Frau Vanderwielen erstaunt, »meine Eltern sind auch hier.«

Annabelle war durch Frau Naujoks darauf vorbereitet, dass bei Frau Vanderwielen nur begrenzte Aufschlüsse zu gewinnen waren. Die alte Dame hatte wunderbare blaue Augen, dunkel getönte Haut, gesprenkelt mit Altersflecken, und man hätte sich gewünscht, dass auch der Geist so frisch geblieben wäre wie ihr Blick.

»Ich bin Annabelle, Frau Vanderwielen. Erinnern Sie sich vielleicht noch an mich?«

»Erinnerung«, sagte Frau Vanderwielen nachdenklich. »Wo ist die Erinnerung? Such sie mal! Man erinnert sich an so vieles nicht. Alles behält man, aber erinnert sich nicht. Das ist komisch. Wozu Erinnerung, wenn man nichts behält?«

»Ja, das ist schwierig«, antwortete die Kommissarin. »Ich habe es auch häufig mit Zeugen zu tun, die sich an bestimmte Ereignisse nicht mehr erinnern.«

»Wissen Sie, was ich auch nicht verstehe?«, fragte Frau Vanderwielen, und in ihrem Blick wechselten Hoffen und Bitten, dass ihr das Unbegreifliche erklärt würde.

»Ich verstehe nicht, warum mir der Priester jeden Sonntag ein Stück Papier in den Mund steckt.«

Die Kommissarin wollte die Erwartung in den fragenden blauen Augen nicht erlöschen lassen.

»Das ist die Eucharistiefeier, Frau Vanderwielen, man feiert sie mit Brot und Wein.«

»Ach so, wirklich?«, antwortete die alte Dame überrascht. »Und das Papier?«

»Das ist die Oblate, ein dünnes Stück Brot. Bei Brot und Wein erinnern wir uns an das Abendmahl von Jesus mit seinen Jüngern.«

»Ach, mein Gott! Mein Gedächtnis! Auch da kann ich mich über-

haupt nicht mehr dran erinnern,« sagte Frau Vanderwielen traurig.
»Wann war das denn?«
»Ja, es ist schon viele hundert Jahre her!«
»Ah, also ›alte Kamellen‹?«
»Ja, so könnte man sagen.«
»Wie an Karneval!«
»Natürlich, da gibt es auch Kamellen«.

Unruhig rückte die Kommissarin ihren Stuhl zurecht. Ihre Körperhaltung sollte ein anderes Thema ankündigen.

»Frau Vanderwielen«, begann sie vorsichtig, »erinnern Sie sich an den Tag, als hier im Seniorenheim der Bürgermeister tot aufgefunden worden ist? Wissen Sie noch, wo Sie sich an diesem Vormittag oder auch am Mittag aufgehalten haben?«

Hinter den blauen Augen wurde es unruhig. Nach einiger Besinnung sagte Frau Vanderwielen:

»Ja, ich erinnere mich. Ich war hier.« Sie deutete mit dem Finger auf das Hier und lächelte. Das Lächeln ließ die Züge der einstigen Schwimmlehrerin auftauchen, die immer gebräunt im roten Badeanzug unterrichtete. Und mit dem Erinnerungsbild füllte sich auch Annabelles Nase mit dem Chlorgeruch des Schwimmbades, wo sie als kleines, dünnes Mädchen in einem blauen Badeanzug mit rutschenden Spaghettiträgern zum Unterricht kam. Annabelle stellte ihre nächste Frage.

»Wie, Frau Vanderwielen, Sie waren damals in diesem kleinen Büro?«

»Nein, nein«, protestierte die alte Dame. »Hier in der Wohnung meiner Mutter!«

»Ich verstehe. Sie waren sozusagen zu Hause. Und woran erinnern Sie sich noch? Was haben Sie an diesem Tag gesehen oder gehört?«

»Ich glaube alles«, sagte Frau Vanderwielen überzeugt. »Ich weiß doch alles, auch wenn es viele Jahre her ist. So viel ist es aber auch wieder nicht.«

»Das ist gut so!«, lobte die Kommissarin. »Sie waren an diesem Morgen in der Cafeteria, hat Frau Naujoks gesagt. Wissen Sie vielleicht, wer außer Ihren Mitbewohnern sonst noch in der Cafeteria war?«

»Eigentlich alle, die ich dort gesehen habe.«

»Wen haben Sie denn zum Beispiel gesehen? Herrn Siepenbrück? Herrn Jungjohann?«

»Die Schwester!«

»Wie, welche Schwester?«

»Schwester Katharina!«

»Ach, so. Aber die ist ja wohl immer da.«

Frau Vanderwielen schaute sie verständnislos an. Die Kommissarin überlegte einen Augenblick. Sollte sie etwa nicht die Schwester Katharina hier aus dem Haus gemeint haben, sondern die Schwester des Bürgermeisters? Nein, absurd! Sie fragte weiter:

»Haben Sie damals Herrn von Baudissin gesehen?«

»Die ist auch immer da!«

»Sie meinen, Frau von Baudissin sei immer da?«

»Vielleicht auch nicht *immer.*«

Ratlosigkeit lief in feinen Wellen über das Gesicht der alten Dame. Dann murmelte sie:

»Wissen Sie, manchmal vergesse ich, was ›immer‹ heißt. Dann klingt das Wort, als hörte ich es zum ersten Mal. Oder als käme es aus einer anderen Sprache. ›Immer‹ bedeutet doch niemals ›nie‹? Oder täusche ich mich?«

»Da haben Sie völlig recht, Frau Vanderwielen.«

Wieder so ein Satz, dachte die Kommissarin, der erst unsinnig klingt und dann einen Sinn annimmt. Wie die Sätze von Frau Schallück. Aber manchmal konnte sie nachempfinden, wie Worte fremd werden, wenn Ruben sie manchmal nach der Bedeutung eines Wortes fragte. Kürzlich wollte er wissen, was »hanebüchen« bedeutet. Hanebüchen? Seltsames Wort! Was heißt hanebüchener Unsinn? Jedenfalls war das, was die alte Dame sagte, nicht hanebüchen. Dabei legte sich ein Schatten um ihre blauen Augen, und sie sagte leise und traurig:

»So können wir beide uns an alles erinnern, was wir nicht wissen.«

»Ja, das stimmt«, sagte die Kommissarin und nickte. »Wir erinnern uns an alles, was wir nicht wissen.«

Sie stand auf und erklärte Frau Vanderwielen, sie wolle sie nicht weiter mit ihren Fragen belästigen. Sie müsse noch mit anderen Bewohnern von Sankt Gundula sprechen. Die Aufklärung des Todes von Herrn Jungjohann sei sehr schwierig.

»Sie sollten versuchen, ihn selber zu sprechen«, riet Frau Vanderwielen, »auch wenn er nicht mehr richtig lebt. Er wird sich erinnern. Er ist ja Bürgermeister.«

»Ja, dann müsste er als Gespenst erscheinen wie Hamlets Vater!«

»Ich muss jetzt zu meinen Eltern zum Essen«, sagte Frau Vanderwielen und stand vorsichtig auf. »Sie warten schon. Und dann brauch ich meinen Mittagsschlaf.«

Annabelle machte sich ein paar Notizen. Es war wenig hilfreich, was ihr die alte Schwimmlehrerin da gesagt hatte, und doch berührte sie dieser Ernst und die Anstrengung, mit der die alte Dame antwortete. Das ist eigentlich Würde. Der Mensch ist nicht vernünftig, sondern würdevoll, dachte Annabelle. Sie nahm sich vor, bei anderer Gelegenheit länger mit ihrer Schwimmlehrerin zu sprechen.

Bei diesen Gedanken überfiel sie das Gefühl, sofort ihre Mutter anrufen zu müssen.

»Hallo Mama«, sagte sie leise. »Wie geht's? Gibt es was Neues?«

»Ich packe gerade Papas Koffer«, hörte sie ihre Mutter flüstern. »Könnte man da nicht so eine Wanze reinpacken? Damit man mithören kann, was er die ganze Zeit macht? Er will unbedingt, dass ich auch ein paar feine Sachen einpacke, seinen Boss-Blazer. Den braucht er doch in der Reha nicht!«

»Nein, Mama«, antwortete Annabelle gleich wieder genervt, »lass dem Papa seinen Blazer, und die Idee mit der Wanze ist total blöd. Gibt es nicht, und selbst wenn es die gäbe, würde ich das nie unterstützen.«

»Ich denke doch, dass ihr bei der Polizei sowas dauernd benutzt.«

»Nein nur in Ausnahmefällen, Mama! Nicht bei Eifersucht!«

»Ich hab mir die Telefonnummer von der Frau Ritter herausgesucht. Ich ruf da einfach an.«

Draußen in der Vorhalle kamen allmählich die Senioren und Seniorinnen zusammen, um im großen Gesellschaftsraum das Mittagessen einzunehmen. Jetzt wurde die Zeit wieder knapp! Würde sie Frau Doktor Schlecht noch vorher sprechen können? Gerade schob Herr Reinhardt Frau von Baudissins Rollstuhl aus dem Aufzug. Die Kommissarin ging auf das vertraute Gespann zu und bat den Maler zu schauen, ob Frau Doktor Schlecht bereits im Gesellschaftsraum sei. Inzwischen wollte Frau von Baudissin wissen, ob der Mörder bereits geschnappt sei. Und sie beteuerte wieder, dass in Sankt Gundula jede Menge Giftmörder herumliefen. Der Maler holte Frau von Baudissin ab, Frau Schlecht hatte er nicht entdecken können. Kurz darauf durchquerte Frau Langensiepen den Gesellschaftsraum. Die Kommissarin sprach sie an und stellte sich vorsichtshalber noch einmal vor.

»Jo sischer, Se sing die Frau Kommissarin. Immer noch unterwegs? Isch hannet Ihnen doch jesaat. Da wor wat faul mit dem Bürjermeister. Jetz soller verjiftet worden sing. Dat wissense sischer schon! Hier bei der hillijen Jundula jiwet jenuch Jifthexen, saach isch Ihnen. Isch könnt en paar nennen, ävver besser nit.«

»Meinen Sie vielleicht die Frau Doktor Schlecht?« Die Kommissarin ritt ein wenig der Teufel.

»Die sischer ooch. Die iss ja vom Fach! Ävver kucken Se sisch dä aale Baudissin an. Nue'n Tipp von mir, unger uns nattülisch!«

»Haben Sie hier vielleicht Frau Doktor Schlecht gesehen? Ich habe sie bisher nur einmal kurz gesprochen.«

Ein älterer Herr, der an ihnen vorbeischlurfte, hatte das gehört. Er trat zur Kommissarin und sagte ihr, dass Frau Doktor Schlecht heute bei ihrer Tochter in Hermesdorf sei. Aber er wisse, warum die Kommissarin in Sankt Gundula sei, und er wollte ihr noch was Wichtiges verraten. Am besten sofort, denn heute sei sein Gedächtnis gut. Leider habe es manchmal auch Löcher. Während Frau Langensiepen aus dem Hintergrund durch lebhafte Gebärden zu verstehen gab, dass dieser Mann im Kopf nicht ganz richtig sei, folgte ihm die Kommissarin zu einer Sitzecke in der Vorhalle. Dort ließ er sich gleich ins Polster fallen. Er wirkte nervös und gehetzt.

»Ich wollte Ihnen sagen«, begann er, als sich Annabelle neben ihn gesetzt hatte, »dass ich dreißig Jahre in der Lederfabrik gearbeitet habe. Als Kürschner. Wissen Sie? Ich kenne mich aus! Das ist doch wich-

tig! Ich war Kürschner und habe für die Firma Baudissin dreißig Jahre
Leder und Felle auf Großmärkten aufgekauft. Das habe ich gemacht,
und da bin ich rumgereist und habe das gekauft. Deswegen habe ich bei
Baudissin gearbeitet. Dreißig Jahre. Bis die Firma geschlossen wurde.
Dann war ich nur noch privat!«

Und plötzlich kamen dem alten Herrn die Tränen. Er holte ein Taschentuch hervor und trocknete seine Augen.

»Das hat Sie wohl sehr mitgenommen«, sagte die Kommissarin einfühlsam.

»Ja, und erst ist meine Frau gestorben. Und inzwischen ist auch mein
Bruder tot. Der war bei der Bundesbahn. Ich kann ja nicht zurück in
meine Wohnung. Meine Frau ist doch nicht mehr da. Sie ist gestorben
und mein Bruder auch!«

Und wieder schüttelte den alten Mann das Weinen. Erneut versuchte
es die Kommissarin mit einer einfühlsamen Geste und legte ihm kurz
die Hand auf den Arm:

»Sie wollten mir doch etwas Wichtiges mitteilen. Aber darf ich erst
einmal fragen, wer Sie sind?«

»Ich bin Rüdiger Machfuss. Ich war dreißig Jahre Kürschner in der
Firma Baudissin. Ich kenne mich aus. Das ist doch sehr wichtig für Ihre
Untersuchung, oder nicht?«

»Ja, danke, Herr Machfuss, natürlich ist das wichtig. Haben Sie gerne für die Firma Baudissin gearbeitet?«

»Ja, dreißig Jahre. Ich habe die Felle und Häute auf Großmärkten gekauft und bin rumgereist. Bis die Firma geschlossen wurde, verstehen
Sie?«

»Und gibt es sonst noch etwas, was Sie mir sagen wollen?«

»Frau Kommissarin, der Bürgermeister ist vergiftet worden. Wissen
Sie das schon? Und ich weiß, womit.«

Herr Machfuss senkte die Stimme und näherte sich dem Ohr der
Kommissarin.

»Mit Glutaraldehyd aus der Firma Baudissin. Da gab es jede Menge Gift zum Gerben, wissen Sie. Da gibt's jede Menge Glutaraldehyd
bei Baudissins. Stinkt furchtbar und ist tödlich. Ich kenne mich aus.

Denken Sie, dreißig Jahre bei der Firma! Auf Großmärkten habe ich die Häute besorgt, und heute habe ich keine Löcher im Gedächtnis. Haben Sie sicher bemerkt.«

»Sie haben ein gutes Gedächtnis, Herr Machfuss! Und Sie sollten mir gelegentlich mehr erzählen von Ihrer Arbeit bei der Firma Baudissin.«

»Ich kann Ihnen von meinem Bruder erzählen. Der ist immer die Strecke von Siegen nach Frankfurt gefahren, und ich saß dann neben ihm, als ich nicht mehr bei der Firma war. Dreißig Jahre war ich da und habe Häute gekauft. Die werden mit Glutaraldehyd gegerbt, aber man kann auch Leute damit umbringen. Ich erinnere mich heute an alles!«

Die Kommissarin hatte die Blicke der vorbeikommenden Bewohner wahrgenommen. Die wussten, wie der aufgeregte Mann seine Gesprächspartner in endlosen Wiederholungen einfing. Sie bedankte sich, drückte ihm die Hand und ging rasch ins Leitungsbüro, um sich den Gedankenschlingen des alten Herrn zu entziehen.

Dort setzte sie sich wieder in den kleinen Nebenraum, um die Sätze von Herrn Machfuss zu protokollieren. Während sie noch überlegte, wie das Zeug hieß, das zum Gerben und Vergiften diente, betrat eine kleine, etwas gebeugte ältere Dame mit einer dunklen Brille den Raum und erklärte, Frau Naujoks habe sie geschickt. Sie sei Rosi Silbereisen aus Düren. Sie habe sich jetzt erst bei der Frau Kommissarin gemeldet, weil sie einige Tage im Krankenhaus gewesen sei. Sie habe manchmal kleine Rückfälle in ihre bipolare Störung, aber das sei nicht schlimm. Sie wolle noch eine Zeugenaussage über den Bürgermeister machen. Sie habe da was beobachtet.

»Frau Silbereisen«, bedankte sich die Kommissarin, »das ist gut. Wir sind noch mitten in der Untersuchung, und ich bin hier, um Auskünfte von Heimbewohnern zu sammeln. Setzen Sie sich doch einen Augenblick zu mir und erzählen Sie, was Sie wissen.«

Frau Silbereisen trug ein geblümtes altrosa Shirt, darüber eine graue Steppweste und schwarze Hosen. Aus einer der Taschen in der Steppweste schaute ein kleiner Kuschelbär, dem eines seiner beiden Glasaugen fehlte. In ihrem gepflegten grauen Kurzhaarschnitt fiel eine Strähne in die Stirn und über die zu große Brille. Sie setzte sich zögernd, als dulde ihre Sache keine bequeme Position.

»Frau Kommissarin«, sagte sie geheimnisvoll, »ich habe gesehen, wie der Bürgermeister in den Aufzug gestiegen ist, wie er durch die Luft fuhr und wie er dann tot auf der Erde lag. Er ist ja oft mit dem Aufzug hoch in die Luft und dann wieder runter auf die Erde gefahren, manchmal war seine Schwester dabei.«

Frau Silbereisen unterbrach sich und wischte ihre graue Strähne von der Brille, als störte sie ihre Konzentration. Die Strähne fiel aber gleich wieder herab.

»Mir ist aufgefallen«, fuhr sie fort, »dass Herr Jungjohann sich öfters mit Herrn Altjohann getroffen hat, dem Luftpapst aus Rom. Ihnen ist sicher dienstlich bekannt, was der Luftpapst hier macht, Sie sind ja der Ordnungsdienst, aber ich sag's nochmal, weil es die meisten hier nicht wissen. Er ist der Verwalter. Der Bürgermeister bewacht die Erde, und der Luftpapst verwaltet den Raum. Es gibt ja so viel Raum in der Welt, und vor allem hier in Sankt Gundula.«

Frau Silbereisen nahm kurz die Brille ab, kniff aber die Augen schmerzhaft zusammen und setzte die Brille wieder auf. Sie sprach, wie es schien, ganz verständig.

»Vielleicht gibt es zu viel Raum in der Welt.« Frau Silbereisen räumte wieder die Haare aus dem Gesicht und ließ den Blick durch das kleine Nebenbüro schweifen. »Einfach zu viel Raum. Wir kommen damit nicht klar. Niemand weiß, wohin damit. Die vielen, vielen Aufzüge, verstehen Sie, ich fahre nie mit dem Lift! Der Lift heißt ja eigentlich Luft. Und die Aufzüge fahren nur deswegen immer rauf und runter, rauf und runter, weil es zu viel Raum hier gibt. Wenn der Aufzug fährt, fährt er durch die Luft, und dafür ist der Luftpapst zuständig. Und wenn der Aufzug auf der Erde landet, dann ist der Bürgermeister zuständig. Er heißt nicht umsonst Erdpapst.«

Frau Silbereisen schaute die Kommissarin prüfend an und wartete auf eine Reaktion. Auch der kleine Bär in ihrer Tasche richtete sein Glasauge auf sie. Annabelle nickte freundlich und zeigte durch Schrägstellung ihres Kopfes Interesse an.

»Hören Sie«, fuhr die alte Dame fort, »ich war früher im Grundbuchamt. Erst in Düren und dann hier bei der Stadt. Da war ich für Raum und Luft zuständig. Das ist eine zentrale Behörde. Alle Häuser und Grundstücke werden in den Grundbüchern festgehalten. Sonst fliegen sie auf und davon. Sie müssen auf dem Papier stehen. Das Papier hält sie fest. Und der Stempel. Nichts ist gefährlicher, als wenn sich ein ungestempeltes Grundstück lockert und von der Erde löst. Manchmal merke ich rechtzeitig, dass ein Grundstück in der Luft verschwindet. Aber sehr häufig musste ich eins aus dem Grundbuch streichen. Was aber wird aus allem, wenn es keinen Grund mehr hat? Da kann nur der Luftpapst helfen. Ist er nicht zur Stelle, gehen die Gründe flöten. Dass Gründe und Lüfte manchmal durcheinander geraten, sieht man daran, dass die Vögel oft nicht wissen wohin. Sie fliegen kreuz und quer, hin und her, auf und ab. Selbst die Tauben, die sich so gut auskennen in der Luft, flattern. Das Flattern, glauben Sie mir, ist ein arges Zeichen.«

Frau Silbereisen, die mit wachsender Geschwindigkeit gesprochen hatte, begann zu zittern. Die Kommissarin legte ihr die Hand auf den Arm und meinte:

»Nun machen Sie sich bitte keine Sorgen, Frau Silbereisen. Ich komme gerade von draußen. Es ist alles in Ordnung. Der Ordnungsdienst ist ja dafür da!«

»Es ist immer wieder so«, sagte die alte Dame nur wenig beruhigt, »wenn ich merke, dass Grundstücke sich lockern und die Vögel flattern, regt mich das so sehr auf, dass ich ins Krankenhaus muss. Erst wenn der Luftpapst kommt und das Flattern aufhört, geht es mir besser. Aber das wissen Sie ja, Sie holen den Luftpapst doch immer ab.«

»Sie sagen, Frau Silbereisen«, die Kommissarin tastete sich zu ihrer Frage vor, um die alte Dame nicht wieder aufzuregen, »Sie haben den toten Bürgermeister im Aufzug gesehen. Ja? Das war sicher schlimm, gerade im Aufzug! Aber haben Sie sonst noch irgendwelche Dinge erlebt, etwas Auffälliges oder vielleicht nur Kleinigkeiten?«

»Ach, manchmal weiß ich nicht, was mit meinem Kopf los ist«, die alte Dame schlug sich vor die Stirn, »ich wollte Ihnen sagen, dass sich der Jungjohann und der Altjohann sehr ähnlich sehen, vielleicht sind es Zwillinge. Ich glaube, dass vielleicht gar nicht der Erdpapst tot war, sondern der Luftpapst.

»Sie kannten also beide?«

»Ja, manchmal bin ich in der Nacht aufgestanden, um nachzuschauen, und dann saß der Luftpapst ganz allein auf einer Bank und verwaltete die Luft.«

»Und wie machte er das? Wie verwaltet er die Luft?«

»Er schreibt alles ins Luftbuch!«

»Wie sieht denn so ein Luftbuch aus? Dick oder dünn?«

»Es leuchtet!«

»Und jetzt sehen Sie den Luftpapst nicht mehr?«

»Doch, aber vielleicht ist es auch der Erdpapst, der beides verwaltet, Luft und Erde.«

»Und wer, denken Sie«, fragte die Kommissarin ganz direkt, »wer könnte ein Interesse daran haben, den Luftpapst oder den Erdverwalter umzubringen?«

»Das sind meistens die Leute«, sagte Frau Silbereisen leise und schaute sich sorgenvoll um, »die die Grundstücke lockern wollen.«

Neue Erkenntnisse

Als die Kommissarin am Montag endlich das versiegelte Paket mit den Habseligkeiten des Bürgermeisters öffnen konnte, war auch das Otriven-Fläschchen dabei. Die Kollegen hatten es in einen kleinen Plastiksack verschlossen. Auf keinen Fall durften die Beweisstücke durcheinandergeraten. Das Fläschchen hier war die Nr. 1, das Exemplar in ihrem Kühlschrank war Nr. 2 und die vier aus Jungjohanns Badezimmer waren Nr. 3 bis 6. Die fünf bis sieben Fläschchen, die Jungjohanns Schwester abgeholt hatte, trugen dann die Nr. 7 bis 13. Zu den Unterlagen in der Klarsichtfolie zählte auch eine Aufstellung der Immobilien, die vermutlich dem toten Herrn Jungjohann gehörten. Das war eine kopierte Liste, die auf vier Seiten gut zwanzig Objekte in nummerierter Reihenfolge aufführte. Es waren mehr oder weniger genau beschriebene Grundstücke, Häuser, Wohnungen und Geschäftsräume in deutschen Großstädten wie Leipzig, Frankfurt, Köln, Ingolstadt, aber auch in Stockholm, Manchester, Miami und Fort Lauderdale. Kollege Möllenbeck, der Annabelle dabei über die Schulter blickte, pfiff anerkennend.

»Das sieht nach einem hübschen Vermögen aus«, schätzte er. »Mehmet kann sich zur Ruhe setzen, wenn er das alles erbt.«

»Das wird er wohl«, meine Annabelle, »denn Jungjohann hat diese Verfügung eigens ausfertigen lassen, weil er seinen Lebensgefährten absichern wollte.«

»Hatte er denn das auch unterschrieben?«

»Weiß ich nicht«, murmelte Annabelle nachdenklich. »Mich würde mal interessieren, wie er an diese vielen Immobilien gekommen ist. Der Notar Siepenbrück hat sich da etwas nebulös ausgedrückt und von einem ›Gönner‹ gesprochen.«

»Also, ich kenne auch nur das Gerücht. Jungjohann hatte einen älteren Freund, der nach der Wende viel Familienbesitz aus der DDR geerbt hat. Und der hat ihm das wohl vermacht.«

»Aber die Häuser auf der Liste befinden sich doch nicht nur in Deutschland, sondern auch in Schweden, England und den USA!«

»Warte erst mal ab«, warnte Möllenbeck, »wie viele Hypotheken darauf stehen. Wenn du die richtigen Bankleute kennst, dann kannst du jede Menge Immobilien anhäufen. Die Banken spielen gerne Vabanque mit dem Zeug. Je mehr, desto besser, und je mehr faule Hypotheken, desto leichter lassen sie sich weiterverkaufen.«

»Fällt dir eigentlich an dieser Liste etwas auf, Mölli?«, fragte Annabelle ihren Chef.

»Ja«, antwortete der prompt, »dafür, dass das ein aufgelistetes Riesenvermögen ist, sieht es aus wie ein Fresszettel.«

»Dabei war der Jungjohann ein ganz pingeliger Mann. Du müsstest dir mal sein Haus und den Garten anschauen, Mölli. Ich empfehle dir, das aber bald zu tun. Sein hübscher Witwer ist nicht so ordentlich. Dafür ein guter Musiker.«

Möllenbeck hatte anderes zu tun. Am frühen Morgen hatte sich ein vornehmer älterer Herr im Kommissariat gemeldet, Bewohner einer Villa in Nümbrecht und Unternehmer im Ruhestand. Der Herr fühlte sich in dem abgewrackten Büro ziemlich unwohl. Er wollte sich nicht setzen und auch seinen Kaschmirmantel nicht neben die feuchten Dienstparkas hängen. Der Herr berichtete also im Stehen, dass er sich am Samstag in Brüssel bei einem Antiquitätenhändler für schöne alte Uhren interessiert habe. Der Händler habe ihm einige ausgewählte, wertvolle Objekte gezeigt, die ihm aber nicht so recht gefallen hätten. Zuletzt aber habe der Verkäufer auch ein Album mit Fotos von alten Uhren geöffnet, die er in Kommission anbieten könnte. Auf einer dieser Seiten entdeckte der Kunde zu seiner Überraschung mehrere große Fotos von zwei alten Uhren, die heute noch in seinem eigenen Nümbrechter Haus hingen und die er nirgendwo je angeboten hatte. Es war ihm völlig schleierhaft, wie diese Fotos gemacht worden seien. Der belgische Verkäufer versicherte ihm, dass er diese Uhren innerhalb von 14 Tagen besorgen könne. Nun wollte der Mann, der sein Erstaunen verborgen hatte, bei der Polizei nachfragen, ob er sich auf diesen Handel einlassen sollte, um hinter ein offenbar kriminelles Netzwerk zu kommen, oder ob die Polizei davon abriete. Die Frage wollte Möllenbeck mit dem Landeskriminalamt in Düsseldorf klären. Da musste man die

Kollegen aber erst einmal aus der Gedankenleere wecken, die das Wochenende bei ihnen regelmäßig hinterließ.

Annabelle hatte sich bereits in der Kölner Gerichtsmedizin bei Doktor Chi Kong Poon angemeldet. Der wartete tatendurstig in seinem Labor. Sie wollte das Otriven-Fläschchen des Bürgermeisters, das noch fast völlig gefüllt war, mit den übrigen Nasensprays persönlich abgeben und anschließend wieder mitnehmen. Es stand ja zu vermuten, dass sich ein Teil des Rätsels lösen würde. Und so setzte sie sich mit ihren sorgsam verpackten und nummerierten *corpus-delicti*-Sprays wieder in den Dienstaudi. Auch heute hatte Ruben ihr die grüne Tupperware-Dose mit einem Obstsnack gefüllt, die sie auf den verschlissenen Beifahrersitz neben dem Fläschchenpaket abstellte. Erneut schob sie den USB-Stick der Seniorenuniversitäts-Vorlesungen in die Audioanlage, um sich noch einmal von Frau Doktor Schlecht in die Wunderwelt der Riechrezeptoren einführen zu lassen. Erst jetzt, beim Wiederhören, fiel ihr auf, wie witzig der Vortrag war.

Vorher, auf der Fahrt nach Ludwigshafen, hatte Annabelle nur mit halbem Ohr einer Geschichte gelauscht, die sie als Kriminalistin eigentlich interessieren müsste. Frau Doktor Schlecht erzählte da, wie Volkspolizei und Staatssicherheit der einstigen DDR landesweit Depots mit Geruchsproben von Kriminellen und Regimegegnern angelegt hatten. Nach der Wende waren in diesen verborgenen Lagern tausende von luftdicht verschlossenen Einmachgläsern mit sterilen Stofftüchern gefunden worden, die man mit dem Körpergeruch von Staatsfeinden und sonstigen Kriminellen präpariert hatte. Um solche Leute an ihren Geruchsspuren zu identifizieren, waren Polizeihunde geschult worden, die die Amtsbezeichnung »Biodetektoren« trugen. Es waren Schäferhunde, die dank ihrer Nasen unterschiedliche Körpergerüche identifizieren konnten. Mit mehr als 200 Millionen Riechzellen übertreffen Hunde die Menge und die Leistung der Geruchsrezeptoren in der Menschennase um das Fünfzigfache. Und da diese Biester überdies in einer Frequenz von bis zu 300 Atemzügen pro Minute schnüffeln, können ihre Riechzellen zur gleichen Zeit noch mehr Geruchsmoleküle aufnehmen und zu Erkenntnissen verarbeiten. Die

Einweckgläser in den Geruchsdepots der alten DDR waren sorgfältig, wenn auch etwas rätselhaft beschriftet, wie der SPIEGEL berichtete, z. B. »Prof. K. Arbeitskittel, Achselprobe« oder »Günter Kruse, operative Personenkontrolle, Boykott, Stuhlprobe«. Andere Textilien wie Strümpfe, Unterwäsche, Taschentücher waren meist ohne Wissen der Verdächtigen entwendet und eingeweckt worden, aber die Sicherheitsdienste führten auch offiziell eine erkennungsdienstliche Prozedur durch, bei der die Personen den Stoffstreifen eine gewisse Zeit am Körper halten mussten, damit er die olfaktorische Körpermarke aufnehmen konnte.

Der Audi arbeitete sich durch graues Nieselwetter. Regen und Scheibenwischer gaben im Hin und Her den Rhythmus dazu und zeigten die Welt abwechselnd verwaschen und wieder scharf, als ob man am Stellrad eines Fernglases hin und her drehte. Annabelle bewegte sich über die Hügellandschaft der A4, die sie allzu sehr an das Auf und Ab von Mehmets Trauermelodien erinnerte. Wie von diesen Gedanken telepathisch animiert, meldete sich Mehmet an ihrem Mobiltelefon. Wie kam denn der Ritter-Sport zu ihrer Nummer? Er hatte wohl vorgestern unbemerkt ihren Anschluss kopiert und überrumpelte sie mit einer Sprachnachricht. Sie hörte, dass er »schön Frau Pollzei« über alles liebe und dass er sie unbedingt wiedersehen wolle. Er würde sie auch gerne heiraten und lockte damit, dass er große Erb von Hannes bekäme und bald ein reich Mann sei. Du lieber Himmel! Damit hatte sie rechnen müssen. Aber jetzt musste sie sich erst einmal auf die Analyse und kriminalistische Auswertung ihrer Fundstücke konzentrieren.

Sie verließ die A4 in Klettenberg, um in Richtung Lindenthal zu fahren. Es gab auf der B55 jede Menge Baustellen, und da, wie Ruben gerne lästerte, in Köln der Verkehr entweder von Tünnes und Schäl oder vom Karnevalsprinzen geregelt wird, und sich auch mancher Richtungspfeil beim Schunkeln im Regen dreht, verfuhr sie sich mehrfach, ehe sie am Ende doch vor dem Melatenfriedhof ihr Auto abstellen konnte. Verdammt! Sie hatte keinen Regenschirm mitgenommen und musste im Trab die Straße entlang und dann die Treppe hinauf ins Institutsgebäude. Im Innern waren die Hinweisschilder zum Glück ausgenüchtert, und sie fand die Abteilung für forensische Toxikologie auf Anhieb. Dort erwartete sie Herr Doktor Chi Kong Poon wieder mit seinem jahrhundertealten chinesischen Mauerlächeln und nahm die Otriven-Proben in den Schutzfolien mit herablassender Freundlichkeit entgegen. Er wusste schon, nach welchen Aconitum-Alkaloiden er suchen würde. Zwar wollte er sich gleich an die Arbeit machen, aber das könne einige Zeit dauern. Er versprach, sie in ein paar Stunden anzurufen, sobald ein belastbares Ergebnis vorliege. Annabelle überlegte, ob sie die Wartezeit zum Shoppen in der Innenstadt nutzen sollte, aber dieser regengraue Tag machte ihr keine Lust. So entschied sie sich, Doktor Chis Tipp zu folgen und in einem Café in der Nähe zu warten. Der Aconitum-Forscher lieh ihr sogar seinen schwarzen Regenschirm. So erreichte sie einigermaßen trocken das winzige Café, wo sie gleich ihren Ritter-Sport Mehmet anrufen wollte, um ihn zum Schweigen zu verdonnern.

Annabelle setzte sich an einen der leicht verklebten Marmortische und bestellte einen Espresso. Dann zückte sie ihr Mobiltelefon, und sogleich hörte sie das heisere »Hallo« des verliebten Witwers. Mehmet schien die Standpauke gut zu tun. Er schwor auf mehrere Annabelle unbekannte afghanische Märtyrer, dass er niemals etwas verraten würde, aber sie dürfe ihm nicht verbieten, schön Frau Pollzei weiter zu lieben. Er habe zwei Lieder für sie komponiert, die er ihr gerne vorspielen würde. Sie musste ihn weiter im Zaum halten und erklärte streng, dass er noch lange kein »reich Mann« sei. Das Erbe von Hannes werde erst freigegeben, wenn der Mordfall aufgeklärt sei. Überdies gebe es Zweifel, ob das Immobilienvermögen auf rechtmäßige Weise zustande gekommen sei. Sie würde ihm in seiner Sache helfen, aber das setze voraus, dass er von ihrem Abenteuer kein Wörtchen sagen würde. Und sie wünschte auch keine Telefonanrufe von ihm!

Das sollte hoffentlich für einige Zeit reichen! Endlich konnte sie sich ihrem Espresso widmen, aber sie merkte, dass ihr Magen mit Rubens Obstmahlzeit unzufrieden war. Der kleine quirlige italienische Kaffeekoch bereitete ihr auf ihren Wunsch hin einen prächtigen Panino mit Tomaten und geräuchertem Mozzarella zu und wischte mit einem

Tuch, das an diesem Tag gewiss schon allerlei erlebt hatte, den Tisch ab. Dann gönnte sie sich noch ein Cassata-Eis.

Doktor Chi Kong Poon rief am frühen Nachmittag an und bestätigte, dass er in dem Otriven-Fläschchen Nr. 1, das der tote Bürgermeister in Händen gehalten hatte, eine extrem giftige Mischung von Xylometazolinhydrochlorid und Aconitum gefunden habe. Eine kleine Dosis davon habe bereits die furchtbarsten Folgen. Amerikanische Rinder, so fügte er weiter an, würden sogar davon gefällt. Die übrigen Proben habe er ebenfalls durchgetestet, aber keine davon enthielt manipuliertes Nasenspray. Seine Befunde habe er in einem Gutachten festgehalten. Er könne dies jederzeit vor Gericht erläutern, sofern man dort eine fundierte wissenschaftliche Analyse nachvollziehen könne.

Besten Dank, Herr Doktor Chi! Annabelle zahlte ihre Zeche, holte ihre Fläschchen mit dem Gutachten gleich wieder im toxikologischen Institut ab und gab den Schirm zurück. Doktor Chi legte er ihr ein Formular vor, das sie unterschreiben sollte. Sie war so in Spannung geraten, dass sie ihren Namen daruntersetzte, ohne es durchzulesen.

Das also war die Wahrheit! Nachdenklich stieg sie die Treppe hinab. Der Mörder oder die Mörderin hatten das Nasenspray, das der Bürgermeister Jungjohann seit Wochen im Kampf gegen den Schnupfen einsetzte, auf noch unbekannte Weise manipuliert und heimtückisch dessen Tod herbeigeführt. Die Untersuchung war an einem entscheidenden Punkt angekommen, und wenn sich an den Fläschchen auch Fingerabdruckspuren fänden, dann hätte sie Hinweise auf mögliche Täter oder Beteiligte. Eigentlich hatte Annabelle dieses Ergebnis erwartet, und doch wühlte sie diese Erkenntnis auf.

Nachdem sie in ihrem Dienstaudi das Kölner Tünnes-und-Schäl-Labyrinth aus Umgehungen und schunkelnden Verkehrsschildern wieder hinter sich gelassen hatte und auf der A4 zurückfuhr, suchten sie trübe Gedanken heim. Der verregnete Oktobernachmittag hatte graue Licht- und Luftmassen ausgestoßen, und es war nicht mehr leicht, die Dinge in der Frühdämmerung zu unterscheiden. Das Autoradio, das sie aus Mangel an weiteren Seniorenuniversitätsvorträgen angestellt hatte, spielte John Lee Hookers Blues *Rainy Day*. Der beginnt mit richtigen Gitarrentropfen. »*Rain, rain, rain, rain – in my heart, in my heart.*« Man konnte das Grau durch Lee Hookers Stimme, das Fahrgeräusch und das Nieseln hindurch hören. So ist das bergische Land, murrte Annabelles Trübsinn, hier kennt man den hellen Tag nur aus dem Fernsehen. Das Licht wandert vom Mausgrau des Morgens über das Taubengrau des Mittags zum Kohlegrau des Abends, als ob in den Stunden, wo andere Welten hell sind, nur Asche und Nebel vom Himmel sackten. Ach, warum bringt Frau Silbereisens Luftpapst nicht etwas Sonne aus Rom zu uns? *Rain rain rain in my heart.* Und in dieser aus Nebel und Dämmerung gewebten Gegend fällt den Leuten nichts Besseres ein, als die Häuser in Schiefer zu kleiden und mit Schieferschindeln zu decken. Ihre Häuser stehen herum wie erstarrte Schuppentiere. Und um nur kein Licht in die Welt zu lassen, schließen sich die Leute in Grauwacke ein, hocken unter Sparlampen und löffeln Graupensuppen von Tellern aus Grauwacke.

Irgendwann hatte die Fahrt durch das fahle Licht des Oberbergischen ihr Ende, und Annabelle traf mit ihrem Rainrainrainrain-Blues im Herzen wieder im Büro ein. Es war gottseidank schon geheizt. Möllenbeck war noch immer mit der Anfrage seines morgendlichen Besuchers befasst. Zwar hatte es leise in den Köpfen der Kollegen aus dem Landeskriminalamt gedämmert, und sie wollten das Netzwerk aus Einbrechern, Hehlern und Händlern zerreißen. Allerdings musste dazu die Villa des wohlhabenden Uhrensammlers in Nümbrecht Tag und Nacht observiert werden. Dafür waren Sonderkräfte vonnöten, die erst angefordert werden mussten. Lieber Gott, du lässt Sonnen, Planeten und Sterne sich drehen, versetze doch auch einmal zwei Beamte in Bewegung! Möllenbeck jedenfalls hatte keine Lust, in den nächsten zwei Wochen Tag und Nacht um dieses Haus herum zu schleichen. Annabelle erst recht nicht. Sie war mit ihrem Fall noch längst nicht am Ziel. Immer noch mies gelaunt, erzählte sie das neueste Kapitel aus ihrem Schwarzweißkrimi. Um ihre Stimmung aufzuhellen, besorgte der sonst so tranige Möllenbeck einen Becher Cappuccino aus dem De-Longhi-Automaten und legte einen Aufmunterungskeks dazu. Es half ein wenig. Auch das Möllenbeck-Phlegma ließ sich von Doktor Chis

Analyse und seinem Befund zum Aconitum-Gift im Nasenspray des toten Bürgermeisters in Aufruhr bringen. Jungjohann war ermordet worden, aber wem war das wirklich zuzutrauen? Allein die daktyloskopische Analyse könnte dafür Anhaltspunkte liefern. Auf jeden Fall würde Annabelle morgen die Insassen von Sankt Gundula auffordern, die gichtgeplagten Fingerchen auf ihren coolen Fingerprint Sensor zu legen. Und nicht nur die Senioren!

Sie öffneten den Umschlag mit dem Gutachten von Doktor Chi Kong Poon und begannen sich durch das Fachchinesisch zu arbeiten. In der Zusammenfassung seiner Analyse stellte der Gutachter fest, dass der ihm übergebenen Probe des Otriven-Sprays eine extrem giftige Dosis von Norditerpen-Alkaloiden vom Aconitin-Typ Delstaphisagnin beigemischt war. Dann aber kam der Hammer! Weiter hieß es nämlich, dass dieser Stoff der Aconitum-chasmanthum-Spezies zuzuordnen sei, die vor allem in Afghanistans und Pakistans Erde gedeihe!

Nachdem Möllenbeck und Annabelle einige Zeit lang verblüfft »Afghanistan«, ausgerechnet »Afghanistan« gemurmelt hatten, ließ der Verdachtsreiz des Namens doch wieder nach. Sollte man aufgrund dieser Herkunft des Giftes den afghanischen Witwer wieder zu den Verdächtigen zählen? Hatte sich Annabelle von dem naiven, sexbesessenen Ritter-Sport täuschen lassen? Wenn er wirklich schon Jungjohanns Erbe war, fiel ein Grund, den Bürgermeister zu ermorden, gleich wieder weg. Und wenn, was höchst unwahrscheinlich war, der Ermordete in seinem Testament Mehmet nicht bedacht hätte, dann bliebe allenfalls ein Rachemotiv. Nein, das machte keinen Sinn, jedenfalls so lange der Wortlaut des Testaments noch unbekannt war.

Erst einmal freute sich Annabelle, zu Hause ihre beiden Männer wiederzusehen und alle schlechten Gefühle weg zu erzählen. Die beiden hörten sogar zu. Aus dem Backofen holte Ruben eine Platte mit knusprigen Bruschette. Belegt waren sie teils mit Tomaten-Zwiebel-Basilikum, teils mit selbstgemachter Leberpastete, teils mit einer würzigen Pilzmischung oder mit Pesto, Avocados, Auberginen. Es war wieder ein Fest. Das Erzählen und der Ararat-Wein gaben Annabelle ihre Heiterkeit zurück. Während die Bruschette zwischen ihren Zähnen knisterten, berichtete sie noch einmal vom arroganten Herrn Doktor Chi Kong Poon, aber auch von den Geruchsarchiven in der alten DDR und den Hunden, die den Kriminalbeamten zur Seite standen.

Ruben hatte sich indessen am Nachmittag auf die Spur des blauen Eisenhutes begeben. In seinem Lexikon hatte er gewiss fünfzig weitere deutsche Namen für diese gefährliche Blume entdeckt: Altweiberkappe, Apolloniawurz, Fliegenkraut, Franzosenkapp, Fuchsschwanz, Gupfhaube, Herrgottslatsche, Hummelkraut, Judenkappe, Jungfernschuh, Satanskraut, Kutscherblume, Marienscheusal, Totenblume, Nonnenhaube, Muttergottesschuh, Taubenschnabel, Venuskutsche, Wolfskraut, Blaue Pantoffel. Oh, diese deutsche Hanebüchen-Sprache! Es war ein ruhmreiches Gift, denn bereits der römische Dichter Ovid erzählt, wie die Zauberin Medea aus Wut und Eifersucht ihre Rivalin Creusa und gleich auch ihre eigenen Kinder mit Aconitum vergiftete. Sie kam aus dem wilden Scythenland Mongolei und hatte für die Reise mit Jason und den Argonauten einen Strauß Totenblumen in ihr Zauberköfferchen gepackt. In der Naturgeschichte des Plinius kann man lesen, dass das Gift ursprünglich aus dem Geifer des Höllenhundes Cerberus getropft ist, als ihn Herakles aus der Unterwelt zerrte. Pfui Teufel! Seitdem wuchs die Pflanze am Eingang zur Hölle. Also galt es bereits in der Antike als Teufelskraut. Zu den prominenten Opfern des Giftes zählte der römische Kaiser Claudius, dem seine Gattin Agrippina das Aconitum in den Pasta-Sugo gerührt hatte.

»Meine Güte!«, rief Annabelle. »Agrippina heißt auch eine der Großnichten!«

»In römischer Zeit war das Vergiften ein übliches politisches Mittel, um Rivalen zu beseitigen. Ein destruktives Misstrauens-Aconitum!«

Annabelle brauchte einen Augenblick, um das Wortspiel zu verstehen.

»Giftmord war die Fortsetzung der Politik mit tödlichen Mitteln«, erklärte Ruben.

»Ja, damals gab es noch keinen Herwarth von Baudissin, der allen Tyrannen seine tollen Giftdetektoren verkauft«, sagte Annabelle lachend.

»Die Herrscher der Antike benutzten dafür ihre Sklaven als Giftdetektoren. Als Kaiser Nero seinen Rivalen Britannicus aus dem Weg räumen wollte, ließ er sich zuvor von der Giftmischerin Locusta die Wirkung des Satanszeugs demonstrieren. Locusta verabreichte es einem Sklaven, und der krümmte sich nach wenigen Augenblicken sterbend auf dem Boden, vermutlich wie der arme Bürgermeister.«

»Wenn man dich so hört«, spottete Annabelle, »müssen die Mörder des Bürgermeisters hochgebildete Leute sein, die römische und griechische Klassiker gelesen haben.«

»Naja«, meinte Ruben, »das Internet ist voller Hinweise auf das Gift. Es gibt auch Tipps, wie man es sich besorgen kann. Wenn es tatsächlich aus Afghanistan geliefert wurde, kann es aus tausend verschiedenen Quellen stammen.«

»Ja«, dachte Annabelle, »es ist wichtiger herauszufinden, wer es dem Bürgermeister in sein Sprayfläschchen gefüllt hat.«

Testamente

Notar Doktor Siepenbrück klagte am Dienstag immer noch über den Jetlag, obwohl er bereits am Sonntag aus Florida zurückgekehrt war. Die Kommissarin hatte sich gleich für den Morgen bei ihm angemeldet, um im Licht von Doktor Chis Befunden weitere Fragen zu klären. Der Notar hing schlaff in dem Freischwingerstuhl und schaute sie aus müden Augen an. Sein Gruß klang so angestrengt, als hätte der Weltbau auf den Schultern der Notare sein Gewicht verdoppelt. Ihre Smalltalk-Frage, wie es denn bei der *GTA5*-Spiele-Community gewesen sei, beantwortete er missmutig: Er hätte es dort nur mit jungen Gamern zu tun gehabt, die alle tausendmal fixer im Kopf wären als er. Aber er habe dennoch viel gelernt auf seine alten Tage. Spielen hieße wirklich leben. Die ganze Welt sei ein spielendes Kind, sinnierte er. »Das hat bereits Heraklit gesagt«, fügte er hinzu.

Der Kommissarin war das zu hoch. Sie forderte den Notar auf, ihr endlich Einsicht in die beiden Testamente zu gewähren, die in dieser Sache eine entscheidende Rolle spielten.

Die Bitternis schien sich noch einmal tiefer in Doktor Siepenbrücks Mundwinkel einzugraben.

»Verehrte Frau Kommissarin«, sagte er endlich, »wissen Sie, was da von mir verlangt wird?«

»Ja, ja, ich weiß«, gab sie zurück, »›Imperitia notariorum destruit mundum‹. Ich habe mir Ihre Lateinlektion gemerkt. Die Ordnung der Welt ruht auf Ihren Schultern. Aber hat Ihr großer Baldus auch etwas über untätige Staatsanwälte gesagt?«

»Handeln Sie überhaupt mit Rückendeckung Ihrer Staatsanwälte?«

Annabelle bemerkte in den Augen des Notars ein füchsisches Lauern.

»Gewiss doch«, antwortete sie gelassen. »Es handelt sich um ein Gewaltverbrechen, vielleicht um einen politischen Mord. Und es besteht der starke Verdacht, dass Frau von Baudissins Verfügung ein Motiv dafür geliefert hat. Wenn Sie uns den Einblick in die Liste der Begünstigten verweigern, fällt ein Schatten auf Sie, verehrter Herr Doktor Siepenbrück, denn wir wissen, dass Sie mit einigen der Erben und damit Verdächtigen gesprochen haben.«

»So viel kann ich Ihnen sagen«, windete sich Doktor Siepenbrück, »dass das Vermögen von Frau von Baudissin auch nach der Schenkung an die Stadt hinreichen würde, um die Erben zufrieden zu stellen. Und das wissen die auch.«

»Das würde ich gerne überprüfen.«

»Haben Sie denn eigentlich«, kurz straffte sich der Notar, »haben Sie überhaupt alle Hinweise verfolgt, die in die Neonazi-Szene hier weisen? Verunglimpfungen, Drohungen, jede Menge Streit im Stadtrat, Tatbekenntnisse, Schmierereien, eine tote Katze und was weiß ich! Unter den Politikhooligans finden sich eher Mordgesellen als unter den Senioren in Sankt Gundula oder gar unter Frau von Baudissins Großneffen.«

»Sie haben vollkommen recht«, nickte die Kommissarin, »in diese Richtung ermitteln wir auch intensiv, aber die Durchführung der Mordtat ist so raffiniert und setzt eine gewisse Nähe zum Opfer voraus. Wir glauben nicht, dass der Bürgermeister sich seine giftigen Nasentropfen im Freundeskreis Robert Ley besorgt hat.«

»Es wäre ein großer Fehler«, rief der Notar, der den Jetlag noch einmal abschüttelte, »die Neonazis zu unterschätzen. Das sind hochintelligente Leute! Es ist daher Ihr Job, Frau Kommissarin, die näheren Umstände herauszufinden. Sie aber wollen sich nicht die Hände schmutzig machen, sondern lieber in den sauber geordneten Urkunden eines Notariats herumwühlen!«

Die Kommissarin reagierte freundlich, aber bestimmt. Ihr Instinkt sagte ihr, dass sie hier einer wichtigen Spur folgte. Am Ende rückte der Notar die aktuelle Fassung des Testamentes der Frau von Baudissin heraus. Als die Kommissarin darauf bestand, auch die Nachlassverfügung des Bürgermeisters einzusehen, drohte der Notar damit, sich beim Justizminister, den er gut kenne, zu beschweren.

»Ist die Verfügung denn nicht gültig?«, fragte Annabelle.

»Der Verstorbene hat auf unzweideutige Weise seinen letzten Willen zum Ausdruck gebracht«, erregte sich der Notar erneut und fuchtelte mit seinen Krallenhänden, »aber nicht, damit die Stadt und ihre Polizei seine Vermögensverhältnisse durchschnüffeln.«

»Das mag gut sein«, konterte die Kommissarin, »aber in seinem letzten Willen steht gewiss auch nicht, dass er abgemurkst werden möchte. Der Mord und nichts sonst hat uns auf den Plan gerufen. Wenn seine Verfügung, wie Sie angedeutet haben, erhebliche Vermögenswerte enthält, ist unsere Nachfrage mehr als begründet.«

Der Notar gab schließlich knurrend, mit verbitterter Miene nach und bat die Dame am Empfang, die beiden Dokumente zu kopieren. Während des Wartens beugte er sich wortlos über sein Smartphone und beschäftigte sich mit einem Spiel, das auf seine Eingaben mit schrillen elektronischen Tönen reagierte. Als die Sekretärin die Kopien überreicht hatte, verabschiedete er sich frostig.

Zurück im Büro studierte Annabelle zunächst die Verfügung der Frau von Baudissin. Das Dokument trug das allerneueste Datum, und es waren einige Positionen anders festgelegt, als es ihr der Notar vor einigen Tagen dargestellt hatte. Grob geschätzt, summierte sich ihr Vermögen in verschiedenen Anlageformen auf mehr als sieben Millionen Euro. Allein auf dem Konto bei der Raiffeisenbank hatte sie fünf Millionen angehäuft. Weiter bestimmte das Dokument in verklausulierten Sätzen, dass der Bürgermeister Hannes Jungjohann, sofern die Bedingungen erfüllt wären, zweckgebunden eine Million Euro erhalten sollte. Zu den weiteren Haupterben, denen jeweils eine halbe Million zugedacht war, zählten sogar einige Personen, von denen der Notar behauptet hatte, sie seien einer Laune der alten Dame zum Opfer gefallen und enterbt worden: Wanda van Heitkamp war ihr Versagen bei der Haubenlerchenrettung in Lüneburg offenbar verziehen worden. Sie und ihr Bruder Elvis konnten mit einer solchen Summe rechnen. Ebenso der verrufene Waffenschieber Hadrian und seine flippige Escort-Schwester Agrippina Pferdmenges. Natürlich stand Herwarth von Baudissin auf der Liste, nicht aber seine Schwester, die AfD-Philosophin Malvida. Zu den mit 150.000 Euro Begünstigten zählten, neben dem Seniorenheim, Greenpeace, Amnesty International, Ärzte ohne

Grenzen, die Welthungerhilfe, die UNO-Flüchtlingsorganisation und das israelisch-arabische West-Eastern Divan Orchestra. Jeweils 50.000 Euro waren für zwei Enkel von Herrn Reinhardt und andere Empfänger oder Institutionen vorgesehen, die die Kommissarin nicht kannte. Wie gerne hätte sie ihren eigenen Namen dort gelesen! Die Liste der kleineren Legate lief über ganze zwei Seiten, und darunter entdeckte Annabelle den Zahnarzt, die Helferinnen, den Pfarrer, einige Pfleger in Sankt Gundula, den armen Herrn Machfuss und schließlich Herrn Reinhardt. Sofern mit dieser Festlegung das Vermögen noch nicht aufgezehrt sei, wünschte die Erblasserin, dass es unter den Haupterben gleichmäßig verteilt würde.

Das Testament des Bürgermeisters war viel kürzer. Hannes Jungjohann wollte tatsächlich seinem Lebensgefährten Mehmet alle Immobilien vererben, die hier auf einer sauber angelegten Liste der Verfügung beigegeben waren. Das Barvermögen von einigen hunderttausend Euro ging zu gleichen Teilen an Mehmet und die Schwester. Hingegen sollte Katharina die Lebensversicherung von einer Million allein zufallen.

War die Sache endlich klar? Keineswegs! Frau von Baudissins Testament benachteiligte im Prinzip nur eine Erbin, die AfD-Philosophin. Alle anderen Großnichten und Großneffen konnten sich nur dann einen Vorteil vom Tod des Bürgermeisters errechnen, wenn mit dem Wegfall der Schenkung an die Stadt das Restvermögen entsprechend größer ausfiele. Dann hätte jeder der fünf noch einmal rund 200.000 mehr erben können. Doch wussten das nicht alle. Aber vielleicht der Genmais-Herwarth? Für Annabelle hieß das, gezielt in drei Richtungen zu ermitteln: einmal gegen Katharina Jungjohann; sie war die einzige, die sich außer Mehmet problemlos in die Nähe des Bürgermeisters begeben konnte. Dann aber auch gegen Malvida von Baudissin und nicht zuletzt gegen die Neonazi-Szene.

Von allen würde sie Fingerabdrücke nehmen! Irgendeine Spur musste sich doch auf dem Fläschchen finden lassen. Und eine Antwort auf die Frage, woher dieses verdammte Gift kam! Annabelle beschloss mit Möllenbeck, um der Beschwerde des Notars beim Minister zuvorzukommen, eine Durchsuchung des Parteibüros der AfD zu veranlassen. Die rechte Szene mit ihrem Netzwerk hatte sich verdächtig gemacht. Möllenbeck wollte bei der Staatsanwaltschaft die Genehmigung dazu einholen.

Das Fax mit der richterlichen Genehmigung zur Durchsuchung kam nach zwei Stunden, und Annabelle entschied sich, die drei Beamten aus Gummersbach, die dafür abgeordnet worden waren, zu begleiten. Mölli informierte einen Ratsvertreter der AfD, dass dort eine Durchsuchung stattfinden würde. Das Büro befand sich in einer Wohnung an der Maibuche. Um ein bisschen Wirbel zu machen, ließ Annabelle das Blaulicht an, als sie das Auto abstellten. Der weißbärtige Vertreter der Partei, Alfred Massenbach, traf kurz darauf in seinem Oldtimer-Auto ein und protestierte lautstark gegen die Beamten, die sich inzwischen Zugang verschafft hatten. Es waren nur zwei Büroräume. Überall hingen Plakate. Dort rief das Traumpaar Gauland und Weigel von der Wand: »Hol Dir Dein Land zurück!«, und Doris von Sayn-Wittgenstein forderte: »Heimat statt Multi-Kulti«. Ein paar großformatige Fotos zeigten das Plakat einer Reichsbürgerdemo mit der Aufschrift, dass das Deutsche Reich zweihundert Jahre nach der Befreiung von Napoleon 1813 im Jahre 2013 von der BRD-Überfremdung erlöst werden müsse.

Massenbach forderte die Kommissarin mit erdbeerrotem Kopf auf, sie solle die Luxuswohnungen der Asylanten nach illegalen Flüchtlingen und Drogen durchsuchen, statt ehrliche deutsche Parteien zu drangsalieren.

Massenbach hatte weitere Parteifreunde und Sympathisanten mobilisiert, denn nach und nach traf mit den Neugierigen ein buntes Völkchen aus rein deutschblütigen Glatzköpfen und Schwarzhemden ein, unter ihnen Annabelles spezieller Freund, der EDV-Spezialist Jupp Kaltenbrunn. Die Leute waren wütend, und es gab deftige Wortwechsel. Annabelle blieb gelassen und erklärte einem tobenden Typen im Kapuzenpulli, dass sie in Sankt Gundula gelernt hätte, mit Dementen umzugehen. Auch das stieß auf unfreundliche Reaktionen. Einer der Älteren brüllte, die Polizei habe wohl noch nicht gemerkt, dass die Zeit des schwulen Negerfreundes Jungjohann zu Ende sei und dass man im Stadtrat einen deutsch gesinnten Bürgermeister wählen werde.

Die Situation drohte zu eskalieren, die wütenden Leute schubsten sich gegenseitig bedrohlich nach vorn, und es musste Unterstützung angefordert werden. Ein Streifenwagen kam kurz darauf zur Hilfe. Zu Annabelles Erleichterung stieg Möllenbeck aus dem Wagen und stellte sich vor Annabelle. Auf beide ging ein Hagel aus Flüchen und Beleidigungen nieder.

Möllenbeck riss die Geduld. Das geschah selten, aber wenn sich auf seinen Zügen das Gemütsdynamit entzündete, wurde es ungemütlich. Den Zorn auf seinem Gesicht steigerte das Flackern des Blaulichts. Er schrie die Leute an, dass hier in einer Mordsache ermittelt werde, und wer den Mord beklatsche, der sei der Beihilfe verdächtig. Zwei der übelsten Sprücheklopfer ließ er abführen, und das rief neuen lauten Protest hervor. Inzwischen hatten die Beamten das Büro durchsucht, den Rechner und einen Stapel Akten in Umzugskartons gepackt. Im Badezimmer des Büros fiel der Kommissarin noch ein Eimer mit roter Farbe auf, die für die Schmähschrift an der Hitlermauer benutzt worden sein konnte. Auch der Eimer wurde mitgenommen.

Bei dem ganzen Krawall hielt sich Jupp Kaltenbrunn zurück und beteiligte sich nicht an den Pöbeleien. Das bemerkte die Kommissarin, und als sie die Tür des Streifenwagens öffnete, winkte sie Jupp zu sich und fragte ihn halblaut, ob er sich die Sache überlegt habe. Es ginge um die Aufklärung eines Schwerverbrechens, und es sei nicht gut, mit seiner Vorstrafe in den Kreis der Verdächtigen zu geraten. Sie zögere immer noch mit der Anzeige, um ihm eine Chance zu geben. Der junge Mann schüttelte den Kopf und wandte sich ab.

Die beiden Polizeiautos fuhren mit Blaulicht los. Im Kommissariat überließ es Annabelle den Kollegen, die Personalien der Brüller und Pöbler aufzunehmen und Anzeige zu erstatten. Sie wollte jetzt unbedingt Frau Katharina Jungjohann, die Schwester des ermordeten Bürgermeisters, befragen.

Sie stieg in den Dienstwagen und fuhr nach Morsbach, wo Frau Jungjohann eine vom Bruder Hannes überlassene Eigentumswohnung besaß. Die Digitaluhr im Polizeiauto hatte den Geist aufgegeben, aber die Dämmerung zeigte zuverlässig den späten Nachmittag an. War Frau Jungjohann bereits zu Hause? Sie fuhr in die Weidenstraße.

Die Kommissarin erinnerte sich, dass am Morddienstag ein schwarzer BMW in der Einfahrt zu Jungjohanns Grundstück gestanden hatte. Das Fahrzeug war auch hier geparkt. Aha! Als sie an der Haustür gegenüber die Klingel betätigte, bemerkte sie, wie sich an einem Fenster im ersten Stockwerk eine Überwachungskamera summend bewegte. Über eine knackende Sprechanlage nannte die Kommissarin ihren Namen. »Isch komme«, knisterte die Antwort aus dem Punktraster der Edelstahl-Außenstation. Es dauerte bestimmt zwei Minuten, bis die Tür aufging. Frau Jungjohann begrüßte sie reserviert und bat sie herein. Sie hatte sich nicht so schrill gekleidet wie an dem Dienstag vor zwei Wochen, als sie beim weinenden Mehmet aufgekreuzt war, aber sie verströmte den gleichen markanten Parfumduft, eine Mischung aus Jasmin und Patschuli. Heute trug Frau Jungjohann ein weißes T-Shirt, darauf eine kleine schwarze Katze mit einem gelben Strick um den Hals, außerdem eine dunkelrosa Chinohose und weiße Sneakers. Die schwarz gefärbten Haare hatte sie gescheitelt und am Hinterkopf zu einem Knoten gebunden. An ihren beiden Armen zirpten ein paar dünne Goldreifen. Da die Blicke der Kommissarin an der Katze auf ihrer Brust hängen blieben, fühlte sich Frau Jungjohann zu einer Erklärung genötigt:

»Isch weiß, Frau Kommissarin, dat is en komisches Tischört. Ävver et is en Jeschenk vom Hannes. Dä hät misch immer Katz jenannt, ne Kosename für Kattarina, wie isch rischtisch heißen tu. Un dat is fö misch en Schört, wat misch immer an mingen Brode erennert.«

»Na, ein witziges Geschenk des Herrn Bürgermeisters! Steht Ihnen sehr gut!«

Die Bürgermeisterschwester führte die Kommissarin in einen hellen Wohnraum mit neuem Holzboden. Einen runden weißen Marmortisch umstanden drei braune Lederstühle, und im Hintergrund grünte eine ausladende Tom Tailor-Wohnlandschaft. Von der Decke hing eine Lampe aus feinen Muranoglasstäben, die wie ein Mikado-Wurf in der Mitte gebündelt waren und gelbliches Licht spendeten. Zwei Fenster gaben den Blick nach draußen frei, wo sich die Dämmerung auf ein abgemähtes Feld legen wollte. Ja, und an der Wand hing das Portrait eines luchsartigen Tieres, das offenbar von der Hand des großen Tiermalers Reinhardt stammte. Das Bild war gleich ein Anknüpfungspunkt, und es stellte sich heraus, dass Frau Jungjohann im Juni zusammen mit Hannes zur Vernissage der Reinhardt-Ausstellung in Sankt Gundula geladen war. Und auch ihr hatte Frau von Baudissin ein Gemälde zum Geschenk gemacht. Annabelle erzählte dann von ihren Begegnungen mit dem Künstler und erklärte der Besitzerin die Bedeutung der Luchsaugen. Aber das hatte die bereits bei der Vernissage gehört, und überdies war sie Herrn Brehm, wie sie ihn nannte, auch einmal im Apartment von Frau von Baudissin begegnet.

Als sie am Tisch saßen, goss ihr die Gastgeberin ein Glas alkoholfreies Früh-Kölsch ein. Annabelle konnte dabei ihren feinen grauen Haaransatz im Scheitel studieren. Nachdem sich Frau Jungjohann eine Dose Red Bull geöffnet hatte, holte die Kommissarin eines ihrer Otriven-Fläschchen aus der Tasche und drückte es Frau Jungjohann mit der Frage in die Hand, ob sie damit etwas anfangen könnte.

Frau Jungjohanns Blick füllte sich mit Misstrauen, sie schaute auf das Fläschchen in ihrer Hand, und nach einigem Besinnen sagte sie:

»Is dat eins von den Schpraidingern, die dä Hannes benutzt hätt?«

»Ja«, antwortete die Kommissarin, »ich wollte nur sichergehen, dass es die richtigen Fläschchen sind. So eines ist ja bei seiner Leiche gefunden worden, und man muss vorsichtig sein, ob so etwas nicht vom Täter gefaked ist. Das haben wir auch schon erlebt!«

»Ja, un wat soll isch jetz damitt?«

»Wir haben Anlass zu der Vermutung, dass der Herr Bürgermeister vergiftet worden ist. Und da Sie dem Toten sehr nahestanden, wollte ich Sie fragen, ob Sie eine Idee haben, wer möglicherweise das Gift in eines dieser Fläschchen gefüllt haben könnte.«

»Wie soll isch dat wissen? Isch sing do kinne Hellseher!«, gab Frau Jungjohann patzig zurück.

Die Kommissarin erläuterte nun den bisherigen Gang der Untersuchung. Wie mehr oder weniger zufällig die Spuren des Gifts entdeckt worden seien. Dass man lange gerätselt habe, wer dem Bürgermeister das Zeug in ein Getränk geschüttet haben könnte und wie ihr dann irgendwann die Idee mit dem Spray gekommen sei und dass der Doktor Chi Kong Poon das bestätigt hatte. Sie erzählte weiter vom Verdacht, der sich natürlich auf Frau von Baudissins Erben gerichtet habe und längst nicht ausgeräumt sei. Dann übertrieb sie etwas und behauptete, man habe auch über verschiedene Kanäle die rechte Szene observiert, die den Bürgermeister mit ihrem Hass verfolgt habe. Auch da sei man bisher zu keinem Ergebnis gelangt. Schließlich müsse sie die Sache mit den Otriven-Fläschchen weiter aufklären. Sie habe vor ein paar Tagen bei einer Vernehmung Mehmet Jungjohanns erfahren, dass sie einige der Otriven-Sprays an sich genommen habe. Ob sie fragen dürfe, aus welchem Grund?

»Do hät mie dä Memett janix von jesaat«, sagte Frau Jungjohann ärgerlich. »Isch hann dat Schprai jenommen, weil isch dat Jefühl hatte, isch hätt' misch bim Hannes anjesteckt. Dä hätt' ja mie wie zehn Stück davon jehatt.«

»Und haben Sie es benötigt? Oder sind die Fläschchen noch vorhanden?«

»Nä, isch hann se nit jebraucht un hann se wegjedonn. Tut mie leid. Watt wolln Se denn damit?«

»Das ist im Augenblick nicht so wichtig, Frau Jungjohann«, sagte die Kommissarin vorsichtig. »Es ging mir nur darum zu prüfen, ob das Gift vielleicht schon in der Flasche war, als sie der Bürgermeister erworben hat. Verstehen Sie? Wissen Sie, wo er die gekauft hat?«

Frau Jungjohann verstand, wusste aber nicht, woher das Otriven kam. Vielleicht von einer Internetapotheke? Sie gab der Kommissarin das Fläschchen zurück und bedauerte noch einmal.

»Junge, Junge, Junge«, sagte Frau Jungjohann, nahm einen Schluck aus ihrer blausilbernen Dose und versuchte, sich allmählich zu entspannen. »Villeischt wör isch jetz ooch mausetot, wenn dat so ist, wie Se saan.«

»Ich habe noch eine Frage, Frau Jungjohann«, fuhr die Kommissarin fort. »Sie wissen ja, dass Ihr Bruder Ihnen testamentarisch die Prämie seiner Lebensversicherung vermacht hat. Darf ich fragen, ob Sie das Testament, das ich beim Bürgermeister auf dem Tisch gesehen habe und das Sie an sich genommen haben, hier im Hause aufbewahren? Ich würde es gerne prüfen.«

»Watt hätt datt denn mittem Mood zu tun?«, erregte sich Frau Jungjohann.

»Na, also, Frau Jungjohann, das ist doch wirklich keine Frage«, die Kommissarin fasste ihr Gegenüber ins Auge, »Sie haben doch sicher mal Krimis gelesen oder im Fernsehen geschaut. Da ist schon mancher Mensch gestorben, gesund und munter, weil irgendein Erbe die Versicherungsprämie kassieren wollte. Mein Chef oder die Staatsanwaltschaft würden mich zusammenstauchen, wenn ich dieses Motiv nicht prüfen würde. Das ist mehr oder weniger Routinesache, denn ich kann mir absolut nicht vorstellen, dass Sie Ihren Bruder aus Geldgier umbringen würden.«

»Ah, so mein' Se datt«, beruhigte sich Frau Jungjohann kurz, »ävver isch weiß jrad nit, wo isch dat Testament hinjedonn hann. Isch sach Inne Bescheid, wenn isch et jefunge han.«

Die Kommissarin wiederholte, dass sie das Dokument unter allen Umständen sehen müsse. Da werde ihr viel Druck gemacht. Der Staatsanwalt sei in diesen Dingen nicht zimperlich. Man habe soeben eine Durchsuchung des AfD-Büros durchgeführt. Da gäbe es auch einen Verdacht. Wir halten Sie auf dem Laufenden! Und vielen Dank für das kühle Getränk! Die Verabschiedung der beiden Frauen hatte die gleiche Temperatur.

Die Kommissarin hatte schon zwei Wochen zuvor keinen guten Eindruck von der Schwester des Bürgermeisters gewonnen. Jedenfalls war die gute Frau nicht kooperativ und eher misstrauisch. Und dass sie ein Testament unauffindbar verlegt, wonach ihr über eine Million zufallen würde, konnte man sich schwer vorstellen. Andererseits war auch nicht zu verstehen, warum sie es nicht herausrücken wollte. Die Sache war notariell abgesichert. Vielleicht einfach Gezicke. Frau Jungjohann hat gemerkt, dass ich sie nicht richtig leiden kann, und umgekehrt mag sie mich auch nicht.

Als Annabelle im Auto saß, rappelte es in ihrer Handtasche: pa-damm-da-damm, pa-damm-da-damm und die Automaten-Stimme der Rapperin Missy Elliott: *Get On Down While I Shoot My Flow. She's A Bitch.* Das war der von Ruben eingerichtete Klingelton, der ihre Schwester Désirée ankündigte.

»Hallo Sister, howadoing. Wie geht's Süße? Immer noch im Dienst der Gerechtigkeit? Krasse Sache! Weiß du, dass unser Papa 'ne Geliebte hat? Eine Richterin unter fünfzig. Hat Mama gerade durchgegeben. Er trifft sich mit ihr am Bodensee! Echter Kurschatten. Finde ich eigentlich supercool, aber hoffentlich überfordert die Frau Richterin den Papa nicht mit seiner Pumpe. Du musst dich um Mama kümmern, Süße, die ist total durchgeknallt. Hab leider keine Zeit. Bin auf der Fashion Week in Sankt Petersburg. Coole Sache. Tschüssi!«

»Bitch!«, fluchte Annabelle.

Es war dunkel geworden, als sie zurückfuhr. Auch keine Traumstadt, dachte sie, als sie auf der Waldbröler Straße Morsbach hinter sich ließ. Gute Wohnlagen, behauptete Ruben, erkenne man daran, dass dort reiche Russen Häuser kauften. Hätte der Immerblau Robert Ley tausend Jahre lang das Städtchen umgekrempelt, wären dort niemals Russen aufgetaucht. Und erst recht hätte sich ein armenischer Jude wie Ruben nicht über die Grenze getraut. Nach einer Viertelstunde Fahrt stellte Annabelle den Dienstwagen vor der Wache ab und schaute ins Büro. Möllenbeck war bereits weg, auf seinem Schreibtisch stapelten sich die beschlagnahmten AfD-Akten. Der diensthabende Kollege, den sie im Halbschlaf störte, sollte ihr ausrichten, dass morgen ein Spezialist aus Bonn kommen werde, um die Partei-Rechner zu durchsuchen.

Dann also bis morgen! Annabelle stieg in ihr Auto, um nach Hause zu fahren. Sie freute sich auf einen schönen, gemütlichen Abend. Kaum hatte sie den grellroten Mazda im Isengarten abgestellt und abgeschlossen, als aus einer unbeleuchteten Ecke zwei Schatten auf sie zu sprangen, etwas brüllten und ihr mit einem harten Gegenstand einen krachenden Schlag vor den Kopf gaben, dass sie zu Boden stürzte und ihr Feuerfunken durch den Kopf stoben. Sie rissen ihr die Tasche aus der Hand und traten auf sie ein, beschimpften sie mit hart rollendem

R als Drecksau und Hure, sie sollte ihr Testament machen. Die Tritte hörten auf, der Himmel wurde schwarz, und sie verlor das Bewusstsein.

Als Annabelle im Krankenhaus aus der Schwärze langsam wieder emportauchte, bewegte sich über ihr ein in Neonlicht schwimmender Scherenschnitt. Es war wohl ein Kopf. Erst allmählich stellten ihre schmerzenden Sinne die Konturen scharf, und sie erkannte die besorgten Züge von Ruben.

Ein Anruf

Ruben küsste Annabelle vorsichtig auf die Stirn, als sie die Augen endlich ganz geöffnet hatte. Trotz aller Vorsicht tat ihr die Zärtlichkeit weh.

»Was ist passiert?«, fragte Annabelle, während sie die verschiedenen schmerzenden Partien ihres Körpers durchging: Kopf, Arme, Brust, Hüfte, Knie. »Aahh! Mir tut alles weh!«

»Du bist überfallen worden und man hat dich übel zugerichtet. Aber es ist zum Glück nichts, das nicht wieder heilen kann. Eines deiner schönen Augen ist blau. Und vielleicht eine Gehirnerschütterung. Womöglich auch der Arm gebrochen, sagt das Röntgenbild.«

»Wo bin ich denn hier?«

»In der Notfallstation! Alles sehr nette Ärztinnen hier.«

»Gib mir bitte einen Spiegel, Ruben.«

»Nein, nein, mein Mädchen«, sagte er liebevoll. »Besser nicht!«

»Oh Gott«, seufzte Annabelle, »ich muss ja furchtbar aussehen!«

»Bis die blauen Flecken abgeklungen sind, werde ich dich einfach nur Anna nennen und das belle weglassen...«

»So schlimm?«

Sie schloss die Augen.

»Erinnerst du dich denn an irgendetwas, was passiert ist?«, fragte diese warme Stimme.

»Ich glaube, es waren zwei vermummte Riesenkerle, die >Heil Hitler< riefen, während sie mich traten!«

Ruben schaute sie erschrocken an.

»Sag mal«, eben zuckte der Gedanke durch Annabelles Kopf, »wer hat mich denn ins Krankenhaus gebracht?«

»Einer unserer Nachbarn hat den Notarzt gerufen!«

»Und haben die auch meine Tasche gefunden?«

»Deine Tasche? Davon weiß ich nichts! Wir müssen deine Kollegen fragen. Die sind natürlich am Tatort gewesen.«

»Da sind die Schlüssel für unsere Wohnung drin und für unsere Wache. Und meine ganzen Sachen. Auch das Sprayfläschchen. Sag, Ruben, ist Henrikh allein zu Hause?«

»Ja, Henrikh ist zu Hause, und eine Kollegin von dir wacht vor der Tür. Er weiß Bescheid. Aber welches Fläschchen hattest du in der Tasche?«

»Ach, ich habe Frau Jungjohann so ein Ding in die Hand gedrückt, um ihre Fingerabdrücke zu bekommen, ohne dass sie das merkt.«

Es war inzwischen Mitternacht, als zu dieser späten Stunde Möllenbeck vorsichtig das Zimmer betrat, um nach Annabelle zu schauen. Er hatte schon mehrfach auf der Station nach ihr gefragt. Er berichtete, dass die Polizei von einem Anwohner im Isengarten gerufen worden war. Der Nachbar hatte Stimmen und auch Schreie gehört und dann gesehen, wie Annabelle bewegungslos hinter ihrem Auto lag. Am Tatort war sonst nichts gefunden worden. Die Tasche war weg, und Möllenbeck hatte vorsichtshalber gleich die Kollegen auf der Wache angewiesen, die Schlösser auszuwechseln.

Ruben wollte die Nacht bei Annabelle im Krankenhaus bleiben. So hätte seine Schlaflosigkeit einen Sinn. Hauptgrund aber sei, scherzte er, dass Juden gerne die Augen offen hätten, wenn der Messias kommt. Vielleicht besorgen sich die Gesalbten ihre Salben auf Rezept im Krankenhaus.

In der Gedankendämmerung eines Beruhigungsmittels, das ihr die Nachtschwester verabreicht hatte, schlief Annabelle ein. Ruben blieb wach, strich ihr ab und zu über die Haare und verfolgte auf seinem Mobiltelefon das Live-Streaming der Schachweltmeisterschaft. Bisweilen sah er, wie sich Annabelle in unruhigen Träumen hin- und herwälzte. Erst gegen halb sieben, als der morgendliche Betrieb auf der Station einsetzte, Putzfrauen, Frühstücksservice, Ärzte, Schwestern lärmten und Annabelle etwas erholt aufwachte, ließ Ruben sie allein und fuhr in den Isengarten, um Henrikh das Frühstück zu machen.

Zum Glück hatte der Junge Herbstferien. Gegen Mittag waren im Krankenhaus alle Untersuchungen abgeschlossen, und Annabelle konnte wieder nach Hause. Ruben holte sie ab. Die Bilanz des Überfalls im Entlassungsbrief: leichte Gehirnerschütterung, Schürfwunden, verschobenes Nasenbein, gebrochener linker Arm, verdrehtes Knie, zwanzig Blutergüsse am ganzen Körper.

Als sich Annabelle zu Hause im Schlafzimmer eingerichtet hatte, bestand sie darauf, dass Ruben ihr einen Spiegel brachte. Henrikh hatte sie entgeistert angeschaut und angefangen zu weinen. Der Spiegel beschönigte nichts. Da lag eine Unbekannte, verbunden, gepflastert, mit ruhiggestelltem linken Arm im Bett und schaute Annabelle mit geschwollenen Lippen und blutunterlaufenem Auge trübe an. Und als sie entsetzt »Scheiße« rief und dieses entstellte Gesicht im Spiegel sie auch gleich albern nachäffte, wurde das Elendsgefühl noch schlimmer. So oft hatte sie mit Fältchen und Hautveränderungen gehadert! Wie gerne hätte sie dieses Gesicht mit den leichten Gebrauchsspuren zurück!

Zwischendurch, Ruben machte gerade etwas zu essen, rief tatsächlich ihr Vater aus Überlingen an. Ruben brachte das Festnetzteil mit sprechender Mimik. Das war seit zehn Jahren nicht mehr passiert. Wirklich der Papa! Wie gut das tat! Der Vater war tiefbesorgt und verhörte sie nach tausend Einzelheiten. Der alte Richter! Dann aber bat er Annabelle um Hilfe, weil ihn die Mama mit ihrer Eifersucht verfolge.

»Ja, ich weiß, Papa«, sagte Annabelle, »aber eben habe ich andere Sorgen! Nur sag mir mal: Wie heißt deine Kollegin, die auch zum Richterstammtisch kommt?«

»Wieso?«

»Einfach so, ich sprach eben mit Ruben darüber.«

»Sie heißt Frau Reitemeier.«

»Ah, danke, Papa! Übrigens habe ich vielleicht einen tollen Kriminalfall für dich! Bist du mit dem letzten Krimi fertig?«

»Ja, Bellchen«, sagte der Papa und fiel in alte Zärtlichkeiten zurück. »Ich habe schon einen neuen angefangen. Er heißt ›Die falsche Richterin‹ und handelt von einer Juristin, die dreimal durchs Examen gefallen ist und sich trotzdem mit gefälschten Zeugnissen den Zugang zum Richteramt erschlichen hat. Jetzt ist die Frage, ob die von ihr gefällten Urteile trotzdem Gültigkeit haben oder die Delinquenten freigelassen werden müssen. Total spannende Sache! Aber was hast du für einen Fall?«

»Ich erzähle es dir, Papa, wenn die Sache aufgeklärt ist.«
Während Ruben in der Küche klirrte, hackte, raspelte und rührte, löste Annabelle ihre Gedanken von Frau Reitemeier und ließ sie wieder auf den Giftmord los. Sie ärgerte sich mächtig, dass dieses Otriven-Fläschchen, das sie dem süßen Ritter-Sport Mehmet abgeluchst und der Schwester Katharina so listig in die Hand gedrückt hatte, verloren war. Der Ärger gesellte sich zu der Sorge, was die Schläger mit ihrem Mobiltelefon anfangen würden. Zum Glück hatte sie Adressen und Nummern gelöscht. Dann ließ sie sich von Henrikh aus dem Büro die Papiere bringen, die sie beim Notar erbeutet hatte. Der Junge hatte sich ein wenig an das verbeulte Gesicht seiner Mama gewöhnt und half ihr mit scheuen Seitenblicken sogar beim Blättern. Jungjohanns Testament trug tatsächlich seine Unterschrift, das Datum des Todestages und das Siegel des Notars. Daran war nicht zu rütteln. Auf der Seite mit den Immobilien, die er hinterließ, standen die verschiedenen Objekte in einer anderen Reihenfolge als auf dem Blatt, das Jungjohann am letzten Tag im Klarsichtordner bei sich getragen hatte. Die Liste im Testament war ordentlicher angelegt, und zu einigen Objekten las man auch mehr Einzelheiten wie Lage, Größe, Vorbesitzer, Datum des Erwerbs.

Annabelle ließ sich von Henrikh ein leeres Blatt Papier bringen und kopierte mühsam, mit pochendem Kopf die Grundstücke, Häuser und Wohnungen in der Reihenfolge des Testamentes. Dann verglich sie ihre Liste mit dem »Fresszettel«, wie ihn Möllenbeck genannt hatte. Irgendwie kam sie dabei durcheinander. Oh Gott, auch ihr Verstand war im Eimer! Außerdem konnte sie ihr eigenes Gekrakel nicht lesen. Trotzdem: Im Testament schienen einige Positionen nicht aufgeführt – oder fehlten vielleicht umgekehrt auf dem »Fresszettel« einige Spiegelstriche? Langsam steigerte sich ihre Unruhe, und ein Verdacht regte sich unter den Beulen und Schrammen. Sie rief Ruben zu sich, der eben die Forellen mit Buchenmehl in den selbstgebauten Räucherofen geschoben hatte. Ihr schlauer Mann mit dem Systemgehirn benötigte keine Minute, um festzustellen, dass zwei Positionen in dem Testament fehlten: Ein Appartement in Miami und eine Villa in Fort Lauderdale mit einem großen Grundstück. Ein Versehen?

Grundstück? Fort Lauderdale? Annabelle musste an Frau Silbereisen denken, die einstige Angestellte im Grundbuchamt. Sie hatte vor Leuten gewarnt, die den Luftpapst oder den Erdpapst um die Ecke brächten, um Grundstücke aus ihrer Verankerung zu lösen. Wieviel Verstand steckt bisweilen im Aberwitz! Heiliger Wahnsinn! Und ihren Kopfschmerz durchkreuzte der Gedanke: Der Notar Doktor Siepenbrück, dessen Siegel das Testament zierte, war vor wenigen Tagen ausgerechnet nach Fort Lauderdale zur *GTA5*-Spiele-Community geflogen. Sollte das Zufall sein? Zufall, gibt es den? Sofort tauchte vor ihren Augen das brötchengelbe haarlose Gesicht Herwarth von Baudissins auf, und sie hörte seine eindringliche Stimme. »Es gibt keinen Zufall, verehrte Frau Kommissarin! Die Bewegung jedes einzelnen Moleküls im Universum hat einen triftigen Grund!« Sollte man also davon ausgehen, dass auch die zuckende Flugbewegung der Notar-Moleküle aus der Kanzlei hinüber nach Fort Lauderdale einen vernünftigen, wenn auch vielleicht ungesetzlichen Grund hatte? Annabelle erzählte Ruben von ihrer Vermutung.

»Nein«, sagte Ruben fassungslos, »das wäre ja ungeheuerlich, wenn da ein Zusammenhang bestünde!«

»Aber noch schlimmer wäre es«, Annabelles Hunger war größer als ihr Verdacht, »wenn die Forellen verschmorten.«

Sie schleppte sich zum Tisch, wo Henrikh bereits einem Döner die Zähne zu spüren gab. Fisch mochte er nicht. Während Ruben Annabelle bissfertige Happen schnitt, kam das Gespräch auf den Zocker Siepenbrück.

»Der sollte besser Schach lernen statt dieses *GTA5*-Zeug! Das spielen bei uns ganz viele. Und voll die Blöden!«, meinte Henrikh.

»Tja, wer gegen die Mama spielt«, lachte Ruben, »darf nicht blöd sein.«

»Im Augenblick kann ich mit meinem ruinierten Verstand nicht mal einen Würfel drehen«, klagte Annabelle. Aber tatsächlich war sie in Hochform!

»Der Notar könnte die beiden Objekte aus den USA im Testament unterschlagen haben«, sinnierte sie, »um sie sich selbst unter den Nagel zu reißen? Und entweder hatte er dabei vom Mord an Jungjohann profitiert, oder er hatte das Gift mit eigener Hand ins Nasenspray gefüllt. Oder auch mit einem Komplizen? Der Gedanke hätte mir früher kommen können! Vielleicht haben die Schläge meinen Spürsinn aus dem Schlummer erweckt. Schon meine Großmama hat gesagt, jedes Unglück hat auch sein Gutes. Und es stimmt: Erstens das herrliche Essen und zweitens eine neue Spur im Mordfall«.

Und drittens huschte Annabelle nach dem Essen zurück ins Bett. Sie legte sich mit einem Seufzer auf Rubens Seite und atmete in seinem Kissen das Aroma aus Fenchel, Bittermandel, Lorbeer, Rotwein und Rasierwasser. Ach, sich einfach hängen lassen und das Kindheitsgefühl auskosten, krank zu sein! Alle Sinne erinnern sich. Auf ihre Zunge kehrten der Himbeerüberzug der Tabletten oder der honigsüße Sirup des Hustensaftes zurück. Wenn sie als Kind richtig krank war, durfte sie in das große Bett der Eltern. Sie hörte das Knarren des alten Federholzrahmens und fühlte den Windzug, wenn die Mutter das Schlafzimmer lüftete und eilig wegen des Fiebers die Decke über sie breitete. Sie hörte die monotone Stimme ihres Papas, der die *Bullerbü*-Geschichten vorlas wie eine Urteilsbegründung und selbst dabei einschlief. Annabelle nistete sich noch tiefer in ihre Erinnerungen ein, in die Wärme, die Gerüche und Geräusche: das Pling des Fieberthermometers, das Plömm der Vitamintablette im Wasserglas, und auf dem Nachtisch ihres Vaters tickte der uralte Wecker. Der Strom der Erinnerungen wurde aber jäh unterbrochen, als sich das alte Festnetztelefon meldete und Henrikh es ihr mit fragender Miene ans Bett brachte. Wer war das? Es meldete sich Jupp Kaltenbrunn. Wie bitte? Wer? Na, so eine Überraschung! Wo hatte der ihre Festnetznummer her? Der junge Mann sprach hastig. Er hatte vom Anschlag auf die Kommissarin gehört, denn die Aktion war im Netz verbreitet worden. Jupp fand »dat ne janz jroße Sauerei, so op de Weiber losszejonn«, und er wollte ehrlich wissen, wie es der Kommissarin ging. Aber nicht nur das! Er wollte noch etwas loswerden. Ja, er wisse auch, wo die Täter gesucht werden mussten. Jupp sagte es der Kommissarin unter der Bedingung, dass er ungenannt bliebe.

Annabelle war nicht ganz so überrascht, wie sie tat. Sie hatte geahnt, dass sich in Jupps Kopf etwas bewegen würde. Um anzudeuten, wie es ihr ginge, fragte sie ihn, ob ihm schon mal jemand mit einem Vorschlaghammer auf die Birne gehauen hätte. So fühle sie sich. Jupp sagte, dass der härteste Schlag an den Kopf, an den er sich erinnern könne, ein Baseballschläger gewesen sei.

»Dajejen isene Jummiknüppl von sonnem Bullen ne rischtije Streischeleinheit«, lachte Jupp am anderen Ende. Und nach einer kleinen Pause fügte er ernst hinzu:

»Isch kenn misch da aus!«

Und was er dann sagte, klang ebenso erstaunlich wie schlüssig. Jupp wollte seine Hand dafür ins Feuer legen, dass die Neonazi-Szene mit dem Anschlag auf die Kommissarin nichts zu tun habe. Zwei seiner Freunde seien nämlich gestern von dritter Seite angesprochen worden, ob sie der Kommissarin eins auswischen wollten. Sie würden dafür gute Kohle bekommen. Das hätten die aber abgelehnt. Nur, ein solches Geschäft, das sage er ihr jetzt ehrlich, hätten er und seine Freunde mit dem gleichen Auftraggeber schon mal gemacht, als sie die gefakten Bilder vom toten Bürgermeister im Internet auf der Seite vom »Freundeskreis Robert Ley« gepostet hatten. Das täte ihm inzwischen irgendwie leid, aber er würde seine Kumpels niemals verpfeifen. Das gehe gegen seine Ehre. Nur gestern in der Nacht, das waren tausendprozentig keine Kumpels von ihm. Er glaube, dass das zwei Typen aus der russlanddeutschen Szene wären, die auch für Geld zu Pegida-Demos fahren und für Kohle Rabatz machten.

»Ja, lieber Herr Kaltenbrunn«, sagte Annabelle, »ich nehme das erst mal zur Kenntnis. Sie können sich vorstellen, dass mein Vertrauen in Sie und Ihre Kumpels nicht besonders groß ist, aber wir werden der Sache nachgehen. Die beste vertrauensbildende Maßnahme wäre allerdings, wenn Sie mir den Auftraggeber nennen würden.«

»Isch weiß dat nit, isch hann nur demm singe Händinummer.«

Immerhin. Die Kommissarin ließ sich die Nummer durchgeben und warnte Jupp davor, sie zu verarschen oder bewusst eine Falschaussage zu machen. In der Nacht wurde sie mehrfach wach, und dabei sah sie beruhigt, dass Ruben neben ihr schlummerte. Sie unterdrückte die

Schmerzlaute, wenn sie ihre Lage änderte, um ihn nicht zu stören und begnügte sich mit halblauten Seufzern.

Am nächsten Morgen bereitete Henrikh ganz früh das Müsli. Das Wunderkind hatte sich an das grünblau gefärbte Gesicht seiner Mama gewöhnt. Der gute Junge! Wenn er nur nicht immer seinen linken Schuh verlöre! Sie frühstückte im Bett und blätterte den *Oberbergischen Anzeiger* durch. Shahan musste sich mit einer verkürzten Morgengabe Zuwendung begnügen. Kannst du nicht einmal von alleine schnurren? Einmal vielleicht! Auf der Lokalseite fand sich nur eine kurze Nachricht zur brutalen Attacke auf die Kommissarin. Ausführlicher berichtete die Zeitung von der Durchsuchung des AfD-Büros, vom Protest der Sympathisanten und von der Anzeige gegen die Pöbler.

Kurz darauf rief Möllenbeck an: »Wie geht's Frau Kollegin? Sag es nur: beschissen.« Bei der Durchsicht der Akten aus dem AfD-Büro war er nicht fündig geworden, und auch die EDV-Spezialisten aus Bonn hatten bei der ersten Analyse der Partei-Rechner keine Anhaltspunkte für eine Beteiligung an dem Verbrechen gefunden. Aber die Leute hatten die Festplatten bislang nur auf die unverschlüsselten Stichworte und Namen hin gescannt, die ihnen Möllenbeck genannt hatte, also neben den Namen auch Wörter wie Afghanistan, Aconitum, Testament usw. Die Feinsuche stand noch bevor, ebenso die Analyse der Internetaktivitäten. Man konnte rekonstruieren, dass die Partei Kontakte mit Neonazi-Gruppen in Russland, Italien und Argentinien aufbaute. Auch eine Ku-Klux-Klan-Splittergruppe in Alabama, die sich Loyal White Knights nannte, zeigte Interesse an einer Zusammenarbeit, weil die Knights darangingen, die Bewegung auch in Europa, in Ungarn und Polen, aber bald auch in Österreich Fuß fassen zu lassen. Schöne Aussicht: Ku-Klux-Klan im Zillertal! Sonst nichts unmittelbar Verwertbares. Immerhin hatte man auf einem der Rechner eine Liste mit Sympathisanten gefunden. Die wollten sie durcharbeiten, denn von dort aus ließ sich vermutlich ein lokales rechtes Netzwerk ausfindig machen.

Annabelle bat Möllenbeck, sie kurz zu besuchen, da sie inzwischen über neue interessante Informationen verfüge, die nichts fürs Telefon seien.

Annabelle hatte sich in einen Sessel geschleppt und empfing Möllenbecks raubeiniges Mitgefühl wie Balsam. Sie trug einen Schutzhandschuh und erklärte dem Chef ihren Verdacht, dass der Notar im Testament des Bürgermeisters zwei Titel unterschlagen und sich so die Immobilien angeeignet haben könnte. Das Dokument, das ihr der Notar kopiert habe, wolle sie auf Fingerabdrücke hin untersuchen lassen, um sie mit den Spuren auf den Otriven-Fläschchen zu vergleichen. Im Testament fehlten zwei Objekte, die zuvor noch auf dem Fresszettel standen. Und das wären zwei vermutlich wertvolle Immobilien in Florida, genau dort, wohin Siepenbrück angeblich zum Meeting der *GTA5*-Spiele-Community in Fort Lauderdale geflogen war.

Möllenbeck machte große Augen.

»Sag mal, dein Spürsinn wird mir langsam unheimlich!«, rief er. »Wie blöd bin ich denn! Ich wäre nie auf die Idee gekommen, dass auf dem Fresszettel und im Testament unterschiedliche Angaben stehen könnten. Und du kommst mit halb eingeschlagener Birne da drauf!«

»Tja, Mölli, dem Verstand von Männern sind natürliche Grenzen gesetzt.«

»Annabelle, es wird Zeit, dass ich in Rente gehe! Aber das Ding will ich noch aufklären!«

Annabelle nutzte die gute Meinung ihres Chefs und gestand ihm die zögerliche Behandlung der Kaltenbrunn-Anzeige. Der hatte so etwas schon geahnt, denn der junge Mann hatte Mölli nach Annabelles Festnetznummer gefragt. Es musste gehandelt werden, und zwar rasch! Den beiden war klar, dass sie die Sache mit Doktor Siepenbrück äußerst diskret verfolgen mussten. Die Verbindung zum Justizminister müsse man nicht checken. Natürlich dürfe man einem Notar gegenüber nicht ohne sorgfältige Prüfung den Verdacht des Betrugs oder der Untreue erheben. Klar, wegen Kaltenbrunn machte Möllenbeck kein Theater, wo er seine Kommissarin schwer blessiert vor sich sitzen sah. Vielmehr überlegte er mit Annabelle, ob sie nicht Kaltenbrunns Tipp verwerten und gleich das russlanddeutsche Quartier filzen lassen sollten, denn in dem Teil der Stadt hatte es bereits eine Menge Ärger gegeben.

Möllenbeck machte sich eilig davon, um die Razzia in Gang zu bringen. Annabelle blieb in ihrem Sessel sitzen, nicht nur, weil jede Bewegung wehtat, sondern weil sie auch zweifelte, ob es taktisch richtig war, ihren Verdacht gegenüber Siepenbrück so deutlich auszusprechen. War es nicht übereilt? Immerhin diente Doktor Siepenbrück Frau von Baudissin als Finanzmanager. Wenn sie sich täuschte und am Ende ein ganz anderer Täter auftauchte, dann würde der Notar Mittel und Wege finden, um das 50.000 Euro-Summen in ihrem Ohr jäh zu beenden. Sie erinnerte sich auch an Frau von Heitkamps Bemerkung, dass der Notar eine Menge Geld verspielt habe. Sollte sie ihn danach fragen?

Plötzlich kam ihr ein ganz anderer Gedanke. Sie konnte vielleicht herausfinden, was das für Immobilien in Florida waren, ob sie überhaupt existierten. Sie ließ sich von Henrikh ihr Notebook und den »Fresszettel« mit den Immobilien bringen. Während der Rechner bootete, schaute sie nach den Adressen der beiden Objekte in Florida, die im Testament nicht mehr aufgeführt waren. In Fort Lauderdale handelte es sich um eine Villa auf einer Victoria Park Road, in Miami Beach wohl um ein Appartement. Schließlich startete sie das Programm Google Earth und gab die erste Adresse ein: Florida, Fort Lauderdale, Victoria Park Road. Das Programm zoomte erstaunlich schnell. Sie schaute sich erst den Stadtplan von Fort Lauderdale an und rief anschließend die Street View auf. Oho! Es musste sich um eine Immobilie mit einer prächtigen Villa handeln, 600 Quadratmeter das Haus und das ganze Grundstück 4000 Quadratmeter. »Nicht schlecht, Herr Specht«, murmelte sie kindlich und neidisch. Dann tippte sie die zweite Adresse in die Befehlszeile: Florida, Miami Beach, Meridian Avenue, und was sich da ihren Augen bot, ließ ihr den Atem stocken. Eine Penthouse-Wohnung, 1000 Quadratmeter, 4 Schlafzimmer und 4 Bäder mit Blick auf Miami Beach, Biscayne Bay und Downtown. Hammer! Ein Real-Estate-Link, dem sie folgte, zeigte an, dass das Objekt zum Verkauf stünde und 14 Millionen Dollar kosten sollte. Donnerwetter, murmelte sie, es würde sich echt lohnen, den Ritter-Sport Mehmet gegen den Ringer-Sport Ruben zu tauschen. Nein, richtig hochkriminell: erst Ruben mit Rittersporn vergiften und dann mit dem Ritter-Sport Mehmet nach Miami ziehen. Ihre Augen blieben eine Zeitlang an der megacoolen Einrichtung der Penthouse-Wohnung in der Meridian Avenue hängen, dann wanderten sie zurück auf ihre angejahrte IKEA-Sitzecke, und in ihren Ohren setzte wieder die 50.000 Euro-Melodie ein. Aber in dem Augenblick kam Ruben, das Schachbrett balancierend. Dann fragte er mit seiner dunklen Stimme: »Nun, sollen wir die Stellung auf den neuesten Stand bringen, oder soll ich meiner schönen Annabelle etwas kochen?«

Annabelle hatte Lust auf rheinische Bratwürste, Kartoffelsalat mit Rotkraut und anschließend Vanillepudding. Ruben rümpfte die Nase über den vulgären deutschen Speisezettel, aber er kannte die archaischen Gelüste seiner Frau. Sie waren ein gutes Zeichen. Er wollte sich gleich auf den Weg machen.

Was war denn das wieder? Annabelle saß vor dem Schachbrett und starrte eine Zeitlang auf den weißen (Seiten-)Springer auf g3, den ihr Namensschildchen zierte, von wo sie das Böse auf h1 und den Otrivenerben auf e2 bedrohte. Aber dann dachte sie wieder an die Meridian Avenue in Miami. Vermutlich würden am Ende nur noch drei oder vier Figuren übrig bleiben.

Oh nein! Jetzt meldete sich Mama auf dem Festnetz.

»Sag mal, mein Kind, ist dein Handy kaputt? Oder nimmst du nicht ab?«

»Nein, Mama, mein Mobiltelefon haben die Schläger mit meinem Rucksack geklaut.«

»Ach so, die müsst ihr dann schleunigst schnappen! Weißt du, Annabelle, dass ich drei Tage nichts von Désirée gehört habe? Ich mache mir richtige Sorgen!«

»Vielleicht machst du dir mal Sorgen um mich!«, schnauzte Annabelle. »Gehirnerschütterung, kaputtes Nasenbein, gebrochener Arm, verdrehtes Knie, zwanzig Blutergüsse, mir geht es beschissen, Mama, aber ich bin einer irren Sache auf der Spur!«

»Ich auch, Annabelle«, die Mama hatte andere Dinge im Sinn. »Ich habe rausgefunden, dass die Geliebte von Papa gar nicht Frau Ritter heißt. Die heißt Frau Reitemeier. Ich habe das beim Gericht erfahren. Als ich nämlich die Frau Else Ritter angerufen habe, war die gar keine

Richterin. Die ist bei der Gewerkschaft. Kannst du mal ganz unauffällig in der Birkle-Klinik in Überlingen nach einer ledigen Frau Reitemeier fragen?«

»Kannst du doch selbst, Mama!«

»Nein, ich habe Angst, dass der Papa das merkt!«

»Der merkt jede Menge und ist längst genervt von deiner Eifersucht!«

»Dann muss ich mir wohl etwas anderes einfallen lassen«, seufzte Annabelles Mutter. »Ich werde vielleicht einen Privatdetektiv beauftragen!«

»Das tust du auf keinen Fall, Mama!«, schrie Annabelle.

»Aber das war die Idee von Désirée!«

»Die spinnt wohl!« Annabelle holte Luft. »Warte bis morgen. Ich erkundige mich!«

»Das ist lieb von dir, mein Kind. Ich wünsche dir gute Besserung!«

Die Ovulations-Philosophin

Nach dem späten Mittagessen, als sich Annabelle für einen kurzen Schlaf in Rubens wohlriechendes Kissen einrollen wollte, meldete sich Möllenbeck erneut am Telefon. Wie geht's? – Bescheiden! Aber hör mal, Chef, ich brauch' dringend ein Stündchen Ruhe! – Sorry Annabelle! Er wolle nur mitteilen, dass die Durchsuchungsaktion bei den Russlanddeutschen erst am nächsten Morgen laufen werde, weil man im Augenblick nicht genügend Leute habe. Dafür seien die EDV-Kollegen eingetroffen. Sie hätten auf dem AfD-Rechner eine kurze Korrespondenz zwischen dem hiesigen AfD-Mann Alfred Massenbach und einer gewissen Professorin von Baudissin von der Uni Frankfurt am Main gefunden. Nun, was sagen Sie dazu, liebe Annabelle? Auf den ersten Blick sei dabei zwar nichts strafrechtlich Relevantes gefunden worden, aber die geplante Schenkung der alten Baudissin und Jungjohann waren Thema. Und vor zwei Wochen, als öffentlich noch von keinem Mord die Rede war, gab es schon ein professorales Glückwunschschreiben an den hiesigen AfD-Häuptling Massenbach zum Tod des Bürgermeisters. Über ein paar Bemerkungen, etwa, dass »von Frankfurt aus weitere Aktionen« initiiert würden, gebe es noch keine Klarheit. Aber ganz sauber sei die Professorin nicht.

Annabelle war wieder hellwach. Sie konnte mit Wanda van Heitkamp in Wolfsburg ergänzen, dass die Professorin zur Gruppe der Enterbten gehöre, und dies wegen ihrer Mitarbeit in der AfD. Nach Frau van Heitkamps Klatsch-Botschaft sei Malvida nur durch die väterliche Kumpanei mit dem einstigen Ministerpräsidenten Koch auf die Professorenstelle gerückt. Vitamin B! Ihr Vater Sandor hatte für Koch als Werbefuzzi gearbeitet. Sandor sollte wohl auch mit Koch zum Bilfinger-Konzern wechseln, habe sich aber leider zuvor mit seinem Porsche zu Tode gefahren und ruhe in Frieden. Wahrscheinlich in einer Baudissinischen Familiengruft.

Nach dem Gespräch mit Möllenbeck fahndete Annabelle auf der Internetseite der Uni Frankfurt nach der braunen Philosophin. Frau Professorin von Baudissin hatte eine eigene Homepage. Dort präsentierte sie sich auf einem Foto mit einer schwarzen Brille, die sie Woody Allen ähnlich machte. Im Register »Profil« wollte Malvida aber Martin Heidegger ähneln, denn dort nannte sie sich eine prä-fundamentalontologische Denkerin des Vor-Daseins im Anschluss an *Sein und Zeit*. Du heiliger Bimbam! Bereits die uterine Existenz sei ein Da-Sein, das sie als sorgendes Vor-Da-Sein analysierte. In ihrer Dissertation *Die geheime Sprache der Plazenta*, die im Ayurveda-Verlag erschienen war, empfahl sie der denkenden Welt eine Rückkehr zur Ursozietät und zur Urkommunikation. Ein weiteres Buch Malvida von Baudissins aus dem gleichen Verlag trug den Titel *Sechste Cartesianische Meditation über die Ovulation*. Darin lieferte die Denkerin nach eigener Angabe den mit Edmund Husserls Methode geführten Nachweis, dass der Eisprung eine monatlich wiederkehrende Resonanz des Urknalls sei. Durch die während der fruchtbaren Jahre erhöhte Sensibilität des weiblichen Organismus für die Gravitationswellen werde er periodisch ausgelöst.

Annabelle scrollte sich neugierig durch die Website der Philosophin. Dort fand sie noch einige Links zu politischen Beiträgen und Interviews. In einer »Mahnrede an die deutsche Nation«, so lautete die Ankündigung, rief die Professorin dazu auf, der Welt die deutsche Wesensart zu erhalten. Nur die deutsche Sprache, das habe Johann Gottlieb Fichte erkannt, stehe noch in unmittelbarer Beziehung zu der von Gott erschaffenen Ur-Natur. Daher müssten aus der deutschen Sprache alle Fremdwörter und aus dem deutschen Blut alles Fremdrassige gefiltert werden. Die nationale Aufgabe der AfD sei es daher, eine fundamentale Entsiffung der deutschen Kultur zu initiieren.

Annabelle hatte eine neue Vermutung. Sie bat Henrikh, ihr Rubens Mobiltelefon zu bringen, während sie es sich mit einem zweiten Kissen im Bett bequem machte. Sie wählte die Nummer, die ihr Jupp Kaltenbrunn gestern durchgegeben hatte. Die Frauenstimme, die sich unwirsch meldete, konnte die Kommissarin mit dem Hinweis dämpfen, dass sich die Kriminalpolizei meldete. Wie sie vermutet hatte, gehörten Anschluss und Stimme der AfD-Professorin Malvida von Baudissin. Ach, was war das wieder für ein cooler Schachzug! Zunächst erklärte die Kommissarin, sie suche den Kontakt mit der Frau Professorin, um einen Mordfall aufzuklären. Von der Vergiftung des hiesigen Bürgermeisters habe Frau Professorin gewiss bereits gehört. Der Fall stehe in Verbindung mit der strittigen Schenkung, die ihre Großtante, Frau von Baudissin, angekündigt habe. Das sei ihr sicherlich ebenfalls bekannt. Als Antwort vernahm Annabelle unwilliges Räuspern. Aber auf die weitere Frage, ob sie es sei, die enge Verbindungen mit der örtlichen AfD unterhalte, verstärkte sich das professorale Atmen auf der anderen Seite. Das sei ja wohl nicht verboten! Aber gewiss nicht, bestätigte die Kommissarin, keineswegs, Sie habe nur eine Frage. Es gebe Hinweise, dass Frau Professorin Aufträge erteilt habe, im Internet schmähende Bilder und Nachrichten über den verstorbenen Bürgermeister zu verbreiten. Ob das zutreffe? Da wütete die Philosophin: Das sei eine maßlose Frechheit, ihr derartige Aktivitäten, nein, Tätigkeiten zu unterstellen. Sie werde sich bei den zuständigen Ämtern beschweren und für eine Entlassung sorgen. Sie werde sich noch wundern! Knack!

Ja, das wäre schön, murmelte Annabelle, aber Entlassung bitte bei vollem Gehalt! Vorher benötigte man von ihr nur die Fingerabdrücke und ein paar Antworten! Kaltenbrunns Hinweis besagte ja, dass über diesen Mobiltelefonanschluss der Auftrag erteilt worden war, die ekelhaften Bilder vom toten Bürgermeister über Trojaner von russischen Rechnern aus zu posten. Und nicht zu vergessen: Sie selbst verdankte der AfD-Professorin auch die blauen Flecken und das schiefe Nasenbein.

Ruben hatte Henrikh ins Bett gebracht und kam mit einem Glas Krombacher zu ihr. Annabelle trank es auf einen Zug halbleer. Dann berichtete sie von ihrem Telefonat mit der Philosophin. Ruben wollte es nicht glauben, dass eine Professorin hinter dem brutalen Angriff auf Annabelle gesteckt haben könnte. Sein Respekt vor den deutschen Unis verbot es ihm zu glauben, dass sich Neonazis auf philosophische Lehrstühle schwingen könnten. Er wollte aber nicht, dass Annabelle nach Frankfurt fuhr, um die Frau zu vernehmen.

Später legte er sich mit seinem Notebook an ihre Seite, küsste sie vorsichtig und zeigte ihr auf dem Bildschirm die elektronische Version des Schachbretts mit allen Beteiligten. Die eindimensionalen Figuren waren in feinen Lettern beschriftet. Einiges musste umgestellt werden. Ruben hatte den schwarzen König auf h1, das Prinzip des Bösen, auf den Namen »Zocker« getauft. Der weiße Annabelle-Springer auf g3 setzte dem König zu. Sie zählte nach der Prügelattacke aber selbst zu den bedrohten Figuren. Die schwarze Ley-Königin hatte Ruben zur »Ovulationsphilosophin« umgetauft und auf e5 verschoben, wo sie auf der e-Linie mit der weißen Königin auf e8 konfrontiert war. Nachdem der Bauer mit dem Otriven-Schildchen auf e1 gelangt war, verwandelte er sich zur zusätzlichen schwarzen Dame, die gleich nach c1 rückte. Wer war diese zweite *black lady*? Annabelle schaute nicht sehr aufmerksam, sie hatte mehr Lust, sich in Rubens Arm einzurollen, statt auf das Notebook mit dem weißen Springer zu starren.

»Schau, Annabelle«, erklärte Ruben, »hier stehen der weiße König und dort die weiße Königin, also Hannes Jungjohann und Frau von Baudissin. Die schwarze Dame auf c1 ist das neu aufgetauchte aktive Böse. Wir wissen immer noch nicht, wer das ist. Sie steht hinter dem König, mit dem Dolch im Gewande. Der schwarze Läufer oben auf h8 ist immer noch Katharina. Sie scheint weit weg, ist aber gefährlich. Der schwarze Reinhardt-Springer auf d1 ist verschwunden, der Turm auf d2 ist Mehmet, aber er ist ein weißer Turm geworden, der den König schützen könnte. So sieht die Sache etwas klarer aus. Frau Naujoks ist aus dem Spiel, und der letzte schwarze Otriven-Bauer dort heißt ›Dr. Schlecht‹, denn als Springer hat sie ausgedient. Dort der weiße Springer, das bist du, und schau, von e5 aus blickt die schwarze Königin angriffslustig auf dich und die Königin. Sie ist aber keine Robert-Ley-Figur mehr, sondern die Ovulations-Malvida. Doch vielleicht sind die beiden schwarzen Damen identisch.«

Annabelle hatte ihr Glas ausgetrunken und sank in einer Gemütsmischung aus Zärtlichkeitswonne und Rachedurst in den Schlaf. Ruben wagte nicht, seinen rechten Arm unter ihr wegzuziehen. Er musste ihn überdehnen, um mit der Linken das Streaming der letzten Partie in der Schachweltmeisterschaft im Netz aufzurufen.

Im Traum sah Annabelle ein gegerbtes und gefaltetes Woody-Allen-Gespenst, das »wo ist mein Ovulationshammer?«, schrie. Das Gespenst hatte sich wohl versprochen und suchte Ovulationshemmer. Sie begleitete das Gespenst in eine Apotheke, aber dort hockte Doktor Siepenbrück und zockte. Annabelle bat ihn leise um ein Fläschchen Otriven. Der Notar öffnete eine Schublade, aber eine Katze sprang daraus hervor und stürzte sich auf Woody Allen. Der rief ängstlich »Ich bin Philosoph, ich bin Philosoph!« Darauf rief die Katze »Fuck Hitler« und zog sich wieder zurück in die Schublade. An ihrer Stelle schlich Katharina Jungjohann (oder war es Désirée?) hervor und schrie »Isch bin de Katz, isch bin de Katz«, bis der Notar auch sie in die Schublade zurückschob. Dann öffnete sich die Schublade ein drittes Mal, und diesmal wuchs eine richtige Garbe Rittersporn aus der Lade. Eine unbekannte Stimme kicherte: Ritter-Sport, Ritter-Sport! Woody Allen, der sich inzwischen in eine schwarzweiße Kuh mit mächtigen Eutern verwandelt hatte, fraß den Rittersporn gierig, wobei er immer mehr schrumpfte und schließlich als schwarze Königin aus der Apotheke hüpfte.

* * *

Am nächsten Morgen versuchte Annabelle die Traumbilder vor dem Vergessen zu bewahren. Während sie dem Woody-Allen-Gespenst noch einmal durch die Verwandlungen nachsann, lag sie allein mit Kater Shahan im Bett. Sie schaute ihn genau an, ob vielleicht auch er durch ihren Traum geschlichen war, aber das feine Tier blickte kühl und unbeteiligt zurück. Inzwischen wehten aus der Küche die vertrauten Geräusche und Kaffeedüfte des Frühstücks, als das Telefon klingelte. Ruben brachte ihr den Hörer ans Bett.

»Hör mal!« Es war Möllis Stimme, »Da is 'ne riesengroße Sauerei passiert. Kuck dir mal die Facebook-Seite von der Stadt an! Aber erschrick nicht! Da gibt es Nacktfotos von dir mit dem Mehmet Jungjohann! Wir müssen sofort rauskriegen, welche Schweinebacken dahinterstecken. Ich melde mich gleich nochmal!«

Annabelle nahm Rubens Tablet, wischte die Schachfiguren weg und rief die Seite auf. Es dauerte, ihr Herz klopfte höllisch. Ach, du Scheiße! Nein! Das gibt's doch nicht! Auf dem Display erschienen drei Fotos, auf denen sie mit offenem Mund und verdrehten Augen Mehmets Schwanz in den Händen hielt. Verdammt! Hatte der Ritter-Sport heimlich Bilder gemacht? Bei näherem Hinsehen wurde aber klar, dass das eine FakeApp-Fotomontage war. Ihr Gesicht hatte man von einem gepixelten Zeitungsbild kopiert und manipuliert, dagegen sah man Mehmet im Vordergrund sehr scharf, im Hintergrund verschwommen ein LIDL-Schild, und auch sein Name war ins Bild montiert. Über den Fotos stand in Frakturschrift »Rassenschande in unserer Stadt. Kriminalpolizistin mit Asylbetrügern!« Annabelle rief Ruben und zeigte ihm die Fotos. Entsetzt schlug er die Hände vors Gesicht. Das war das Allerletzte! Welche Schweine hatten sich das einfallen lassen? Ruben dachte gottlob keine Sekunde daran, dass die Bilder echt sein könnten.

Wenig später rief jemand vom WDR-Studio Siegen an und fragte Ruben frech, was er davon halte, dass seine Frau so bloßgestellt würde. Ruben hatte sich inzwischen etwas gefasst und gab zur Antwort, dass seine Frau bereits seit mehr als zehn Jahren Rassenschande im Sinne der Nazis betreibe, weil sie mit einem Juden verheiratet sei.

Es kamen noch mehr Anrufe, zum Teil sehr aggressive, irgendwann beachteten sie das Telefon nicht mehr. Annabelle war kotzübel. Gut, es war Fake. Dennoch war da was zwischen ihr und Mehmet passiert, und irgendwer musste davon wissen oder etwas vermuten. Und Ruben zeigte sich so mitfühlend, dabei hatte sie ihn doch betrogen. Zu allem Überfluss musste er auch noch Henrikh erklären, was Rassenschande ist.

Um das Thema zu wechseln, erzählte Annabelle ihren Traum. Ruben lachte:

»Ja, die Träumerin ist witzig. Ovulationshammer! Als prophetischer Traum wäre es die Lösung des Falles.«

»Wieso die Lösung?«

»Hör mal Annabelle, das ist doch klar. In den Abgründen deiner Seele verdächtigst du die Philosophin Malvida, Schwester Katharina und den Notar. Alle drei.«

Am späten Vormittag kam Möllenbeck noch einmal vorbei. Er hatte Himmel und Hölle in Bewegung gesetzt, um zu erfahren, von wo aus diese Bilder gepostet worden waren. Dass sie überhaupt durch die Filter gerutscht sind, sei unglaublich! Kein Mensch hatte daran gedacht, auf der Facebook-Seite der Stadt Ausdrücke wie »Rassenschande« zu blockieren. Klar war: Die Bilder kamen von einem Neonazi-Account in den USA, und Facebook hatte gepennt. Aber man werde dahinterkommen, denn inzwischen habe das BKA seine Hilfe zugesagt.

Und es gab Anhaltspunkte. Mölli hatte nämlich noch mehr zu berichten. Er machte es spannend, setzte sich mit herzzerreißendem Stöhnen auf das alte IKEA-Sofa, wo Shahan seine haarigen Spuren hinterlassen hatte, und ließ sich von Ruben ein Bier bringen. Am Nachmittag wollte er nach Köln zum 1. FC, der ein Abendspiel gegen Leverkusen, den alten Rivalen, bestritt, und er wollte sich schon mal in Stimmung bringen.

»Du wirst dich wundern, Annabelle«, sagte er nach dem ersten Schluck und nicht eben diskret zurückgegebener Kohlensäure, »bei der Razzia im Wohnblock der Russen sind dein Rucksack und Mobiltelefon gefunden worden. Gratulation! Deine Quelle war verlässlich.«

Er machte eine Pause und genoss Annabelles Erleichterung und Anspannung. Dann redete er weiter:

»Unsere Leute haben die Sachen im Müllcontainer gefunden. Sie wurden gleich zur Untersuchung weitergereicht, und sie haben Fingerabdrücke genommen. In deinem Handy war die SIM-Karte noch drin. Aber warte, das dicke Ende kommt noch: Auf dem Handy war eine Nachricht von Mehmet Jungjohann an dich gespeichert. Das war wohl auch Fake, Annabelle, oder?«

»Mich interessiert mehr die Frage«, lenkte sie ab, »ob die auch das Otriven-Fläschchen gefunden haben?«

»Nee, da weiß ich nix von. Oder doch! Davon war auch die Rede.« Mölli schien das nicht so wichtig zu sein »Aber was ist denn mit der SMS vom kleinen Jungjohann?«

Annabelle sagte, dass die SMS wahrscheinlich kein Fake war. Nachdem sie vor ein paar Tagen Jungjohann wegen der Otriven-Fläschchen aufgesucht hatte, waren ihr mehrfach solche Komplimente von ihm zugegangen. Sie habe ihm das strengstens untersagt.

»Und ich hab' gedacht, der wäre schwul«, sinnierte Mölli.

Der Kriminalhauptkommissar lachte sein vulgäres Mölli-Lachen. »Dann vermute ich einfach mal, dass die russischen Schläger durch diese SMS auf die Idee gekommen sind, solche Fotos zu posten.« »Dann lass mich Klartext reden«, sagte Annabelle. »Sicher stammte die Idee, mich mit den Mehmet-Fotos bloßzustellen, von den Auftraggebern der Schläger. Ich müsste mich sehr täuschen, wenn die AfD-Philosophin nicht ihre Hände im Spiel hat. Ich kann nur den Jupp Kaltenbrunn da nicht reinziehen. Das habe ich ihm indirekt zugesagt.«

»Ich will aber nicht, dass du nach Frankfurt fährst und die Dame vernimmst«, ging Ruben dazwischen. »Ein blaues Auge reicht!«

»Jetzt fängst du damit schon wieder an«, beklagte sich Annabelle.

»Dann sei vorsichtig«, Mölli hatte schon die zweite Flasche Krombacher geknackt.

»Also, Mölli«, mahnte Annabelle, »ehe du hier völlig versackst, kannst du mir vielleicht sagen, was die Untersuchung der Fingerabdrücke auf dem Otriven-Fläschchen und den Kopien vom Doktor Siepenbrück gebracht hat. Und wann bekomme ich meinen schönen Kapten & Son-Rucksack und mein Mobiltelefon zurück?«

»Die Untersuchung ist noch nicht abgeschlossen, die im Labor sind völlig unterbesetzt. Eine Kollegin ist schwanger, zwei Beamte in Elternzeit. Ich sag' im Büro Bescheid, dass sie dir den Rucksack und dein Handy so schnell wie möglich bringen.«

»Noch etwas, Mölli«, Annabelle fiel wieder ihr privater Kriminalfall ein. »Kannst du bei den Kollegen in Überlingen um Amtshilfe bitten? Meine Mutter hat einen Eifersuchtsanfall und glaubt, dass sich dort in der Birkle-Rehaklinik, wo mein Vater ist, auch eine Kollegin von ihm aufhält. Eine Frau Reitemeier. Vielleicht auch in einem anderen Hotel. Sie glaubt, dass die etwas miteinander haben und wollte schon einen Privatdetektiv beauftragen!«

Mölli lachte wieder sein vulgäres Lachen.

»Schreib mir die Namen auf. Ich geb' die Anfrage morgen durch«, versprach er. Mölli erhob sich, er musste mit seiner Fangruppe los nach Köln, und Ruben bestand darauf, dass Annabelle sich sofort wieder ins Bett legte. Immerhin hatte sie eine Gehirnerschütterung davongetragen, und das war ein aufregender Tag gewesen. Aber was war das mit ihrem Vater? Annabelle erklärte ihm den schwierigen Fall. Zur Beruhigung brachte ihr Ruben zwei selbstgebackene Wraps mit Tomaten, Oliven und Schafskäse und ein Glas Wein ans Bett. Dann zog er sich mit Henrikh zurück, um den Freitagabend-Krimi mit dem haarlosen Kommissar Bruno Schumann zu sehen. Nur einmal mussten sie unterbrechen, weil die Streife Annabelles Rucksack und das Mobiltelefon vorbeibrachten. Erstaunlicherweise fanden weder ihre Augen noch ihre Nasen an Annabelles geliebtem Kapten & Son-Rucksack auffällige Spuren des Exils in den russlanddeutschen Müllcontainern. Nur das Mobiltelefon hatte ein paar Schrammen abbekommen, schien aber noch einwandfrei zu funktionieren.

Der Property Report

»Mein Gott! Wie sehen Sie denn aus? Was ist passiert?«
Frau Naujoks wich entsetzt zurück, als Annabelle am Montagmorgen in Sankt Gundula erschien. Ein Damenkränzchen spielte gerade Doppelkopf im Gesellschaftsraum.

»Dat sütt janz no Jelbsucht us«, lautete die Diagnose von Frau Langensiepen.

»Infektion mit neun Buchstaben«, wusste Frau Gleichen-Russwurm.

»Wo haben Sie sich denn das geholt?«, wollte Frau Doktor Schlecht wissen.

»Ich bin von zwei maskierten Männern unter ›Heil Hitler‹-Rufen überfallen, zu Boden geschlagen und getreten worden«, antwortete Annabelle ernst. »Den gebrochenen Arm, die schiefe Nase und die Verfärbung in meinem Gesicht, das verdanke ich den Schlägen und Fußtritten. Was soll ich sagen? Blutergüsse sind aber lehrreich, sie wandern durch das halbe Farbspektrum. Von Rot über lila, blau, grün. Und heute bin ich bei gelb angelangt.«

»Ach, wie schrecklich! Sie Ärmste!« Die vier Damen zeigten sich voller Mitgefühl. »Komm, setzen Sie sich einen Augenblick zu uns.« Frau Naujoks holte einen Stuhl und tastete vorsichtig über den geschienten Arm der Kommissarin.

»Eigentlich bin ich noch krankgeschrieben«, erklärte Annabelle, »doch das habe ich nach dem Wochenende nicht mehr ausgehalten. Ich muss den Fall Jungjohann lösen. Wer weiß, wie lange das dauert, bis ich wieder normal aussehe!«

»Wasser trinken!«, rief Frau Doktor Schlecht. »Wasser trinken! Dann geht die Färbung schneller zurück!«

»Hattense denn kinne Knarre? Isch hätt den Vebresche afjeknallt. Eiskallt!« Frau Langensiepen zeigte ihre Zähne.

»Wenn man ohne Bewusstsein ist, dann hilft auch keine Kanone mehr!« Die Kommissarin lachte.

»Geschütz mit sechs Buchstaben!«, rief Frau Gleichen-Russwurm.
»Feste Ausscheidung mit acht Buchstaben...«, parodierte sie Frau
Doktor Schlecht.

»Ich möchte Ihr Spiel ja nicht stören, Frau Doktor Schlecht«, sagte
Annabelle vorsichtig, »aber ich würde mit Ihnen gern einen Augenblick sprechen.«

Frau Doktor Schlecht legte ihre Karten beiseite, sprang auf und griff
nach ihrem Wasserglas. Sie war eine kleine, leicht korpulente, aber sehr
bewegliche Dame mit einem rosigen Gesicht, in dem zwei etwas trübe blaue Augen mit roten Rändern steckten. Die Augen tränten unablässig und mussten mit einem weißen Tüchlein abgetupft werden. Die
Kommissarin stand ebenfalls auf, und ging mit ihr in die Cafeteria, wo
an diesem Vormittag nur wenig Betrieb war. Sie setzten sich unter das
Reinhardtsche Nashorn.

Annabelle begann das Gespräch mit dem Kompliment, dass sie Frau
Doktor Schlechts Vorlesung über die Nase und das Geruchsgeschehen
mit großem Interesse gehört habe und vieles daraus lernen konnte. Sie
hatte sich auch schon von Herrn Reinhardt sagen lassen, dass die Nashörner überaus empfindliche Geruchsorgane hätten. Manchmal wünsche sie sich auch eine solche feine Nase bei ihrer Arbeit. Ja, sie hätte
darum gerade sie gerne gesprochen, weil sie hier im Hause eine der wenigen Bewohner ohne Anzeichen von Demenz sei.

Die einstige Biologielehrerin lächelte geschmeichelt. Sie trug einen
sportlichen graublauen Rollkragenpullover über einer schwarzen Hose
und blaue Pumps. Ihre Haare hatte sie grau gefärbt und sorgfältig im Na-
cken zu einem Knoten gebunden. Ihr Züge wirkten frisch und lebendig.
Nur die tränenden Augen mit den roten Rändern trübten das rosige Bild.

»Ja, ja, Frau Kommissarin«, seufzte die Lehrerin und tupfte das
rechte Auge, »es ist nicht immer ganz leicht hier, bei Verstand zu bleiben. Sankt Gundula ist vieles zugleich: Klapsmühle, Gotteshaus, Al-
tenkneipe. Unsere Seniorenuniversität versucht, ein gewisses geistiges
Niveau zu bewahren. Sie haben aber sicher Fragen zum Mordfall.«

Die alte Dame nahm einen Schluck Wasser, zog ein frisches Taschen-
tüchlein aus dem Ärmel ihres Pullovers und entfaltete es vorsichtig.

»Um offen zu sein, Frau Doktor Schlecht, habe ich Sie eine kurze Zeit zu den Verdächtigen gezählt. Der Herr Bürgermeister ist durch ein über die Nasenschleimhaut resorbiertes Gift ermordet worden, wie Sie sicher gehört haben. Da Sie eine Spezialistin für Duftmoleküle, Geruchsrezeptoren, Antagonisten und das Funktionieren von Nasenschleimhäuten sind, lag diese Vermutung nahe.«

»Ja, ja«, lachte Frau Doktor Schlecht. »Da haben Sie recht! Und ich habe kein Alibi, denn ich war ja in der Nähe des Tatortes. Nasenschleimhautforscherin und kein Alibi bei einem Mord mit vergiftetem Nasenspray! Ein Wunder, dass ich noch frei herumlaufe! Es gäbe übrigens noch einen dritten Grund, mich zu verhaften. Soll ich Ihnen den verraten?«

»Wenn Sie gerne einmal diese Klapsmühle«, Annabelle nahm den Scherz auf, »mit dem Komfort in unserem Untersuchungsgefängnis vergleichen wollen, dann muss ich Sie enttäuschen. Sie kommen als Täterin nicht mehr in Betracht. Sie erinnern sich: Vor bald vier Wochen, als der Bürgermeister tot aufgefunden wurde, habe ich bereits mit Ihnen gesprochen. Damals hatten wir noch keinen eindeutigen Mordfall. Aber heute! Deshalb frage ich noch mal: Können Sie etwas zur Aufklärung beitragen?«

»Ich glaube, ja«, antwortete Frau Doktor Schlecht und tupfte beide Augen trocken. »Und zwar, weil ich mich auch aus theologischer Sicht mit der Geruchsforschung befasse. Es ist nichts Mysteriöses, was dahintersteckt, kein Geheimnis. Die von mir betriebene Olfaktorik ist auch metaphysisch.«

»Metaphysisch? Wie kann ich das verstehen?«

»Ja, Frau Kommissarin, das ist nicht ganz einfach.« Frau Doktor Schlecht griff nach ihrem Wasserglas. »Ich kann es so sagen: Ich rieche Gott. Klingt für Laienohren seltsam, ich weiß. Aber es ist bekannt, dass schon einige Mystikerinnen im Mittelalter Gott und seinen Sohn an ihrem wunderbaren Geruch erkannten. Die Nonnen waren dann ziemlich benebelt von diesem Gottesduft. Später ging ihnen der Sinn dafür leider verloren. Ich habe ihn in mir wiedererweckt. Das ist wie das absolute Gehör mancher Musiker. Ich verfüge über den absoluten Geruch. Vielleicht daher, weil meine Nasenschleimhaut durch den chronischen Tränenfluss besonders feucht und empfänglich ist. Man muss viel Wasser trinken!« Wieder griff sie nach dem Glas.

»Heute endlich kann die metaphysische Geruchsforschung, die ich wohlgemerkt als Naturwissenschaftlerin betreibe, nachweisen, dass es die Trinität gibt. Das ist keine religiöse Spinnerei. Der wissenschaftliche Beweis dafür ist ganz einfach zu führen, weil sich die drei im Geruch unterscheiden: Gott riecht herrlich nach Sandelholz und Rosmarin, ein Hauch Vanille dabei. Vom Sohn lässt sich sagen, dass er keineswegs nach jenem Nardenöl riecht, das ihm nach dem biblischen Markusbericht übers Haupt geträufelt wurde, sondern sein Aroma sind frische Früchte, etwa Rhabarber. Aber Vorsicht! Das lässt sich nicht umkehren: Nicht jeder Rhabarber riecht nach Jesus. Es ist ein leicht ins Limonadenhafte reichender Rhabarberduft, der von ihm ausgeht. Und schließlich riecht der Heilige Geist richtig süß nach Schokolade. Ich kann bei jeder Messe genau sagen, ob Gott, sein Sohn oder der Heilige Geist oder gar alle drei anwesend sind. Ich rieche das durch den dichtesten Weihrauch hindurch. Da staunen Sie, Frau Kommissarin?«

Die Kommissarin staunte wirklich, wenn sie auch leise Zweifel hegte. Beim Schokoladengeruch musste sie ganz unmetaphysisch an ihren Ritter-Sport denken.

»Erzählen Sie weiter, Frau Doktor Schlecht!«

»Ich weiß nicht, ob Sie sich für Philosophie interessieren, Frau Kommissarin«, fragte Frau Doktor Schlecht zaghaft, während sie mit ihrem Tüchlein eine über die Wange rollende Träne auffing. Sie schien doch zu viel Wasser zu trinken.

»Oh ja sehr, ich habe gerade mit einer Philosophin von der Uni Frankfurt zu tun. Frau Professor von Baudissin. Der Name sagt Ihnen sicher etwas!«

»Sie meinen doch nicht die Großnichte unserer Großerbtante?« Die Stimme der alten Dame stieg ein wenig ins Schrille. »Tatsächlich? Du lieber Himmel! Also von der Ovulationstheorie halte ich nichts. Ich bin Geruchsmetaphysikerin und werde es ewig bleiben. Von Gott gehen winzige Geruchspartikel aus, die zwischen materiellen und immateriellen Zuständen pendeln. Viele Elemente können gasförmige oder flüssige oder feste Zustände annehmen. Das wissen Sie sicher noch aus der Schule. Der immaterielle, geistige Zustand ist allerdings für die Physiker ein Problem. Da endet ihre Weisheit. Aber man kann es nicht leugnen: Die Gottesmoleküle lassen sich riechen, wohl nur mit einem absoluten Geruchssinn. Absolut, das heißt metaphysisch.«

Frau Doktor Schlecht machte eine Pause, nahm einen Schluck und tupfte. Als ihre Hand und das Tüchlein die Augen wieder freigaben, lief Bekümmerung über ihre rosigen Züge.

»Nun, Frau Kommissarin, gibt es ein kleines Problem und ein großes. Beides betrifft den Mordfall. Ich glaube, ich habe den Täter oder die Täterin gerochen. Wie soll ich sagen? An diesem Tag umgab den toten Bürgermeister, als er im Aufzug lag, ein besonderer Geruch.«

»Sie meinen vielleicht Eukalyptus? Wegen seines Sprays?«

»Nein, nein, wie soll ich sagen?« Frau Doktor Schlecht zögerte. »Es war ein spezieller Tätergeruch. Ich würde ihn jederzeit wiedererkennen: Jasmin und Gardenie mit etwas Patschuli. Ich könnte die Namen der Täter sagen, aber das eine Problem besteht darin, dass das metaphysische Geruchsorgan, meine Nase, leider keine Unterschiede zwischen Anwesenden und Abwesenden macht. Ich kann nicht sagen, ob der Mörder oder die Mörderin wirklich in Sankt Gundula körperlich anwesend waren.«

»Und welche Anwesenden oder Abwesenden haben Sie gerochen, Frau Doktor Schlecht?«

»Ja, ich wusste, dass Sie mich das fragen würden, Frau Kommissarin.« Frau Doktor Schlecht schwieg verlegen und füllte die Pause, indem sie erneut ein frisches kleines Tuch aus ihrem linken Ärmel zog. Das gebrauchte versorgte sie in den rechten.

»Hier liegt nämlich das zweite, offen gesagt, das größere Problem. Ich erinnere mich im Augenblick nicht mehr daran, wer es war. Der Geruch liegt mir noch in der Nase, wie gesagt, aber der Name dazu fällt mir nicht mehr ein. Wahrscheinlich war es eine Frau, aber ihr Bild ist verschwunden!«

»Glauben Sie, dass er Ihnen wieder einfällt?«

»Ja, ja, ganz sicher«, die alte Studienrätin tupfte noch einmal und straffte sich. »Ich kann mich im Grunde auf mein Gedächtnis verlassen. Nur hier gibt es leider eine dumme Lücke. Wahrscheinlich habe ich gestern nicht genug getrunken.«

»Na gut, das macht mir Hoffnung«, tröstete sich die Kommissarin, »melden Sie sich aber bitte sofort, wenn ihnen der Name wieder einfällt. Das wäre eine große Hilfe.«

»Wenn Sie wollen«, die alte Dame wollte Annabelle nicht so ohne weiteres ziehen lassen, »wenn Sie wollen, Frau Kommissarin, lade ich Sie zu meinem nächsten Vortrag in unserer Seniorenuniversität ein. Dann spreche ich erneut zum Thema ›Unsere Nasen sind nicht nur für die Brille da‹. Diesmal erkläre ich meine metaphysische Olfaktorik. Das wird Sie doch interessieren!«

»Da komme ich ganz sicher«, sagte Annabelle freundlich, ließ sich aber nicht mehr in ihrer Fluchtbewegung aufhalten.

»Vergessen Sie nicht«, rief die alte Dame ihr nach und winkte mit ihrem leeren Glas, »viel Wasser trinken!«

Die Kommissarin verließ den Sichtbereich und das Riechfeld des Reinhardtschen Nashorns in der kleinen Cafeteria. Nun hatte also auch diese witzige und intelligente Frau Doktor Schlecht einen kleinen Schaden! Vielleicht ein Wahn, der sich zwar in Grenzen hielt, ein religiöser, metaphysischer, auf reichlich Tränenfluss schwimmender Geruchswahn, aber doch irgendwie hanebüchen. Würde sie hier überhaupt einen Zeugen oder eine Zeugin finden, die vor Gericht glaubhaft aussagen könnten?

Dennoch wollte sie sich die letzten Bemerkungen der Frau Doktor Schlecht notieren. Sie setzte sich wieder in die Eingangshalle. Welch ein Umstand, das Schreiben! Einen Mordfall aus dem 21. Jahrhundert mit einer gebrochenen Hand und den technischen Mitteln des 18. Jahrhunderts lösen! Den Rucksack öffnen, Filzstift finden, Notizbuch aufschlagen, mit der Linken in der Gipsmanschette festhalten und schreiben. Egal, sie notierte: »metaphysische Olfaktorik, dreifaltige Gerüche. Tätergeruch, vielleicht Gardenie und Patschuli«. Das Schreiben bereitete höllische Mühe, denn der stillgestellte linke Arm war nicht mal grobmotorisch einsetzbar. Eben wollte sie die Schreibutensilien wieder im Rucksack verstauen, da schlich die kleine gebeugte Frau Silbereisen in ihrer grauen Steppweste durch die Eingangshalle. Als ihr die Kommissarin zuwinkte, rückte sie ihre dunkle Brille zurecht und bemühte sich, sie zu erkennen.

»Hallo, Frau Silbereisen«, rief die Kommissarin und näherte sich vorsichtig der Seniorin.

»Aber wer sind Sie denn?« Frau Silbereisen fasste nicht gleich Vertrauen.

Die Kommissarin erinnerte sie an ihr Gespräch vor ein paar Tagen. Langsam stellte sich bei Frau Silbereisen etwas Erinnerung ein. Ja, sicher, Frau Petrosian! Sie fand, dass die Kommissarin ziemlich mitgenommen aussah. Jaja, ich hatte einen Unfall, aber das Schlimmste ist überstanden. Und wie geht es Ihnen? Während Frau Silbereisen die Partitur ihrer Leiden aufschlug und mit der Klage über ihren Rücken begann, kam Annabelle der Gedanke, sie könnte die einstige Angestellte im Katasteramt befragen, wie man über den Atlantik hinweg Auskünfte über Immobilien in den USA erhielt. Sie hatte sich die Adressen von Jungjohanns Fresszettel notiert. Frau Silbereisen klappte die Klagepartitur zu und freute sich, dass ihre Erfahrung gefragt war. Die beiden setzten sich.

»Da kenn ich mich aus!«, sagte die alte Dame selbstbewusst. »Wollen Sie in den USA was kaufen? Wo denn? Das funktioniert in den einzelnen Bundesstaaten und Counties oder auch von Ort zu Ort oft ganz verschieden.«

»Ich interessiere mich für Immobilien in Florida, genauer in Miami Beach oder Fort Lauderdale. Vielleicht werde ich etwas kaufen. Kennen Sie sich da aus?«

»Ja, natürlich. In Florida haben viele Deutsche Häuser erworben, und ich durfte ihnen dabei helfen. Für Miami ist das, warten Sie, warten Sie, es fällt mir gleich ein, einen Augenblick! Ja, ja, ja, das Broward County ist zuständig! Immobilienkauf geht viel einfacher dort als bei uns. Sie müssen die *Parcel information* haben. Das heißt, Moment! Moment! Sie brauchen erst eine *Legal description of property*. So heißt das, glaube ich. Dann muss eine autorisierte Person ein *Notary Acknowlegement* besorgen. Für den Deal benötigen Sie die *Parcel information*. Das ist die genaue Bezeichnung der Parzelle. Alles andere ist einfach. Die nehmen das da drüben nicht so genau wie wir.«

»Kann ich das übers Internet herausbekommen?«

»Sie meinen über das Luftbuch? Oh, das weiß ich nicht«, bedauerte Frau Silbereisen. »Früher haben wir alle Auskünfte telefonisch erhalten. Nur musste man mit den Leuten Englisch sprechen. Die Amis haben ja nicht ordentlich Englisch gelernt wie wir. Die sprechen es ganz falsch! Furchtbar! Ich hoffe, dass dort trotzdem alles richtig in die Grundbücher eingetragen wird. Sonst geht es denen wie uns. Die Grundstücke verschwinden im Luftbuch und sind weg. So was sollten Sie auf keinen Fall kaufen, Frau Kommissarin!«

»Danke für Ihren guten Rat! Dann werde ich mich gleich darum kümmern, Frau Silbereisen. Wie hieß das? *Brauer Caunti?*«

»Ja, *Brower County*«, Frau Silbereisen buchstabierte langsam, »und, warten Sie, ja, die Katasterbezeichnung heißt dort *Parcel information*.«

Annabelle musste sich die Ausdrücke notieren. Frau Silbereisen wollte ihr helfen, aber die helfende Hand zitterte so sehr, dass Annabelles Schrift einer Fieberkurve ähnelte. Sie bedankte sich, packte die Sachen rasch ein, und verließ das Seniorenheim. Wieder war sie in eine Erregung geraten, die ihrem erschütterten Gehirn nicht gefiel.

Draußen musste sie erneut dem kleinen Skater ausweichen, der die abschüssige Zufahrt für seine Kunststücke nutzte. Auch heute trug er sein *Mad is beautiful*-Shirt. Mit ihrem geschienten Arm war sie natürlich zu Fuß unterwegs, und das ewige Grau über der Stadt wartete geduldig mit dem Regen.

Das große Hallo der Kollegen im Büro und die anzüglichen Sprüche »Oho, ganz neues Makeup?«, ließ sie an sich abprallen. Auch Möllis Erstaunen und sein gekünsteltes »Was willst denn du schon hier?«, blieben ohne Antwort. Sie startete den Rechner auf ihrem Schreibtisch, überflog in der Wartezeit die neuen Eingänge. Meine Güte, diese Bagatellen! Sie war doch einem raffinierten mörderischen Immobilienbetrug auf der Spur. Endlich öffnete sich die Suchleiste von Google, und sie gab mit der rechten Hand ihre Suchbegriffe »Broward County« und »Parcel information« ein.

Das Ergebnis war großartig! Nach kurzem Probieren fand sie den Property Reporter von Fort Lauderdale. Es war ein Infosystem, das Daten über Grundstücke, Häuser, Eigentümer und Verkäufe in der Stadt lieferte. Sie musste sich einfach anmelden. Nur Geduld! Inzwischen holte sie die Adressen von Jungjohanns Fresszettel heraus, um sie in der Such-Zeile einzugeben. Nach zwei Fehlversuchen hatte sie es geschafft, und der Katasterplan öffnete sich vor ihren Augen.

Fort Lauderdale, wie bist du schön! Lauter kleine Kästchen mit den feinen Schatten der Häuser. Der Property Reporter der Stadt forderte sie auf: »Please input an adress«. No problem, murmelte Annabelle und gab die Adresse der Victoria Park Road ein. In wenigen Sekunden zoomte die Seite und baute die Informationen über das Grundstück auf. Das kleine Pop-up musste noch vergrößert werden. Was steht da? Die erste Spalte der Legende zur Villa nannte die Folio-Nummer, die zweite die Parzelle, die dritte die Adresse, und dann traf sie der Schlag. Was las sie da? In der vierten Spalte stand der Name des Besitzers: Der Owner der Villa in der Victoria Park Rd. hieß Waldemar Siepenbruck. Noch einmal. Kein Zweifel: Waldemar Siepenbruck.

»Unglaublich! Der Notar, die Erdkugel auf dem Rücken, bescheißt die Welt, die er selbst trägt! Dieser alte Zocker«, murmelte Annabelle. Sie starrte eine ganze Minute lang auf ihren Bildschirm. Ja, sie hatte es geahnt. Und doch begann sie erst jetzt, langsam die Bauteile der Geschichte, die sie seit Wochen sammelte, neu zusammenzufügen. Dann machte sie einen Screenshot von der Seite, sicher ist sicher, denn wer wollte in dieser trügerischen Welt garantieren, dass der Eintrag noch in einer Stunde dort stehen würde.

Doch das war nur eines der beiden Objekte, die auf notariellem Weg vom »Fresszettel« zum Testament verloren gegangen waren. Nicht Frau Silbereisens Luftbücher, die Notare lassen Immobilien verschwinden! Also weiter zum Property Reporter von Miami Beach! Annabelle landete auf den Seiten von allerlei Immobilienhändlern, die freundlich lächelten, aber zwischen ihren geweißten Zähnen blinkte die Raffgier, und würde man sie nicht rasch wegklicken, streckten sie gleich ihre Dollar-krakenkrallen aus dem Bildschirm. Endlich fand sie eine andere inter-aktive Seite. Es war die Broward County Florida Property Search. Das war ein interaktives GIS. Was in Gottes Namen ist denn GIS? Ach so: Geographic Information System. Sie tippte in die Suchrubrik Adresse und Nummer des Luxusappartements in der Meridian Avenue von Mi-ami Beach, klickte auf die winzige Lupe am Rande des Suchfeldes und schloss für einen Moment die Augen. Annabelle glaubte bereits zu wis-sen, was gleich vor ihr aufpoppen würde, und doch war ihr schwindelig im Kopf. Dann öffnete sie die Augen. Und dort stand es, wie man einst sagte, schwarz auf weiß. Oder vielmehr flimmerten die Zeichen auf der elektronischen Oberfläche: Nein, nicht Waldemar Siepenbruck! Owner des Apartments in der Meridian Avenue war Katharina Jungjohann.

Annabelle blieb erst einmal starr sitzen. Schließlich rief sie Mölli her-bei und zeigte stumm auf den Bildschirm.

»Was ist denn das?«

»Das ist der Property Reporter von Miami Beach. Der gibt Auskunft, wem in Florida die Immobilien gehören. Schau mal genau hin! Ich glau-be, hier steht die Lösung unseres Rätsels!«

Mölli brauchte etwas Zeit, um zu begreifen, was ihm das kleine Pop-Up-Fenster gerade sagte.

Annabelle half ihm.

»Der Eintrag besagt: Katharina Jungjohann ist seit gut einer Woche Eigentümerin eines Luxusapartments in Miami Beach. Du weißt, die Adresse stand auf dem Fresszettel, den der tote Bürgermeister in seiner Klarsichtfolie bei sich trug.«

»Das ist einfach nicht zu fassen...« Dem Kriminalhauptkommissar dämmerte es allmählich.

»Das ist längst nicht alles, verehrter Kollege!« Annabelle hatte einen feinen Sinn für Steigerungen. »Schau dir diesen Screenshot an, den ha-be ich kurz vorher gemacht. Hier findest du den glücklichen Eigentü-mer einer Villa in Fort Lauderdale!«

Der Kollege Möllenbeck, der schon so manche Überraschung erlebt hatte, blieb erst einmal stumm.

»Das ist unglaublich!«, murmelte er nach einer Weile. »Urkunden-fälschung durch einen Notar! Ganz schön happig. Na gut, niemand weiß besser als ein Notar, wie's geht.«

Klar! Die beiden mussten mit diesen Erkenntnissen vorsichtig umge-hen. Es war längst nicht ausgemacht, dass der Notar und die Schwester des Bürgermeisters den Mord begangen hatten. Immer noch warteten sie auf die Auswertung der Spuren.

»Die Nachtschwestern im Landeskriminalamt lassen uns verhun-gern!«, schimpfte Mölli. »Von den Kollegen in Überlingen habe ich übrigens noch nichts gehört.«

Annabelle hatte für heute genug. Es zog sie nach Hause, und sie spür-te, dass ihr bei diesem Fall die professionelle Einstellung verloren zu gehen drohte.

Im I.G.-Farben Haus

Annabelle ließ sich nicht davon abbringen, Frau Professor von Baudissin persönlich zu vernehmen. Sie würde sogar wegen ihres Handicaps mit der Bahn nach Frankfurt fahren, aber Ruben wollte sie begleiten, und so saßen die beiden gleich am Dienstag im grünen Dienstaudi und fuhren nach Frankfurt. Mölli hatte das gebilligt und überließ gegen die heiligen Dienstvorschriften Ruben das Steuer. Mit der Staatsanwaltschaft in Bonn hielt er zuvor Rücksprache. Erst recht waren seine Kontakte zu den Frankfurter Kollegen hilfreich. Man kannte sich aus der Gewerkschaft. Die Kollegen hatten nach seinem Anruf gleich am Montag der Professorin den Besuch der Kommissarin angekündigt. Es sei eine staatsanwaltlich abgeklärte, eher informelle Zeugenbefragung, und es bliebe Frau Professor überlassen, ob sie einen Anwalt hinzuziehen wolle.

Annabelle hatte Ruben vorgeschlagen, dass sie sich aus dem Netz die »Mahnrede an die deutsche Nation« der Professorin als MP3-Datei herunterladen sollten, um sie während der Fahrt zu hören und dabei etwas mehr über deren AfD-Philosophie in Erfahrung zu bringen. Als sie in Hennef auf die A3 fuhren und die Ödnis der Autobahn einsetzte, ließen sie die Aufnahme laufen. Sie war hochprofessionell gemacht. Erst stellte eine männliche Stimme die Professorin als namhafte deutsche Philosophin vor und feierte sie als originelle Denkerin, die Martin Heideggers Fundamentalontologie in feministischer Sicht fortschrieb. Dann hörte man einige Takte des Deutschlandliedes, aus dem die Professorinnenstimme langsam emportauchte: »Guten Tag, meine lieben deutschen Zuhörer!« So ging es los! Oh du allerheiligstes Vaterland! Die Professorin schmeichelte sich in die deutschen Ohren ein und geleitete sie zurück in die vaterländische Vergangenheit. Sie erinnerte an die trostlose Lage Deutschlands im Jahre 1808. Damals hielt der Philosoph Johann Gottlieb Fichte seine berühmten Reden an die deutsche Nation. Jetzt sei es an der Zeit, dass eine deutsche Philosophin erneut die Stimme erhebe.

Hier schrillte die Stimme der Philosophin, und Annabelle musste das an ihrem Player rasch auspegeln.

»Ja, heute ist Deutschland in einer ähnlichen Lage wie 1808. Unsere alte Kulturnation droht erneut unter der Flut fremder, undeutscher Eindringlinge zu verschwinden. Und jeder von uns spürt es am eigenen Leib, dass das Deutsche bedroht ist. Bald wird man die Sprache Goethes und Thomas Manns auf der UNESCO-Liste der gefährdeten Sprachen wiederfinden wie das Sorbische oder Nordfriesische. Vielleicht ist es bereits zu spät. Statt der französischen Legionen von 1808 machen sich heute, gut 200 Jahre später, türkische, arabische, afrikanische Horden auf den Weg, um uns mit ihren vielen Kindern und ihren Billig-Kulturen zu verdrängen.«

»Ich muss gleich kotzen«, rief Ruben am Steuer und wollte, dass ihm Annabelle die große REWE-Einkaufstasche für diesen Fall zwischen seine Beine stellte.

»Ich lass das ein Stück vorlaufen. Ich glaube, es kommt noch was völlig Verrücktes!«

»Was bleibt den Deutschen«, fragte jetzt die verzweifelte Stimme aus den Lautsprechern des alten Polizei-Audi, »die sich unter der Übermacht fremder Kulturen so weit von ihrem Ursprung und Wesen entfernen mussten?«

Die Rednerin machte eine Pause und gab den Hörern Gelegenheit, ihre Verzweiflung und Ratlosigkeit spüren zu lassen. Aber es wurde nicht ganz so schlimm.

»Da gibt die Philosophie eine ermutigende Antwort. Als deutsche Denkerin kann ich sagen, dass die deutsche Frau vielleicht nicht mehr im Einklang mit der Natur leben darf; wohl aber lebt sie in Harmonie mit dem Weltall. Mehr als alle anderen Frauen Europas lässt sie Leib und Seele in den Rhythmen und Bewegungen des Universums schwingen. Während unsere Männer den Sinn für die feinen Vibrationen eingebüßt haben, bleiben wir Frauen den fernen und leisen Wellen, die uns von den frühesten Ereignissen des Weltalls künden, verbunden...«

»Jetzt reicht es!«, schrie Ruben. »Das hält doch keine Sau aus!«

Sie fuhren in die Stadt, das Navi leitete sie zum alten I.G.-Farben

Haus, in das vor längerer Zeit die Universität eingezogen war. Sie stellten den Dienstwagen ab und warteten auf die Frankfurter Kollegen, die sie begleiten sollten. Es war noch etwas Zeit, und sie schauten sich das mächtige Poelzig-Gebäude an, wo einmal die IG Farben residiert hatten. Ruben wusste, dass die Buna-Werke der IG Farben ein firmeneigenes KZ in Monowitz, in der Nähe von Auschwitz, errichtet hatten. Der Schriftsteller Primo Levi schuftete dort als Zwangsarbeiter und hat das Inferno überlebt.

»Die Erinnerung, dass hier einmal Zwangsarbeiterlager für die Hitler-Industrie geplant wurden, ist eine passende Einstimmung auf die AfD-Professorin!«, knurrte Ruben.

»Augenblick«, rief Annabelle. »Eben kommt eine SMS von Mölli. Vielleicht ist es etwas Wichtiges!«

Ja, irgendwie war es wichtig. Auf ihrem Display las sie:

»Annabelle, eben bekomme ich eine Mail von Kollegen, dass im Hotel Seegarten in Überlingen eine Frau Reitemeier für das kommende Wochenende ein Zimmer gebucht hat. Haben die Kollegen dort herausgefunden. Ich hab gesagt, die sollen die mal diskret überprüfen. Ganz schöner Schwerenöter, dein Alter!«

»Das hat mir gerade noch gefehlt!«, rief Annabelle. »Wenn das meine Mutter erfährt, dann bricht der Irrsinn aus.«

Ruben versprach, wenn nötig, mit zwei oder drei armenischen Ringern nach Überlingen zu fahren, um alle ledigen Richterinnen unter fünfzig aus der Nähe ihres Vaters zu verjagen. Aber Annabelle war nicht zu Scherzen aufgelegt.

Zum Glück trafen in diesem Augenblick die beiden Frankfurter Kollegen ein, und sie mussten sich über die bevorstehende Vernehmung verständigen.

Danach betraten sie das Gebäude des Querbaus 5. In der Eingangshalle sprang einer nach dem anderen in den Paternoster, selbst die schwer lädierte Annabelle wagte es. Der Aufzug brachte sie ins zweite Stockwerk, wo das Institut für Philosophie seinen Sitz hatte. Die Professorin erwartete sie bei offener Tür in ihrem Büro, wo Jalousien das Außenlicht dämpften. Sie erhob sich hinter einem Gebirge von Papieren und Büchern und kam dynamisch den Besuchern entgegen. Sie war eine jugendlich aussehende blonde Frau in einem blauen Blazer, darunter eine weiße Bluse mit einer Modeschmuckkette im Ausschnitt. Dazu eine dunkle enge Hose, ihre Füße steckten in Nike-Sneakers. Das Haar war glatt gescheitelt und hinten geknotet. Auf ihrem Gesicht thronte eine schwarze Hornbrille, so dass sie tatsächlich Woody Allen ähnlich sah. Frau Professor von Baudissin stellte ihren Anwalt Doktor Gloppke vor. Die beiden Frankfurter Polizei-Kollegen wollten draußen warten. So nahmen die Professorin, der Anwalt, Annabelle und Ruben an einem braunen Besprechungstisch Platz.

Ruben wollte sich die Bilder an den Bürowänden erklären lassen: Dort hing das riesige Foto des Gravitationswellen-Detektors GEO 600, daneben Philosophenportraits von Fichte, Heidegger, Oswald Spengler und Rupert Sheldrake.

Der Anwalt wollte wissen, ob es sich um eine förmliche Vernehmung handelte, und die Kommissarin antwortete, dass es eigentlich nur um eine Klärung gehe. Sie habe ihren Mann als Begleiter mitgenommen, da sie seit dem Angriff zweier vermummter Männer auf sie unter einem Trauma leide.

»Das bedaure ich sehr«, unterbrach die Philosophin, »aber um das gleich klarzustellen: Ich habe damit nichts zu tun.«

Die Kommissarin wollte das nicht unterstellt haben. Sie erinnerte daran, dass sie vor zwei Tagen Frau Professor von Baudissin telefonisch kontaktiert habe, weil man bei der staatsanwaltlich angeordneten Durchsuchung des AfD-Büros und der Parteicomputer auf eine E-Mail-Korrespondenz mit ihr gestoßen sei. Da die Beweismittelsicherung im Rahmen der Aufklärung eines Mordfalles erfolgt sei, vermutlich sogar eines politischen Mordes, müsse man allen Hinweisen nachgehen. Aus einigen Wendungen in den E-Mails habe man den Eindruck gewonnen, dass die Professorin den Tod des Bürgermeisters aus politischen Gründen begrüßt habe. Dies sei gewiss nicht strafbar, werfe aber ein etwas ungünstiges Licht auf die Beteiligten. Es gebe zwar keinen Anfangsverdacht, aber man halte eine informelle Befragung für hilfreich. Daher bitte sie um eine Stellungnahme.

Die Philosophin schaute zu ihrem Anwalt, und der schien keine Bedenken zu haben.

»Ich betone noch einmal«, erklärte die Professorin mit fester Stimme, »dass ich nicht das Allergeringste mit diesem scheußlichen Mordfall zu tun habe. Auch für meine politischen Freunde, die bisweilen meinen Rat suchen, kann ich sagen, dass wir den politischen Kampf mit legalen Mitteln führen. Und es ist bekannt, dass wir dabei erfolgreich sind.

»Leider, leider!«, bemerkte Ruben leise.

Die Professorin nahm ihre Brille ab, strafte Ruben mit einem verächtlichen Lächeln und hob dabei die rechte Braue über ihren stahlblauen Augen. Sie richtete den Blick auf die Kommissarin und fragte: »Möchten Sie meine Stellungnahme hören oder nicht?«

Annabelle lächelte sanft zurück:

»Ja natürlich, wir waren zwei Stunden unterwegs, um Sie zu hören und sind sehr neugierig! Bitte fahren Sie fort!«

»Es ist Ihnen so gut wie mir bekannt«, sagte die Professorin kühl, »dass meine Großtante, die leider auch meinen Namen trägt, in der Politik Ihrer Stadt eine unschöne Rolle spielt. Das Geld, das sie von meinem Großonkel geerbt hat, will sie zu einer antideutschen Kampagne nutzen. Bekanntlich hat Ihr Bürgermeister diese Politik gegen unsere Stimmen und gegen den Protest zahlreicher Bürger trickreich betrieben. Darf man es nicht in einem rein politischen Sinne begrüßen, wenn der verantwortliche Mann, der die Beschmutzung Deutschlands betreibt, schließlich durch das Schicksal daran gehindert wird? Ich verurteile den Mord, ich begrüße aber das Ende dieser Politik. Daran nehmen Sie vielleicht Anstoß, aber für Deutschland wird es ein Segen sein.«

Frau von Baudissin richtete sich auf. Sie nestelte an ihrer Kette. So ganz gelassen wirkte das nicht.

»Besten Dank, Frau Professor«, sagte die Kommissarin höflich. »Das bringt etwas Klarheit in die Angelegenheit. Nun noch eine weitere Frage. Nach der Mordtat vor dreieinhalb Wochen tauchten auf verschiedenen Seiten im Netz und sogar auf der Facebook-Pinnwand unserer Stadt Postings auf, die nicht nur das Ende des Bürgermeisters begrüßten, sondern ihn auch auf abscheuliche, vulgäre Weise schmähten. Die Herkunft dieser Posts klärt sich allmählich auf. Sie kommt nach unseren Erkenntnissen über russische Rechner. Aber sie wurden von einigen jungen AfD-Aktivisten in unserer Stadt ins Netz gebracht, die sich offenbar in einem ›Freundeskreis Robert Ley‹ zusammengeschlossen haben. Stehen Sie auch mit dieser Gruppe in Verbindung?«

»Wie kommen Sie denn darauf?« Die Professorin wurde hellhörig und ließ die Finger von ihrer Kette.

»Einer dieser jungen Leute hat mir Ihre Telefonnummer gegeben mit dem Hinweis, dass er über diese Verbindung telefonisch zu diesen Aktionen angestiftet worden sei.«

»Wer war das denn?«

»Sie räumen das also ein?«, fragte die Kommissarin schnell.

Der Anwalt intervenierte jetzt und meinte, diese Frage ginge über eine rein informelle Befragung hinaus.

Die Professorin ignorierte das. Sie setzte ihre schwarze Woody-Allen-Brille wieder auf und rollte ein Stück vom Tisch zurück:

»Alles, was ich einräume, ist die Tatsache, dass die negative Meinung über Robert Ley auch in meinen Augen eine historische Entstellung ist und revidiert werden muss. Der Mann hat viel Gutes getan, und es ist an der Zeit, diese positiven Dinge in unser Gedächtnis zurückzurufen. Das will der Freundeskreis und sonst nichts. Robert Ley hat mit der Vernichtung der Juden, die auch wir für einen Fehler halten, nichts zu tun. Er hat sich für die Wohlfahrt der deutschen Arbeiter eingesetzt und dabei Großes geleistet. Und lassen Sie mich noch etwas sagen: Die deutsche Geschichte, die Geschichte der deutschen Größe, umspannt mindestens drei Jahrtausende. Dreitausend Jahre Deutschtum! Da zählen zehn oder zwölf Jahre der Hitler-Herrschaft mit einigen gewiss fehlerbehafteten Entscheidungen gerade zu einem viertel Prozent. Das Heilige Römische Reich währte hingegen von der Krönung Karls des Großen bis 1806 tausend Jahre.«

»Was ist das für eine Vollidioten-Mathematik!«, ereiferte sich da Ruben. »Über sechs Millionen ermordete Juden und mindestens noch einmal so viele Kriegsgefangene, Zwangsarbeiter, Sinti und Euthanasieopfer.«

»Hör auf, Ruben!«, bat Annabelle. »Das ist kein politisches Gespräch, sondern eine Zeugenbefragung. Entschuldigen Sie«, fuhr sie fort »dass mein Mann so heftig reagiert. Seine Familie hat unter den Nazis sehr gelitten. Aber darf ich noch einmal auf den ›Freundeskreis Robert Ley‹ zurückkommen? Wissen Sie, wer die jungen Mitglieder zu diesen Internetaktionen angestiftet hat?«

»Dazu kann ich gar nichts sagen. Ich habe niemanden zu irgendeiner Straftat angestiftet, erst recht nicht zu vulgären Äußerungen. Ich hasse alles Vulgäre aus tiefster Seele. Aber ich lasse mich ebenso wenig auf falsche politische Korrektheit festnageln. Das haben wir lange genug mitgemacht. Als Philosophin bin ich der Wahrheit verpflichtet, und nicht immer klingt die Wahrheit wie Säuselprosa! Denn wir haben eine andere Zeit! Von fernen Galaxien erreichen uns neue Schwingungen. Ich würde es sehr begrüßen, wenn sich unsere Polizeikräfte um die Sicherung der inneren Ordnung Deutschlands kümmerten und die vielen fremdländischen Kriminellen dingfest machten, statt deutsche Forscherinnen bei ihrer Arbeit zu belästigen.«

»Frau Professor von Baudissin, wir Polizeikräfte sind mit der Aufklärung eines Mordes an einem deutschen Bürgermeister befasst. Und vermutlich war der Täter auch ein Deutscher. Die meisten Mörder in Deutschland sind Deutsche. Ist es nicht schlimm, dass ausgerechnet Deutsche ihre deutschen Mitbürger umbringen und dass wir auf diese Weise immer weniger werden?«

»Das ist ja der Kern des Problems«, die Professorin kam in Fahrt, »die Deutschen haben ihre gemeinsamen Wurzeln in der Sprache und im Sein verloren. Sie erkennen sich nicht mehr in ihrer Blutverwandtschaft, weil die deutsche Rasse und Kultur versifft sind. Die Folge ist ein ständiger Bürgerkrieg, ein wechselseitiges Zerfleischen. Furchtbar!«

Auf den Zügen der Professorin malten sich Schrecken und Verzweiflung.

»Vielen Dank, Frau Professor von Baudissin!«, unterbrach die Kommissarin vorsichtig. »Das ist mir zu hoch. Ich bin keine Philosophin! Sie haben mir meine Fragen soweit beantwortet, und Sie können jetzt in Ruhe weiter arbeiten.«

»Dann erlauben Sie aber mir eine Frage«, bat Frau von Baudissin und lächelte bitterböse.

»Bitte«, antwortete die Kommissarin. »Das ist zwar in unserer Strafprozessordnung nicht vorgesehen, aber wir sind ja in keine förmliche Untersuchung eingetreten.«

»Mir ist zu Ohren gekommen«, das professorale Lächeln schien eine Spur giftiger, »dass Sie mit einem der Verdächtigen in diesem Mordfall eine intensive E-Mail-Korrespondenz unterhalten. Das ist, wie man mir gesagt hat, ein afghanischer Flüchtling. Entspricht das unserer Strafprozessordnung?«

»Oh, Sie sind ja erstklassig informiert, Frau von Baudissin«, antwortete Annabelle nach einem Moment der Verblüffung. »Vermutlich hat Ihnen diese Quelle auch einige gefakte Bilder zugänglich gemacht, die mich mit diesem Verdächtigen, dem Ehepartner des ermordeten Bürgermeisters Jungjohann, bei sexuellen Handlungen zeigen. Ich darf dazu sagen: Es entspricht unserer Strafprozessordnung durchaus, dass Diebstahl und Verleumdung verfolgt und bestraft werden.«

Die Kommissarin war bei ihren letzten Worten aufgestanden. Sie verabschiedete sich von der Professorin und ihrem Rechtsanwalt. Ruben, der vorher genervt das Zimmer verlassen hatte und mit den beiden Frankfurter Kollegen vor der offenen Tür gewartet hatte, wünschte wütend Hals- und Beinbruch beim Reiten auf den Gravitationswellen.

»Mein Gott, ist die Frau dämlich«, sagte Annabelle zu Ruben und ihren Begleitern, nachdem sie den Paternoster wieder verlassen hatten, »sie hat aus reiner Bosheit verraten, dass ihr die Nazi-Prügler auch Infos über die E-Mails vom Mehmet an mich zugespielt haben.«

»Ist sie an dem Mord beteiligt?«, wollte ein Frankfurter Kollege wissen.

»Jedenfalls an dem Mordversuch, den ich überlebt habe«, antwortete Annabelle.

Notar in Not

»Was ist denn das für eine verdammte Scheiße! Diese Vollidioten!«, fluchte Möllenbeck am Mittwochmorgen, als Annabelle ins Büro kam, weil es sie wieder nicht zu Hause gehalten hatte.

Mölli hatte ein Alarmanruf aus Nümbrecht erreicht, dass Unbekannte während der vergangenen Nacht in das Haus des ehemaligen Unternehmers eingebrochen waren und zwei wertvolle Uhren gestohlen hatten. Genau die beiden alten Uhren, die dem Sammler zwei Wochen zuvor ein Brüsseler Antiquitätenhändler in einem Album gezeigt hatte. Die beiden Beamten, die jede Nacht in Nümbrecht vor der Unternehmervilla Wache schieben sollten, um die erwarteten Einbrecher zu fangen, hatten gepennt. Sie waren von den Tätern offenbar als Wachhunde erkannt worden. Wahrscheinlich hatten sie gedankenlos und für alle einsehbar in ihrem Dienstwagen gehockt. Die beiden räumten ein, dass ihnen eine Anwohnerin am Abend ein Sixpack Bier geschenkt hatte, das offenbar ein Schlafmittel enthielt. Sich so übertölpeln zu lassen! Jetzt fragte der Bestohlene, ob er seine Uhren bei dem Brüsseler Antiquitätenladen zurückkaufen müsse. Peinlich, peinlich! Eine Blamage erster Klasse.

In seiner Wut hatte Mölli zunächst nicht bemerkt, dass Annabelle neben seinem Schreibtisch stand. Sie wollte sich die für heute angekündigten Ergebnisse der daktyloskopischen Analyse ansehen. Zwei Mal hatten sie schon nachgefragt. Auch heute bat das Düsseldorfer Landeskriminalamt in einem Fax nochmal um Geduld. Die Untersuchung gestalte sich schwierig, weil sich viele Abdruckspuren auf den Trägern befanden und überdies mehrere Träger und Objekte zu vergleichen waren. Die nächste Seite der Fax-Nachricht enthielt allerlei fachsprachliches Gewölle. Dort war die Rede von Cyanacrylatbedampfung und Hochvakuum-Metallbedampfung. Überdies, so hieß es, habe man Probleme damit, die schwach ausgeprägten Bogen-, Schleifen- und Wirbelmuster der Papillarlinien korrekt zu klassifizieren. Zuletzt könne nur noch Lasertechnologie ein eindeutiges Ergebnis sicherstellen.

Man sei aber kurz vor dem Abschluss der Analyse. Vielleicht käme das Ergebnis noch am Nachmittag.

Nachdem also Mölli seinen Hagel von Schimpfworten über die Nachtwächter in Nümbrecht abgelassen hatte, überfiel ihn neuer Ärger, als ihm Annabelle das Fax aus dem Labor des Landeskriminalamtes in die Hand drückte.

»Daktyloskopie habe ich im ersten Ausbildungsjahr erlernt. Das ist Handwerk. Jetzt haben sie Superspezialisten und Supermaschinen und kriegen nicht mehr heraus als wir mit der Lupe. Wahrscheinlich haben sie mit dem Cyanacrylaten ihr Gehirn verklebt.«

Während Mölli weiter wütete und seine Testosteronreserven verpulverte, erschien unerwartet Mehmet Jungjohann im Kommissariat und wollte »Frau Pollzei Petrosian« sprechen. Als er Annabelle erblickte, die immer noch elend aussah, überfiel ihn sichtbares Entsetzen.

»Was passiert, Frau Pollzei?«, fragte er entgeistert.

»Betriebsunfall!«, antwortete Annabelle ungnädig.

»Was ist Triebunfall?«, fragte Mehmet weiter und schaute Annabelle wieder mit seinen in Unwissen gebadeten Kinderaugen an.

Triebunfall hatten wir vor einer Woche, dachte Annabelle. Warum muss der Junge ausgerechnet jetzt hier auftauchen!

»Lassen Sie es sich von den Kollegen erzählen, was mir passiert ist«, antwortete sie.

Sie wollte gerade zu einer neuen Standpauke ansetzen, da zog Mehmet ein Schreiben des Amtsgerichts aus der Tasche, das ihn über die Eröffnung des Testaments von Hannes Jungjohann informierte. Eine Kopie des Testaments war angefügt. Der arme Mehmet verstand aber nicht, was ihm dort mitgeteilt wurde. Er sollte sich äußern, ob er die Erbschaft ausschlagen wolle.

Mehmet wollte vor allem wissen, was »ausschlagen« heißt. Ob vielleicht »aufschlagen« gemeint sei?

»Ausschlag is doch krank Haut?«

Mölli übernahm es, den jungen Musiker über mehrdeutige deutsche Wörter aufzuklären.

Wie fein sich Mehmet wieder herausgeputzt hatte! Frisches, wohlduftendes Leben füllte das muffige Büro. Er trug enge Jeans, ein modisches lindgrünes Sakko und darunter ein hautenges weißes T-Shirt. Ein starker Gegensatz zu all den anderen Leuten, die in Beige oder Schwarz durch den Halbnebel schlichen. Mehmet war ein Antidepressivum aus Fleisch und Blut! Innerlich schnalzte Annabelle mit der Zunge. Ach, ihr Ritter-Sport!

Sie ließ sich das Schreiben des Amtsgerichts geben. Dabei spürte sie weiter die entsetzten Blicke Mehmets auf ihrem Gesicht. Es tat ihr gut. Rasch überflog sie die Kopie des Testaments, ob darin doch die Immobilien in Florida aufgeführt waren. Nein, es war das gleiche Exemplar, das ihr der Notar knurrend ausgehändigt hatte. Was sollte sie dem ratlosen Erben raten? Natürlich nicht, das Erbe »auszuschlagen«! Einfach abzuwarten? Nicht ganz leicht! Sie war ja dienstlich mit dem Erbfall befasst. Also schlug sie Mehmet vor, sich an einen Anwalt zu wenden. Das sah er ein, traute sich aber nicht, allein dorthin zu gehen. Sollte sie ihn begleiten? Mölli kam ihr zur Hilfe und erklärte, dass das außerdienstlich ein Kollege übernehmen müsse, der mit der Ermittlungsarbeit nicht befasst sei. Die Kommissarin solle vielmehr den Doktor Siepenbrück vernehmen. Die Betrugsvermutung liege ja auf der Hand. Man werde Mehmets Anwalt später auf den Untreueverdacht hinweisen. Sie schlugen ihm den Rechtsanwalt Harro Schillemeit vor, den man als seriösen und engagierten Mann kannte. Mölli versprach, Mehmets Besuch dort anzumelden. Anschließend kündigte er an, dass er sogleich Frau Katharina Jungjohann zur Vernehmung einbestellen werde.

* * *

Annabelle hatte weiche Knie, als sie erneut das Notariat Siepenbrück betrat. Eigentlich hatte sie den Alten gemocht, der immer wie besessen auf seinen Geräten herum daddelte. Aber es war nicht von der Hand zu weisen, dass der Notar in seiner Spielleidenschaft einen üblen Betrug begangen hatte. Die Empfangsdame meldete die Kommissarin gar nicht erst an, sondern winkte sie gleich in Siepenbrücks kleines Büro. Der Alte saß einmal mehr vor seinem Rechner und fuhrwerkte mit der Maus herum. Sein Spiel schien gut zu laufen, denn als er vom Bildschirm aufschaute, strahlte er. Das änderte sich, als er seine Besucherin erkannte.

»Frau Kommissarin«, rief er entsetzt, »um Himmels willen, was ist denn Ihnen widerfahren? Sie sehen ja, verzeihen Sie, ziemlich derangiert aus. Hatten Sie einen Unfall?«

»Haben Sie nichts davon in der Zeitung gelesen?«, fragte Annabelle erstaunt und strich sich unwillkürlich über die Nase. »Man hat mich zusammengetreten. Ausgerechnet meine Spürnase ist im Eimer. Der Angriff war ein Denkzettel, vermutlich von deutschrussischen Neonazis, die nicht wollten, dass wir weiter in der rechten Szene ermitteln.«

»In der Mordsache Jungjohann?«, fragte der Notar.

»Ja, immer noch in dieser Sache.« Annabelle legte ihren linken Arm mit der Manschette auf den Tisch. »Es gibt eine Reihe von Hinweisen, die in Richtung >Freundeskreis Robert Ley< weisen. Sie wissen davon!«

»Das schockiert mich sehr«, sagte der Notar einfühlsam. »Es gibt jetzt doppelten Grund für Sie, diesen Mordgesellen das Handwerk zu legen. Erstens die Gerechtigkeit, und zweitens winkt Ihnen im Erfolgsfall eine Prämie. Ich hatte vorgestern wieder ein Gespräch bei Frau von Baudissin. Und zu meiner Überraschung gab mir meine Klientin den Auftrag, Ihnen eine beträchtliche Summe zu überweisen, sobald der Mordfall des Herrn Bürgermeisters geklärt ist. Wie weit sind Sie denn mit Ihren Ermittlungen? Aber kommen Sie erst einmal in unseren Besprechungsraum!«

»Herr Doktor Siepenbrück«, begann die Kommissarin vorsichtig, nachdem sie sich gesetzt hatte, »ich glaube, wir nähern uns der Lösung des Falles. Ich hatte inzwischen Gelegenheit, das Testament des verstorbenen Herrn Jungjohann, das Sie mir vertrauensvoll überlassen haben, zu studieren.«

»Und darin haben Sie den Mörder gefunden?« Der Notar lachte gekünstelt.

»Nicht direkt, Herr Doktor Siepenbrück.« Annabelle begnügte sich mit einem leisen Lächeln.

»Mir ist nur eine kleine Ungereimtheit aufgefallen, Herr Doktor Siepenbrück, und daher muss ich Sie noch einmal belästigen. In den Unterlagen des Bürgermeisters fand ich eine Liste seines Immobilienvermögens, das wohl in die Erbmasse eingehen sollte. Allerdings fehlen in dem Testament, das Sie mir zur Verfügung gestellt haben, zwei Titel, die sich jedoch auf der Liste finden. Sollte Herr Jungjohann das Testament unterzeichnet haben, ohne zu prüfen, ob alle Positionen, die er zuvor aufgelistet hat, aufgeführt sind?«

»Wie bitte?« Der Notar schien nicht zu verstehen. »Selbstverständlich hat Herr Jungjohann das Testament geprüft.«

»Und er hat die fehlenden Titel nicht bemerkt? Es fehlen eine große Villa und ein sehr teures Apartment in Florida.«

Das traf. Der Notar griff mit der rechten Vogelkralle nach seinem Smartphone, wischte sinnlos darauf herum, starrte auf das Display, als habe er dort etwas gefunden und blickte dann die Kommissarin mit leeren Augen an.

»Sollte mir da ein Fehler unterlaufen sein?«, murmelte er. »Kaum auszudenken!«

»Ich kann es mir auch nicht vorstellen«, sagte die Kommissarin ein wenig heuchlerisch. »Das wäre eine Katastrophe für die Welt, wie ich von Ihnen gelernt habe, ›Imperitia notariorum destruit mundum‹.«

»Ja, so heißt es«, sagte der Notar gedehnt. Ihm schwante nichts Gutes.

Doktor Siepenbrück schwieg wieder eine Weile. Dann stand er auf, öffnete einen Flügel des spiegelnden anthrazitfarbenen Schrankes und griff nach einer Akte. Den Ordner legte er auf seinen Tisch, suchte im Stehen fahrig darin herum. Sein unverständliches Murmeln unterbrach er immer kurz, wenn er seine Finger anfeuchtete. Jetzt hatte er wohl die gesuchte Seite gefunden, las kurz darin, blätterte hin und her, löste ungeschickt die Klemme und nahm eine gesiegelte Urkunde aus dem Ordner. Dann ließ er sich wieder in seinen Sessel fallen.

»Sehen Sie, Frau Kommissarin«, stöhnte er, während er in dem Dokument blätterte, ohne irgendetwas darin zu lesen. »Ich begreife jetzt. Es war ein Fehler, ein verfluchter Fehler, ein unverzeihlicher Fehler, in meinem Alter noch solche Geschäfte zu übernehmen und zu beurkunden. So etwas wäre mir früher nie und nimmer passiert. Das ist eine heillose Katastrophe für den guten Ruf unserer Kanzlei!«

»Sie meinen, das war tatsächlich ein Fehler?«, fragte die Kommissarin.

»Ja, ein furchtbarer, altersbedingter, geradezu seniler, nie mehr wiedergutzumachender Fehler! Ein klarer Fall von Geistesschwäche. Ich muss mich selbst für dement erklären, *dementia notaria*, wenn es das gibt. Mein Kopf ist von allen guten Geistern verlassen! Wohin sind sie geflohen? Die Sorgfalt, die Genauigkeit, die Prüfung, das Gewissen? Alle Tugenden sind von meinem Verstand abgesprungen wie der Lack von einer alten Kommode! Am besten, ich ziehe nach Sankt Gundula, lasse mir den Demenz-Pflegegrad bescheinigen und spiele mit Frau von Baudissin Mensch-ärgere-dich-nicht.«

Es war ein Versuch, die Fassung zurückzugewinnen.

»Na, ich weiß nicht, ob das die Lösung ist.« Die Kommissarin erinnerte sich. »Sie sagten kürzlich, dass Sie beim Spielen nicht verlieren können.«

»Es gibt verschiedene Arten des Verlierens«, antwortete der Notar deutlich leiser, dabei klang seine Stimme noch brüchiger. »Die einfache Niederlage ist vulgär und schmählich. Nur der dramatische, tragische, womöglich blutige Untergang – das ist heroisch.«

Er stützte den Kopf in beide Hände und schien mit den Tränen zu kämpfen.

»Kann man bei Mensch-ärgere-dich-nicht heroisch untergehen?«, fragte die Kommissarin, und fuhr unbarmherzig fort: »Doch ehe Sie in Sankt Gundula einziehen, lassen Sie uns noch ein paar Punkte klären. Könnte es sein, Herr Doktor Siepenbrück, dass Sie im Rahmen der *GTA5*-Spiele in Fort Lauderdale einen Abstecher ins Broward County gemacht haben, um dort die im Testament vergessene Immobilie auf Ihren Namen umschreiben zu lassen? Und womöglich das große Apartment in Miami Beach auf den Namen von Frau Jungjohann?«

Annabelle zog den ausgedruckten Screenshot der Seite aus der Tasche, aber der Notar nahm davon keine Notiz.

Stattdessen vollzog sich eine merkwürdige Wandlung in der Haltung und im Gesichtsausdruck des alten Mannes. Eine Zeitlang starrte er noch vor sich hin, dann hob er den Kopf, über seine Züge breitete sich ein beinahe seliges Leuchten aus. Die tiefen Rinnen, die von den Mundwinkeln ins unumkehrbare Altern führten, schienen sich mit frischem Leben zu füllen, und er sprach in verändertem Ton. Seine Worte kamen in leisem Singsang, aber er redete über die Kommissarin hinweg:

»Das Leben ist ein Spiel, Frau Petrosian, die Zeit ist ein Spiel«, sagte er. »Die Ewigkeit ist ein Spiel. Kein geringerer als Heraklit sagte das über den Aion. Der große, große Heraklit! Die Zeit setzt ihre Brettsteine wie ein Kind, sagt Heraklit. Ja, ja, die Macht des Schicksals ist ein spielendes Kind. Lebte Heraklit heute, so wäre er ein Gamer. Wir alle setzen unsere Steine. Uns sind keine Schicksale geschrieben. Jedes Wort, das wir sprechen, jeder Wimpernschlag, jedes fallende Härchen verschiebt ein paar Steinchen auf dem riesigen Brettspiel des Schicksals. Kennt dieses Schicksalskind etwa Gut oder Böse? Zum Lachen!«

Siepenbrück lachte, aber es klang wieder gekünstelt. Dann stand er auf, deutete zur Decke des Raumes und sprach immer nachdrücklicher:

»Die antiken Götter haben es vorgemacht: Vatermord, Kindermord, Gattenmord, Raub, Inzest, Betrug! Zeus, Apollon, der göttliche Hermes, welche siegreichen, bösen, grausamen Kinder waren sie doch! Diese Unsterblichen! Denken Sie nur, es waren immer Sieger, die emporgestiegen sind zum Olymp. Immer nur Siegreiche! Hören Sie? Im Triumph und mit Donnerschall tritt man in den Kreis der Götter ein! Gibt es Verlierer unter den Götterkindern? Nein, nein, nein! Wir Verlierer sind Adams beklagenswerte Brut, die ewig an der Erdkruste herumkriecht! Nur wer etwas wagt, wer auf Leben und Tod spielt, der löst sich göttergleich aus dem Menschenlehm. Alle Spielarten von kühnen Wagnissen haben die Unsterblichen vorgeführt! Blättern Sie nur einmal durch die Weltgeschichte!«

Doktor Siepenbrück ergriff den Aktenordner vor sich und blätterte theatralisch mit ausgestreckten Armen durch die Papiere.

»Und was lesen Sie dort, Frau Petrosian? Welche Siegernamen sind auf die Blätter der Weltgeschichte geschrieben? Sie lesen, dass stets die Bösesten, Allerschlimmsten und Grausamsten gewonnen haben! Die

Sanftmut, die Gerechtigkeit, die Wahrheit, hahahaha! Sie liegen am liebsten im Staub! Sie pfeifen auf dem letzten Loch und röcheln: Oh, wie sind wir gut! Gottes Liebe hat uns der Welt geschenkt! Ach, wie rührend! Ach, wie jämmerlich! Was gibt es Größeres und Schöneres als das Gewinnen! Siege sind der einzige Grund zu leben. Wen hat Pindar besungen? Die göttlichen Sieger! Gewinnen, gewinnen, gewinnen! Und was gewinnt man beim Gewinnen? Man gewinnt das Gewinnen, das erneute, dauernde, süße, ewige, göttliche, unsterbliche Gewinnen!«

Der Notar holte Luft. Seine Erregung hielt aber an, und er sprach in wahnwitziger Begeisterung fort. Seine knochigen Hände begleiteten die Worte im Auf und Ab wie Rabenflügel.

»Und die Siegreichen sind schön! Die Götter sind schön! Die Kinder sind schön! Alles Herrliche ist siegreich, und alles Siegreiche ist herrlich. Wie grau, elend, jammervoll ist unser spießiger, fleißiger, anständiger, ordentlicher, gerechter, sauberer, pünktlicher Durchschnitt! Lohnt sich das? Ist unser Alltag die Erfindung des Genies wert? Warum hat sich die Natur bei der Schöpfung der großen Geister diese Mühe gemacht? Ob nur Staub über die Erde weht oder ob elende Menschenhaufen über den Planeten stolpern – wo ist der Unterschied? Aber ein Alexander, ein Caesar, ein Barbarossa, ein Napoleon, dafür lohnt es sich zu sparen. Waren das Pfarrer oder Gutmenschen? Hatten die den Katechismus studiert? Zum Lachen!«

Der Notar blickte die Kommissarin an, um die Wirkung seiner Worte zu prüfen. Dann fuhr er fort:

»Was würden Sie tun, Frau Kommissarin, um Ihre Ärmelschoner abzustreifen und dem furchtbaren Alltag zu entfliehen? Damit Pindar ein Lied zu Ihrem Ruhme singt? Wie kommen wir heraus aus diesem Dauerschrecken, der an mir wie an Ihnen zehrt? Seien Sie ehrlich! Wenn Sie mit einem Schlag, mit einem Schwertstreich, mit einem großen Raubzug, mit einem kühnen Verbrechen unsterblich und reich werden könnten, würden Sie es nicht tun?«

»Ich glaube, Sie zu verstehen«, sagte die Kommissarin ruhig. »Sie haben gespielt, Sie haben gezockt, als Sie das Testament des Bürgermeisters fälschten!«

»Nein«, sagte der Notar und sackte in sich zusammen. Er schien kurz davor, wieder auf seinen Stuhl zu fallen, aber er reckte sich dann doch erneut empor.

»Ich habe ihn nicht ermordet!«, rief er. »Obwohl die Sache, wenn ich recht sehe, wahrlich kein Dummerjan ausgedacht hat! Aber welche Chance bot sich uns, als die Nachricht von seinem Ende kam. Welch eine Chance, einmal dieses Kriechen im Staub zu beenden! Ein Coup! Einmal nicht feige sein! Einmal heraus aus dem Jammer! Ach, wie ekelt mich dieses Notariat an! Unterzeichnen, stempeln, siegeln, bezeugen, lochen, abheften – welche Not! Welcher Jammer! Welche Trostlosigkeit! Welche Höllenpein! Niemand hätte den Coup bemerkt, wenn nicht ein winziges Steinchen falsch gerollt wäre. Der Aion, das ewige Kind, spielt, aber das heißt nicht, dass es sich an dumme Regeln hält: Das Kind erfindet die Welt neu! Das ist sein Spiel. Und hören Sie es nicht lachen? Hören Sie nicht dieses über die Erde gehende Lachen des Kindes? Ein Gott, ein göttliches Kind!«

Die Kommissarin versuchte erschrocken, den Notar, der vor ihr stehend mit den Händen wedelte, zu beruhigen. Er fiel zurück in seinen Sessel. In diesem Augenblick eilte die Büroangestellte herbei und bat die Kommissarin, den Raum zu verlassen. Es gehe dem Notar bisweilen nicht gut. Er müsse sein Beruhigungsmittel nehmen.

Annabelle verließ mitgenommen die Kanzlei Siepenbrück. Was für ein Auftritt! Einige Augenblicke lang zweifelte sie, ob der Notar dieses Schauspiel nicht in klarer Absicht aufgeführt hatte. Wollte er sich so aus der Affäre ziehen? Er hatte doch eingeräumt, das Testament gefälscht zu haben. Aber er wollte keinen Mord begangen haben. Und dann sprach er von einer Chance, die sich »uns« geboten habe. Also außer ihm noch weiteren Personen? Jetzt muss diese liebreizende Schwester des Toten, die »Katze« Katharina Jungjohann, sprechen.

Die Dinge beschleunigten sich in ungeahntem Tempo! Denn die Schwester des Bürgermeisters war Möllenbecks Vorladung gefolgt. Als die Kommissarin ins Büro zurückkehrte, hörte sie bereits deren raue Stimme.

»Isch wörd do nie minge Hannes verjiften!«

»Hallo, Frau Kollegin Petrosian«, rief Möllenbeck förmlich, während Annabelle die Zeugin begrüßte, »ich hatte das Vergnügen, Frau Jungjohann zu vernehmen. Das Protokoll hat sie bereits unterzeichnet. Frau Jungjohann bestreitet, an der Fälschung des Testamentes und an der Umschreibung des Eigentümers mit dem Eintrag in das *Parcel information* des Broward County in Florida beteiligt zu sein. Wenn überhaupt, dann hat nach ihrer Aussage Doktor Siepenbrück all das veranlasst. Erst recht bestreitet Frau Jungjohann, dass sie an der Gewalttat gegen ihren Bruder beteiligt war. So ist es doch, nicht wahr?«

»Isch könnt' hunnerttausend Eide drop schwöre!«, betonte Frau Jungjohann und hob tatsächlich die Hand.

Die Schwester des Bürgermeisters war wieder extravagant gekleidet. Sie trug Skinny Jeans, eine weiße, gepunktete, spitz ausgeschnittene Bluse, weiße Sneaker. Über ihren Knien lag ein beigefarbener Trenchcoat. In ihren dunklen, altmodisch toupierten Haaren mit dem feinen grauen Ansatz suchte eine Gucci-Sonnenbrille Halt. Dabei hatte es hier schätzungsweise vor hundert Jahren den letzten Sonnentag gegeben, dachte Annabelle.

Und da war wieder das Parfüm!

»Darf ich kurz außerhalb der Vernehmung eine ganz unförmliche Frage stellen?«, wandte sich die Kommissarin an Frau Jungjohann. »Sie haben so ein tolles Parfum. Was ist das für eine Marke?«

»Dat is Laidi Milljen von Paco Rabanne«, antwortete die Katze und lachte. »Dat soll ja unheimlisch op dä Männewelt wirke; da hann isch ävver lang nix mi von jemerkt.«

»Ich muss sagen«, sagte Mölli etwas leidend, »das Zeug ist nicht ohne! Bei mir wirkt es! Ich hab' jedenfalls Kopfschmerzen bekommen.«

»Datt is ävver nit de versprochene Wirkung vonner Reklame«, beklagte sich die Katze. »Isch muss sischer bim näxten Besuch bi üch jet angeret oplejen!«

»Sonst übernehme ich die Zeugenvernehmung das nächste Mal«, sagte die Kommissarin.

Frau Jungjohann warf lässig ihren Trenchcoat über die Schultern, griff nach ihrer Handtasche und verließ das Kommissariat.

»Ich fürchte, wir werden uns ziemlich bald wiedersehen«, verabschiedete sie Annabelle.

Gleich nachdem Frau Jungjohann außer Sichtweite war, berichtete Annabelle ihrem Chef von dem seltsamen Gespräch mit Doktor Siepenbrück.

»Boah«, stöhnte Mölli, »ich nehme aber an, dass der Siepenbrück nicht so penetrant gestunken hat.«

»Vielleicht ist dieses schwere *Lady Million*-Parfum auch eine Fährte«, prophezeite Annabelle.

»Wie meinst du das denn?«

Ehe Annabelle das erläutern konnte, klingelte das Telefon, und aus dem Düsseldorfer Landeskriminalamt kündigte jemand die Analyse der Fingerabdrücke an. Oho! Haben Sie dort den ganzjährigen Winterschlaf unterbrochen? Gespannt starrten die beiden auf das Gerät, das kurz darauf das erste Fax herausstotterte.

Die Nachricht war eindeutig: Auf dem Otriven-Fläschchen Nr. 3, das die Kommissarin der Frau Jungjohann bei ihrem Besuch in Morsbach kurz in die Hand gedrückt hatte und das für zwei Tage mit ihrem Rucksack verschwunden und dann wiederaufgetaucht war, konnten die Laborleute im Landeskriminalamt die gleichen Fingerabdrücke identifizieren wie auf dem Exemplar Nr. 1, das der Bürgermeister zuletzt noch in Händen gehalten hatte. Das ließ den Schluss zu, dass die Schwester des Toten dieses Fläschchen, in das jemand Aconitum-Gift gefüllt und das ihrem Bruder den Tod gebracht hatte, zuvor selbst einmal in Händen gehalten hatte. Und die nächste Analyse besagte, dass auf dem Fläschchen Nr. 2 aus Frau von Baudissins Zimmer sowohl der Bürgermeister als auch der Notar Abdruckspuren hinterlassen hatten. Ein Abgleich mit den Fingerabdrücken weiterer Bewohner des Seniorenheims hatte nur noch auf Frau von Baudissins Spur geführt, die ebenfalls das Fläschchen Nr. 2 berührt haben musste.

Mölli griff zum Telefon. Der Staatsanwalt musste einen Haftbefehl gegen den Notar und die Durchsuchung der Kanzlei beantragen.

Lady Million und Wiener Walzer

»Hör mal, Papa«, nach unzähligen Versuchen hatte Annabelle ihren Vater in der Birkle-Klinik ans Telefon bekommen. Er war beim Frühstück. »Hier geht das Gerücht um, dass dich am Wochenende deine Kollegin Frau Reitemeier besucht. Was ist denn mit dir los?«
Der Vater klang völlig konsterniert.
»Hat das Mama wieder in die Welt gesetzt?«
»Nein, das habe ich herausgefunden, weil sie mich mit der Geschichte dauernd verfolgt. Und ich habe das standhaft für Blödsinn erklärt, und jetzt besucht die Frau dich!«
»Ich kann dir nur ein für alle Mal sagen, dass ich nichts mit der Frau habe. Frau Reitemeier ist meine Kollegin vom Richterstammtisch. Und weiter nichts! Wenn das so weitergeht, werde ich einen Irrenarzt bitten müssen, deine Mama aus ihrem Wahn herauszuholen. Oder ich gehe selbst ins Irrenhaus.«
Anschließend machte sich Annabelle wieder auf den Weg nach Sankt Gundula. Sie ging zu Fuß. Ihre Familienkutsche, den in die Jahre gekommenen Mazda, überließ sie Ruben, der dringend nach Witten fahren musste, weil sein dorthin vermittelter Ringer-Schützling Ärger machte. Der Junge hatte ein gutes Angebot von den Konkurrenten aus Hallbergmoos erhalten, und er wollte seinen Vertrag kündigen. Zuvor sollte Ruben Henrikh nach Köln bringen, wo er bei Freunden zwei Tage bleiben durfte. Der Siegpreis beim letzten Schachturnier in Willingen war die Chance, drei Partien gegen das gleichaltrige indische Schachwunderkind Shreyas Royal zu bestreiten. Die durfte er heute und morgen spielen.
In Annabelles Rucksack steckten nicht nur Notizbuch, Dienstpistole und Pfefferspray, sondern auch ein goldfarbener Riesendiamant. Es war ein polyedrisch geformter Flacon. Noch am gestrigen Nachmittag hatte sie 30 Milliliter Eau de Parfum Spray von Paco Rabannes *Lady Million* per Express bestellt. Jetzt wollte sie testen, ob dieses von Frau Jungjohann bevorzugte Parfum auch den realen oder metaphysischen

Duft verbreitet hatte, der noch in Frau Doktor Schlechts Nase saß. Inzwischen sprach einiges dafür, dass am Mordtag Frau Jungjohann im Seniorenheim gewesen war, obwohl keiner ihrer Zeugen und Zeuginnen einen Hinweis darauf gegeben hatte.

In der Eingangshalle von Sankt Gundula hatten die Asbest-Sanierer wieder ein neues Labyrinth angelegt. Nach einigem Zickzack stand sie endlich vor der Cafeteria, wo sie als erstes nach der Seniorin mit dem absoluten Geruch Ausschau hielt. Dort saß aber nur eine einsame Dame, rührte mechanisch in einer Kaffeetasse und las Zeitung. Von den Wänden schauten Löwe und Nashorn zu, wie Schwester Katharina eifrig die Resopalflächen der Tische abwischte. Sie klärte die Kommissarin auf, dass Frau Doktor Schlecht noch im Gymnastikraum turnte. Und auf ihre beiläufige Frage, ob nicht hin und wieder auch die Schwester des Bürgermeisters in Sankt Gundula aufgetaucht sei, gab es Fehlanzeige. Nein, Katharina wusste nicht einmal, wer die andere Katharina war. Taktisches Unwissen? Dann wollte sie doch noch einmal mit Frau Schallück sprechen, aber Schwester Katharina wusste, dass auch Frau Schallück bei der Gymnastik war.

Jetzt riss der Kommissarin der Geduldsfaden. Sie bestand darauf, dass Frau Doktor Schlecht und Frau Schallück unverzüglich zur Vernehmung herbeigeholt würden. Und tatsächlich kam die Geruchsmetaphysikerin kurz darauf japsend und verschwitzt mit ihrer Wasserflasche aus dem Gymnastikraum angetrabt. Sie trug einen abgenutzten blauweißen Adidas-Jogginganzug und ließ sich auf einen Stuhl in der Cafeteria fallen. Sie schaute die Kommissarin erschrocken an:

»Bin ich jetzt verhaftet?«, fragte sie und blinzelte, weil sich wieder Feuchtigkeit in ihren Augen sammelte.

»Nein, aber vielleicht benötige ich Sie als Kronzeugin«, antwortete die Kommissarin. »Warten Sie einen Augenblick!«

Sie holte den goldfarbenen Polyeder-Flacon aus ihrem Rucksack, träufelte ein paar Tropfen *Lady Million* auf einen Wattebausch und hielt ihn der Lehrerin unter die Nase. Das metaphysische Organ reagierte sofort, vermutlich weil der Tränenfluss die Geruchssensoren angeregt hatte. Ja, sagte Frau Doktor Schlecht, das sei der Duft, der ihr vom

Mordtag noch in der Nase liege. Aber auch diesmal konnte oder wollte sie den Jasmin-Gardenie-Patschuli-Geruchsmix keiner Person zuordnen. Die Kommissarin versagte es sich, direkt und suggestiv nach Frau Jungjohann zu fragen. Hatte sie das teure Zeug vergeblich besorgt? In Annabelles Frustration hinein meldete sich die einsame Zeitungsleserin am Nebentisch. Sie wolle sich eigentlich nicht einmischen, sagte sie vorsichtig, aber sie habe zufällig mitgehört. Sie könne mit Sicherheit sagen, dass die Schwester des Bürgermeisters Jungjohann dieses Parfum bei der Vernissage Herrn Reinhardts getragen habe. Das halbe Seniorenheim habe danach gerochen. Ihr sei jetzt noch übel davon. Die Dame stellte sich als Frau Fraenkel vor. Natürlich! Das war doch die Bewohnerin, die Frau von Baudissin verdächtigte, von Brehms Tierbilder als abgekupferte Kalenderfotos denunziert zu haben. Frau Fraenkel war auch weit über achtzig. Sie trug ein blaues Trägerkleid mit einer weißen Bluse und einer langen roten Kette. Sie hatte in einem Exemplar der ZEIT gelesen. Jetzt faltete sie die Zeitung zusammen und trat ihr Amt als Kronzeugin an. Die Rolle befeuerte ihre Redelust, und sie begann erst einmal von ihrem Garten zu erzählen.

Frau Fraenkel holte eben Luft, um die Vogelarten aufzuzählen, die ihr Vogelhäuschen in ihrem Garten besuchten, als Frau Schallück in Begleitung von Schwester Katharina in die Cafeteria kam. Die einstige Tanzlehrerin steckte in dunkelroten Leggings, einem hellgrauen Shirt und goldenen Sneakers. Mit ihrem weißen, etwas wilden Haar sah sie sportlich aus, wirkte aber verängstigt. Die plötzliche Vorladung hatte sie verschreckt. Die Kommissarin bemerkte das und wollte die Befragung in Frau Schallücks Apartment verlegen. Die alte Dame schien das zu beruhigen. Die Kommissarin bedankte sich bei Frau Doktor Schlecht und Frau Fraenkel. Schwester Katharina begleitete sie in Frau Schallücks Zimmer, wo sie auf einer kleinen Holzbank Platz nahmen. An den Wänden des Apartments hingen schöne großformatige Fotos, auf denen die junge Frau Schallück schwungvoll mit einem Partner tanzte.

»Sind Sie das?«, fragte die Kommissarin und deutete auf die farbigen Fotos.

»Rück, vor, Wechselschritt!«, antwortete die einstige Tanzlehrerin im Takt und lächelte.

»Ach, ich tanze auch so gerne!«, sagte Annabelle. »Leider haben wir wenig Gelegenheit dazu!«

»Eins, zwei, drei! Kommen Sie!«, sagte Frau Schallück, ging zu einem CD-Player neben ihrem Bett und stellte ihn an. »Achtung!«, rief sie. Und gleich darauf erklang aus den Lautsprechern ein Wiener Walzer. Vielleicht zu laut, dachte Annabelle, als sie aufstand. Und womöglich wird sich gleich Frau von Baudissin beschweren. Aber da kam schon Frau Schallück auf sie zu, umfasste sie und begann mit ihr in sanften Bewegungen zu tanzen. Es gab nicht viel Raum für ausladende Walzer-Figuren, aber Annabelle fühlte sich auf wundersame Weise von der alten Dame zwischen den Möbeln geführt, gedreht und gehalten. Zunächst hatte Frau Schallück noch die Anweisung »Vor, Platz-platz – Rück, Platz-platz – Vor, Platz-platz« wiederholt, bis sie merkte, dass ihre Partnerin leichtfüßig folgte. Es war ein sanftes Pendeln, Wiegen und Schwingen, und auf den Zügen der alten Dame lagen so viel Freude und Zufriedenheit, dass Annabelle ihre Absichten hier vergaß. Welche Welten öffnen sich, was für erstaunliche Dinge erlebt man, wenn man ein Verbrechen aufklärt! Gestern die wahnwitzige Ansprache des Notarzockers, der das Gewinnen zum höchsten Lebensziel erhob, heute bewegte sie sich im Walzertakt mit einer etwas dementen Dame. Die Musik, die ihnen Schwung gab, war das Neujahrskonzert der Wiener Philharmoniker, denn irgendwann beschleunigte das Orchester zum Finale des Walzers hin, und als sich die Möbel um sie in einem weiß-grauen Wirbel aufzulösen begannen, merkten die beiden lachend, dass sie nicht mehr mithalten konnten.

»Danke, das war schön!«, sagte Annabelle und stellte den CD-Player leiser.

»Blau blau blau, schöne Donau!« Die Antwort klang schwärmerisch.

»Tanzen Sie bisweilen auch mit anderen Bewohnern hier?«, wollte Annabelle wissen. Frau Schallück nickte und sagte dann langsam.

»Eins zwei drei wechselt das goldene Kalb!«

»Wie in der Bibel?«, fragte Annabelle nach.

»Wie die Juden am Bergischen Testament«, sagte Frau Schallück langsam.

»Am Berg Sinai?«

Wieder dauerte es, bis die Worte den Weg zu ihrem Kopf gefunden hatten.

»Im goldenen Testament«, sagte Frau Schallück.

Das wäre vielleicht ein Anknüpfungspunkt, dachte Annabelle. Vorsichtig erinnerte sie Frau Schallück noch einmal an den Tag, an dem der Bürgermeister tot aufgefunden worden war. Und man wisse ja, dass der Bürgermeister für die armen Juden, die deportiert worden waren, Gedenksteine setzen wollte. Und dass er vielleicht dafür sterben musste. Jetzt konnte sie verfolgen, wie die Arbeit der Wörtersuche einsetzte.

»Der Tag, als der Mausekratz kam«, sagte Frau Schallück nach einer langen Weile stockend. Klang das nach einem »Ja«?

»Sie erinnern sich also?« Es fiel Annabelle wirklich schwer, so laut zu sprechen.

Frau Schallück nickte: »Mausekratz war ein schlimmer Tag.«

»Haben Sie an diesem Tag etwas Ungewöhnliches gesehen oder erlebt?«

»Alleweil. Im Sitzen und…«, begann sie stockend.

»Ja…«, Annabelle intonierte die Silbe wie eine Kinderrutsche, auf der die nächsten Worte der alten Dame hinabgleiten konnten.

»Die Wörter machen keine großen Sprünge!«

»Aha…« Annabelle tat so, als sagte ihr das etwas. Und im Gesicht von Frau Schallück arbeitete es weiter.

»… ein … und … aus…« Die Worte kamen zögernd, und nach einer Weile fügte Frau Schallück leise hinzu:

»Der Mause lässt die Kratze ab.« Das sagte sie in traurigem Tonfall. Den rätselhaften Satz hatte Frau Schallück bereits vor ein paar Tagen ausgesprochen. Vielleicht kamen noch mehr Tröpfchen.

»Aha! Und weiter? Was macht der Mause?«

»Keine großen Sprünge.« Das murmelte die alte Dame wie von Kummer überwältigt.

»Und Sie?«

»Alleweil! Dabei!«, sagte Frau Schallück etwas vorwurfsvoll. Sie hatte es bereits gesagt.

»Ja, natürlich! Sie haben jemanden gesehen?«

»Mause! Kratzte ein und aus!«, wiederholte Frau Schallück. Sie schien ein wenig ärgerlich. War »Mause« eine Person?

»Entschuldigen Sie bitte«, sagte Annabelle einsichtig. »Immerhin handelt es sich um einen Mordfall, und ich muss sehr sorgfältig vorgehen und alles aufschreiben!«

»Alles ist vielleicht!« Das klang, als zeigte Frau Schallück Verständnis.

Die Kommissarin zog ihr Notizbuch aus dem Rucksack und notierte nicht ohne Mühe die rätselhaften Phrasen. Dann fügte sie in Klammern ihre eigenen Fragen hinzu.

»Und noch etwas Anderes außer Vielleicht?«

»Testament in Noten«, antwortete Frau Schallück nach neuerlichem Nachdenken. Wieder dieser kummervolle Ton.

»Ist Testament jemand hier aus Sankt Gundula?«

»Alles ist vielleicht!«, kam wieder die geheimnisvolle Antwort.

Ein Orakel, dachte Annabelle. Konnte man ihren schwerverständlichen Halbsätzen nicht immerhin entnehmen, dass sie etwas beobachtet hatte? Jetzt wollte sie einfach noch einmal den Test mit dem *Lady Million*-Duft machen. Sie gab zwei Tropfen auf den Ärmel ihres Sweatshirts und hielt ihn Frau Schallück unter die Nase. Sie nickte:

»Testanoten und Mause!«

Das hieß wohl, dass Frau Schallück das Parfum mit einer Person in Verbindung brachte, vermutlich auch mit Katharina Jungjohann. Die Kommissarin hatte nun alle Orakelworte der einstigen Tanzlehrerin notiert und wollte mit ihrer Ausbeute rasch ins Kommissariat.

»Ich komme bald wieder«, versprach sie. »Dann müssen wir wieder miteinander tanzen.«

»Vor, Platz-platz – Rück, Platz-platz«, antwortete die einstige Tanzlehrerin diesmal ganz rasch und wiegte ihren Oberkörper.

* * *

Mölli empfing die Kommissarin mit einem vielsagenden Gesichtsausdruck. Er konnte nur nicht gleich mit der Sprache herauskommen, weil er an einem formlosen Stück türkischer Pizza kaute, die er sich hatte bringen lassen. Annabelle nahm aus Geselligkeit das in Gesten gemachte Angebot an, ein Segment aus dieser mit Salami genießbar gemachten runden Gummimatte zu verzehren.

»Allerlei Neuigkeiten, Annabelle«, begann er, »die Staatsanwaltschaft hatte die Verhaftung des Notars angeordnet. Doch gerade wollten wir uns auf den Weg machen, da kam vom Justizministerium die Nachricht, dass auf ärztliche Veranlassung Herr Doktor Siepenbrück in die psychiatrische Abteilung der Bonner Universitätsklinik eingeliefert worden ist. Dort würde man für seine Bewachung sorgen.«

»Das wundert mich nicht«, sagte Annabelle. »Entweder war der Mann übergeschnappt oder er hat eine so gute Performance geliefert, dass er als Betrüger aus dem Verkehr gezogen werden musste.«

Annabelle verzichtete dankend auf Möllis Angebot, den Rest der Pizza zu verzehren. Dann weg damit! Eingequetscht in die Aluverpackung landete sie nach einer Flugkurve über den Schreibtisch hinweg im Papierkorb. Mölli wischte die Krümel von seinem Tisch.

»Wir haben übrigens im Zuge des Haftbefehls wegen Untreue und Unterschlagung sein Mobiltelefon beschlagnahmt. Es besteht Verdunkelungsgefahr. Die Durchsuchung der Kanzlei ist allerdings noch nicht genehmigt. Aber das ist noch lange nicht alles!«

»Augenblick! Was machen wir mit Frau Jungjohann?«, fragte Annabelle. »Ist denn bei ihr nicht der gleiche Verdacht gegeben?«

»Sie soll einstweilen weiter annehmen, dass sie alles dem Notar in die Schuhe schieben kann. Jetzt ist Feinarbeit gefragt! Erst einmal die vorhandenen Spuren und Hinweise auswerten! Der Untreue-Vorwurf und die Urkundenfälschung reichen durchaus, um den Rest in Ruhe zu analysieren.«

Annabelle erzählte von ihrem *Lady Million*-Test. Aber Möllenbeck hielt das für Quatsch. Willst du mit einem Flacon vor Gericht auftreten und den Zeugen eine Geruchsprobe unter die Nase halten? Er meinte, dass man nur mit einem glasklaren Beweismittel vorankäme, wenn man nämlich nachweisen könne, dass einer der beiden Verdächtigen das Aconitum-Zeug besorgt habe. Aber dafür müsse man die Kommunikation der beiden durchforsten. Vielleicht würde Doktor Chi einen Tipp geben, über welche Kanäle sich das in Jungjohanns Nasenspray gefüllte Gift beziehen ließe.

Doktor Chi war aber nicht zu erreichen, weder in der Kölner Gerichtsmedizin noch an einem anderen Ort. Mölli durchsuchte das Netz nach irgendwelchen Tipps. Auf einer Darknet-Seite für Suizidale fand er den Rat, den blauen Eisenhut selbst im Garten zu ziehen. Dann stieß er auf die wissenschaftliche Arbeit über mongolisches Aconitum napellus. Die Adresse der Verfasserin war aber nicht zu eruieren, und am Institut für Pharmakologie in Bonn war niemand zu erreichen.

»Also wäre doch der nächste Schritt, das Haus von Frau Jungjohann zu durchsuchen«, meine Annabelle.

»Gut, dann werde ich das morgen veranlassen«, sagte Mölli eilig. »Ich habe dir noch mehr zu berichten.«

»Gibt es weitere Informationen?«

»Jaja! Wir sind vom deutschen Konsulat informiert worden, dass Mister Siepenbrück bei einem Besuch des *Seminole Hard Rock Hotel & Casino* in Fort Lauderdale mehr als 80.000 Dollar Spielschulden hinterlassen hat, für die er als Sicherheit eine Villa in der Stadt angegeben hat. Die Rückzahlfrist ist überschritten, und das Management des Casinos hat erst das Konsulat und dann die Botschaft eingeschaltet, um in Erfahrung zu bringen, ob der Eigentumstitel korrekt ist. Das Konsulat ist gar nicht zuständig, man hat aber trotzdem per E-Mail Verbindung mit uns aufgenommen. Und auf unsere Rückfrage hin haben die uns mitgeteilt, dass es in Fort Lauderdale und weit und breit in Florida kein Treffen einer *GTA5*-Community gab. Der Notar war wohl lediglich dorthin geflogen, um die Eigentumsüberschreibung vorzunehmen.«

»Der Alte hat sich endgültig verzockt«, murmelte Annabelle, »da bleibt nur noch der Irrsinn als Fluchtweg.«

Roman Jakobson und Sigmund Freud lösen Rätsel

Ruben war schon wieder aus Witten zurück, und hatte etwas Leckeres gekocht: frisch gegrilltes Gemüse, mit Basilikum und bestem Olivenöl verfeinert. Dazu hatte er eine Platte mit Fleischspießchen vorbereitet und dünne knusprige Scheiben Focaccia gebacken. Als er die Schürze abwarf, um Annabelle zu umarmen, bemerkte er den Parfumgeruch.

»Was ist denn das für ein Hardcore-Duft?«, wollte er wissen. »Da werden ja Eunuchen wieder zeugungsfroh!«

»Damit sprühen sich Mörderinnen ein«, antwortete Annabelle ernst. »Es ist höchste Vorsicht geboten!«

Sie zeigte den goldenen Polyeder aus ihrem Rucksack. Während Ruben den Tisch deckte, erklärte sie ihren Test in Sankt Gundula.

»Stell dir vor, das Parfum nimmt die Schwester des Bürgermeisters.« Sie gab Ruben noch eine Probe aus dem geöffneten Flacon und schaute ihn kokett an. »Na, wirkt es außer bei Eunuchen auch bei Armeniern?«

Das Essen schmeckte großartig. Aber Annabelle musste das Loblied auf das Menu abkürzen.

»Um noch mal auf das Parfum zurückzukommen. Einige der Damen in Sankt Gundula erinnern sich daran, dass die Schwester des Bürgermeisters bei der Tierbilder-Vernissage diesen auffallenden Duft verbreitet hat. Doch nun fragen wir uns, ob der *Lady Million*-Duft nicht auch an dem Tag, als der Bürgermeister ermordet wurde, durch das Altenheim ging. Komischerweise will an dem Tag niemand Frau Jungjohann gesehen haben. Die Frau Doktor Schlecht behauptet aber, dass es an dem Tag nach dem Zeug gerochen hat. Das ist die Dame mit dem absoluten Geruch. Die riecht auch Gott und den heiligen Geist. Aber an einen Auftritt der Frau Jungjohann kann sie sich nicht erinnern.«

»Und wie riechen die?«, interessierte sich Ruben.

»Sag ich dir später. Erst das eigentliche Problem: Ich habe ein paar Zeugenaussagen über >besondere Vorkommnisse< an dem Mordtag, doch sie stammen alle von Damen mit Sprachproblemen. Wahrscheinlich haben die irgendetwas bemerkt, können es aber nicht richtig ausdrücken.«

»Was haben die Damen denn gesagt?«

Annabelle holte ihr Notizbuch aus dem Rucksack. Sie schlug erst einmal die Seite mit den Orakelsprüchen von Frau Gleichen-Russwurm auf, der Kreuzworträtselfrau.

»Die Frau Gleichen-Russwurm hat kürzlich den Senioren Herrn Fuchs ›Langfinger mit fünf Buchstaben‹ genannt. Damit meinte sie eigentlich ›Herr Dieb‹, aber darauf kam sie, weil sie Herrn Fuchs, wenn sie seinen Namen nicht wusste, immer mit ›Herr, du hast die Gans gestohlen‹ ansprach.«

»Daran kannst du die Gesetze der Aphasie studieren«, sagte Ruben. »Linguisten wie Roman Jakobson haben sie erforscht. In diesem Fall wird ein Paradigma ›Fuchs‹ durch ein Syntagma ersetzt, das seine spezifische Semantik von der geläufigen Liedzeile her bezieht. Rhetorisch ist es eine Periphrase.«

»Ich bitte dich«, sagte Annabelle, »das gleiche noch einmal auf Deutsch!«

»Entschuldigung, Frau Kommissarin«, bemerkte Ruben ironisch, »manchmal verfällt man in die Fachsprache. Aber ich will es dir ganz einfach erklären: Jeder Satz, also das, was jemand sagt oder schreibt, lässt sich nach zwei Seiten hin analysieren. Da sind einmal die Wörter und zum anderen ihre Verbindung. Ähnlich wie bei einer Fremdsprache: Man lernt die Wörter, und man lernt die Grammatik. Nehmen wir den Satz ›Du hast die Gans gestohlen.‹ Das kann bedeuten: Du bist ein Fuchs, oder du bist ein Dieb. Das also ist ein ordentliches Syntagma. Die Struktur des Satzes können wir unendlich variieren und sagen: ›Er beißt einen Fuchs.‹ ›Sie trägt einen Fuchs.‹ ›Wir stehlen einen Fuchs.‹ Dann bleibt das Syntagma gleich, aber wir ändern einige Worte oder fachsprachlich: Paradigmen. Bei der Aphasie, bei Störungen des Sprachvermögens, unterscheidet man seit Roman Jakobson zwischen Fehlern bei der Selektion oder Kombination. Bei Selektionsstörungen wähle ich falsche oder fehlerhaftete Paradigmen. Zum Beispiel, wenn mir bestimmte Wörter, die ich benutzen möchte, nicht einfallen und ich stattdessen andere, unpassende einsetze: Statt ›Guten Tag, Herr Fuchs‹, sage: ›Guten Tag, Herr Zobel‹. Oder wenn ich Laute nicht mehr richtig unterscheiden kann: >Guten Tag, Herr Fax.< Oder wenn ich Laute falsch ersetze, statt >Fuchs< >Ficks< sage. Bei Störungen des Syntagmas dagegen funktioniert die Verbindung der Wörter oder auch der Laute nicht mehr richtig: Wörter und Laute werden einfach angehäuft. So behelfen sich Anfänger in einer Fremdsprache und sagen zum Beispiel: >Gut Koch Ruben Gemüse<. Die Störungen des Paradigmas kennt jeder, wenn uns ein Name oder ein Begriff nicht einfällt. Dann behelfen wir uns mit Synonymen oder mit Umschreibungen: Statt >Fuchs< sagen wir >Gänsedieb< oder metaphorisch: >Schlaumeier<. Oder zu Herrn Fuchs: >der ältere Herr, der dauernd vergisst, ob er seine Tür abgeschlossen hat.<«

»Wunderbar«, meinte Annabelle, »aber was hilft mir das? Frau Gleichen-Russwurm merkt sich Wörter und Namen mit Hilfe von Kreuzworträtseldefinitionen. Daher hat sie statt >Herr Fuchs< gesagt >Langfinger mit fünf Buchstaben<. Was ist das?«

»Ganz einfach«, sagte Ruben, »>Langfinger< ist ein gleichwertiger Ausdruck für >Dieb<. Also ein anderes Paradigma. Die Ersetzungsregel besagt, dass das fehlende Wort durch ein ähnliches ersetzt wird. Der Witz ist aber, dass es semantische und phonetische Ähnlichkeiten gibt. Semantisch ähnlich wären >Gans< und >Wulle Wulle< oder englisch >goose<; und phonetisch ähnlich sind >Gans< und >Hans<. Dann gibt's noch Homonymien wie beim Wort >ganz<, das verschiedene Funktionen haben kann: >Du bist *ganz* schön klug< oder >Das kaputte Auto ist wieder *ganz*<.«

»Ach so, das sind Homonymien?«

»Ja. Doch es gibt noch morphologische Ähnlichkeiten. So können einem Aphasiker die Lautdifferenzen verloren gehen, und er sagt: >Fix, di hust da Kunst bestehlen<. Versteht man immer noch, weil die Phrase aus dem Lied vertraut ist. Wenn man weiß, wie sich ein Aphasiker bei seiner Störung behilft, kann man das Gemeinte erschließen. Voraussetzung ist natürlich, dass der Kontext bekannt ist und dass die Betreffenden nicht lallen und eine bestimmte Aussageabsicht haben.«

»Also, ich habe ein Beispiel«, ergänzte Annabelle eifrig. »Frau Gleichen-Russwurm, die Kreuzworträtselfrau, sagte mir den Satz >Die Mütze schleift‹, nachdem ich sie gefragt hatte, ob sie am Mordtag jemanden gesehen habe. Also, Herr Jakobson, wo hapert's? Paradigma oder Syntagma oder Homonymie?«

»Es ist erst einmal auffällig«, Ruben ging auf den Spott nicht ein, »dass das ein vollständiges Syntagma ist. Die Frau wollte dir eine ordentliche Antwort geben. Ich vermute also, dass hier die Störung auf der Achse des Paradigmas liegt. Ich kann aber auch nicht ausschließen, dass sie nach ihrer Methode wie bei der Anrede ›Herr, die Gans gestohlen‹ ein Syntagma gebildet hat, das einen Namen oder eine Person bezeichnen soll.«

»Jetzt fällt mir etwas ein«, sagte Annabelle, »komischerweise taucht der Satz ›Die Katze schleicht‹ mehrfach in meinen Ermittlungen auf. Sogar Mehmet Jungjohann hat das mal gesagt. Und er hat hinzugefügt, dass der Bürgermeister seine Schwester Katharina gerne ›Katze‹ genannt hat. Das hat sie später bestätigt. Sie trug an dem Tag ein T-Shirt mit einer aufgedruckten Katze und einem gelben Strick als Halsband, das ihr der Bruder geschenkt hat. Ich habe mir das aufgeschrieben. Und ich habe den Satz sogar geträumt. Ein Bild vom Maler Reinhardt im Apartment von Frau von Baudissin zeigt eine Katze, und der Maler erklärte zu dem etwas in die Länge gezogenen Tier, dass die ›Katze schleicht‹.«

»Das ist allerdings ein ähnliches Syntagma«, sinnierte Ruben. »Also bei dem Wort ›schleift‹ könnte man denken, es ist ein einfacher Sprech- oder auch Hörfehler für ›schleicht‹. Immerhin hast du doch eine Gehirnerschütterung davongetragen…«

»Nein«, widersprach Annabelle, »das war ein paar Tage früher!«

»Das ist auch egal«, meinte Ruben. »Nur ›Mütze‹ ist seltsam.«

»›Kopfbedeckung mit fünf Buchstaben‹, müsste Frau Gleichen-Russwurm eigentlich sagen.«

Ruben überlegte und nahm dabei einen Schluck aus dem Weinglas.

»Ich hätte eine Erklärung«, sagte er nach kurzem Nachdenken, »›Mütze‹ ist eine phonetische Entstellung von ›Mieze‹, und das ist, wenn ich mich nicht täusche, ein Synonym von Katze. Also wäre das eine simple paradigmatische und phonetische Ersetzung.«

»Also hat sie eigentlich den Satz ›Die Katze schleicht‹ aussprechen wollen und ihn nur zu ›die Mütze schleift‹ entstellt.«

»Ja, und hilft das dir weiter?«

»Es könnte vielleicht auch so gedeutet werden, dass Frau Gleichen-Russwurm die Schwester des Bürgermeisters gesehen hat.«

»Vielleicht. Und das wäre ein wichtiges Zeugnis?«

»Ja, natürlich«, Annabelle geriet in Erregung. »Wir haben doch die Spur ihres Fingerabdrucks auf dem Otriven-Fläschchen, das der Bürgermeister noch in Händen hielt, als er tot in dem Aufzug lag. Irgendwer muss an diesem Vormittag das mit Gift versetzte Spray ins Seniorenheim gebracht haben. Denn vorher hatte es Jungjohann nicht benutzt; sonst wäre er bereits früher gestorben. Natürlich ist denkbar, dass die Schwester das Fläschchen schon früher mal berührt und den Fingerabdruck hinterlassen hat. Dann hätte es ihm vielleicht jemand untergeschoben, der Gummihandschuhe trug.«

»Reicht das mit der Urkundenfälschung der Immobilien in Florida denn nicht für eine Mordanklage?«

Ruben stand auf und ging zum Nebentisch, wo noch das Schachbrett stand. Die Stellung, die er Annabelle zuletzt auf dem Bildschirm vorgeführt hatte, war nicht mehr aktuell. Einige Figuren waren raus aus dem Mordspiel. Übrig blieben der weiße Bürgermeister-König, die Schwester-Katze-Läuferin, die Malvida-Königin auf e5, das königliche Zocker-Böse auf h1 und der weiße Bauer, das schwache Prinzip des Guten, auf a2. Mehmet auf d2 hatte sich in einen unschuldigen weißen Turm verwandelt. Das aktiv Böse in Gestalt der schwarzen Königin war von c1 auf das Feld b1 gerückt, um den Bürgermeister hinterrücks zu beseitigen. Die Malvida-Königin auf e5 bedrohte weiter die weiße Springerin Annabelle und den weißen König. Eigentlich könnte die weiße Königin von e8 aus die Ovulationsdenkerin schlagen, auf e1 vorrücken, sich mit Mehmet und der weißen Seitenspringerin verbünden und den schwarzen Zocker-König auf h1 matt setzen.

»Unsere Stellung war bisher ziemlich spekulativ«, meinte Ruben, »die schwarze Dame stellt das zweite Ego des Zockers dar, der nicht das spielende Kind, sondern das spielende Böse ist. Er und die Läuferin haben womöglich in Sankt Gundula zusammen gemordet.«

»Na gut«, lenkte Annabelle ab, da das weiße Seitensprungpferd auf dem Schachbrett weiter an ihr Gewissen pochte. »Bleiben wir bei den Notizen. Vielleicht gibt es eine zweite Zeugin, nämlich die alte Tanzlehrerin, Frau Schallück. Sicher kann da dein Roman Jakobson auch helfen.«

»Klar, strukturalistische Linguistik sollte auf allen Kriminalpolizeihochschulen unterrichtet werden.« Ruben dachte nach. »Neben dem Ringermanagement könnte ich das glatt übernehmen.«

Annabelle suchte in ihren Notizen nach dem Protokoll des Gesprächs mit Frau Schallück. Aber erst wollte sie lieber eine zweite Portion vom Grillgemüse, dazu ein Stück Focaccia. Knickknack. Hhhmmm! Sie ließ das aufgeschlagene Büchlein neben ihrem Teller liegen. Als sie ein paar Bissen später die Fragen und Antworten ihres kleinen Dossiers vorlas, hörte Ruben aufmerksam zu. Bei der Phrase »Der Mause lässt die Kratze ab«, die aus Frau Schallücks Mund gekommen war, lachte er:

»Wenn Frau Schallück das zwei oder drei Mal sagt, dann ist das für sie ein sinnvoller Satz und nicht einfach ein Versprecher.«

»Ja«, bestätigte Annabelle, »das Wort ›Mause‹ hat sie mehrfach benutzt. Als ob es ein Name wäre oder eine Person. Und das kommt nach langem Überlegen. Sie klagt, dass die Wörter von ihrem Kopf weit entfernt sind.«

Beim Blättern entdeckte sie den früheren Eintrag. Denn Frau Schallück hatte den Satz bereits vor ein paar Tagen im Apartment von Frau von Baudissin unter dem Bild der schleichenden Katze gesagt. Warum aber ›der Mause‹? Die Katze auf dem Bild ist doch nicht auf Mäusejagd.

»Schon wieder die schleichende Katze!«, rief Ruben, der Annabelle das Notizbuch aus der Hand nahm, weil für sie das Blättern umständlich war. »Zunächst, denke ich, erkennt man darin die stereotype Phrase ›Die Katze lässt das Mausen nicht‹. So, die ist ziemlich entstellt. Man muss daher überlegen, was die Änderung sagen könnte.

Auf jeden Fall wollte die alte Dame etwas zu den Ereignissen an dem Mordtag sagen. Danach hast du sie gefragt, und sie versteht anscheinend deine Fragen.«

»Ja, da bin ich mir sicher«, versicherte Annabelle. »Es wäre das Einfachste für sie zu sagen: Ich habe Frau Jungjohann gesehen, wie sie in das Apartment der Frau von Baudissin gegangen ist.«

»Hat sie vielleicht indirekt gesagt. Das hier könnte man so lesen. Was soll denn sonst ›ein... und ... aus...‹ heißen?«

»Kann aber auch tausend andere Dinge bedeuten.«

»Natürlich, die Bedeutung wird allerdings durch den Kontext begrenzt. Du hast nach etwas Ungewöhnlichem gefragt. Und so könnte sich die Phrase ›Hoch die Tür, das Tor macht weit‹ auf einen solchen Vorgang beziehen.«

»Gut, das kann sein«, räumte Annabelle ein. »Nur was macht Professor Jakobson mit dem ›Mausekratz‹?«

»Ich könnte das so auflösen: In das Syntagma von der Katze und dem Mausen hat die alte Dame ihre Beobachtung eingebettet, dass jemand irgendwo ein- und ausgegangen ist, was mit dem Mord in Beziehung steht.«

»Und wie?«

»Es klingt vielleicht etwas an den Haaren herbeigezogen, aber die Veränderung von ›Katze‹ in ›Kratze‹ legt die Bedeutung nahe, die im Wort ›abgekratzt‹ steckt. Eine Art phonematischer Paraphrase. Außerdem sagte sie doch ›der Mause lässt die Kratze ab‹. Sie hat die Vorsilbe ›ab‹ von ›abkratzen‹ nur abgespalten.«

»Und was soll dann ›der Mause‹?«« Annabelle hörte nicht auf zu zweifeln.

»Da ist auffällig, dass das Paradigma femininum ›Maus‹ in ein Paradigma maskulinum mit einem angehängten ›e‹ umgewandelt wurde. So gesehen, könnte der Neologismus ›der Mause‹ so viel heißen wie ›der Mausetote‹.«

»Das ist aber megakompliziert!«, seufzte Annabelle. Sie griff wieder nach dem Notizbuch und deutete auf den Eintrag ›Mausekratz‹. »Ist das auch ein Neologismus?«

»Ja klar, oder kennst du das Wort irgendwoher? ‹Mausekratz‹ macht Sinn«, meinte Ruben. »Die Neologismen von Aphasikern lassen sich mal als onomatopoetische und mal als phonematische Erfindungen entschlüsseln. Entscheidend ist, wie gesagt, der Kontext. Der Kontext sind die Umstände des Mordfalls. Du fragst: ›Haben Sie etwas Auffälliges gesehen?‹ ›Ja‹, sagt sie sinngemäß: ›In diesem Fall, wo jemand abgekratzt und mausetot ist, ist jemand, der das Mausen nicht lässt, ein und ausgegangen. Und ich war ›alleweil dabei‹.«

»›Ich habe dabeigesessen‹, hat sie vielleicht gemeint«, langsam ließ sich Annabelle auf die Professor-Jakobson-Enträtselung ein. »Es könnte sich in der Form abgespielt haben, denn sie sitzt gerne in einer dunklen Ecke vor den Türen der beiden benachbarten Apartments, vor ihrem und dem von Frau von Baudissin.«

»Die Analyse der Aphasie-Fragmente geht ähnlich wie Sigmund Freuds Traumdeutung,« erklärte Ruben. »Man muss aus entstellten Propositionen, Wörtern und Bildern einen zusammenhängenden Satz formen. Im Traum ist es die Verdrängung, die einen Klartext entstellt und fragmentiert, in der Aphasie hingegen das Vergessen oder die Erosion des Wortgedächtnisses.«

»Dann hätte ich noch etwas für dich«, Annabelle schaute Ruben auffordernd an, »also was könnte ›Testament in Noten‹ heißen? Das sagte Frau Schallück auf meine Frage: ›Gibt es noch etwas Anderes als *Mause*‹?«

Noch einmal belebte Ruben seine Enträtselungskünste mit einem Schluck Wein. Annabelle goss sich gleich ein volles Glas ein.

»Ich könnte mir vorstellen, dass Frau Schallück damit das Thema ›Notar‹ ansprechen wollte. In eine paradigmatische Reihe mit ›Notar‹ gehört sicher das Wort ›Testament‹. Und ›Noten‹ könnte semantisch doppelt determiniert sein: Notar und Not.«

»Ja, tatsächlich«, Annabelle deutete auf eine weitere Notiz in ihrem Büchlein, »Frau Schallück hat auf meine Frage, ob ›Testament‹ eine Person in Sankt Gundula sei, etwas ärgerlich geantwortet: ›Testanoten und Mause‹.«

»Eine Neubildung aus Testament und Notar, ließe sich denken«, vermutete Ruben. »Sie war ärgerlich, weil sie offensichtlich glaubte, dass sie auf deine Fragen schon eine Antwort gegeben hatte, die zur Aufklärung beiträgt.«

»Ja, genau, so hat sie auf mich gewirkt.«

»Natürlich bleibt das alles als gerichtlicher Beweis etwas schwach. Warum hast du Frau Schallück nicht direkt gefragt, ob sie den Notar oder die Katharina gesehen hat.«

»Ach, du Oberschlauer!«, rief Annabelle, die wieder in ihrem Notizbuch blätterte. »Hier habe ich eine Notiz von Frau Vanderwielen. Ich hatte sie gefragt, ob sie an dem Mordtag Herrn Siepenbrück oder Herrn Jungjohann gesehen habe, und sie antwortete >Schwester Katharina<. Und das habe ich Idiotin auf die Pflegerin Katharina in Sankt Gundula bezogen.«

»Dann hätten wir einen Anhaltspunkt, dass die Schwester des Bürgermeisters in Sankt Gundula gewesen sein kann«, freute sich Ruben.

»Ja, sogar mehrere Anhaltspunkte!«, meinte auch Annabelle.

»Mit anderen Worten«, fasste Ruben zusammen. »Die Katze hat sich einparfumiert und ist ins Seniorenheim geschlichen. Dort sorgte sie dafür, dass der Bürgermeister abkratzte und mausetot war.«

»Ach danke, mein großer Traumdeuter und Traummann«, schmeichelte Annabelle. »Ich frage mal, ob du als Rätsellöser bei uns angestellt werden kannst. Dann könntest du als Hausmeister anfangen und allmählich zum Professor Jakobson aufsteigen.«

Frau von Baudissin, Frau Jungjohann und Annabelle werden wütend

Annabelle und Ruben lagen noch zusammengerollt und tief atmend im Bett, als das Telefon klingelte. Es war Mölli.

»Ich muss dich leider stören und ein bisschen aufdringlich sein«, entschuldigte er sich, »vorhin meldete sich der Kollege aus Überlingen, den ich gebeten hatte, deine Frau Reitemeier zu observieren. Er gab durch, dass die besagte Dame mit einem Herrn Adam Kipping im Hotel Seegarten zu Abend isst. Das ist doch dein Vater, oder? Soll der Kollege den beiden auch aufs Zimmer folgen?«

»Hör auf, Mölli«, schrie Annabelle. »ich will jetzt nichts davon hören. Ich möchte endlich mal einen ruhigen Abend. Und der Kollege soll in der Sache nichts mehr unternehmen!«

Die schöne Stimmung war dahin. Ruben war auch geschockt. Sie beruhigten sich dann damit, dass sie nicht Hüter ihrer Eltern sein könnte. Wenn sich bei den Alten die Schrauben lockerten, dann war das halt so. Zum Trost erzählte Ruben seiner Annabelle, die noch mit den Tränen kämpfte, das Märchen vom alten König, der Rat suchte, wie er seine Frau gegen eine jüngere tauschen könnte. Der alte König wollte dabei natürlich keine Komplikationen. Wer mag schon Komplikationen? Also begab sich der alte König zum weisen König Salomon. Aber zu seiner Verwunderung war der weise König Salomon ein Kind, vielleicht zehn Jahre alt. Etwas stockend brachte der alte König sein Anliegen vor. Das Kind mit der kleinen goldenen Krone auf dem Köpfchen fragte freundlich, warum der alte König seine Königin nicht mehr haben wollte. Der alte König erklärte, sie gefiele ihm nicht mehr. Daraufhin fragte das Kind, was ihm denn nicht mehr gefiele. Der alte König schämte sich ein wenig vor dem kleinen Weisen, und er wich aus, es seien mehrere Dinge, die ihm nicht gefielen. Da sagte der kleine Salomon, gut, er könne dem König vielleicht helfen. Es sei aber nicht recht, seine Frau aus diesem Grund zu verlassen, doch drei Dinge würde er mit der Kraft der Weisheit ändern, damit die alte Liebe zurückkehre. Also dürfe er sich drei Dinge wünschen. Der alte König druckste lange herum. Wie sollte er dem unschuldigen Knäblein mit der kleinen Krone erklären, dass ihm die Apfelsinenhaut, die Brüste und andere intime Feinheiten seiner Frau nicht mehr gefielen? Also sagte er: Ich wünschte mir eine glattere Haut, und er dachte sich, dass auch die anderen Wünsche dabei in Erfüllung gingen. Gut, sagte der kleine Salomo, das kann ich verstehen, die Haut ist jetzt geglättet. Was denn noch? Die Haare, sagte der alte König. Die sind so grau. Ich möchte blonde Haare. Gut, sagte der kleine Salomo, ich finde graue Haare zwar nicht so schlimm, doch das haben wir auch leicht geregelt. Und der dritte Wunsch? Lange dachte der König nach: Schlankere Beine? Etwas weniger Hüftspeck? Volle Lippen? Ach, sagte er dann, ich wünsche mir mehr Klugheit! Das ist eine sehr gute Idee, sagte der kleine Salomo und schob seine Krone nach hinten. Eine solche Umstellung ist zwar nicht einfach, aber doch machbar. Und er ruckelte noch einmal an der Krone, als ob so die Klugheit in andere Köpfe hineingezaubert würde. Jetzt hoffe ich, sagte er endlich, dass ihr weiter in Liebe und Eintracht leben werdet. Der alte König bedankte sich und machte sich auf den Heimweg in sein schönes Schloss. Es war die Zeit, wo man noch in Kutschen reiste, und der Weg zurück vom Palast des Königs Salomo zu seiner Residenz dauerte ein paar Stunden. Jetzt, während der langen Stunden in der holpernden Kutsche, kamen dem alten König allerlei Bedenken. War es wirklich klug, dass er da mit Hilfe des weisen kleinen Salomo seine liebe Frau und Königin einer kosmetischen Korrektur unterzogen hatte, ohne sie zu fragen? Daher kehrte er voller Skrupel und Zweifel in sein Schloss zurück. Dort begab er sich so schnell, wie es seine alten Beine zuließen, in den Damentrakt, wo die Königin gerade die Socken des Königs stopfte. Vorsichtig betrat er das Zimmer, um die Wirkung des salomonischen Zaubers zu prüfen. Als ihn die Königin erblickte, ließ sie Socken, Stopfpilz, Nadeln und Wolle fallen und fing laut an zu lachen. Sie prustete und gluckste und nieste, sie konnte und wollte einfach nicht mit dem Lachen aufhören. Seltsamerweise stellte der alte König an seiner lachenden Königin noch keine Wirkung der

salomonischen Kosmetik fest! Vielleicht weil sie so lachte. Doch endlich beruhigte sich seine Frau und rief: >Du hast ja ganz blonde Haare,
liebster König!<. Dann fing sie wieder an zu lachen und zu niesen, bis
sie doch innehalten und Luft holen musste. >Das sieht ja völlig verrückt
aus!<, fuhr sie fort. >Bei welchem Friseur warst du denn! Und wieso
hast du auch noch deine Haut straffen lassen? Das ist ja voll komisch:
ein alter König mit blondem Haar und glatter Haut wie ein Kind<. Und
sie lachte und nieste und nieste und lachte. Verwirrt stellte sich der König vor den großen Kristallspiegel neben ihrem Himmelbett, und dann
sah er mit einem prüfenden Seitenblick auf seine Frau, dass alle diese
Verschönerungen des Königs Salomo nichts an der Königin bewirkt
hatten, sondern an ihm. Oh weh! Oh weh! Und als er dann kurz sein
Purpurhemd anhob, um zu schauen, ob sich damit auch die Haut über
seinem schlaffen Bäuchlein gestrafft hatte, fiel ihm schlagartig ein, dass
er gesagt hatte: >Ich wünsche mir blonde Haare, und ich wünsche mir
glatte Haut!< Ach, ich Esel! In jedem Märchen kann man lesen, dass
man beim Wünschen genau auf den Wortlaut achten muss! So geht's
einem, wenn man ohne Berater zum König Salomon geht<. Aber dann
besann sich der alte König, und er dachte: Wie gut, dass ich mir keine schönen Brüste und andere intime Veränderungen gewünscht habe!
Mit den blonden Haaren und der glatten Haut mag es noch angehen!
Und wenn irgendein Untertan über ihn lachen sollte, dann würde man
ihn ..., nein, dann würde er einfach mitlachen. Über diesen Gedanken, der ihm durch den Kopf ging, wunderte sich der alte König sehr.
Und noch mehr wunderte und freute er sich, dass er gar keine andere
Frau mehr haben wollte, weil ihm seine Königin, die so herzlich lachte,
über alles gefiel.«

Annabelle wiederum mochte die Geschichte, und sie meinte, dass
sie ihrem Vater vielleicht eine Beratungsstunde beim kleinen Salomo
schenken sollte.

* * *

Annabelle war übelster Laune, als sie sich am nächsten Morgen mit
Möllenbeck beriet. Sie hatte dem Kriminalhauptkommissar mit einem

Finger auf den Lippen zu verstehen gegeben, dass über ihren Vater, die Richterin und das Hotel Seegarten auf keinen Fall gesprochen werden dürfe. Während sie mit Mölli überlegte, wie die zuvor richterlich genehmigte Hausdurchsuchung bei Frau Jungjohann ablaufen sollte, kam es zu einem Zwischenfall. Es begann mit einem heftigen Wortwechsel im Vorraum der Dienststelle, woher zuletzt der schrille Ruf: »Ich will die Kommisssarin auf der Stelle sprechen!«, durch die geschlossene Türe drang. Dann sprang die Tür auf, und der Maler Cornelius Reinhardt schob den Rollstuhl mit einer mächtig aufgebrachten Frau von Baudissin ins Büro. Der jüngere diensthabende Kollege schlich entgeistert hinterher und hob hilflos die Arme.

»Sind Sie noch ganz bei Trost, Frau Kommissarin?«, schimpfte die hundertjährige Dame los, als sie Annabelle erblickte. »Meinen Notar zu verhaften! Davon habe ich kein Wort gesagt! Sie sollten den Mörder des Bürgermeisters fangen und nicht meinen Doktor Siepenbrück einsperren. Das ist eine abgrundtiefe Frechheit, ein schlimmer Übergriff! Einen Notar ins Gefängnis zu stecken! Wie kommen Sie dazu?«

»Frau von Baudissin«, sagte Annabelle konsterniert, »es besteht ein dringender Verdacht, dass der Herr Notar ein Testament gefälscht hat. Das wäre schwere Untreue.«

»Was soll der Waldemar mein Testament fälschen!«, fauchte Frau von Baudissin zurück. »Das ist die Höhe! Er betreut mein Legat seit zwanzig Jahren, und nie war irgendetwas falsch darin! Das hat mir auch sein Neffe am Telefon gesagt. Ich verlange, dass der Herr Doktor sofort freigelassen wird! Auf der Stelle!«

»Es geht nicht um Ihr Testament, Frau von Baudissin«, Annabelle hatte Mühe, sich von der Erregung der alten Dame nicht anstecken zu lassen. »Es geht um das Testament des ermordeten Bürgermeisters. Da gibt es einen dringenden Tatverdacht!«

Frau von Baudissin war nicht zu beruhigen. Erschöpft setzte sich der Maler auf einen der abgewetzten Stühle und seufzte.

»Mich interessiert nicht das Testament des Bürgermeisters«, zeterte die alte Dame weiter. »Mir geht es um mein Testament und meinen Notar. Den haben Sie verhaftet, und das nehme ich niemals hin. Ich vertraue ihm seit zwanzig Jahren! Mir ist klar, warum Sie das machen. Sie wollen im Handstreich die Prämie kassieren, die ich ausgesetzt habe. Daraus wird nichts, Frau Kommissarin! Das können Sie sich abschminken! Keinen Cent! Und hätte er tausend Testamente gefälscht! Er ist mein Notar! Und Sie lassen die Finger davon! Sonst kriegen Sie schweren Ärger. Ich habe Verbindungen in die Politik!«

»Ja, ja, ich kenne Ihre einflussreichen Großnichten«, versetzte Annabelle patzig.

»Komm, Cornelius, nichts wie raus aus dieser Räuberhöhle!«

»Hören Sie, Frau von Baudissin«, Möllenbeck versuchte noch einmal, die Aufregung zu dämpfen, »Herr Doktor Siepenbrück ist nicht im Gefängnis, sondern in einer psychiatrischen Klinik in Bonn. Es geht ihm nicht gut.«

»Noch schöner!«, giftete die alte Dame. »Erst stecken Sie meinen Notar ins Gefängnis und dann auch noch ins Irrenhaus. Das ist ja hier wie in Russland! Wer nicht pariert, ab in die Klapsmühle! Ich hoffe, es gibt noch Richter in Deutschland, die solche Willkürakte verhindern. Sonst müssen wir auswandern, Cornelius!«

Cornelius Reinhardt hatte sich mühsam erhoben. Sehr auswanderungswillig wirkte er nicht. Er sah auch heute gepflegt aus und war mit seinem blauen Blazer und der hellgrauen Hose gut gekleidet. Im Kragen seines roséfarbenen Hemdes steckte ein schwarzes Seidentüchlein mit roten Punkten. Aber er schien erschöpft vom langen Weg, den er Frau von Baudissins Rollstuhl geschoben hatte.

»Ich verstehe die Verhaftung des Herrn Doktor Siepenbrück überhaupt nicht«, sagte er mit ungewohnt dünner Stimme. »Herr Siepenbrück ist ein kultivierter Mann, der auch etwas von Kunst versteht. Er sammelt meine Bilder.«

Es dauerte einige Zeit, bis der Maler den Rollstuhl zum Ausgang manövriert hatte. Dem Beamten, der helfen wollte, schlug Frau von Baudissin wütend die Hand beiseite. Annabelle schaute zu und lachte. Ausgerechnet der Notar, der ihr die Erfolgsprämie auszahlen sollte, war vermutlich der Täter, für dessen Ermittlung sie sich die Prämie verdient hatte. »Herzlichen Glückwunsch, Frau Kommissarin«, würde er sagen.

»Großartig, wie Sie mich erwischt haben! Darf ich Ihnen gerade noch dafür die schwer verdiente Prämie mit notarieller Beurkundung übergeben, ehe ich mich für ein paar Jahre ins Zuchthaus zurückziehe?!«
Plötzlich packte Annabelle die Wut.

»Komm Mölli, jetzt rücken wir Frau Jungjohann auf die Bude und filzen sie von vorne bis hinten.«

Mölli hatte die Szene zuvor noch nicht richtig verarbeitet.

»Sag mal, Annabelle, stimmt das mit der Prämie der Frau von Baudissin?«, wollte er wissen.

»Ja, so was hat sie vor ein paar Wochen mal gesagt«, antwortete Annabelle lässig. »Mein Gott, das hab' ich keine Sekunde ernst genommen. Die Alte dreht sich mit ihren Versprechen und Erbaussichten im Wind wie ein Kirchturmhühnchen. Das brauch' ich nicht. Ich hab' eine ledige Tante, Tante Helene, die mir ihre Sparbücher vererben wird.«

Mölli und Annabelle fuhren am späten Vormittag mit zwei Beamten nach Morsbach zur Wohnung in der Weidener Straße. Frau Jungjohann war nicht zu Hause. Wieder bewegte sich am Fenster des ersten Stockwerks eine Kamera. Man musste damit rechnen, dass die Eigentümerin ihr Haus aus der Ferne überwachte. Sonst hatte sie es nicht so mit der Sicherheit. Der Kollege hatte wenig Mühe, die Haustüre und die Wohnungstüre zu öffnen, indem er einfach mit seinem Pitbull-Ziehgerät die Schließzylinder entfernte.

Annabelle wollte als erstes nach den anderen Otriven-Fläschchen suchen. Vielleicht fände sich dort auch ein Gefäß mit dem Gift. Zuvor wurden der Rechner und ein Tablet beschlagnahmt. In einem Leitz-Ordner, den sie rasch durchblätterte, stieß die Kommissarin auf ein Exemplar von Jungjohanns Testament. Doch auf den ersten Blick fand sich weder im Bad, wo zwei Flacons *Lady Million* vor dem Spiegel standen, noch auf den Toiletten oder im Waschkeller ein Hinweis auf Otriven-Fläschchen oder auf ein anderes Gefäß mit dem Gift.

Alles wurde durchsucht, die Schränke, die Betten, die Wäsche, die Kleider, der Balkon, der Papierkorb, der Mülleimer, die Schubladen, das Geschirr, der Kühlschrank. Ohne Befund. Aber hinter dem Gemälde mit Reinhardts böse von einem dicken Ast starrenden Luchs entdeckte einer der Kollegen in der Wand einen kleinen Safe. Da ging es nicht weiter. Aber, wie gerufen, hetzte einen Augenblick später Frau Jungjohann in die Wohnung und schrie:

»Wea hätt dat denn anjeordnet, datt Se einfach in minge Wohnung einbreschen?«

Hauptkommissar Möllenbeck übernahm es, die wütende Frau über die in Gang gekommene Untersuchung zu unterrichten. Im Zusammenhang mit der Fälschung des Testamentes habe sich der dringende Verdacht ergeben, dass Sie, Frau Jungjohann, und der Herr Doktor Siepenbrück den Bürgermeister Jungjohann vergiftet hätten.

»Isch soll minge Brude umjebracht hann? Sinn Se noch janz jescheit? Wo jiwet denn sowat? Dat is do woll dat Allerletzte.«

In aller Ruhe fügte Möllenbeck hinzu, er habe die Hausdurchsuchung beantragt, weil vermutet werde, dass hier noch Beweismaterial sichergestellt werden könnte.

»Und wat hamm Se jefunge?«

»Bisher nichts. Aber wir haben soeben diesen kleinen Wandsafe entdeckt und würden Sie bitten, den Safe zu öffnen.«

»Nä, isch hann dä Schlüssel verloren. Und zu allem, watt Se mir vorwerfen, saach isch nix. Is dat klaa? Isch saach jaanix. Erst will isch nen Anwalt hann. Mit eusch allein wär isch jo verratzt!«

Frau Jungjohann schien nicht auf eine solche Lage vorbereitet zu sein. Sie fummelte an ihrem Mobiltelefon herum und suchte wohl nach einem Anwalt. Schließlich hörte man sie mit einem Kollegen telefonieren, um sich einen Rechtsbeistand empfehlen zu lassen.

Die Kommissarin wollte jetzt mit aller Gewalt den kleinen Tresor öffnen lassen, aber die zwei Beamten sahen keine Möglichkeit dazu. Wütend entgegnete sie, dass man doch an jeder zweiten Ecke einen Knacki finden könnte, der das für sie machte. Alle paar Tage werde irgendwo ein Bankautomat gesprengt, aber die Polizei kriegt so einen läppischen Tresor nicht geknackt. Sie drohte dann wieder Frau Jungjohann, dass man ihre Wohnung zur Not in die Luft gehen lasse, wenn sie den Schlüssel bzw. den Code nicht herausrücke. Aber die Frau blieb stur und verwies auf den Rechtsbeistand, den sie in Kürze erwartete. Annabelle geriet immer mehr in Rage und durchwühlte erneut alle Schubladen, tastete unter die Kissen und Decken im Schlafzimmer, prüfte die Accessoires und Taschen im begehbaren Kleiderschrank, kippte jedes Exemplar aus der Heerschar der Pumps, Stilettos, Ballerinas, Sneakers, Boots, Slippers, Loafer, Peptoes im Schuhschrank um, schüttelte Tassen, Gläser, Schüsseln, Blumenvasen, Töpfe und Pfannen, ob nicht doch irgendwo ein Tresorschlüssel klingelte. Auf der Veranda hob sie Blumentöpfe und Terracotta-Schalen hoch, in denen noch ein paar Herbstblumen welkten. Frau Jungjohann verfolgte das verbittert, aber mit einem ironischen Zug um den Mund.

Schließlich forderte Annabelle ihr Mobiltelefon und beschlagnahmte es trotz heftiger Proteste. Während Möllenbeck und die beiden Beamten in der Wohnung eine gewisse Ordnung wiederherstellten, vertiefte sich Annabelle in die Telefonlisten und WhatsApp-Chats der Katze. Irgendwie hatte sie es geahnt: Sie stieß auf die Adresse von Doktor Siepenbrück. Na also! Sie scrollte durch den Chat. Ihre Hand zitterte, als sie auf eine Nachricht von Siepenbrück stieß, die exakt am Mittag des Mordtages verschickt worden war.

»Frau Jungjohann«, wandte sich die Kommissarin an die Schwester des Bürgermeisters, die vor ihrem Marmortisch saß. Sie hatte die Lampe mit den Muranoglasstäben angeschaltet, und das diffuse Licht ließ sie bleich und eingefallen ausschauen.

»Am 13. Oktober, um 12 Uhr 30 haben Sie von Doktor Siepenbrück eine WhatsApp-Nachricht erhalten, die lautet ›Die Katze schleicht‹. Können Sie mir sagen, was der Herr Notar Ihnen da mitteilen wollte?«

Frau Jungjohann schlug die Hand vor die Stirn und murmelte »Oh nä, datt onnoch...«.

Dann raffte sie sich auf und sagte: »Datt könne Se allet mit mingem Anwalt beschpreschen.«

»Dann sagen Sie Ihrem Anwalt aber bitte, dass er gleich in unser Kommissariat kommen soll. Sie sind verhaftet.«

Möllenbeck hatte den letzten Dialog gar nicht mitgehört. Als er hinzukam, war er verblüfft über Annabelles Entschlossenheit, verstand aber den Zusammenhang mit der WhatsApp-Nachricht nicht.

»Lieber Kollege«, sagte Annabelle, »kurze Zeit, bevor der Bürgermeister eine tödliche Dosis Nasenspray einnahm, schickte Herr Notar Siepenbrück seiner Komplizin eine Nachricht, ausgerechnet den Satz ›Die Katze schleicht‹! Ich nehme an, das ist ein Codewort und besagt, dass Frau Jungjohann unbemerkt in das Apartment von Frau von Baudissin gehen, nein schleichen könne, wo ein Gemälde mit diesem Titel hängt, um dort das vergiftete Fläschchen zu deponieren. Die Einzelheiten werden sich bei der Einvernahme klären.«

Möllenbeck staunte. Er bestellte einen zweiten Streifenwagen. Annabelle wollte gleich nach Hause. Sie entschuldigte sich und überließ das Weitere ihrem Chef. Immer noch fühle sie sich mitgenommen, und gerade heute seien die Kopfschmerzen mit Anflügen von Schwindel zurückgekehrt, die Folge der harten Schläge und der Gehirnerschütterung vor zehn Tagen.

* * *

Obwohl sie einen Ermittlungstriumph feiern konnte, kehrte Annabelle am Nachmittag deprimiert nach Hause zurück. Sie weinte, und Ruben mühte sich lange, die schluchzende Annabelle mit nimmermüder Zärtlichkeit zu beruhigen. Bereits auf der Rückfahrt von Morsbach hatte es Annabelle gedämmert, dass der Eifer, die Geduld, die Hartnäckigkeit, ja, dass alle seelischen Kräfte, die sie in den letzten vier Wochen mobilisiert hatte, an diesen verfluchten 50.000 Euro hingen, die sich eben als Fata Morgana in Luft auflösten. Und jetzt saß sie auch noch auf dem Schoß ihres betrogenen Mannes, der sie tröstete und der nicht ahnte, dass er mit Händen und Worten etwas zu heilen suchte, was eigentlich ihm Wunden schlagen musste. Ach, es war einfach zum Heulen, und Annabelle konnte ihre Tränen auch nicht bremsen, als Henrikh aus Köln zurückkehrte. Er hatte seine drei Partien gegen das indische Schachwunderkind verloren, dafür war kein Schuh verloren gegangen! Doch als er seine Mutter sah, hatte er einen neuerlichen Grund zu weinen.

Irgendwann waren dann doch ihre Tränen-Zisternen leer, und Annabelle nahm Rubens Taschentuch, das noch etwas nach dem gestrigen Grillgemüse roch. Jetzt konnte sie den Hauptgrund ihres Tränenstroms benennen, und Ruben musste schmunzeln. Er hatte an Frau von Baudissins Prämie nie recht geglaubt. Aber ihn bekümmerte es, dass Annabelle unter seinen spärlichen Einkünften litt, während er eigentlich mit ihrer bescheidenen Existenz zufrieden war. Im Hintergrund seiner Lebensgeschichte spielten noch die Tragödien seiner Verwandten und so vieler Opfer, und es gab keinen Tag, an dem er nicht dankbar dafür war, dass er sich mit seiner kleinen Familie eines ungefährdeten Lebens erfreuen durfte. Von allen Enden der Welt stürmten die Nachrichten von Hunger, Vertreibung, Krieg und Flucht, und sie hatten in diesem grauen Winkel Deutschlands, den die Geschichte vergessen hatte, eine Zuflucht gefunden. Sie sahen, wie dieser muntere Henrikh aufwuchs, der seine Freuden und Kümmernisse mit ihnen teilte, und sie liebten sich und ihren Kater Shahan, der sie lehrte, was eigentlich das Leben ist.

Und gerade in diesem allerblödesten Augenblick schrie die Missy Elliott *She's a bitch*, und die schwesterliche Désirée-Zicke meldete sich am Telefon.

»Hallo sistersweetheart, howadoing! Tanti saluti aus Capri! Hier ist grade die coole Vetrina internationale. Krasse Mode, kann ich nur sagen. Hör mal, Bella, weißt du, wie das um den Amurfu von Papa und seiner Richterflamme steht?«

»Ah, bist du gut in Italien gelandet? Mama und ich, wir haben uns ja solche Sorgen gemacht«, rief Annabelle mit boshafter Anteilnahme. »Ansonsten weiß ich nichts Neues, außer dass Papa und seine Flamme, wie du sagst, wohl gerade zusammen irgendwo essen. Mehr kann ich nicht sagen. Habe leider keine Zeit, Sister! Ciao! Schöne Tage da unten auf Capri!«

Henrikh wollte sofort mit seinem Vater die verlorenen Partien gegen Shreyas Royal nachspielen, um seine Fehler dabei zu analysieren. Er musste sich gedulden und quittierte das mit einer gut eingeübten Beleidigungsshow. Hey, jetzt geht mal die Mama vor!, mahnte ihn Ruben.

Dann nahm Ruben ihre Hand.

»Ach, Annabelle, ich verstehe deine Enttäuschung«, begann Ruben leise. »Aber weißt du, ich bin mit unserem kleinen Leben glücklich.

Wenn mich manchmal die Traurigkeit heimsucht, dann überfällt sie mich aus der fernen oder doch nicht ganz so fernen Vergangenheit, als der große grausame unerbittliche Morddämon über Europa und die Welt herfiel. Woher nehmen die Leute heute das Maß ihres Glücks? Es sind die blinkenden Dinge, Geld, Ruhm, Besitz, Ansehen. Auf dieser Skala wandern ihre Gefühle auf und ab. Man muss dem Leben doch nur wenig geben, damit es seine Wunder tun kann. Wolltest du nur einen winzigen Teil des Kinderelends mitleiden, das die Welt füllt, dann würdest du im Irrsinn enden.«

Annabelle nickte:

»Bitte jetzt keine traurigen Geschichten erzählen«, bat sie, »sonst fange ich wieder an zu heulen!«

»Nein, ich wollte etwas Anderes sagen.« Ruben schwieg einen Augenblick verlegen. »Es ist doch so, dass kein Lebewesen, kein Fisch, kein Vogel, keine Katze, kein Mensch mit einem Goldklumpen zwischen den Zähnen auf die Welt kommt. Alles, was ihnen mit auf den Weg gegeben wird, benötigen sie zum Leben, und es reicht ihnen. Wir Sprachtiere bekommen noch ein paar Dinge mehr mit auf den Weg. Ich bin ein Wörterwissenschaftler und kein Geldwissenschaftler geworden, weil Wörter wichtiger sind fürs Leben als Geld.«

»Und was kann man mit Wörtern machen?«, fragte Henrikh.

»Man kann zum Beispiel mit Wörtern eine traurige Mama trösten.«

»Ja«, sagte Annabelle, »Worte, liebevolle Worte sind mir wichtiger. Aber wir leben doch in einer Welt, wo ziemlich viele Goldklumpen herumrollen, und es wäre einfach schön, wenn so einer mal vor unseren Füßen stecken bliebe.«

»Ach«, sagte Ruben, »da fällt mir ein: Mir ist vor ein paar Tagen so ein dickes Goldstück vor die Füße gerollt.«

»Wie?«

»Ja«, sagte Ruben heiter, »der Witwer Jungjohann wollte mir meine ›schön Frau Pollzei‹, wie er sich lustig ausdrückte, abkaufen. Er hat mich angerufen und mir eine Million für dich geboten. Ich habe das aber abgelehnt.«

»Ist der Kerl denn des Wahnsinns?« Annabelle wurde schwindelig.

»Meinst du, das ist zu wenig?« Ruben lachte.

»Das Geld ist dem Mehmet einfach zu Kopf gestiegen, und er hat den Verstand verloren! Ihn kann man zum Notar in die Klapsmühle stecken.« Annabelle wollte sich nicht beruhigen.

»Nein, ich glaube nur, er ist sehr verliebt«, meinte Ruben.

»Hat er denn sonst noch etwas gesagt?«, fragte Annabelle vorsichtig.

»Wie meinst du das?«

»Papa, lass uns jetzt bitte die Schachpartien nachspielen«, bettelte Henrikh.

Brief des Rechtsanwalts

Ruben und Mehmet zogen sich zu ihrem ewigen Schach zurück. Alle diese Männer sind Spieler oder verrückte Zocker, dachte Annabelle. Selbst ihr Vater setzte gerade seine Ehe aufs Spiel. Naja, viel besser war sie ja auch nicht! Was mag Mehmet noch gesagt haben? Hat er vielleicht doch etwas verraten? Während sie sich Rubens erstauntes Gesicht bei Mehmets Millionen-Angebot vorstellte, kam Kater Shahan hereingeschlichen. Gleich musste sie an den Schleich-Code auf dem Mobiltelefon der »Katze« denken. Nicht besonders schlau, Frau Jungjohann, das nicht zu löschen! Und zu allem Überfluss geisterten Sie noch mit diesem üppigen *Lady Million*-Duft durch die Welt, der in jeder Nase hängen bleibt! Nicht nur in der Nase von Frau Doktor Schlecht mit dem absoluten Geruch. Zum Morden gehört Verstand, sonst lässt man es lieber.

So ganz Unrecht hatte der Notar allerdings nicht, als er meinte, dass »kein Dummerjan« das Komplott gegen Jungjohann ausgeheckt hätte. Gute Idee mit dem Rittersporn! Nur hatte der Plan drei Schwachpunkte, die zum vollkommenen Verbrechen fehlten. Einmal haben die beiden nicht mit Doktor Chi und seiner Aconitum-Falle gerechnet. Zweitens haben sie übersehen, dass im Klarsichtordner des Bürgermeisters noch die komplette Liste der Immobilien steckte. Und drittens hat die »Katze« ihren Fingerabdruck auf der Gift-Flasche hinterlassen. Das erste war Zufall, das zweite Pech, das dritte Dummheit. Nur, wie hatten sie das im Einzelnen angestellt? Wie gelangte das Fläschchen mit dem vergifteten Otriven in die Hände des Bürgermeisters? Vielleicht bringt Mölli die »Katze« ja dazu, alles zu gestehen. Und dann wäre die Sache abgehakt.

Nach uralter Sitte bewegte sich Shahan im katerhaften Auf und Ab und suchte in aller Sorgfalt einen Ruheplatz. Nach langem Hin und Her sprang er auf Annabelles Schoß und rollte sich ein. Dort nun sang er das ewig gleichtönende Katzenlied, das bis in Annabelles Fingerspitzen surrte. Früher, das wusste sie von ihrer Großmutter, klang den Leuten das Katzenschnurren wie ein Spinnrad. Und daher sagte man »die Katze spinnt«. Katzen schleichen und spinnen. Und sind damit zufrieden. Welche Weisheit steckt in diesen Tieren, dachte Annabelle. Die kleinen Bestien wissen genau, was sie benötigen und holen es sich. Ich möchte mal sehen, wenn Shahan ein Goldklumpen vor die Pfoten rollt. Shahan im Glück! Er würde kurz daran riechen, versuchen, damit zu spielen und den Klumpen gegen eine Maus tauschen. Komisch! Er braucht kein Gold, dafür hat er nur ein kleines Gehirn! Die Menschen haben ein riesiges Gehirn, aber dieses graue Zeug im Schädel summt immer die Botschaft, dass uns etwas fehlt. Das Wünschen nimmt und nimmt kein Ende. Auch auf einem Berg erfüllter Wünsche überfällt uns der nächste Wunsch, und wir müssten wieder runter ins Tal der Mühen! Irgendwie hat Ruben Recht. Aber wenn er sich auch klug bescheiden kann, wäre es schön, so einen kleinen Hans-im-Glück-Goldklumpen zu besitzen. Summ, summ, summ. Und dann nichts wie raus aus diesem grauen, trostlosen, bergischen Schieferziegelelend! Eine Million wollte Mehmet für sie bieten! Ach der süße Ritter-Sport! Er schien ja wirklich schwer in sie verliebt zu sein. Wie gerne würde sie noch einmal, nur ein einziges Mal, bei ihm vorbeischauen und eine winzige Kostprobe Schokolade naschen. Ach nein, das nicht. Oder nur, um sich die beiden Lieder vorspielen zu lassen. Vielleicht hatte Mehmet schon die Hochzeitslieder für sie beide komponiert? Sicher sind die nicht so traurig wie der Abschiedsjammer für den Bügemaissa. Ja, und was hätte sie bei einem Millionen-Angebot für Ruben gemacht? Auch nach ihm hat sich schon mancher Schwule die Finger geleckt. Hätte sie ihn für eine Million verschachert? Schach, Schacher, Shahan, am Schachesten. Was für seltsam ähnliche Wörter und Namen? Da käme die Frau Gleichen-Russwurm mit ihren Kreuzworträtseln ganz schön durcheinander.

Für eine Million! Annabelle ließ langsam diese sechs Nullen an ihrem Auge vorüberrollen. Was hatte der Doktor Siepenbrück gesagt? ›Wenn Sie mit einem Mord, einem großen Raub, mit einer kühnen Gewalttat unsterblich werden könnten, würden Sie es nicht tun?‹ Nein, unsterblich, darauf hatte sie keine Lust. Wie sieht man denn mit 120 oder 233 Jahren aus? Bestimmt grauenhaft! Nein, vielen Dank für das Angebot! Aber mit einem Schlag ewige Jugend und ein paar Millionen!

Nein, natürlich würde sie Ruben nicht verschachern. Außerdem ist Rubens Art, Liebe zu machen, wenn er sich wie gestern wieder dazu aufrafft, auch voller Reiz, nur halt nicht afghanisch. Vielleicht ist es das armenische Testosteron, das nicht so aufregend riecht wie das vom Ritter-Sport. Nur ein paar Goldstücke mehr könnte er ruhig heranschaffen. Es ist gut und schön, den Mammon zu verachten; aber das tun komischerweise immer nur diejenigen, die nichts haben.

Es war bereits Abend. Und Möllenbeck rief an. Um das Telefon zu erreichen, musste Annabelle Shahans Ruhe stören Der Kater kommentierte das plötzliche Ende seines Dösens mit beleidigtem Klagen. Das wird nicht ohne Konsequenzen bleiben, sagte sein bitterböser Blick. Möllenbeck hingegen war allerbester Laune.

»Annabelle, der Kuchen ist gegessen!«, verkündete er. »Der Mord am Bürgermeister Jungjohann ist fast vollständig aufgeklärt. Die parfümierte Schwester hat eingeräumt, dass sie dem armen Hannes das Gift in das Nasenspray gefüllt hat. Die gute Frau hat lange nichts gesagt, und auch der Rechtsanwalt, den sie hierher bestellt hatte, riet ihr natürlich zu schweigen. Dann habe ich ihr ein paar Fotos vom toten Jungjohann im Aufzug gezeigt, und da ist sie in Tränen ausgebrochen. ›Dä ärme Hannes‹, sagte sie, als ob ihr das Herz bräche. Wir waten hier beinahe in den Reuetränen der Dame.«

»Ach, da bin ich sehr erleichtert«, sagte Annabelle, obwohl sie gar nicht erleichtert war. Sie erinnerte ihn an die Schläger, die sie überfallen hatten.

Mölli schien das gar nicht zu interessieren. «Sag mal, hast du ein kühles Bierchen zu Hause? Ich würde gern mal kurz vorbeikommen. Ich habe noch eine gute Nachricht!«

Möllenbeck stand eine halbe Stunde später in der Tür der Petrosians und ließ sich unaufgefordert auf dem verhaarten IKEA-Sofa nieder. Er nahm Annabelle das Glas und die Flasche Bier aus der Hand, um den Kronkorken mit einem Schlüssel zu öffnen. Nach dem ersten Glas strömte er eine solche Behaglichkeit aus, dass Shahan rasch zu ihm auf das Sofa sprang und seine Pfoten auf Möllis runden Bauch legte. Das tat er nicht nur aus Bequemlichkeit, sondern auch als Demonstration gegenüber Annabelle. Und so begann Möllenbeck mit Shahan auf Bauch und Schoß seinen Bericht vom Geständnis der »Katze« Jungjohann.

Katharina Jungjohann hatte ihm deprimiert erzählt, dass sie neben Erspartem und Zuschüssen ihres Bruders Hannes erhebliche Kreditsummen in das Entsorgungsunternehmen *E-Commerce omatra2.0* in Morsbach gesteckt hatte, und seit Monaten erneut vor der Pleite stand. Nicht nur seriöse Konkurrenten, sondern viele mafiöse Wettbewerber ruinierten ihr Geschäft. Jungjohann wollte ihr zuletzt nicht mehr mit Geld helfen, sondern riet ihr, das unprofitable Unternehmen zu liquidieren. Aber sie hatte doch sonst nichts! In dieser Not erreichte sie vor einigen Wochen ein Anruf des Notars Siepenbrück, der von ihrer Notlage wusste, weil er bereits vor zwei Jahren eine Vermögensauskunft von ihr beurkundet hatte. Doktor Siepenbrück zitierte ihr die geplante Nachlassbestimmung ihres Bruders, bezifferte die riesige, ihr zugedachte Lebensversicherung und deutete an, dass auch er durch Spielschulden in finanzieller Bedrängnis war. Ihr Gespräch fiel in die Zeit, als die Kampagne der Neonazis gegen den Bürgermeister ihren Höhepunkt erreichte und dabei mehrfach Morddrohungen zu hören und lesen waren. Das war ja der Grund, warum Hannes Jungjohann seinen Nachlass zugunsten von Mehmet, aber auch großzügig gegenüber seiner Schwester regeln wollte. Siepenbrück und Frau Jungjohann trafen sich einige Male und überlegten, wie sie vielleicht einen befürchteten gewaltsamen Tod des Bürgermeisters zu ihrem Vorteil nutzen könnten. Es ging dabei lediglich um zwei oder drei wertvolle Immobilien, die sie an Mehmets Erbe vorbeimanövrieren würden. Für den Jungen wäre das keine große Einbuße gewesen.

Aber die Neonazis gingen nicht so weit, den Bürgermeister umzubringen. Doch inzwischen hatte die Idee, eine Erbschaft gemeinsam zu manipulieren, in ihren Köpfen die Herrschaft ergriffen, so dass sie beide nicht mehr davon loskamen. Außerdem drängte die Zeit, denn Siepenbrück drückten die Spielschulden, und ihre eigenen Verbindlichkeiten ließen sich auch nicht mehr verheimlichen. So kamen sie auf die Idee, die Neonazi-Kampagne gegen den Bürgermeister zu nutzen und genau das zu tun, wozu die Neonazis zu feige waren. Wie oft hatten die schon Morddrohungen ausgestoßen, ohne sie in die Tat umzusetzen.

Doktor Siepenbrück habe sich kundig gemacht und herausgefunden, dass eine Vergiftung mit einem Rittersporn-Extrakt erstens ohne große Qualen abliefe und dass zweitens das Gift im Organismus kaum nachzuweisen sei. Der Notar habe sich ausgiebig mit diesem Zeug befasst und ihr schließlich vorgeschlagen, Jungjohann auf diese sanfte, liebevolle Weise von den Anfeindungen zu erlösen. Doktor Siepenbrück habe das Gift besorgt. Sie wisse aber nicht wie und wo. Auch auf die Idee mit dem Nasenspray sei der Notar gekommen. Der habe immer auf sie eingeredet, dass die gesamte Weltgeschichte aus Mord und Vabanque bestehe, und dass alle Mächtigen, Habgierigen und Reichen dieses Mordspiel ohne Gewissensbisse betrieben, weil es so in der Welt vorgesehen sei. Das Vermögen des Bürgermeisters stamme von einem schwulen Mann aus vermögender Familie, habe er gesagt. Aber woher haben die vermögenden Familien ihren Reichtum? Sie haben es irgendwelchen anderen Räubern weggenommen, und so wandert der Reichtum seit jeher durch Raub oder Räubererbschaft von einer schmutzigen Hand zur anderen. Warum nicht einmal die eigene Hand dazwischen halten?

»Das ist nur die Vorgeschichte«, sagte Möllenbeck und verlangte für die Fortsetzung seines Berichts eine neue Flasche. »Du willst doch wohl den vollständigen Ablauf des Verbrechens erfahren?«

»Du hättest die zweite Flasche Bier auch ohne rechtswidrige Erpressung bekommen«, kommentierte Annabelle.

»Weißt du«, meinte Mölli, »die Argumente des Notars Siepenbrück leuchten mir irgendwie ein. Man kommt nur auf krummen Touren zu seinem Ziel. Die oberen Zehntausend haben uns treue und anständige Beamten erfunden, um ihre schmutzigen Geschäfte in Recht und Sicherheit abzuwickeln.«

»Deine Umschulung vom Gärtner zum Bock kommt ein bisschen spät«, fand Annabelle.

»Warte mal ab!« Möllenbeck lief auf ungewöhnlich hoher Betriebstemperatur. »Die liebliche Schwester Katharina hat noch eine Menge mehr erzählt und dabei Krokodilstränen vergossen. Erst Schlaumeier, dann Heulsuse! Pass auf! Doktor Siepenbrück hatte bereits einige Male mit dem Bürgermeister wegen der Baudissin-Schenkung verhandelt und dabei Jungjohanns Umgang mit dem Otriven-Zeug beobachtet. Das Sprayen war dem verschnupften Mann zur Gewohnheit geworden. Jungjohann stellte das Fläschchen meistens vor sich auf den Tisch, wenn er irgendwo saß, und vergaß sofort, dass es dort stand. Und wenn er es benötigte, dann suchte er überall, auch in seinen Taschen danach. Und es wäre ihm niemals aufgefallen, wenn er auf einmal zwei davon in seiner Tasche gefunden hätte. So rief sie dann vormittags mehrfach an, als er mit dem Bürgermeister und Frau von Baudissin in der Cafeteria verhandelte. Gegen Mittag sollte sie in der Nähe des Seniorenheims warten. Der Zeitpunkt war auch darum günstig, weil im Seniorenheim gerade Sanierungsarbeiten durchgeführt wurden. So konnte sie dort zur Mittagszeit unbeobachtet ein- und ausgehen.«

»Ah richtig«, unterbrach Annabelle, »er hat zu Frau von Baudissin gesagt, dass er wegen seiner Prostata dauernd zur Toilette müsse. So hat sie das berichtet.«

»Auch nicht schlecht: Prostatabeschwerden als Alibi«, fuhr Mölli fort. »Außerdem hatten die beiden das Codewort ›Die Katze schleicht‹ verabredet. Der Notar habe gemeint, den Satz könne er in Gegenwart des Bürgermeisters oder von Frau von Baudissin durchgeben, ohne dass das auffiele. Er habe ihr den Code aber übermittelt, und das war für sie das Zeichen zu handeln.«

»Habe ich ja entdeckt auf ihrem Mobiltelefon!« Annabelle brachte ihren Anteil an der Aufklärung noch einmal in Erinnerung.

»Ja klar, schlaue Kollegin!« Möllenbeck war aber von dem Geständnis, das er hervorgelockt hatte, noch mehr angetan.

»Also ist die Jungjohann«, fuhr er in seinem triumphalen Bericht fort, »auf sein WhatsApp-Signal hin in das Seniorenheim gegangen und die zwei Treppen hoch in das Apartment von Frau von Baudissin gestiegen. Die Tür sei offen gewesen, das hatte der Notar ihr schon vorher angekündigt, und dann habe sie das Fläschchen an der verabredeten Stelle auf den Tisch gestellt. Und genauso habe sie Sankt Gundula auch wieder verlassen können.«

»Aber sie hat in ihrer Eile«, ergänzte Annabelle, »und vermutlich auch in ihrer Nervosität nicht bemerkt, dass in der dunklen Ecke vor den beiden Apartments die alte Tanzlehrerin Frau Schallück saß, die das beobachtet hat. Und die erklärte dann später als Zeugin: ›Der Mause lässt die Kratze ab‹.«

»Was ist denn das für ein Irrsinn?« Mölli fasste sich an die Stirn. »Entschuldige Annabelle, aber das ist doch keine Zeugenaussage!«

»Ruben ist Aphasie-Experte, lieber Kollege«, Annabelle nahm einen leicht arroganten Ton an. »Und er hat das analysiert. Das bedeutet so viel wie: Da ist jemand mausetot, und die Katze, die das Mausen nicht lässt, hat dafür gesorgt, dass der Mausetote zuvor abgekratzt ist.«

»Donnerwetter«, staunte Möllenbeck, »das nenne ich wissenschaftliche Aufklärung! Ich würde jetzt den Hut ziehen, wenn ich einen aufhätte.«

Möllenbeck nahm noch einmal einen tiefen Schluck.

»So hat die Jungjohann den Ablauf geschildert.« Mölli setzte sich auf, und Shahan fühlte sich wieder gestört. »Der Notar hatte die Position für das Fläschchen so genau bestimmt, weil es vor dem gewohnten Sitzplatz des Bürgermeisters stehen sollte. Und als sie dann zu dritt ins Baudissin-Apartment kamen, habe Siepenbrück erst einmal die Papiere, um die es ging, lose darüber ausgebreitet. Und der Bürgermeister hat, wie es seine Gewohnheit war, das Sprayfläschchen, nachdem er es benutzt hatte, vor sich hingestellt. Dann waren sie mit den Unterschriften fertig, und der Siepenbrück hat die Unterlagen wieder eingesammelt. Jungjohanns Fläschchen hatte er beiseitegestellt. Kurz vor dem Aufbruch wies dann Siepenbrück den Bürgermeister darauf hin, dass vor ihm noch sein Otriven stand. Es gehörte schon eine gewisse Kaltblütigkeit dazu, aber, wie gesagt, der Notar hatte den Bürgermeister bei mehreren Gelegenheiten genau beobachtet, und die alte von Baudissin hat das nicht bemerkt. Außerdem rechnete der Notar fest damit, dass die Todesursache niemals herausgefunden werden könnte. Die Gerichtsmediziner haben ja auch erst einmal nichts gefunden.«

Mölli schaute wieder triumphierend.

»So Annabelle, den Rest der Geschichte kennst du. Und könntest du ausnahmsweise noch eine Flasche Bier rausrücken?«

Ruben und Henrikh hatten sich durch Möllis Besuch nicht bei ihrer Schachanalyse stören lassen. Jetzt kamen sie aus Henrikhs Zimmer und begrüßten Annabelles Chef. Mölli tönte gleich, sie hätten den historischen Augenblick verpasst, zu hören, wie er das Rätsel des Mordes am Bürgermeister endgültig gelöst habe. Ja, natürlich habe vor allem Annabelle durch ihren Scharfsinn und ihre Hartnäckigkeit den Fall aufgeklärt. Aber er habe seinen Anteil, weil er gestern der mutmaßlichen Mörderin auf den Zahn gefühlt und ihr ein Geständnis abgerungen hätte.

»Wir haben auch mitgeholfen!«, rief Henrikh. »Wir haben den Mord auf dem Schachbrett rückwärts gelöst! Es gibt nämlich zwei Arten von Matt: gestorben oder ermordet.«

Mölli lobte Henrikh, ohne zu begreifen, worum es ging. Ruben balancierte daher das Schachbrett mit der letzten Stellung herbei. Die Figuren wackelten gefährlich, und der schwarze König fiel vom Brett.

»Das macht eigentlich Sinn«, sagte Ruben.

Die weißen Figuren, zu denen inzwischen auch der weiße Mehmet-Turm zählte, hatten nur noch drei Feinde: zwei schwarze Damen, die Philosophie-Dame auf e5 und das aktiv böse zweite Damen-Ich des König-Zockers auf b1, sowie den Schwester-Läufer auf h8. Herwarth, Reinhardt und die Otriven-Bauern waren aus dem Spiel. Mölli konnte ohne Brille die kleinen Schildchen nicht entziffern. Henrikh erklärte ihm, dass drei schwarze Böse den weißen König, nämlich den Bürgermeister, bedrohten. Im Hintergrund der Läufer, und dort die schwarze Königin, wie hieß die nochmal Papa? Ah, die Philosophie-Dame! Ja, die sei gefährlich. Sie habe das Matt des weißen Bürgermeisters mit herbeigeführt, denn der König konnte nicht mehr rücken, nachdem sie ihn zusammen mit der anderen bösen Dame auf d2 mattsetzten, das heißt: umbrachten. Außerdem sei die Philosophie-Dame noch für das weiße Pferd gefährlich.

»Das weiße Pferd hier ist die Mama! Papa sagt immer die Seiten-Springerin.« Henrikh fand das lustig, während Annabelle gezwungen lächelte.

Mölli war das zu kompliziert. Er bot den beiden Schachspielern an, seine kriminalistische Version der Geschichte noch einmal zu erzählen. »Vielleicht kommt die Jungjohann wegen Beihilfe zum Mord mit einer milderen Strafe davon«, sinnierte Möllenbeck am Ende seiner erneuten Erzählung. »Aber der Notar entzieht sich ins Irrenhaus.«

»Der König ist verrückt!«, lachte Ruben.

»Was macht denn ein König, wenn er verrückt ist«, wollte Henrikh wissen. »Rückt er dann über zwei Felder oder noch mehr?«

»Wir haben es gerade gesehen: Ein verrückter König springt vom Brett, wenn ihm Schach droht«, erklärte Ruben.

»Warten wir erst mal ab«, meinte Möllenbeck. »Die Frage ist, ob der Notar tatsächlich das Gift besorgt hat. Ich will unbedingt in den Safe hinter dem Bild bei der Frau Jungjohann schauen.«

»Seltsam, dass der Maler Reinhardt mit seinen Bildern überall dabei ist«, sagte Annabelle nachdenklich. »Im Seniorenheim, im Haus von Jungjohann, bei der Katze und sogar beim Notar. Der hat das Bild nicht aufgehängt. Dafür benutzte er ein Codewort, das vom Bild im Apartment der Frau von Baudissin stammt.«

»Die Katze ist wirklich ins Apartment geschlichen«, ergänzte Mölli. »Es stimmt. Aber ich schleich mich jetzt auch. Wenn man hier um jede Flasche Bier betteln muss, dann ist mir mein Kühlschrank lieber.«

Möllenbeck stand auf und beleidigte damit erneut den schwarzen Kater. Ruben wollte den Gast zur Haustür begleiten, die neuerdings zur Vorsicht immer verschlossen blieb.

»Ach da fällt mir noch etwas ein«, Mölli ging zurück zur Wohnungstür, wo Annabelle zum Abschied gewinkt hatte. »Ich hatte die Mail aus Überlingen am Dienstag nicht fertig gelesen. Da stand noch, dass die Frau Reitemeier gar nicht allein gekommen ist. Sie hatte im Hotel Seegarten für den ›Richterstammtisch‹ mehrere Zimmer reserviert!«

Dann stieg er wieder die Treppe hinunter, wo ihm Ruben die Tür aufhielt. Bei der Gelegenheit leerte Ruben den Briefkasten. Neben dem wöchentlichen Anzeigenblatt fand er einen Brief, der wunderbarerweise keine Werbung enthielt. Das Schreiben war an Frau Petrosian gerichtet, und als Absender stand da Rechtsanwalt Schillemeit.

»Was will der denn?«, fragte Annabelle, als ihr Ruben den alten Brieföffner reichte. »Zu ihm haben wir Mehmet geschickt. Er benötigte Hilfe in seiner Erbsache.«

In dem Schreiben teilte der Anwalt mit, dass sein Mandant, Herr Mehmet Jungjohann, die Absicht habe, der Kommissarin, Frau Annabelle Petrosian, aus dem ihm zustehenden Erbe seines verstorbenen Lebensgefährten, Herrn Hannes Jungjohann, eine namhafte Summe zu schenken. Dies solle ein Zeichen seines Dankes sein. Allerdings wolle sein Mandant die Begünstigte nicht bedrängen. Daher sei dieses Schreiben als Frage zu verstehen, ob Frau Petrosian ein Geschenk in Höhe von einer Million Euro annehmen würde. Mit freundlichen Grüßen. Annabelle drückte Ruben das Schreiben wortlos in die Hand.

»Eine namhafte Summe…«, murmelte sie und schaute die beiden Männer entgeistert an. Ruben las das Schreiben laut vor.

»Na, Frau Petrosian«, fragte er am Ende feierlich, »werden Sie das Geschenk von Herrn Jungjohann denn annehmen?«

Annabelle spürte, wie sich ihr Körper mit Glücksgefühlen füllte. Der Papa hatte ein Alibi und sie ein kleines Vermögen. Sie strich ein paar Haarbüschel vom Sofa, wo eine Vertiefung noch an Möllis Besuch erinnerte, und streckte sich der Länge nach aus. Sie schloss die Augen, und während dahinter ein kleiner Film mit unerfüllten Herzenswünschen lief, summte sie leise ihren Robbie-Williams-Song »Had a Million Dollars worth of nickels and dimes«. Shahan hatte Annabelle verziehen, sprang zu ihr hoch und begann die Suche nach einer bequemen Stellung.

»Das ist doch wie in einem schlechten Krimi. Es beginnt mit Mord und endet mit einer Schnulze«, fand Ruben.

»Ich liebe Schnulzen«, konterte Annabelle und begrüßte Shahan. »Auch Familienschnulzen!«

»Und dann riecht es hier immer noch nach Lady Million!«, meinte Ruben.

»Auf jeden Fall muss ich zu Mehmet Jungjohann gehen und mich bedanken«, sagte Annabelle nach kurzem Besinnen.

»Diesmal gehe ich aber mit«, sagte Ruben.

Literaturverzeichnis

Birgit Rosendahl-Kraus: Die Stadt der Volkstraktorenwerke. Eine Stadtutopie im ›Dritten Reich‹. Wiehl: Martina Galunder-Verlag 1999.

Renate Wald: Mein Vater Robert Ley. Meine Erinnerungen und Vaters Geschichte. Nümbrecht: Martina-Galunder Verlag 2004.

D.H. Lawrence: Hail in the Rhineland. In: Twilight in Italy and Other Essays. The Cambridge Edition of the Works of D.H. Lawrence, ed. Paul Eggert. Cambridge University Press 2002, S. 21-27.

D.H. Lawrence: The Letters of D.H. Lawrence. Vol. 1 (1901-1913). The Cambridge Edition, ed. James Boulton. Cambridge University Press 2002, S. 398-405.

Frieda Lawrence (geb. Freiin von Richthofen): »Not I, But the Wind...«. Unpublished Letters and Material by D.H. Lawrence and Memoirs by his Wife. New York: Viking Press 1934.

Robert Lucas: Frieda von Richthofen. Ihr Leben mit D.H. Lawrence, dem Dichter der ›Lady Chatterley‹. München: Kindler 1972.

Michael W. Weithmann: Lawrence of Bavaria. The English Writer D.H. Lawrence in Bavaria and Beyond. Reisen David Herbert Lawrences in Bayern und in die Alpenländer. Collected Essays. Passau 2003. https://opus4.kobv.de/opus4-uni-passau/frontdoor/index/index/docId/49

Hanns Hatt: Das Maiglöckchen-Phänomen. Alles über das Riechen und wie es unser Leben bestimmt. München: Piper 2008

Hanns Hatt, Regine Dee: Das kleine Buch vom Riechen und Schmecken. München: Knaus 2012.

Schnüffeln im Wortsinne. Kaum zu glauben: In Einweckgläsern sammelte der Stasi-Staat systematisch Duftproben von Kriminellen und Oppositionellen. In: DER SPIEGEL 32 (1990), S. 68f.

Frank Mußhoff: Heilkräuter und Giftpflanzen. Götter, Zauber und Arznei. In: Toxichem + Krimitech. Mitteilungsblatt der Gesellschaft für Toxikologische und Forensische Chemie. Bd. 63 (2) 1996, S. 33-47.

Chi-Kong Lai, Wing-Tat Poon, Yan-Wo Chan: Hidden Aconite-Poisoning. Identification of Yunaconitine and Related Aconitum Alcaloids in Urine by Liquid Chromatography-Tandem Mass Spectrometry. In: Journal of Analytical Toxicology 30 (2006), S. 426-433.

Susanne Sproll: Norditerpen- und Diterpen-Alkaloide aus mongolischen Aconitum- und Delphinium-Spezies. Dissertation zur Erlangung des Doktorgrades der Fakultät für Chemie und Pharmazie der Ludwig-Maximilians-Universität München 2004. https://edoc.ub.uni-muenchen.de/1894/1/Sproll_Susanne.pdf

Roman Jakobson: Two Aspects of Language and Two Types of Aphasic Disturbances. In: R. J.: Fundamentals of Language. The Hague 1956, S. 55-82.

Detlef Linke: Ganzheit und Teilbarkeit des Gehirns. Aphasie ist keine Störung des Kommunikationsvermögens. In: Helmut Schnelle (Hg.): Sprache und Gehirn. Roman Jakobson zu Ehren. Frankfurt am Main: Suhrkamp 1981, S. 81-96.

Christina Knels: Klinische Linguistik der Primär Progredienten Aphasie. Inaugural Dissertation zur Erlangung des Doktorgrades der Philosophie an der Ludwig-Maximilians-Universität München 2007. https://edoc.ub.uni-muenchen.de/8915/1/Knels_Christina.pdf

LESEN SIE WEITER:

Tilman Spengler
MADE IN CHINA
240 Seiten, gebunden mit Schutzumschlag
ISBN 978-3-88747-382 2. Auch als ebook

Germano Almeida
DER TREUE VERSTORBENE
304 Seiten, gebunden mit Schutzumschlag
ISBN 978-3-88747-378 5. Auch als ebook

Dietmar Sous
BODENSEE
144 Seiten, gebunden mit Schutzumschlag
ISBN 978-3-88747-380-8. Auch als ebook

Christoph Nix
LOMÉ – DER AUFSTAND
160 Seiten, gebunden mit Schutzumschlag
ISBN 978-3-88747-376-1. Auch als ebook

Peter Henning
DIE TOTE VON SANT ANDREU
176 Seiten, gebunden mit Schutzumschlag
ISBN 978-3-88747-375-4. Auch als ebook

Gerd Zahner
GOSTER
144 Seiten, gebunden mit Schutzumschlag
ISBN 978-3-88747-365-5. Auch als ebook

Mukoma wa Ngugi
BLACK STAR NAIROBI
256 Seiten, gebunden mit Schutzumschlag
ISBN 978-3-88747-314-3. Auch als ebook

www.transit-verlag.de